魔王学院の不適合者 7

MAOH GAKUIN NO FUTEKIGOUSHA

〜史上最強の魔王の始祖、転生して子孫たちの学校へ通う〜

著†秋

illustration†しずまよしのり

Maoh Gakuin no Futekigousha
Correlation diagram

魔王学院の不適合者
地底世界勢力図

【王竜の国アガハ】

統治者

ディードリッヒ・クレイツェン・アガハ
騎士の国でもあるアガハを治める、預言者にして剣帝。

虜囚

アヒデ・アロボ・アガーツェ
元ジオルダル教団枢機卿。現在はアガハに捕らえられている。

竜騎士団

ネイト・アンミリオン
精強なるアガハ竜騎士団の団長。

シルヴィア・アービシャス
強力な子竜として生まれた、竜騎士団の副団長。

リカルド・アービシャス
竜騎士団の一員にしてシルヴィアの養父。

対立

【覇竜の国ガデイシオラ】

統治者

ヴィアフレア・ウィプス・ガデイシオラ
覇王としてガデイシオラを統治する女性の竜人。

幻名騎士団

セリス・ヴォルディゴード
アノスの父親を名乗る幻名騎士団団長。

イージェス・コード
《神話の時代》にアノスと勢力を競い合った大魔族で、通称"冥王"。

カイヒラム・ジステ
カイラヒムとジステ、二人の人格からなる二重人格者。通称"詛王"。

【ディルヘイド】

アノス・ヴォルディゴード

泰然にして不敵、絶対の力と自信を備え、《暴虐の魔王》と恐れられた男が転生した姿。

ミーシャ・ネクロン

寡黙でおとなしいアノスの同級生で、彼の転生後最初にできた友人。

サーシャ・ネクロン

ちょっぴり攻撃的で自信家、でも妹と仲間想いなミーシャの双子の姉。

レイ・グランズドリィ

かつて幾度となく魔王と死闘を繰り広げた勇者が転生した姿。

ミサ・レグリア

大精霊レノと魔王の右腕シンのあいだに生まれた半霊半魔の少女。

エレオノール・ビアンカ

母性に溢れた面倒見の良い、アノスの配下のひとり。

ゼシア・ビアンカ

《根源母胎》によって生み出された一万人のゼシアの内、もっとも若い個体。

アルカナ

選定審判を執り行う八名の神のひとり。その正体はかつて背理神と呼ばれた、まつろわぬ神。

アノス・ファンユニオン

アノスに心酔し、彼に従う者たちで構成された愛と狂気の集団。

シン・レグリア

二千年前、《暴虐の魔王》の右腕として傍に控えた魔族最強の剣士。

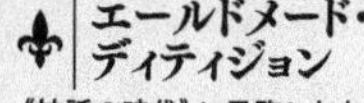

エールドメード・ディティジョン

《神話の時代》に君臨した大魔族で、通称"熾死王"。

【神竜の国ジオルダル】

統治者

ゴルロアナ・デロ・ジオルダル

《全能なる煌輝》エクエスなる神を信仰するジオルダル教団の教皇。

対立

§プロローグ【～最初の代行者～】

遠い昔――

それは地底に起きた始まりの審判。勝ち抜いた二人の結末だった。

果てしない荒野に佇むのは少女の姿をした創造神と、彼女が選んだ選定者。たった今、熾烈を極めた聖戦は終わった。二人の他に立っている者の姿はない。

天が鳴くように、けたたましい音が頭上から轟く。天蓋が堕ちてきていた。すなわち、震天と呼ばれる地底の秩序。地上で地震が起こるように、地底の空は震え鳴く。

天蓋はゆっくりと落ちてきて、やがて止まった。平時よりも沈んだ地底の空は、半分ほどの高さになっていた。

「審判は下された。創造神が選びし、超越者よ。汝こそ、神の力を手にし、秩序となる者に相応しい。傾いた天秤を調整する、神の代行者となるがよい」

荒野の丘に、光り輝く巨大な天秤が姿を現す。その周囲には、大小様々なサイズの天秤が浮かんでいた。傾き方は多少の違いはあれど、小さな天秤はどれも殆どが釣り合っていた。

最も釣り合っていないのは、その中心に位置する巨大な天秤である。厳かな黄金の秤は、左には盾の、右には剣の意匠が施されており、大きく左に傾いていた。

「整合神エルロラリエロム」

創造神は天秤に向かい、静かに声を発した。

「それは正しい？」

その問いに、整合神と呼ばれた巨大な天秤から返答があった。

「秩序の天秤は傾いてはならぬ。ここは汝が創りし世界、整合を尊ぶ大地なり」

「わたしは間違えた」

「否、秩序は間違わぬ。我らに正誤はなく、ただ世界をあるべき道へ導くのみ」

「わたしは間違えたと思った。それなら、この想いが間違っていても間違っていなくても、どちらでもわたしは間違えている」

創造神は言った。

「整合神、あなたの論理は破綻している」

創造神はその小さな手を、エルロラリエロムに向けて伸ばす。

「わたしは、選定審判を止め、そして永久に終わらせる」

「終わりなどない。世界ある限り、秩序は保たれ続ける。そのための選定審判なり」

「命を犠牲にする秩序は優しくない」

「左様。秩序に優しさなどない。秩序あっての命、生きるも死ぬも秩序の前では些末なこと。整合なき世界はただただ滅びの一途を辿る」

創造神は口を閉ざす。そうして、瞳を閉じ、言葉を発した。

「ごめんなさい」

ひらり、ひらり、と無数の雪月花がそこに舞い降りる。空には《創造の月》アーティエルトノアが輝いていた。

「わたしの秩序とともに、あなたは深い眠りにつく。悲しい審判はそれで終わり。これは秩序を救っても、人を救うことは決してない」

黄金の天秤に、白銀の光が差す。ゆっくりとアーティエルトノアが降りてきて、月の内側に黄金の天秤を飲み込んだ。

「……愚かなり。愚かなり、創造神……自らが創った世界の秩序に背こうというのか……」

「あなたの言う通り。わたしは愚かだった」

創造神の体から膨大な魔力の塊がふっと抜け、それは《創造の月》と整合神を丸ごと包み込む。月に溶けていく天秤は、ぐにゃりとその輪郭を歪め始めた。

「秩序が滅べば、世界の滅びは避けられぬ。数多の命は消え失せ、やがてすべてが無に帰すであろう。すべてを創り直すか、創造の神よ」

ゆっくりと創造神は首を左右に振った。

「二千年もてばいい」

確信めいた瞳で、創造神は言った。

「秩序の天秤が滅びに傾いても、きっと、滅びることはない」

「……ありえぬ……秩序は曖昧に非ず、神の理は絶対なり。汝は推測を論じるか」

創造神はこくりとうなずく。

「そう。すべてが決まっているという悲劇は、人を苛み、神をも傷つける。あやふやで曖昧な世界こそ、唯一の救い」

「理解ができぬ」

「わたしは、わたしの妹が歩んだ道を、他の誰かに歩ませたくないだけ」

創造神はその丘を歩いていく。そうして、天秤を飲み込んだ《創造の月》に触れた。

「ごめんなさい。優しく創ってあげられなくて」

我が子を撫でるように、彼女は月にそっと指を這わせた。《創造の月》が、形を変えていく。

「さようなら――」

創造神の体が光り輝く。

そのときだ。真っ白な明かりに包まれる荒野の丘に、走る人影があった。その人影は、紫に煌めく白刃を手にし、そして無防備な創造神の体を貫いたのだ。

「……っ……」

苦しげな吐息が漏れ、僅かに光が収まった。彼女の胸に突き刺さっているのは、万雷剣ガウドゲィモン。溢れ出した紫電が創造神の体を蝕み始める。

「……超越者……」

剣を突き刺した人影に、創造神は言葉をかける。

「……誰が憎いの……？」

優しい声であった。

「神が憎い？　人が憎い？」

自らの命を奪おうという相手に、創造神は手を伸ばす。

「それともこの世界が、憎い？」

超越者から返ってきたのは、ただ憎悪に溢れる視線である。

「ここでわたしを消しても同じ。代行者になっても、あなたは救われない。神の力を得ても、あなたの憎しみはあなたを焼き、その魂を焦がし続ける」

構わず、超越者は創造神に雷の剣を押し込んだ。

「あなたが憎悪に満ちているから、あなたを選び、手を差し伸べた。それでも、わたしはあなたを救うことができなかった。あなたを止めてあげることができなかった」

創造神の体が薄く透明になっていく。その命が終わろうとしていた。

「だけど」

最後の望みにかけるように、彼女は言う。

「今ではないいつか、ここではないどこかで、あなたの憎悪から、あなたを解放してあげる」

創造神の体に魔法陣が描かれる。目映く発せられたのは、転生の光だった。超越者は万雷剣に紫電を走らせ、光を突き刺して、その魔法に干渉する。

転生の光が、歪められた。

「苦しめればいい、貶めればいい。それであなたが少しでも救われるのなら、わたしは慰みものとなる。だけど、覚えておいて」

創造神は消滅した。

その体が光の粒子となって霧散していき、創造神は消滅した。

「いつかその燃えるような憎悪さえ焼き焦がす——魔王がやってくるから」

残された言葉を気にもかけず、超越者は万雷剣を振りかぶり、《創造の月》に突き刺した。

目映い雷光が、荒野を照らす。秩序の柱に持ち上げられるように、沈み込んだ天蓋がゆっくりと上へ上がっていった。

かくして、選定審判は完了し、地底に最初の代行者が誕生したのだった。

§１．【大魔王教練中断】

ジオルヘイゼ竜着き場――

俺たちは全能者の剣により、永久不滅となった天蓋を見上げていた。

「永久不滅の隔たりって……」

サーシャがぽつりと呟く。

「で、でも、わたしたちはリヴァインギルマで斬って通ればいいわけだし、逆に地底の竜人たちは地上へ行けなくなったんだから、侵略されなくていいわよね？」

「あー、そっかそっか。特に困らないのかな？」

エレオノールが言葉を発したちょうどそのとき、突如、地響きが鳴った。

がくん、と空が落ちてくる。震天だ。天蓋はガタガタと震えながら、大地へと押し迫る。

「アノス」

ミーシャが天蓋を指す。

「ふむ。天蓋の一部が落ちるか。さほどの大きさではないようだが」

「一部が落ちるって、永久不滅になったんじゃなかったのっ？」

サーシャが慌てたように言う。

「天蓋は一枚岩ではない。秩序の柱が、天蓋を持ち上げ、そのように見せているだけ」

アルカナが答えた。

「百年に一度、震天により、その秩序が乱れる。それを震雨という。地底に降る岩の雨。ただし――」

「まだ百年経っていない、か？」

「そう」

天蓋の一部が外れかかり、ぬっと大岩がせり出した。ちょうど、このジオルヘイゼの真上だ。

「カッカッカ、あれが落ちてきてはこの街は終わりではないか？　なにせ永久不滅の岩の塊だ。勢いさえあれば、一方的に押し潰される」

エールドメードが興味深そうに笑みを覗かせる。

「平時ならば、落ちるまでには猶予がある。震雨は震天の日より七日間の後、地底に降る」

アルカナが言った。だが、震動はますます悪化し、天蓋の一部が外れた。大岩がまっすぐジオルヘイゼに落下してくる。

「おっ、落ちて来ちゃったぞっ……!!」

「……逃げます、か……？」

エレオノールとゼシアが言った。

「ここで逃げてはジオルヘイゼが壊滅するだろう」

アルカナに手を差し出せば、彼女が俺にリヴァインギルマを渡した。

「《波身蓋然顕現(ヴェネジアラ)》」

波の如(ごと)く、俺の体がゆらゆらと揺れる。可能性の身体は、地面を思いきり蹴り、落下する震雨に向かって飛んでいった。一閃(いっせん)。リヴァインギルマの力にて、落ちてきた大岩を斬り裂いた。

無論、生じたのは結果だけ。実際の俺はジオルヘイゼの大地に立ったままだ。

降り注いだ岩の雨は、原形も残さず消滅し、空に霧散する。

「どうやら厄介なことになったようだな」

アルカナがうなずく。

「天蓋が永久不滅と化したことで、秩序の柱に背いている」

百年に一度の震雨、震天の日より七日後に降り注ぐはずのその雨は、どちらの秩序にも反し、今ここに落下した。

「もっと多くの雨が降るかもしれない」

「都に落ちれば、壊滅するだろうな」

七日の猶予がなければ、逃げることも難しかろう。

「……わたしの犯した罪なのだろう……」

アルカナは俯(うつむ)く。

「背理神(はいりしん)であるわたしが引き起こした。すでにわたしは、お兄ちゃんを裏切っている……」

悲しげな表情を浮かべるアルカナの頭に、そっと手を載せ、撫(な)でてやる。

「天蓋から雨を降らすとは、可愛(かわい)い悪戯(いたずら)だ。こんなものは裏切ったうちに入らぬ」

俺の言葉に、アルカナは小さく息を呑(の)む。

「背理神の意志がこれを引き起こしたなら、なんらかの理由があるだろう。まずはそれを突き止める。なにを偽り、どう裏切るつもりかしらぬが、滅ぼしてやればそれで終わりだ」

「……うん」

小さな声で、恥ずかしげに、アルカナはそう返事をした。

「地上の大地はどうなっている？」

「……表面的には、これまでの通りの秩序を保っている。大地の恵みは変わらない。畑を耕すこともでき、果樹の実もなる。ただし、地中深く潜ろうとすれば、岩や土が永久不滅の壁となって阻むだろう」

ひとまずは支障ないか。だが、いつまでも、このままとは限らぬ。地底の震天に異常があったのなら、地上の秩序も狂うと考えておいた方がよい。

「地上に戻るのはやめだ。先にアルカナを縛る制約を解き、天蓋を元に戻す」

「ガデイシオラに行く？」

ミーシャがそう訊いた。背理神のことを調べるならば、確かにそれが早いだろう。

ガデイシオラの覇王、それからセリスはアルカナについて知っている可能性が高い。あるいは奴らの企みといったことも考えられよう。ついでに、ゴルロアナも取り返してくればいい。

「ガデイシオラにも行くことになるだろうが、先にアガハへ行く。ディードリッヒの預言があれば、大凡のことはわかるはずだ」

次の震雨の場所と時間がわかれば、それを防ぐことは容易い。安全を確保し、情報を得た後に、ガデイシオラに向かうのが最善だ。

「エールドメード。司教ミラノに震雨のことを伝えて来い。岩が加速する前ならば、魔法で防ぐこともできる」

「カカカ、任せておきたまえ」

エールドメードは魔法陣を描き、《転移(ガトム)》を使った。

ミラノに伝われば、ジオルダルの教団中で対策は練られるだろう。最悪防げぬにしても、逃げる準備を整えることぐらいはできよう。

「さて、残るは魔王学院の生徒か」

俺は魔王城の内部に《思念通信(リークス)》を送った。

「魔王アノスが命ずる。一〇秒以内に外へ来るがいい。遅れるな」

「一〇秒って、間に合うかしら……？」

サーシャが言った瞬間、魔王城の正門が開け放たれた。ドタドタドタッと足音を響かせながら、血相を変えた生徒たちが俺の目の前に現れた。まるで一〇秒以内に来られなければ、俺になにかされるといった形相だ。

「よいぞ。なかなか素早い行動だ」

生徒たちに向き合い、俺は言った。

「今後の予定を説明する。一度、地上へ戻ろうと思ったのだが、少々、状況が変わってな。あの天蓋が永久不滅と化してしまった。早い話、俺以外には穴を空けられぬ」

ただならぬ事態だと察知したのか、生徒たちは皆険しい顔つきになった。

「先の唱炎はミッドへイズを狙っており、また響いていた神竜の歌声は、一五〇〇年もの間、ジオルダルで練られてきた地上を消滅させようとする魔法だった。その企みは潰してやったが、当初考えていた以上に、地底は危険が溢れているようだ」

するると、生徒たちがざわめき始める。

「地上を、消滅……!?」

「……さっきの……んな恐ろしい大魔法だったのか……」

「……いや、ていうか……それをさらりと止めてる方が恐ろしいんじゃ……」

彼らは俺に畏怖の視線を向け、ごくりと唾を飲み込む。

「今日以降も大魔王教練を行おうと思っていたが、どうやらそうも言っておられぬ。最悪、地底は戦場になるだろう」

ぶるぶると生徒たちは身震いした。

「よって、授業はこれまでとする」

そう言ってやれば、彼らはほっと胸を撫で下ろす。

「まあ、不幸中の幸いってやつか……？」

「大魔王教練で死んでもおかしくなかったわけだしなぁ……」

「無事に家に帰れそうでよかったよ……」

安堵のため息を漏らす彼らに、俺は笑いかけてやる。

「今日からは実戦だ。気を引き締めよ」

「「……は？」」

生徒たちの心が一丸となった。

「一度、帰した方が安全じゃありませんの？　アノス様も彼らの面倒を見るのは大変ですわ」

ミサがそう提案する。

「なにを言う。彼らは次代の魔皇だ。守られる側ではなく、守る側になろうというのだ。命のかかった実戦の一つや二つ、経験しておかぬわけにはいくまい」

「……それは、そうかもしれませんけども……」

口元に手を当て、思案するミサに、生徒たちは手を組んで祈った。ジオルダル式だ。なかなかどうして、勉強しているようだ。

「……頼む、頼む、ミサさんっ……」

「説得を……魔王を説得してくれっ……！」

「なんでもっ、なんでも言うことを聞くからっ……!!」

すがるような目が、ミサに向けられた。

「……そんな目で見られましても……」

困った素振りを見せるミサに、助け船を出すようにレイが言った。

「強くなるまで待ってくれないのも、戦いだよね。そういう意味では彼らは恵まれているよ。僕たちがいるからね」

生徒たちの怨念がこもった魔眼が、レイを強く睨みつける。

「……てめえ……なに言ってくれてんだ、レイ。いや、勇者カノン……」

「魔族だからって、見捨てるのかよ……お前が守るのは人間だけかっ？　違うよなっ？　違うと言ってくれっ……！」

「俺たちクラスメイトだろっ……!! 魔剣大会のとき、散々応援したじゃないかっ！」

「お前とミサさんの恥ずかしい写真、学院中にバラまくことになるぜっ……！」

爽やかに微笑み、レイは俺に言った。

「見なよ、アノス。彼らのあの目。覚悟はできているみたいだよ」

「ふむ。そのようだな。いい目をしている」

生徒たちはその場にがっくりとうなだれる。

まあ、誰しも安全な場所にいたいものだ。しかし、敵は待ってはくれぬ。厳しい経験こそが、彼らの糧となるだろう。

「では、これより全員でアガハへ向かう。そこを治める剣帝はなかなかの人物だが、それゆえこちらも礼を尽くす。お前たちには手土産を用意してもらおう」

疑問の目を向けてくる生徒たちに、俺は言った。

「歌と踊りだ」

§２．【アガハの騎士】

地底の空を飛び、俺たちはアガハを目指していた。速度の出せぬ者は、アルカナの創った雪の竜に乗っている。このペースならば、さほど時間はかかるまい。

「「「せっ！」」」

雪の竜の背に立ち、男子生徒らが正拳突きを繰り出している。別の竜の背では、女子生徒たちが「うっうー♪」と声を上げていた。

「「「せっ！」」」

汗を流しながらも、生徒たちは拳を揃える。

「だめだよ、それじゃっ！　もっとこう愛情を握り込んで、感謝の気持ちで突き出してっ！　敵を倒すんじゃないよっ！　征服するんだよっ!!」

そう声を上げたのはエレンである。魔王聖歌隊を、今回の歌と踊りの指導教官に任命した。

先程から生徒たちは一糸乱れぬ動きで拳を突き出しているが、それだけではどうも不服らしい。

「……んなこと言われても、どうすりゃいいんだよっ？　さっきから精神論ばっかじゃねぇか？」

ぼやいたのは、ラモンだ。他の生徒たちも、お手上げといった顔つきだ。

「うーん、どうすればわかるのかなぁ？」

「やっぱり、あれかな？　具体的に相手を想像するとか？」

と、ジェシカが言う。

「それだと思う！　好きな人を想像して突くといいんじゃないっ？」

ノノの言葉にエレンがうなずく。

「わかった。じゃ、それでもう一回行ってみようっ！」

エレンは男子生徒たちに向き直る。

「みんないいっ？　好きな人のことを想像してみてっ。その人に向かって、拳を突き出すイメージで、それならわかるでしょっ？」

するると、男子生徒たちにますます困惑が広がった。

「……好きな人って……好きな人に正拳突きすんのかよ……」

「さすがに、なあ……余計にわからないっていうか……」

「ていうか、全力で殴れないだろ……」

生徒たちの言葉に、エレンは前のめりになってうなずいた。

「それだよっ、それっ！　全力で殴れない。それなら、どういう風に突き入れるのか？　もうこうやって慈しむように、突くしかないよねっ！」

エレンが「せっ！」と愛情を持って正拳突きを繰り出す。

「はい、やってみてっ！」

「「「せっ……!!」」」

男子生徒たちが、不安そうに拳を突き出す。一言で言えば、自信なさげな正拳突きだ。

「もう一回っ！」

「「「せっ……!!」」」

訓練の様子を横目で見ていたサーシャが言った。

「あのへっぴり腰で、アガハに着くまでに間に合うのかしら……？」

何班かに分かれて練習しているため、アノス班は現在順番待ちである。

「経験があれば違うんだろうけどね」

レイが言うと、サーシャが渋い顔で振り向いた。

「なんの経験よ、なんの……」

にっこりとレイが無言で微笑む。サーシャがため息をついた。

「ほんとに、これだから、毎日イチャイチャしている人は……」

言いかけて、サーシャが口を開けたまま、固まった。その視線の先には、寒々しい冷気を発する瞳があった。

「毎日ですか。いったいなんの経験なのか、私も気になりますね、レイ・グランズドリィ」

気配を殺したシンが、いつのまにかレイの背後にいた。

レイは固まった笑顔のまま、サーシャに視線で訴える。彼女は知らないフリをした。

「経験……なに……ですか……？」

ゼシアが不思議そうにミサに尋ねる。

「あ、あははー……なんの経験でしょうねーっ……」

「あー、ミサちゃん。カマトトぶっちゃだめなんだぞっ」

エレオノールが人差し指を立て、ミサの鼻先をツンとつく。

「そ、そうは言いますけど、ゼシアちゃんにはまだ早いと言いますか」

エレオノールがくすくすと笑う。

「大丈夫だぞ。うちは英才教育だから」

「それ、全然大丈夫じゃないわ……」

と、サーシャがつっ込む。

「ほら、ゼシア、好きな人のことを考えて、『せっ！』だぞっ」

ゼシアはこくりとうなずき、両拳を握って、俺のところまでやってきた。

「……せっ……です……！」

突き出されたゼシアの拳を、俺は軽く手で受けとめた。

「なかなか良い拳だ。アガハの剣帝も気に入るだろう」

「……ゼシアは、突き……得意です……」

自信を得たか、ゼシアがコツン、コツンと殴ってくる。可愛らしいものだ。

「振り付けの自習する？」

ミーシャが小首をかしげて訊く。

「うーん……自習はいいんだけど、できれば、うっうー組がいいわ」

サーシャがげんなりした様子で答えた。

「歌もある」

「それは絶っ対、無理だわっ」

ぱちぱちとミーシャは目を瞬かせた。

「サーシャは歌も得意だから」

「ふむ。それは初耳だな。聞かせてみよ」

「はぁっ!?」

俺が言うと、サーシャはびっくりしたように声を上げた。

「……わ、わたしに、あれを歌えって言うの？　わたしが、あれをっ!?　命令なのっ!?」

「嫌なら構わぬ。一度ぐらいはお前の歌も聞いておきたいと思ったまでだ」

　すると、途端に顔を赤らめて、サーシャはそっぽを向く。小さな声で彼女は訊いた。

「………な、何番？」

「好きな歌で構わぬ」

「じゃ、その……」

　サーシャは俺のそばに寄り、耳元に唇を近づけた。囁くように彼女は歌う。

「……開けないで………………♪」

　緊張気味に、サーシャは俯きながら俺を見ている。

「……開けないで…………………♪」

　更に俯き、その頬が朱に染まる。歌声は小さいが、心のこもった良い歌だ。

「……開けないでっ……それは……」

　サーシャは俺の顔から視線をそらし、呟くように声を絞り出す。

「………………禁断の門…………」

「うっうー♪」

　と、ミーシャが合いの手を入れた。

　ふむ。なかなかよい。羞恥心を捨てれば、人前に出せるかもしれぬな。

「サーシャは上手」

　ミーシャが、小さく拍手をしている。

「お前のうっうーも悪くないぞ」

　すると、ミーシャは照れたようにはにかんだ。

「僕も歌おうかな」

　シンの追及を逃れるためか、レイがこちらへ飛んでくる。

「男は全員、正拳組がいいだろう。聖歌隊の歌声と合わせるにも時間がないことだ」

「それじゃ、拳舞みたいにするのも面白いんじゃないかな？」

「ほう。それもよい」

　即興でも、シンとレイならば問題なくできるだろう。派手に立ち回れば、見栄えもする。

「生徒たちの振り付けがうまく行き次第、試してみるか」

「お兄ちゃん」

　先頭を飛んでいたアルカナが振り返った。

「前方に竜の群れを見つけた。竜人が襲われている」

　眼下に魔眼を向ければ、確かにかなりの数の竜がいる。一人の青年が取り囲まれていた。紅い騎士服と鎧を身につけている。

「あれは、アガハの騎士の正装」

　確かに、ディードリッヒの纏っていた騎士服と鎧に似ているな。

「……あの竜人、結構強くないかしら？」

　サーシャが言う。次々と襲いかかる竜を、青年は剣で斬り裂き、頭部を蹴り飛ばし、または口から冷気を吐き出して、退けている。竜を狩るのに慣れているのだろう。

「竜を殺すつもりがないようだが、なにが狙いだ？」

　青年はあえて致命傷は避け、竜を攻撃している。あれだけの実力があれば、包囲を突破するのは容易(たやす)いはずだ。

「アガハ近くの竜の群れには、ボスである巨頭竜(きょとうりゅう)がいる。恐らく、それを誘(おび)き出(だ)すのが狙い」

アルカナがそう口にすると、ドッガァァァアンッと地面が爆(は)ぜた。現れたのは、二本の角と鋭利な翼を持った黒き異竜である。群れのどの竜よりも巨体であった。

「あれが巨頭竜とやらか？」

「そう」

青年は、手にした剣に魔法陣を描き、そっと呟(つぶや)く。

「《神具召喚(ブレセズ)》・《赤刃神(ガグナ)》」

剣に神が宿り、赤く染まる。剣身が伸び、厚みが数倍に膨れあがった。巨大な大剣を、彼はおもむろに振り上げ、迫りくる巨頭竜と対峙(たいじ)する。そのとき、騎士の口から血が滲(にじ)んだ。咳(せ)き込(こ)むように、手で口元を押さえ、何度も何度も血を吐き出す。

すでに手傷を負っていたか？　それにしては、急激に魔力が減少した。

「ふむ。あれは死ぬな」

力が抜けていくかのように、青年の手から大剣がこぼれ落ちる。体が思うように動かぬ様子だ。そうこうする間に、巨頭竜は彼の目前まで迫っていた。

「グオオオオオオオオオオオオオオオオオオオオオオオオオオオオオォォォッッッ!!!!」

けたたましい咆哮(ほうこう)を上げ、竜はその顎(あぎと)を開く。凶暴な牙が、アガハの騎士に突っ込んだ。

ズゴオォォンッと巨頭竜の顔面が土中に埋まり、砂埃(すなぼこり)が舞った。

しかし、青年は食われてはいない。

寸前のところで、俺が彼の体を抱え、竜の口から救出したのだ。

「動けるか？」

「……かたじけない。しかし、どうにも体が言うことを聞きませぬ。私のことは捨ておき、お逃げください……。あれは巨頭竜。竜の群れが束になっても敵わぬ恐るべき異竜です……」

青年騎士が言葉を発すると同時、巨頭竜は咆吼を上げ、俺たちに襲いかかってきた。

「さあっ！　早くお逃げくだされっ！　ここは、なんとか私が時間を——」

騎士は目を見張った。俺が巨頭竜に真っ向から向かっていったからだろう。

「ヴォアアアアアアアアアアアアアアアアアアアアアアアアアァァァァァッッッ!!!!」

竜が口を大きく開き、漆黒のブレスを吐き出した。懐に潜り込み、それを避けると、竜の足に指の爪を立て、ぐっとつかむ。巨大な巨頭竜が、ふわりと浮いた。

青年騎士が目を見張った。

「……な……なんという力……」

ドゴオオォォンッと竜を地面に叩きつける。

「旅の御方っ！　この剣をお使いください」

青年は力を振り絞って大剣を持ち上げると、それを放り投げる。しかし、その途中で彼は吐血し、膝をついた。投げた大剣はあさっての方向に飛んでいってしまう。

「ヴォアアアアアアアアアアアアアアアアアアアアアアアアアアァァァァァァッッッ!!!!」

巨頭竜から吐き出された黒きブレスが剣を飲み込み、彼方に吹き飛ばした。

「……くっ……!!」

青年は収納魔法陣から剣を抜くと、そこに再び魔力を込めた。

「やめておけ。その有様で魔法を使えば、死ぬぞ」

「……されど、黒き巨頭竜の鱗は《赤刃神》の剣以外では傷つけられ――」

騎士の言葉は途中で引っ込み、唖然とした視線が俺を貫く。倒れた巨頭竜に、《根源死殺》の指先を思いきり突き刺したのだ。

《赤刃神》の剣以外では傷つかぬという竜の鱗は脆くも砕け、俺の指先は皮膚を突き破っては、肉を貫く。ぐしゃり、とその根源を潰すと、巨頭竜は断末魔の叫びを上げて息絶えた。

「…………なんと……？　黒き巨頭竜を一撃で…………」

青年騎士は驚愕の表情で俺の顔を見つめていた。

§3.【巨頭竜の霊薬】

群れのボスがやられ、残りの竜は蜘蛛の子を散らすように逃げ去っていった。

「立てるか？」

青年騎士に手を差し出す。彼は俺につかまり、身を起こした。心なしか、先程よりも顔色がよくなっている。

「かたじけない。私はアガハ竜騎士団の一人、近衛騎士リカルド・アービシャスと申します。名をお聞かせいただけますでしょうか？」

「アノス・ヴォルディゴードだ」

「アノス殿。黒き巨頭竜を神の力なしに倒すとは、もしや、あなた様は子竜なのでしょうか？」

地底で常識外の力を持つ者は、神かそうでなければ子竜なのだろうな。

「俺は竜人ではなくてな。地上の魔族だ」

言いながら、俺は天蓋を指す。

「地上の……」

リカルドは驚いたような表情を浮かべる。だが、すぐに気を取り直したように口を開いた。

「すると、ディルヘイドの？」

ジオルダルとは違い、アガハの者は地上のことを知っているようだな。

「ああ、そこから来た」

「我が国、アガハの預言にて、いつか騎士道を重んじる地上の英雄たちが地底を訪ねてくると聞いておりました。お会いできて光栄です、アノス殿」

「さて、その預言の者が俺たちかはわからぬが――勇敢な騎士に出会えて嬉しく思うぞ」

改めて、俺はリカルドと握手を交わした。

「一つ尋ねるが、巨頭竜をわざわざ誘き寄せたのはなぜだ？　お前の力ならば、あの竜が出てくる前に逃げることは造作もあるまい」

うなずき、リカルドは厳しい面持ちで答えた。

「実は娘が、病に伏せっておりまして」

「ほう」

「巨頭竜の体内にて精製される、稀少（きしょう）な竜珠（りゅうしゅ）が必要でございました。それを使い、霊薬にすれば、娘の病にも効果があるのです。それゆえ、ここしばらく奮闘していた次第であります」

僅かに彼は苦笑する。

「しかし、少々、無理がたたったようです。アノス殿が通りかからなければ、危うく命を落とすところでした」

「ならば、早々にそれを手に入れ、霊薬を持っていってやるがよい」

すると、リカルドは戸惑ったような表情を浮かべた。

「……そういうわけにはいきませぬ。巨頭竜を仕留めたのは、アノス殿です。竜珠は大変価値のあるもの。魔法具の素材にも使われ、売りに出せば相当な値段がつくことでしょう。用途が不明でしたら、命を救っていただいたお礼、わかる限りのことはお教えいたしましょう」

義理堅い男だな。命がけで取りにきた薬の材料を譲ろうとは。

「遠慮はいらぬぞ。俺には必要のないものだ」

「騎士の道に背くわけにはいきませぬ。きっと、アノス殿にも使い道が見つかるでしょう」

騎士の道か。真っ正直な男だ。

「では、リカルド。俺には一つ、目的がある。竜珠を使って、なせるものか教えてもらおう」

「は。どうぞ、おっしゃってください」

「なんともままならぬこの世界を、義理と誠実さが報われるものにしたい。正直者が馬鹿を見るなど、不憫（ふびん）でならぬ」

リカルドは、はっと気がつく。俺の言葉の意味を察したのだろう。

「さて、その竜珠をどう使うとよい？」

「……かたじけない。このご恩には必ず報いましょう……」

彼は恐縮し、深く俺に頭を下げた。

と、そのとき、上空から声が響いた。

「と、トモ～ッ！　どこ行くのっ？　だめだよっ、そっちは‼」

ナーヤの声が聞こえ、ザザッと奇妙な音が響く。なにかと思えば、巨頭竜の体がみるみる縮み、ボール大にまで小さくなった。

「クゥルルーっ」

可愛らしい鳴き声はトモグイのものだ。同時に小さくなった巨頭竜の姿が消えた。

「トモ～っ」

「クゥルルー？」

ナーヤが呼べば、巨頭竜がいた場所に、小さな竜が姿を現す。ぺろぺろと口周りを舌で舐めまわしている。

「ふむ。トモグイ、巨頭竜を食べたな」

「…………クゥ……？」

甘えるような声でトモグイは鳴いた。

神竜を食べた成果か。先の奇妙な音に、竜を食らうトモグイの力が宿っていたのだろう。

「と、トモッ！　アノス様がお話し中だからっ。めっ」

ナーヤが飛び降りてきて、トモグイを胸に抱える。

「も、申し訳ございませんっ！」

彼女はぺこりと頭を下げ、滞空している雪の竜のもとへ戻っていった。

「すまぬ。俺の学院の生徒とその召喚竜だ」

「……いえ……元々、アノス殿が仕留められた竜ゆえに……」

そうは言うものの、リカルドの表情は暗い。命がけで巨頭竜を倒しにきたのだ。娘の病は相当重いのだろう。

「一度、くれてやったものだ。責任は取ろう。娘の病を見せてもらえるか？」

「……はい……それは、構わないのですが……しかし……」

「気休めを言っているわけではない。地上では病を治す魔法が発達している。俺も医療魔法には多少の覚えがあってな。霊薬とやらで治せるのならば、魔法も効果があるはずだ」

そう申し出ると、リカルドはまた恐縮したような表情で、深く頭を下げた。

「かたじけない。是非とも、お願い致します」

「娘はどこに住んでいる？」

「アガハの首都、アガロフィオネにおります」

「ならば、ちょうど目的地だ。案内してくれるか？」

うなずくと、リカルドは《飛行(フレス)》の魔法陣を体に描いた。

「体はいいのか？　あの雪の竜に運ばせるが」

「お気遣い痛み入ります。しかし、問題はありませせぬ」

リカルドは飛び上がった。口にした通り、支障はないようだ。

俺も空へ浮かび上がり、上空のミーシャたちと合流する。

「私はアガハ竜騎士団が一人、近衛騎士リカルド・アービシャス。地上から来た英雄たちよ。助太刀感謝いたします。アノス殿の厚意により、アガロフィオネまで道中を共にさせてもらうこととなった。よろしくお頼み申しますっ！」

リカルドは魔王学院の生徒たちへ律儀に挨拶をし、先導するように一番前を飛んだ。サーシャたちに事情を説明しつつも、彼の後ろについていく。

やがて、見えてきたのは、剣に囲まれた都市だ。防壁代わりとでもいうように巨大な剣が隙間なく何本も地面に突き刺さり、街を覆っている。中心には城があり、その周囲には民家や商店が立ち並ぶ。人々が往来を行き交う姿が見えた。

「あちらが竜着き場です」

リカルドが指した方角へ、俺たちはゆっくりと降下していく。竜着き場に足をつくと、魔王学院の生徒たちに言った。

「所用をすませてくる。この街は安全だ。歌と踊りの練習を続けているがよい」

そう告げると、シンに視線をやった。

「しばらく任せる」

「御意」

リカルドを振り向くと、彼は言った。

「では、こちらへ」

歩き出したリカルドの後に続く。ミーシャとサーシャ、アルカナがついてきた。

「一緒に行ってもいい？」

ミーシャがそう俺に問いかける。

「練習はいいのか？」

「もう完璧だわ。羞恥心さえ捨てれば、楽勝だもの」

サーシャがふっと微笑しながら言う。

「ほう。この短時間で羞恥心を克服したか。以前からずいぶんとファンユニオンの歌には抵抗を持っていたようだが、どんな手を使った？」

「……ど、どんな手って、別に、き、気合いよ」

「なるほど。羞恥心は心からくるもの。より強い心でもって対抗したというわけだ」

「そう真面目に分析されても返答に困るわ……」

サーシャが呟く。

「違ったか？」

「一番恥ずかしいことをしたから？」

ミーシャが言うと、一瞬でサーシャは頬を朱に染めた。

「なっ、なに言ってるのっ⁉」

「違った？」

「……それは、その……だ、だったら、ミーシャもやりなさいよっ……」

ふむ。脈絡のない。ミーシャも小首をかしげている。

「……開けないでっ……♪」

「なんでわたしに向かって歌うのっ⁉」

「サーシャがやれって」

「あっちよ、あっち。アノスにっ」

サーシャが俺をぴっと指さす。

「まあ、完璧だというなら、構わぬ。ついてこい」

歩き出せば、ぶつぶつとぼやきながらサーシャはついてくる。竜着き場を後にし、アガロフイオネの街並みを眺めながら、俺たちは往来を歩いていった。

「ジオルヘイゼと違って、教会みたいなものってないのね」

サーシャが街を見物しながら、そんな感想を漏らす。

「神父さんもいない」

ミーシャが言った。

「アガハは、剣帝に治められた騎士の国。この国の民にとって、祈りとは剣を振るうこと。その手で道を切り開いてこそ、神の救いが訪れるとされている」

二人の疑問に、アルカナがそう説明した。

「地上の方なのに、詳しいのですね」

リカルドがこちらを振り向く。

「わたしは地底の神。彼の選定神」

「選定神……そうでしたか。確かに強い力を感じます。選定の神よ。ようこそ、アガハへいらっしゃいました。心から歓迎いたします」

リカルドはそう頭を下げ、再び歩き出す。

俺が選定者と知っても、余計な詮索をするつもりはないようだ。

「アガハには、古くから、命剣一願という教えがあります」

先のアルカナの発言を受けてか、リカルドはそう切り出した。

「自らの命を剣として、一つの願いを成し遂げる。一生に一度、誰しも命をかけるべき戦いが訪れる。そのときのために、体を鍛え、剣を磨く。それは、命を研ぎ澄ますこと。《全能なる煌輝》は、その命にこそ宿る。ゆえに我らアガハの民は騎士であり、そして一人一人が《全能なる煌輝》の輝きと言えます」

「なるほど。命の輝きこそが、神という教えか」

「ええ。神は常にここにある」

リカルドが自らの胸に手を当てる。

「ゆえに、何事も恐るるに足らず。すでに我らは神なのだから、全身全霊をもって、事に当たればいい。それこそがアガハの根幹であり、最も尊ぶべき教え。私たちの誇りでもあります」

朗らかにリカルドは笑う。

「もっとも、人が神というアガハの教えは、神を崇拝するジオルダルの教えとは相反し、受け入れられないものでもありますが……」

神を信じる、という言葉に変わりはないが、アガハとジオルダルの教えはまるで異なる。

俺としては、ただ祈ることしかできぬジオルダルよりも、自らが神と言い切るアガハの教えの方が、いっそ清々しくてよいがな。両国が相容れぬのは当然か。

「こちらです」

リカルドは大きな門の前で足を止める。近くにいた兵士が、彼の顔を見て、その門を開いた。

「アガロフィオネ剣帝宮殿。アガハの剣帝、ディードリッヒ様が政務を執り行う宮殿です」

「ほう。宮殿にいるとは思わなかったな」

「申し訳ございませぬ。最初に説明するべきでした」

リカルドが門を越え、宮殿の中へ入っていく。俺たちはその後ろに続いた。

「娘は、ディードリッヒ王の側近。王竜より産み落とされし子竜にして、このアガハに二人しかいない竜騎士の称号を持つ者なのです」

§4.【死に至る病】

アガロフィオネ剣帝宮殿。

リカルドに案内され、俺たちは上階の部屋に入った。室内は広い。豪華な絨毯が敷かれ、高級なテーブル、調度品の数々が置かれている。中央には大きなベッドがあり、そこに一人の少女が眠っていた。両手首に腕輪をしている。魔法具のようだ。

「……………ん……」

物音で目が覚めたか、少女がゆっくりとこちらを向いた。長く伸びた赤い髪が、部屋の灯りに輝いている。凜々しい顔立ちの彼女は、少々不思議そうに俺たちを眺めていた。

「只今帰ったぞ、シルヴィア」

リカルドが優しそうな表情で言った。

「おかえりなさい、父上。その方たちはどなたか？」

寝起きにもかかわらず、凜々しい口調でシルヴィアが尋ねる。

「地上から来た方々だ。今日も霊薬は手に入れられなかったが、この方がお前の病気を治せるかもしれないとおっしゃるのだ」

リカルドが俺に軽く手を向け、紹介する。

「アノス・ヴォルディゴード殿だ」

「よろしくな」

そう口にすると、シルヴィアはベッドの上で上体を起こす。彼女は丁寧に頭を下げた。

「遠いところまでご足労痛み入る。私はディードリッヒ王の側近、竜騎士シルヴィア・アービシャス。こちらこそ、よろしく頼む」

シルヴィアが差し出した手を取り、握手を交わす。そうしながらも、彼女に魔眼を向けた。

魔力の流れが淀んでいる。予想通り、なかなか重たい病気のようだな。

「申し訳ございませぬ。説明が遅れましたが、娘の病気は欠竜病と申し――」

「器に穴が空いたように魔力が体から抜け落ち、死に至らしめる病か。その両手首につけた腕輪で、根源から魔力が零れぬように封をしているというわけだ。だが、完全には抑えきれまい」

驚いたような表情でリカルドが俺を見る。

「もしや、地上にも同じ病が……？」

「いや。今、診察した。どうやら竜人しか持たぬ臓器が原因のようだ」

シルヴィアの病巣の深淵を覗く。

「ふむ。魔力器官の一部が暴走状態にある、か。こいつが病巣だな」

「……なん、と……ものの数秒で、欠竜病の症状と原因を……」

リカルドは驚愕したように息を吐く。

「魔力器官を治癒してやれば、欠竜病は治る」

「……治癒……できるのか……？」

半信半疑といった風に、シルヴィアが問うた。

「問題ないだろう」

「し、しかし、アノス殿。欠竜病は、再生の番神の力で体を治癒しようとも、治すことのできない病なのです。巨頭竜の霊薬以外に、どんな魔法も効き目はありませぬ」

リカルドが言う。

「巨頭竜の霊薬でも、根治はしまい。症状を緩和し、悪化を防ぐのみ。そうだな？」

恐縮したように、リカルドがうなずく。

「え、ええ。効果は一年ほどで、大きな魔力を使えば症状が悪化いたします」

「恐らく巨頭竜の霊薬は本来毒だ。魔力器官の一部を麻痺させる効果があるのだろう。それがたまたま欠竜病によって暴走する魔力器官と一致するため、症状を抑えることができる」

シルヴィアの体に魔法陣を描く。

「再生の番神の力でも治癒できぬのは、この魔力器官が正常と見なされているからだ。神は秩序だからな。壊れたものを再生することはできるが、秩序に従っているものの再生はできぬ」

「魔力器官が暴走しているのに、正常だと？」

道理に合わない、といった風にシルヴィアがそう俺に問う。

「魔力器官が発達しすぎていると言えばわかりやすいか？　臓器自体は正常だが、強くなりすぎて体が追いついておらぬ」

「……そうか」

「もう一つ。根源というのは体の記憶を持っている。それの書き換えもできぬようになっている。異常があるのはそちらだな。再生の番神は根源には干渉せぬ」

僅かに希望を持ちながらも、リカルドは恐る恐るといった風に尋ねた。

「……どのようにすれば……？」

「根源の悪い部分を切り落とせばいい。少々、死ぬより痛むが？」

すると、シルヴィアは覚悟したように言った。

「構わない。私も騎士だ。どんな痛みも耐えてみせる。やってくれ」

「いい心がけだ。なに、苦痛は一瞬だ」

右手に《根源死殺(ベブズド)》をかけ、黒き指先でシルヴィアの胸を貫く。

「……あっ……ぅ……」

魔眼(め)を凝らし、病巣(びょうそう)に狙いをつける。魔法的な施術も絡(から)むため一概には言えぬが、物理的な大きさで表せば、病巣(びょうそう)は凡(おおよ)そ心臓の一〇億分の一しかない。切り落とす箇所は、根源の中枢。手を誤り、根源を削りすぎれば、なんらかの後遺症が残る可能性もあるだろう。

狙い澄まし、繊細な指先と魔法の操作で、俺は根源を二つに割る。そして、内側の病巣(びょうそう)を切り落とし、即座に接合した。

「あっああああああああああああああああぁぁぁぁぁぁぁぁぁあっっっっ‼‼」

シルヴィアの口から大きな悲鳴が漏れる。右手を引き抜けば、彼女はがくりと気を失った。

《総魔完全治癒(エイ・シェアル)》で穴の空いた体を治癒してやる。

不安げに、リカルドが俺の表情を窺(うかが)ってきた。

「成功だ。根源が多少傷ついたが、じきに回復する。数時間もすれば目が覚めるだろう」

指先で魔力を送り、シルヴィアの腕輪を外してやる。先刻までは、その魔法具がなければこぼれ落ちていた魔力が、しかし、今は正常に彼女の体を循環している。

「お……おお……なんと……これは…………」

目にうっすらと涙を浮かべ、リカルドは俺に深く頭を下げた。

「奇跡の業です。いかにお礼をしていいものか。本当に、感謝の言葉も見つかりませぬ」

「頭を上げよ。霊薬を台無しにした責を果たしたまでだ。そう感謝されると、こそばゆい」

後ろにいたサーシャが得意気に笑い、ミーシャが温かい眼差(まなざ)しを俺に向けていた。

「そういうわけにはいきませぬ。アノス殿は娘の恩人。なんなりとお申しつけください。できることがあらば、どのようなことをしてでも、この恩に報い――」

唐突に黙り込み、リカルドの体が前のめりに倒れていく。それを咄嗟(とっさ)に手で支えた。

「……がはっ……う、ぁっ……！」

彼は苦しげに咳き込む。口からは血が滲んでいた。

「ふむ。そういえば、先刻からなにやら具合が悪そうだったな」

「柔らかい寝台」

　ミーシャが《創造建築》でベッドを作る。俺はリカルドを抱え、そこに優しく寝かしてやった。苦しそうな眼差しを俺に向け、彼は言う。

「……も、申し訳ございませぬ………」

「怪我かと思ったが、リカルド、お前も病を患っているな。ついでだ。治してやろう」

「……いいえ。それには及びませぬ。これは病気ではなく、寿命ゆえ」

「それほどの歳には見えぬが？」

「竜人には、希に短命種が生まれます。老化が早く、普通の竜人で言えば、私はもう老体もいいところ。最早、いつ迎えが来ても、おかしくはありませぬ」

「一応、診てやろう。発作が起きぬようにはできるかもしれぬ」

　リカルドの体に魔眼を向け、その病巣を探る。確かに一見して原因はどこにもなく、老衰のように見える。

「よくもこんな体で竜と戦っていたものだ。お前の言う通り、寿命が尽きる寸前だ」

　魔力で体に鞭を打ち、無理矢理動かしていたのだろう。

「もしも、わかるのでしたら、お教えいただきたいことが……」

「なにが知りたい？」

「……アノス殿の見たてでは、あと一週間、生きながらえることができましょうか？」

「さて、際どいな。なにかあるのか？」

「王竜というのを、アノス殿はご存知でしょうか？」

アヒデが盗んだあの竜か。

「根源を食らい、子竜を生むという竜のことだろう？」

リカルドがうなずく。

「……あと一週間、生きながらえることができれば、この根源を、王竜の生贄として捧げることができます。そうすれば、先のないこの身が、新たな子竜の力になり、アガハを守る剣となる。国の礎を築くことができるのです……」

死を目前にして、願うのは祖国の繁栄か。騎士の鑑のような男だ。

「ディードリッヒは、なにも言わなかったか？」

ナフタならば、リカルドの行く末も見られるだろう。あの男は、結末を知っているはずだ。

「預言者たる剣帝にはすべてが見えるでしょうが、そのすべてを預言にするわけには参りませぬ。特に悪い預言は、口になさらぬと決めておりますゆえ」

「なぜだ？」

「アガハの民は預言を疑いはしませぬ。しかし、死が見えてしまえば、生きる気力を失う者も少なくない。悪い預言を伝えれば、そのときが訪れる前に命を絶ってしまうか、そうでなくとも、哀れな人生を送りましょう。未来を見るとは絶望に等しいと、剣帝はおっしゃられました」

確かにな。良い預言ならば、まだいいだろう。悪い預言を聞いてしまえば、最早その時点で良からぬ未来が訪れる。

言わぬ方が、最善の未来に辿り着くというのがディードリッヒには見えているのだ。

「だとすれば、寿命を預言されなかったことで、お前は助かったというわけか」

「……助かったというのは……？」

リカルドが疑問の目を向けてくる。

「老衰病だ。二千年前、地上の一部で流行った病でな。一見して、老衰のような死に方をする。病原は魔力が変質した老虫だが、抵抗力のない赤子にしか寄生できぬ」

赤子のみが寄生されるために、短命種がいるという結論になったのだろう。

「老虫は、形のない魔力の虫だ。赤子のうちからお前の魔力と同化し、一体化するために、その存在は秘匿される。この魔力虫は滅多なことでは自然発生しないと考えられていてな」

「……というと……？」

「何者かが作った魔法としか考えられぬ」

だが、結局ディルヘイドでも、これが魔法によるものだという断定はできなかった。術者が見つからなかったのだ。ディードリッヒに止められなかったのならば、彼がナフタと盟約を交わす以前に、老虫が作られたのだろう。あるいは、ディルヘイドで二千年前にこの老虫を作った者と、それを地底に持ち込んだ者は、同一人物なのかもしれぬ。

ナフタはその秩序からいって、未来しか見えぬ。自分が経験した過去さえ、長くは覚えていられぬはずだ。俺がここで老衰病のことを口にする未来は見えたはずだが、わかったところで対策のしようがなければ仕方あるまい。短命種としておいた方が、まだマシだったのだろう。

「ともあれ、治癒魔法はある」

リカルドに魔法陣を描き、老衰病を治す《老衰病治癒(ワズワース)》の魔法をかける。瞬く間(またたま)に体内に潜む老虫は消えた。老衰病がこれ以上悪化することはあるまい。

「治ったのでしょうか……?」

「病気はな。お前の体の時間を老化する以前に戻す。少々、記憶を読み取らせてもらうぞ」

魔法陣を描き、《思念領域(リクノス)》を使った。

「……記憶を……どのようにすれば……?」

「なに、適当に俺の話に答えていればよい。そうだな。シルヴィアのことを聞こう。子竜ということは、お前の実の娘ではあるまい」

リカルドはうなずいた。

「子竜は王竜より生まれ落ちるため、育てる親がおりませぬ。それゆえ、養父か養母が引き取り、育てるのです。私がシルヴィアに出会ったのは、一八年前。近衛(このえ)騎士として、竜騎士を育てる任を剣帝より命じられました」

そのときのリカルドの想(おも)いや記憶が流れ込んでくる。一八年前ならば、ちょうどいい起源になるだろう。リカルドの体に魔法陣を描き、《時間操作(レバイド)》で局所的に時間を戻した。

つまり、若返らせたのだ。

「終わりだ。立ってみよ」

言われるがまま、リカルドは立ち上がる。手足を動かし、それから信じられないといった表情を浮かべた。

「……まるで昔に戻ったようです。いえ、昔よりも幾分か体が軽いような気さえします」

「老虫に取られていた魔力が使えるようになったからな。これで普通の竜人と同じように生きられる。王竜の生贄にならずとも、その手で国を守るがよい」

感謝を満面に浮かべ、リカルドは口を開いた。

「本当に……娘のことと言い、どのようにお礼をすればいいのか……私にできることがあれば、なんなりとお申しつけください……」

リカルドは深く深く、頭を下げた。

「気にせずともよい。ほんのついでだ」

《思念領域》を解除する――その寸前だった。リカルドの心の声が俺の頭に響いた。

――これで、王竜の生贄になることができる――

§5.【竜騎士団推参】

心の声には触れず、俺はリカルドに尋ねた。

「そういえば、ディードリッヒには会えるか？」

「もちろんです。しかし、今日は大事な客人を迎えるということで、外に出ております。日が暮れるまでにはお戻りになると思いますが、それまでお待ちいただけますでしょうか？」

リカルドが生贄になるのは一週間後、猶予はある。口を出すにも、まずこの国の文化をよく知らねばな。

「では、また夜に来よう。もう一つ訊くが、王竜はアガハではどんな意味を持つのだ？」

尋ねると、リカルドは真剣な表情で答えた。

「王竜とは、アガハの預言にて伝わる教えの一つ。かの竜に、多くの竜人を生贄に捧げることで、その根源を一つとし、国を救う英雄、子竜を産み落とすのです」

「生贄とは、あまり穏やかではないな」

同意するように、リカルドはうなずく。

「おっしゃる通りかと。されど、王竜の生贄は、未来なき者への希望なのです。私のような短命の者、あるいは不治の病を患った病人、または償えぬ罪を犯した罪人が、王竜の生贄となる資格を得ます。王竜を優先し、いたずらに人々の命を奪うものではありませぬ」

「子竜は国を救う英雄になるというが、彼女もそうか？」

ベッドに眠るシルヴィアに視線をやった。

「ええ。アガハの竜騎士は、国を支える決して折れぬ剣。やがて訪れる災厄の日に、彼女たちはその不屈の力をもって、国を守護すると言われております」

「アガハの預言ということは、ディードリッヒがそう言ったのか？」

「いえ。アガハを建国された最初の剣帝がその預言を口にし、代々受け継がれてきたものです。それはこの国の民、我ら騎士の規範となる教えです」

ゆっくりとリカルドがベッドへ歩いていき、そこで眠る娘に視線を落とす。

「英雄が国を守護するならば、騎士たる我らは、その英雄を守らなければなりませぬ。それをなすことができれば、アガハは安泰でしょう」

「災厄の日というのは？」

「それもアガハの預言にて、言い伝えられているものです。これといった日を指すのではなく、国家の危機すべてを指すとも言われています。あるいは、ディードリッヒ王にはその日が見えているのかもしれませんが、私どもにはわかりませぬ」

彼はぐっと拳を握り、強い瞳で俺を見た。

「しかし、太平の世ではないゆえ、アガハの騎士は、常に心構えをしなければなりませぬ。いかなる苦難が、この身に、そしてこの国に襲いかかろうとも、命剣一願となりて立ち向かう」

そうはっきりと述べるリカルドは、確かな信念を全身に滲ませる。

「騎士として、この国の剣として、私たちはなすべきことをなす。その教えの一つが、王竜が産み落とす、アガハの竜騎士なのです」

リカルドは、そっと眠り続けるシルヴィアの頭を撫でる。

「そのため、娘には、少々厳しく接しすぎたかもしれませぬが……この子も、幼い頃にはよく不満を漏らしたものです。あるいは、英雄になど、なりたくなかったのかもしれませぬ」

はっと気がついたように、リカルドは頭を下げた。

「……余計なことを申しました。お忘れください」

「後悔しているか？」

しばし考え、リカルドが首を横に振った。

「彼女を立派な騎士に育てることが私の役目ゆえ。そうでなければ、この子の親になることさえ、叶わなかったでしょう。後悔はありませぬ。ただ……」

娘の顔をじっと見つめ、彼は言葉をこぼした。

「娘の気持ちはわかりませぬ」

「死んでしまってはなんにもならぬ。強くあれと厳しく育てたお前の愛は間違ってはいまい。機会があれば、ゆるりと話し合うことだ」

「……ええ。そうですね。機会があれば、そうしたいものです……」

虚ろな目で彼は娘を見つめた。まるで、その機会が来ないことを知っているかのように。

「病み上がりだ。無理をせず休め」

「はい。重ね重ね、感謝いたします」

踵を返し、俺たちは剣帝宮殿を後にした。来た道をそのまま引き返し、竜着き場を目指して歩いていく。

「気になる？」

ミーシャが俺の顔を覗き、そう言った。

「多少な。《思念領域》を解除する直前に、リカルドの心の声が聞こえてきた。『これで、王竜の生贄になることができる』とのことだ」

「はぁっ⁉」

と、サーシャが驚きの声を発する。

「だって、王竜の生贄になれるのって、未来がない人だけって言ってたじゃない。老衰病が治ったのに、生贄になる必要ないわよね？」

「なにか部外者には言えぬ事情があるのやもしれぬ。今アガハに竜騎士は二人だったか。あるいはもう一人、竜騎士が必要ということも考えられよう」

そう口にすると、アルカナが言った。

「預言があったのかもしれない」

「あのリカルドって人が生贄になることで、他の多くの人が助かるとか、そういうこと？」

「そう。命剣一願、彼は救いたいもののために、命をかけようとしている。その未来が見えているのなら、生贄となる価値はあるのだろう」

ミーシャが小首をかしげた。

「剣帝にはそれもわかる？」

「だろうな。だが、ディードリッヒは覆らぬ預言に意味はないとも言っていた」

小を殺して大を生かす。理屈としては正しいが、未来のない者しか生贄にしないという決まりを破ってまで、それを行うか？

「リカルドが生贄になりたがろうと、ディードリッヒはそれをさせぬやもしれぬ」

だとすれば、そもそも俺の出る幕はない。

「なんだか、アノスの口振りだと、アガハの剣帝はまともな人みたいに聞こえるわね」

サーシャが怪訝そうに言う。まあ、アヒデはアゼシオンの王族を誑かし、ゴルロアナは地上を消滅させようとしていた。地底の竜人に良い印象がなくとも無理はない。

「一度会っただけだがな。なかなかどうして、立派な王だった」

「ふーん。じゃ、そうなんでしょうね。リカルドのことはなにか事情があるのかしら？」

「さてな。まだ肝心なことはなにもわからぬ。実際に聞いてみるのが早いだろう」

夜になればディードリッヒも宮殿に戻ってくる。結論を急ぐ必要はあるまい。

「思ったことがある」

アルカナが気がついたように言った。

「預言者は聖歌隊の子たちを気に入っていた。大事な客人というのは、彼女たちかもしれない」

「未来がわかるんなら、ファンユニオンの居場所も簡単にわかるでしょうけど、それなら、先にアノスに会いに来ると思うわ。一国の王様なんだし、そんな礼儀を欠くこと――なに？」

ミーシャがすっと指をさしていた。サーシャがその方向を振り向くと、円形の舞台があった。来たときには確かになかった。

耳には微(かす)かに、聞き覚えのある音楽が響く。

「ねえ……嫌な予感がするんだけど……」

その伴奏は、魔王賛美歌第六番『隣人』。荘厳(そうごん)な調べとともに、魔王学院の生徒たちが一斉に舞台に上がった。

「な……なにしてるのよ、あの子たち……!?」

往来を行き交う竜人たちが、何事かと舞台に視線を向けていた。

「これは……なんの催しだ？」

「道のど真ん中に、あんな邪魔なものを作って……」

「音楽……ってことは、まさかジオルダルの連中かっ？」

「あいつら、ここがどこかわかってないのか？　アガハの首都で、ジオルダルの布教活動なんかすれば、すぐに宮殿の騎士たちが駆けつけるぞ」

さすがに目立ちすぎているようで、アガハの民は皆、不愉快そうに舞台上を睨んでいる。

そのとき、竜鳴が響き、空から三〇体ほどの白い竜の群れが飛んできた。背には紅い騎士服と鎧を纏った騎士たちが乗っている。

「噂をすれば、だ」

「ようしっ、ネイト様率いる竜騎士団だっ！　ジオルダルめ、痛い目見やがれってんだっ！」

白い竜の群れが往来を低空飛行すると、そこから騎士たちが飛び降りた。

総員三〇名。一糸乱れぬ隊列で、歩行さえも揃えている。

「全隊、止まれ！」

前を歩いていた男がすっと手を上げると、竜騎士団がぴたりと足を揃えて停止した。

彼がネイトか。髪をオールバックに整え、鋭い目をしている。

「魔力が強い……」

「ていうか、なんなの、この感覚……？　離れてるのに、剣を突きつけられてるみたいな……」

ミーシャとサーシャが畏怖するようにネイトを見た。竜騎士団を率いるということは、彼がもう一人の子竜、つまり竜騎士なのだろう。

「本日、往来にて催し物の許可は出ているか？」

「は！　催し物の許可はありませんっ！　申請もなかったようです！」

ネイトの質問に、副官らしき男が答えた。

「ただちに取り押さえましょうか？」

「焦るな。聖歌はジオルダルの教え、奴らが教団の者ならば、なにを狙っているか知れたものではない。まずは出方を窺う。奴らを監視しつつ待機せよっ！　耳をすませっ！　歌のみならず、一挙手一投足を見逃すな！」

「はっ！」

竜騎士団が魔王聖歌隊を監視する。そんなことはつゆ知らず、彼女たちは歌い始めた。

「あー、神様♪　こ・ん・な、世界があるなんて、知・ら・な・かったよ～～っ♪♪」

「「ク・イック、ク・イック、ク・イックウッウー♪」」

ぴくり、とネイトの眉毛が上下した。

「開けないでっ♪」「「うっうー♪」」

聖歌隊の歌に合わせ、魔王学院生徒一同、一糸乱れぬ完璧な振り付け。

「開けないでっ♪」「「うっうー♪」」

練習の成果が存分に発揮され、愛情溢れる正拳突きが繰り出される。

「開けないでっ、それは禁断の門っ♪」

警戒に当たったはずの竜騎士団は、まさに度肝を抜かれたといったような表情で、聖歌隊の歌と振り付けに、目と耳を奪われていた。

「見たところ魔力は感じない。ただの歌と舞いか。どうやら、ジオルダルの布教活動ではなく、旅芸人たちのようだな。そうならば、厳重注意で済ませよう」

ネイトがしばらく様子見するとばかりに、待機を指示する。完璧なまでの統率。隊列は決して崩さず、騎士一人とて微動だにしない。

しかし、歌声が響く中、そんな彼らに異変が起きた。

「貴様……」

ネイトが振り向き、部下たちを見る。

「今声を発したのは誰だ？」

鋭い問いに、しかし、申し出る者はいない。

「シラを切るつもりか。今確かに、『うっうー♪』と言った者がいただろう。騎士たるものが、『うっうー♪』だと？　そんなことで有事のときに、国を守れるのかっ⁉」

憤怒の形相でネイトは騎士たちを見やる。

「騎士の誇りがあるなら名乗り出るがいい」

すると、一人の男が手を上げた。先程の副官だった。

「貴様か、ゴルドー」

「……も、申し訳ございません、ネイト団長」

「なぜそんな真似をした？」

副官ゴルドーは口を噤み、返事を躊躇っている。

「なぜ『うっうー♪』と口にしたのだと聞いている？　答えろ」

「わ、わたしにもわかりませぬ。なにやら体がおかしく……。あの歌を、ずんずんと体を突き上げるようなメロディを聞いていましたら、自然と口ずさんでいたのです」

「たわけ。なにが、ずんずんと体を突き上げるようなメロディだ。騎士の誉れが地に落ちるぞ」

「はっ！　申し訳ございませんっ！」

ネイトはぐっと拳を握る。

「歯を食いしばれ。粛正してやる」

「はっ！　よろしくお願いします！」

副官はピッと直立不動になった――ちょうどそのときだった。

「あー、神様♪　こ・ん・な、世界があるなんて、知・ら・な・かったよ～～～っ♪♪」

「「ク・イック、ク・イック、ク・イックウッウー♪」」

魔王学院の生徒たちと、ネイトの拳が同時に繰り出される。かの竜騎士は言った。

「せっ！」

副官の頬がネイトの拳に打たれる。粛正された副官、粛正したネイト。並びに、そこにいた騎士団一同。誰もが皆、信じられないといった表情を浮かべていた。

「団長、今……」

「『せっ！』と、おっしゃいましたか……？」

わなわなとネイトは強面の顔を震わせた。

「馬鹿な……私はいったいなにを………」

手を後ろにやり、ネイトは直立不動の姿勢を取る。

「私を粛正しろっ！」

「はっ！」

副官はネイトを殴りつけた。すぐさま彼は、魔王聖歌隊の方へ視線をやる。

「なぜだ……？」

うずうずとネイトの体が震える。いや、彼だけではない。騎士団全員が直立不動の姿勢をたもてず、うずうずと体を揺らし始めていた。

「私は竜騎士、災厄の日にアガハを守る英雄ぞ。だのに、この湧き上がる衝動はいったいっ⁉ この歌はなんなのだっ⁉ 自制しようと思えば思うほど、逆に涙が止まらぬっ……‼」

ネイトはわけもわからず感涙していた。

「ええいっ、奇っ怪な歌を歌う者どもめっ。魔力がないと思っていたが、これは我らが騎士団の士気を削ぐための悪魔の歌。あの者どもを引っ捕らえるぞっ！　騎士たる我らがあのような歌に屈するわけにいかないっ！」

竜騎士団は全員、歩行を揃え、まっすぐ舞台へ向かっていく。

「ちょっ、ちょっと、あれ、どう考えても、やばいわよっ⁉　早く止めて謝らないと、騒ぎになるどころじゃないわっ！」

慌てて走り出そうとしたサーシャを、俺は手で制する。

「ふむ。読めぬ男だ」

「読めぬって、なんの話よっ……？　それより早く止めないとっ⁉」

「その心配はない。見るがいい──」

俺は舞台を指さす。音楽に合わせ、魔王聖歌隊が二手に分かれると、その間から、一人の男が颯爽と歩いてくる。

真紅の騎士服と鎧。長めの髪、整えられた立派なひげ。その佇まいからは、悠久の時を生きてきた者特有の重みを感じさせる。

彼は、両足を開き、丹田に力を込め、渋めの声で朗々と歌い上げた。

「あー、神様♪　こ・ん・な、世界があるなんて、知・ら・な・かったよ～～っ♪♪」

「「ク・イック、ク・イック、ク・イック、ク・イックウッウー♪」」

魔王聖歌隊と魔王学院の生徒たちが、ク・イックの合いの手を入れる。

「あれが、アガハの剣帝──」

途端にその男が拳を突き出す。

「入れないで♪」『『せっ！』』

右を引くと同時に左。大地に響き渡るような正拳突きが、渋い歌声とともに放たれる。

「入れないで♪」『『せっ！』』

両拳を重ね合わせ、まるで獲物に食らいつく獣の如く、剣帝はそれを突き出した。

「入れないで、それは禁忌の鍵♪」『『せっ、せっ、せっーーっ！！！』』

ニヤリと奴は剛胆な笑みを浮かべ、民たちを、そして直属の配下である竜騎士団を見据える。

「──預言者ディードリッヒ・クレイツェン・アガハだ」

「こいつは、たまらんぜ」

足を踏みならし、ディードリッヒは力強くポージングを決めた。

「……あれが……本当に、あのへんた……あれが……？？？」

サーシャがオリジナルの振り付けで熱唱するディードリッヒに、困惑の視線を注ぐ。瞳には、制御しきれるようになったはずの《破滅の魔眼》が浮かぶ。それほどの疑心、それほどの疑惑であった。

「あれは、ディードリッヒ王……」

驚愕の眼差しで、竜騎士ネイトが呟く。

「本当だ……間違いないぞ、ディードリッヒ様だ……」

「では、これは、剣帝の催しものなのかっ!?」

「あの御方も人が悪い……我らに伝えておいてくれればいいものを……」

「しかし、いったいどういう意図が……？」

騎士たちは腰に下げた剣を鞘ごと外し、敬意を示すかのように、その場で頭を下げた。

「聞けいっ！　アガハの民よっ！」

間奏の最中、ディードリッヒは剛胆な声を発した。

「この者たちは、地上から参った。ディルヘイドの魔王が俺との約言を守り、使わしてくれた聖歌隊だ。率直に言おう」

大きく一歩を踏み込み、ディードリッヒは親指で後ろの聖歌隊を指す。

「この歌は、たまらんぜ」

魔王聖歌隊の歌が始まり、『それは魔の手でっ♪』『あー♪　そこは不浄のっ♪』などといった歌詞の数々が、アガロフィオネに響き渡っている。

　そして、それに合わせ、ディードリッヒは完璧なまでの正拳突きを繰り出していた。魔王学院の生徒たちより、遙かに練度が高い。未来を見ながら、相当な稽古を積んだに違いなかった。

「そうか……そうだったのか……」

　ネイトが言った。

「敵の懐にこそ生きる道ありっ！　歌を恐れるのではなく、飲まれるのでもなく、我がものとする。それを剣帝は教えようとしているのだ……」

　くわっと竜騎士ネイトは眼光を鋭くした。

「あれこそ、騎士の誉れっ！　さすがはディードリッヒ剣帝、このアガハの真の騎士よっ！」

「……い、いえ、ネイト団長。それはどうかと……」

　副官ゴルドーが言いづらそうに苦言を呈する。

「馬鹿者っ。剣帝の行いを疑うかっ⁉　剣帝は預言者なれば、その一挙手一投足にいささかの無駄もあるわけがないっ！　真意を見抜けず、我らが主君をただの道化にするつもりか⁉」

「はっ、は……！　も、申し訳ございません……私としたことが……」

　ネイトが大声で号令を上げる。

「全隊、私に続けっ！　ディードリッヒ剣帝がここに道を示された。彼こそが真の騎士であり、彼のなすことがすなわち騎士道、騎士の誉れへとつながるのだっ！　踊れ、歌えぇぇっ‼　我らが騎士道はここにありぃぃっ‼」

　生真面目な顔で舞台へ突っ込んでいくネイトを見て、部下たちが仕方がないといった表情を浮かべた。

「……ディードリッヒ王の悪ふざけと、ネイト団長のクソ真面目さには、頭が下がるが、まあ、団長にだけ恥をかかせるわけにはいかんだろう」

「ははっ、違いない。たまにはこういう騎士道もいいもんだ」

「それに、ジオルダルの歌とは違うな。神に祈るだけではなく、自ら手を伸ばし、そして隣人とわかり合おうという歌か……」

「ああ、心に染み入る。こんな世界があるなんて知らなかった。我らの教えと同じ。預言だけを真実とするのではなく、いつか預言を乗り越える。そういう歌であるな」

「がははっ、一言で言えばディードリッヒ王の言う通り。こいつはたまらん！　騎士である我々に、これほど相応しい歌と振り付けはないだろうなぁっ！」

竜騎士団は一致団結し、即興で振り付けを行っては、魔王聖歌隊の歌声に酔いしれる。

その楽しげな声に惹かれ、次々と往来に竜人たちが集まってくる。

「アガハの民よ、今日は無礼講と洒落込もうやっ。剣を置き、拳を握れ。心の赴くまま、突いて、突いて、突きまくろうぞぉおっ‼」

まるで開戦の合図の如く、うおおおおおおおおおおおおおおおぉぉぉっ、と騎士らしい声がアガロフィオネの空に響いたのだった。

§６．【剣帝との再会】

　幾度目のアンコールであったか。アガハの剣帝ディードリッヒは声を振り絞り、熱唱した。

「あー、神様♪　こ・ん・な、世界があるなんて、知・ら・な・かったよ～～～っ♪♪♪」

「「「ク・イック、ク・イック、ク・イックウッウー♪」」」

　竜騎士団やアガハの民たちは、魔王賛美歌第六番『隣人』にすっかり慣れ親しんだと言わんばかりに、歌に合わせて踊っている。

「「「剣っ帝っ‼」」」「「「うぉりゃっ！！！」」」

　響き渡る剣帝コールと、迫力に満ちた正拳突き。合いの手も見事だった。

「「「剣っ帝っ‼」」」「「「だっしゃあっ！！！」」」

　ディードリッヒが舞台の最前列へ歩み出て、拳を天に突き上げる。ニカッと彼は力強い笑みを見せた。

「こいつは、たまらんぜ」

　剣っ帝っ！　剣っ帝っ！　とディードリッヒを称（たた）える声がアガハの民から口々に漏れる。彼らの表情も、その言葉も、心から自然とこぼれたものに相違ない。

「大人気」

　と、ミーシャが呟（つぶや）く。

「ああ、なかなかどうして、大したカリスマだ。アガハの王は、ずいぶんと民に慕われている」

「アガハは騎士の国って話だけど、変態の国の間違いじゃないかしら……？　だって、あの最前列にかぶりついている人……」

サーシャが視線を向ける。竜騎士ネイトが、ぐるんぐるんと拳を振り回し、絶叫していた。

「これこそ、騎士の誉れぇぇぇっ!!　ディードリッヒ王に栄光をっ!!　万歳！　ディードリッヒ！　万歳！　うおおぉぉぉぉ、ばんざぁぁい、ディードリッヒッ！」

「あれ、災厄の日に国を救う英雄でしょ……」

サーシャは頭が痛いとばかりに額を手で押さえている。

「彼の預言がこれまで多くの命を救い、民の幸せを守ってきた証だろう。アガハは数多ある未来の内から、最善の結果をつかみとってきた」

アルカナが言う。

「ここは、理想の国とも言える」

「あれが理想なのっ……!?　あれがっ!?」

サーシャがネイトを指さして声を上げるも、アルカナは冷静に言った。

「魔族の子、なにをしているかは問題ではない。王が慕われ、彼のすることに民が楽しみながらついてくる。それが一つの理想だということ」

「……それは、そうかもしれないけど……納得しがたいわ……」

サーシャは不服そうな視線を舞台に送っている。

「羨ましいものだ。力尽くでしか物事を解決できぬ、どこぞの魔王などよりよほど民も暮らしやすいだろう」

　ぱちぱち、とミーシャが瞬きをする。

「きっと、ディルヘイドに来たら、ディードリッヒ王もそう思う」

「そうか？」

「ん」

　彼女は優しく微笑んだ。どうやら気を使わせたようだな。

「アガハの民よっ！」

　歌は終わり、ディードリッヒは声を張り上げる。

「改めて紹介しようぞ。あの天蓋の向こう側にある国、ディルヘイドからはるばるアガハまでやってきた魔王聖歌隊、そして、魔王学院の者たちだ」

　ディードリッヒが両手を上げると、魔王聖歌隊や生徒たちがぺこりと頭を下げる。

「それにしても、たまらんものだ。彼女たちの歌は予想だにせぬほど感情を揺さぶられる」

　予想だにせぬ、か。数多の未来を見ることができる預言者がな。事実ならば、気に入るのも無理からぬ話だ。なにせディードリッヒは起こりうるほぼすべてのことを知っている。

　人は未知の出会いにこそ、心躍るものだ。なにもかもがわかりきっている人生など、すでに終わっているに等しい。それゆえ、あの男は、さぞ退屈極まりない日々を生きてきたのだろう。

「こいつは、預言をも超える歌だろうよ。アガハの剣帝の名において、彼女たち魔王聖歌隊には、竜の歌姫たる称号を贈りたい」

　賛同するように、拍手が鳴り響く。驚きながらも、エレンたちは恐縮したように、ぺこりぺこりと頭を下げていた。

「この竜の歌で、また共に盛り上がろうや」

民に背中を見せ、手を上げながら、ディードリッヒは舞台から降りていく。

「任務完了。ここに脅威はなかった」

竜騎士ネイトが厳しい声を発し、踵を返す。

「これより当騎士団は、宮殿へ帰投する」

硬い面持ちで、一分の隙もなく表情を引き締め、竜騎士は完璧に部下たちを統率する。手を上げれば、そこに白い竜たちが飛んできた。彼らはそれに跨り、宮殿へ飛び去っていった。

「行くか」

俺たちは歩き出し、舞台を降りていったディードリッヒや魔王聖歌隊のもとへ向かう。

未だ周囲の喧騒はやまず、往来は人混みで溢れている。それをかき分けていくと、ディードリッヒが待っていたと言わんばかりに、こちらを見つめていた。彼はニカッと笑った。

「よう、魔王。すまぬな。魔王聖歌隊の練習を少々覗きにきたのだが、どうにも心躍ってしまってな。辛抱たまらなかった。ちぃとばかし楽しませてもらったぞ」

「なに、満足できたなら幸いだ。元よりその歌は、お前への手土産だからな」

「そいつは重畳」

ディードリッヒは豪放に笑う。

「俺たちがアガロフィオネに来るのを知り、わざわざ出向いたのか?」

「おうよ。それと少々、野暮用もあったのだ。本来は、お前さんが宮殿に来たときに、出迎えるべきであった」

「なに、未来が見えようとその身は一つだ。気にすることはない」

するとディードリッヒは俺に向き直り、頭を下げた。

「我が配下、竜騎士団のリカルド、そしてシルヴィアの命を救ってくれたこと、心より礼を言おう」

「よい。あれはリカルドへの詫びと、もののついでだ」

未来が見えても、欠竜病と老衰病は治せぬ。ナフタの力で限局しようとも、症状を遅らせられるだけで完治は難しかろう。そもそもあの権能は、ナフタが近くにいないと効果がないだろうしな。未来神を病人の治療にだけ使うわけにもいくまい。

「すでにわかっているだろうがな、ディードリッヒ。アガハの預言者に用があってきた」

ディードリッヒがアルカナを見る。

「お前さんが一番知りたいのは、背理神ゲヌドゥヌブのことだな」

「全能者の剣リヴァインギルマにて、永久不滅の神体と化した天蓋は、なぜ元に戻すことができないのか。それを解決するため、お前さんはアガハへやってきた」

「いかなる理由が隠されていようと、俺はそれに辿り着く。ならば、未来を見れば、今、その理由がわかるだろう」

「そいつは正解だ。だが、今それをお前さんに言うわけにはいかん」

「ほう」

考えなかったわけでもないが、少々意外な答えだ。

「つまり、俺がそれを知れば、よからぬことが起こるというわけか？」

「お前さんにとって、とは言うまいて。こいつは俺の事情だ」

背理神であるアルカナが、アガハに関わることになるのか。あるいは、俺の今後の行動が、この国の行く末を左右するのやもしれぬ。

「お前さんの記憶についても、そうだ。せっかくの来訪だが、今はまだ預言をしてやるわけにはいくまいて」

「構わぬ。知らぬだけで、より良い未来に辿り着くというのならば、そちらの方がいいだろう。結局は、早いか遅いかの違いにすぎまい」

「お前さんにとってより良い未来かは、わからないだろうよ」

くはは、とその言葉を笑い飛ばした。

「この手が届く範囲のより良い未来ぐらいは、なにがどうあろうと、つかみとってみせるぞ。ならば、アガハにとってもより良い未来である方がよい」

答えに満足したように、ディードリッヒは破顔する。

「魔王や、お前さんの言葉は、未来を知っていてなお、清々しいものだ」

その言葉に、俺は笑みで応じた。

「歓迎しようぞ。剣帝宮殿に客人を迎える用意はしてある。ゆっくりしていくがいい」

「その言葉に甘えさせてもらおう。あいにくとそれほどゆっくりしている時間はないがな」

ディードリッヒと固く握手を交わす。

「震雨のことだが、いつ、どこで起きるかを伝えておこう。ジオルダルにも、いくつか降り注ぐことになるだろうて」

ディードリッヒが、《思念通信》にて、俺に震雨が起きる日時、場所、規模を伝えた。

「いいのか？　ジオルダルは敵国だろう」

「なあに、構わんさ。あくまで信仰の違い、滅べとまでは思わぬよ」

震雨の情報を、《思念通信》でジオルヘイゼに残してきたエールドメードに送っておく。あの男ならば、教団に対策を叩き込むのに時間はかかるまい。

ディードリッヒは踵を返し、歩き出す。その横に並べば、がしっと俺の肩に手が回った。

「なあ、魔王や。お互い多忙の身だ。お前さん方と交流を深めるのに良い提案がある」

「ほう。面白そうな話だな」

「酒宴の席を設ける。一杯やらんか？」

俺は不敵に笑い、口を開く。

「言っておくが、俺は底なしだぞ」

ディードリッヒは大きくうなずく。

「なんの。大酒も飲めぬようでは剣帝はつとまるまいて。我が竜騎士団は酒豪揃い。俺もざっとうわばみよ」

「面白い。サーシャ」

俺の後ろを歩いていた彼女に言う。

「皆に伝えよ。これから、アガハの騎士たちと一杯やるとな」

「これからって、これから？　まだ真っ昼間だわ……」

呆(あき)れたような表情を浮かべるサーシャに、俺はこともなげに言ってやった。

「真っ昼間だからといって、酒が飲めぬとでも思ったか」

§7.【宴の始まり】

アガロフィオネ剣帝宮殿。

宴会場には、竜の肉をメインとした豪勢な料理と大量の酒が並べられている。立食形式だ。酒宴の席についているのは、俺たち魔王学院と、ディードリッヒ、そして剣帝直属の騎士たち、アガハ竜騎士団であった。

「紹介しよう」

ディードリッヒが言った。

「あの天蓋の彼方(かなた)にあるディルヘイド国を治める偉大なる魔王とその配下たち。すなわち、我らが教え、アガハの預言にあった地上の英雄たちである」

その言葉に、竜騎士ネイトは唸(うな)るように声を発した。

「うむぅ。では、ジオルダルの祈り、《神竜懐胎(ベヘロム)》を止めたのは?」

「おうよ。魔王アノスと、その選定神アルカナだ。この者どもは、ガデイシオラの幻名(げんめい)騎士団を退け、ジオルダルの信徒を蹴散らし、教皇ゴルロアナの祈りを打破してのけた」

驚きの声が発せられる。

「……幻名騎士団ということは、あの紫電の悪魔を……？」

セリスのことなのだろう。ディードリッヒは大きくうなずいた。

「なんと勇猛な……」

「すでに病を発症しかけていたとはいえ、シルヴィア副団長ですら、あの悪魔には及ばなかったというのに……」

騎士たちから、感嘆の声が漏れる。

「でもって、こいつらが俺の腹心。いずれアガハを守る英雄たちだ。今は三人ばかし、足りないがよ」

その内の二人は、リカルドとシルヴィアだろう。

「ま、細かいことは抜きだ。各々交流を深め、今日は朝まで飲み明かそうぞ」

ディードリッヒは酒が注がれた酒杯を掲げる。

「地上の英雄たちの来訪に！」

騎士たちは酒杯を持った右手を胸の中心に持ってくる。アガハ式の敬礼であった。

「「我らが剣の祝福を！」」

歓迎するように、騎士たちは声を揃える。そうして、酒杯になみなみと注がれた酒を一気に呷った。竜人ゆえか、皆、これぐらい特になんでもないといった顔をしている。

「ふむ。酒豪というだけのことはある」

俺も手にした酒杯の酒を呷る。

「んー、これ、すっごく強いお酒だぞ。四〇度ぐらいなあい？」

言いながら、エレオノールは早速おかわりをして、ごくごくと酒を飲んでいる。

「ガハハ、気に入ったか。アガハに伝わる、竜牙酒という代物だ。こいつは五臓六腑にガツンと染み渡ろう」

言いながら、ディードリッヒは酒を呷る。

「ガツンと染み渡るって、全然美味しそうな表現じゃないんだけど……」

サーシャが酒杯に入った竜牙酒をじっと睨む。

「君はやめておいた方がいいんじゃないかな？」

レイが言う。

「あははー、そうですよね。サーシャさんはけっこう弱いですしね」

「だ、大丈夫よっ。これぐらいなら。ね、ミーシャ」

ミーシャはぱちぱちと瞬きをして、小首をかしげる。

「舐めるだけなら？」

不服そうにサーシャは唇を尖らせ、じとっと彼女たちを睨む。

「ほら、サーシャちゃん、果実水があるぞ、果実水」

エレオノールが酒杯に入った果実の絞り汁をサーシャに差し出す。

「……ゼシアと……おんなじです……」

「もう、みんなして。心配いらないわ。あれから魔力もずいぶん上がったし、毒への抵抗力だって強くなったんだから。魔法の毒だって耐えられるのに、お酒なんかで酔うはずないわ」

思いきったようにサーシャは顔を上げると、酒杯を傾け、竜牙酒を一気に呷った。ミーシャたちが心配そうに彼女の様子を見守る。

サーシャはコツン、とテーブルに酒杯を置く。それから、まったく問題ないといった風に優雅に微笑んだ。

「あら、今夜は星が綺麗だわ。さしずめ、星くずをちりばめた夜の川といったところかしら」

真っ昼間である。

「サーシャちゃん、一秒で酔っぱらってるぞっ！　地底から星は見えないしっ！」

「あら？　さまりゅなれろら」

呂律が回っていない。

「些末なことだって」

ミーシャが解説した。彼女は舐めるように、ぺろぺろと竜牙酒を飲んでいる。

「今のよくわかりましたね」

感心したようにミサが言う。

「でも、全然些末なことじゃないぞっ。むしろ、サーシャちゃん、今、大ピンチだぞ」

サーシャが自然と手にした竜牙酒を、エレオノールがすっと取りあげ、果実水を渡す。

「うー、なによ……。子供扱いしてっ」

「そ、そんなかわいこぶっても、だめなものはだめなんだぞっ」

エレオノールが人差し指を立てる。

「かわいこぶってなんかないもんっ……」

たった一杯で、完全に酔っぱらったサーシャは犬歯を見せて言った。

「大丈夫なんだもんっ。なにもかも滅ぼすこの《破滅の魔眼》で、アルコールなんて滅ぼしてあげるんだからっ」

「あっ……サーシャちゃんっ、だめだぞっ」

エレオノールの隙をつき、サーシャは竜牙酒の瓶と果実水の瓶をつかむ。

「破滅の魔女の力、見せてあげるわ」

竜牙酒の瓶を傾け、いくつもの酒杯に次々と中身を注ぐ。酒瓶が空っぽになったところで、サーシャはそこに果実水を勢いよく流し込んだ。

「どうかしら？　あっという間に、お酒が果実水に早変わり。滅ぼしてやったわ」

中身を移し替えただけである。

「うんうん。じゃ、サーシャちゃんはその《破滅の魔眼》で滅ぼしたお酒を飲むんだぞっ」

その様子を横目で見ていたディードリッヒが俺に言った。

「愉快な配下を持っているものだ。羨ましい限りだぞ、魔王」

「あいつは見ていて飽きぬ。お前のところの英雄も、なかなかどうして、面白いがな」

俺は視線を横の席に向ける。生真面目な顔で酒を飲んでいるのは、竜騎士ネイトである。あの男の切り替えの早さたるや、二重人格の詛王カイヒラムもびっくりといったところだ。

「アガハにはこんな言い伝えがあってな」

豪放に笑い、ディードリッヒが切り出した。

「あるとき、強大な竜が国を襲った。いかなる刃も通らず、いかなる魔法も効かぬその竜を相手に、アガハの騎士たちは劣勢を強いられる。まともに戦っては勝てぬと踏んだ騎士たちは、さあ、いったいどうしたと思う？」

「さて、酒でも飲ませたか？」

「ガハハ、その通り！　一か八か、酒を振る舞ってみたのよ。すると、その竜は思いもよらず酒好きでな。騎士たちは酔わせて仕留めてしまおうと考えた。ゆえに、酒戦を開いたのだ」

「竜と酒戦か？　それは面白い」

ディードリッヒが声を上げて豪快に笑った。

「まあ、実際のところはわかるまいて。だが、言い伝えによれば、竜と酒戦に興じたあげく、なんと倒そうとしていた敵とわかり合ってしまったそうだ」

「なかなか傑作だ」

「そうであろう。以来、アガハには、酒杯竜戦と呼ばれる宴の作法が生まれた」

酒を呷り、ディードリッヒは酒杯を空にする。竜牙酒の瓶を持ち、奴に注いでやる。

「早い話が、強い酒を飲み比べるという催しでな。酒を酌み交わし、酒量を競い、わかり合おうというものなのだ」

俺が酒を飲み干すと、空になった酒杯に今度はディードリッヒが瓶を傾ける。

「せっかく来たのだ。アガハの文化を味わうのも悪くはなかろう。一献、交えてみまいか？」

笑みを浮かべ、俺は言った。

「望むところだ。存分にわかり合おう」

ディードリッヒが手を上げる。すると、何人かの騎士が、酒樽をいくつも持って、宴会場の中心にやってくる。そこは僅かにせり上がり、簡単な舞台となっていた。酒樽を舞台に配置すると、騎士たちはまた席に戻っていく。

「それでは勝負と洒落込もうや。酒戦に挑む配下を選ぶがよかろう」

「ふむ」

さて、誰を選ぶか？

「こちらは、そうさなぁ。ネイト・アンミリオン」

「は」

ディードリッヒの声に、竜騎士ネイトが毅然とした歩調で舞台へ上がった。

「俺の腹心中の腹心、竜騎士団の団長だ。戦だけでなく、酒量もアガハの騎士団一だ」

「ほう。では、こちらも、相応の者で迎え撃たねばなるまい」

すると、ネイトは俺の方を向き、頭を下げた。

「畏れ多くも、地上の魔王。もしも、許しをいただけるのならば、この竜騎士ネイト、一献交えてみたい相手がございます」

「許す。申してみよ」

ネイトはシンをその手で指した。

「一分の隙もない所作、油断のならぬ視線、酒席において、常に王であるあなたを守る位置取り。彼は間違いなく、ディルヘイド一の使い手でしょう。その上、もう七杯も飲んだというのに、まるで酔った気配のせぬ底知れぬ酒量。アガハを背負う騎士として、彼とやってみたい」

なるほど。シンに目をつけたか。

「さすがは災厄の日にアガハを救う英雄、なかなかの魔眼だ。その男は、俺の右腕、シン・レグリア。魔族最強の剣士と謳われ、その酒量も魔族随一だ」

そう口にして、俺は彼に視線をやった。

「シン」

「御意」

シンはまっすぐ舞台に上がった。その冷たい表情は、決して酔うことなどないという力強さを感じさせる。

「ならば、まずは前哨戦と行こうや」

ディードリッヒが言った。

「ルールは簡単だ。交互に酒を飲み、潰れるか、あるいはもう飲めないと降参した方が負けということで、どうであろうか？」

「承知」

ネイトが生真面目な顔で言い、舞台に置いてあった酒杯を手にする。かなりの大きさだ。彼は酒樽の竜牙酒を酒杯ですくった。

「受けて立ちましょう」

シンも酒杯で竜牙酒をすくう。

「予め言っておく」

ネイトは、シンに言葉をかけた。

「この竜牙酒は特注品、その度数は通常の竜牙酒のおよそ三倍にもなる。覚悟することだ」

「自らの優位をあえて捨てるとは、アガハの騎士道、見上げたものです」

冷静にシンは言葉を返した。

「先に飲む方がお好みか？」

「ご自由に」

二人は視線の火花を散らす。

「では、私から先に行かせてもらおう」

「ふむ。度数が三倍ということは、一二〇度か。なかなかどうして、強い酒だな」

二人は酒杯を近づけ、カンと音を鳴らす。

「お酒は一〇〇度までだと思った」

隣に来たミーシャが、不思議そうに言葉をこぼす。

「魔法の時代はそうなのだろう。二千年前は違った」

常人ならば、ただではすまぬであろう竜牙酒を、ネイトは迷いなく呷った。

たちまち、周囲からは感嘆の声が漏れる。

「さ、さすがはネイト団長……！　相も変わらず、ハンパねえ飲みっぷりだ……」

「一二〇度だろ、一二〇度。竜人でも、あんなもん飲んだらただじゃすまねえってのに……」

「しかも早い。まだ一〇秒も経ってないのに、あっという間に空に……」

竜牙酒を飲み干し、ネイトは酒杯をテーブルに置く。

「さあ。今度は、そちらの番だ」

「あえて早飲みすることで、酒を飲むだけではなく、重圧に私を飲み込もうというわけですか」

「なんのことだ」

生真面目な口調で、ネイトは言った。

「これが私の普段の晩酌だ」

一二〇度の酒を、一〇秒足らずで一気飲み。常人には理解し難いほどの大酒飲みであった。

「さあ、そちらの番だ。地上の戦士の飲みっぷりを見せてもらおう」

ネイトがシンに飲酒を迫る。

「……団長も人が悪い。あれだけの飲みっぷりを見せられちゃ、引くわな……」

「いくら地上の猛者だからって、酒飲みとは限らねえもんな……」

「いやいや、あの人は真面目だかんな。本気で飲めると思ってんじゃねえか？」

「つっても、見ろよ。ぴくりとも飲もうとしねえぜ」

「さすがに、無理だろ。俺だって団長と張り合う気にはなんねえよ」

「おーい、地上の剣士さんよっ！　無理するこたぁねえっ。やめといてもいいんだぜっ。こりゃ、ただのお遊びだからさっ」

一人の騎士がそう助け船を出した瞬間だった。

「申し訳ございません。少々速すぎましたか？」

ネイトが険しい表情を浮かべた。

「ま、まさか……」

ばっと彼は歩を踏み出し、シンの側においてあった酒樽を覗く。

「樽でいかせていただきました」

なみなみと竜牙酒の入っていた酒樽が、すでに空になっていた。

「なっ……⁉　ばっ、馬鹿なぁっ……⁉」

「見たか、今の⁉　一瞬の間に酒樽の酒をぜんぶ飲み干したのかっ……⁉」

「いや……！　いや、見えなかった。酒量だけじゃない。なんて呼吸力！　信じられないほどの吸引力だ……⁉」

「言い伝えの竜だって、そんなに飲むかっ……⁉　なんという男だ、シン・レグリアッ！」

ゆるりと歩を踏み出すと、シンは軽く酒樽を持ち上げる。

「久しぶりの酒席ですからね。どうぞ、お気になさらず。あなたがその酒杯で一杯おやりになるごとに、私はこの樽で一杯いかせていただきましょう」

§8.　【酒杯竜戦】

「誇りをかけた酒戦にて、手心を加えられては騎士の名折れ。酒も飲めぬ男に、祖国を守れるはずもなしっ！」

ネイトは酒樽をつかむと、天高く掲げた。まるで合戦の最中の如く、威風堂々彼は言う。

「竜騎士ネイト・アンミリオン、推して参るっ！」

蓋の開いた酒樽を、ネイトはくるりとひっくり返した。勢いよく体に浴びせられた竜牙酒だったが、しかし、それは一滴たりとも地面を濡らしてはいない。まさに浴びるように、ネイトが全身で飲んでいるのだ。

「で、出たぞぉっ！　ネイト団長の浴び飲みっ……!!」

「いつもながら、常軌を逸している……」

「しかし、団長がこれほど早く切り札を出すとは、あのシンという男、底知れぬ……」

変わった体質だな。子竜ゆえか？　酒を浴びて、魔力が上がった。魔法ではない。体内器官が酒を魔力に変えているといったところか。とはいえ、酔いは回っているようだが。

「なかなかの飲みっぷりですね」

シンは大樽を片手で軽く持ち上げ、口元でくいっと傾けた。トン、と床にそれを置くと、中はもう空になっていた。

「二杯目にもかかわらず、なんという早飲み……!!」

「ネイト団長の酒技が剛だとすれば、シン殿のは迅」

「この勝負、まるで読めん……！」

シンとネイトはまっすぐ視線を交錯させる。

「酒杯竜戦は、アガハのお家芸。私は国を救う英雄と預言を賜った竜騎士だ。偉大なるディードリッヒ王の名にかけて、後れを取るわけにはいかん」

「それはこちらも同じこと。いかなる勝負であれど、魔王が敗北することは世界が滅びてもありえない話。その右腕たる私が、我が君が見ている前で無様な姿を曝すわけにはいきません」

酒樽を手に、シンとネイトは、忠義の火花を激しく散らす。

「行くぞ、竜技――」

ネイトは先程シンが飲んだ一杯に加え、更に一〇杯を追加。合計一一個の酒樽を、魔力で持ち上げ、浮遊させる。その酒樽と魔力は、あたかも竜の姿を彷彿させた。

「もっ、もう竜技をっ……⁉」

「アガハ広しといえど、あれを使えるのは竜騎士のみ。自らの内に眠る竜の力を、最大限解放する奥義――」

「団長があれを使うのは何年ぶりだ？　シン殿は、それほどの相手だということか……」

騎士たちが敬意を表すかのようにシンを見る。

すると、彼はまるで見えない剣を構えるように、すっと右手を動かした。

「鯨飲剣、秘奥が壱――」

シンの手が煌めいた瞬間、樽が宙を舞う。

「あっ、あれはっ……⁉」

「シン殿の手の上に積み上げられた樽が、まるで剣を模すかのようにっ！」

二千年前は過酷な世界。悲劇と理不尽にまみれていた。酒席で貴様なにかやってみろと言われ、もしも場を白けさせようものなら、いつ首が飛んでもおかしくはない。ゆえに、酒席の業も平和な時代とは一線を画す。

本来は、酒瓶を高く積み上げては剣のように模し、それを振り下ろすとともに飲むというシンの鯨飲剣。それを樽でやるとは、なかなかどうして、見ない内に剣を磨いていたか。

「《酒乱一刀》！」

一〇個の樽がまるで一本の剣と見紛うが如く振り下ろされ、床に飛び散る。コン、コロンと音を立てて転がる酒樽は、そのどれもが空になっていた。

「なんのっ！　《竜ノ暴飲》」

ひっくり返された一一個の樽から、大量の酒がネイトの頭に降り注ぐ。それを彼は全身ですべて飲み干した。

勝負は依前として互角。だが、舞台に上げられた酒は、今の一合ですべてなくなっていた。

「酒だ。酒を持ってこい！」

まるで酔っぱらいの如く、ネイトは声を大にして言った。

「は！　た、只今っ!!」

すぐさま騎士たちが酒を取りに宴会場を出ていった。

「ふむ。しばし休戦か」

すると、俺の背中に誰かがぴたりとくっついてきた。振り向くと、アルカナがいた。

「……お兄ちゃん……」

ぎゅっーっとアルカナは俺を抱きしめる。彼女の顔は赤かった。

「神が酔うとは珍しい」

「えへへ……」

アルカナが笑う。

「……あのね……お兄ちゃんの言う通りにしたんだよ……」

いつもと口調まで違っているな。まるで夢で見たアルカナのようだ。

「言う通りとは？」

「弱さを知らないと救えないから。わたしは酔っぱらいを救うために、酩酊(めいてい)を知ったんだよっ」

確かに酔っぱらいらしいことを言う。神は秩序、秩序が酔うわけは本来ないはずだが、まあ、創造魔法で酔うようにできなくもないか。

「勉強熱心なことだ。なにかわかったか?」

「……あのね……」

舌っ足らずな口調で、アルカナは言う。

「今日は、お兄ちゃんと一緒に寝たいなっ……」

完全に酔っぱらいの呼吸をつかんだか。会話になっていない。

「仕方のない」

「お兄ちゃん……」

「どうした?」

「えへへ、お兄ちゃんっ……」

満面の笑みを浮かべ、ぎゅっとアルカナが抱きついてくる。

「……裏切らないよ……わたしはお兄ちゃんの味方……裏切らないからねっ……」

「ああ、わかっている」

アルカナの頭をそっと撫(な)でてやる。完全にへべれけだ。

「良(い)いことを思いついたよっ」

にっこりと笑い、アルカナが言う。

「お兄ちゃんがぐっすり眠れるように、今日はわたしがおまじないしてあげるっ」

言った途端、すぐにアルカナは不安そうに目を伏せる。

「……いらない、かな……？」

「いや、ありがたい」

ダンッと大きく足音が響く。サーシャが唐突に舞台に上がった。

「次はわたしがやるわよっ、酒杯竜戦っ！　シンの仇はとってあげるっ！」

「私はまだ負けておりませんが……」

シンがそう言うと、サーシャはふっと微笑する。

「負けてないからと言って、仇をとれないと思ったかしら？」

シンは目を細くし、言葉を失う。今のサーシャにはいかなる正論も通じぬと悟ったのだ。

「魔王軍が目指すのは完全勝利よっ。シンが勝って、そしてわたしが仇をとる。一石三鳥だわ！　敵を蹂躙するわたしたちのやり方を、アガハの騎士たちに見せつけてあげるっ！」

非の打ち所のない見事なまでの酔っぱらいであった。アルカナが素面に見えるほどだ。

「ディードリッヒ王、わたしは魔王の配下サーシャ・ネクロン。破滅の魔女と呼ばれているわ。僭越ながら、今度はこちらから、お相手を指名してもいいかしら？」

「そいつは構わんぜ。誰を所望だ、魔女のお嬢ちゃんよ」

サーシャはビシィッと人差し指を突きつけた。

「舞台に上がりなさい、アルカナッ！　飲み潰してあげるわ！」

アルカナは、味方だ。けれども、指された彼女は目の前にあった竜牙酒をくいっと飲み干すと、正気に戻ったかのように、こう言った。

「彼女に救いを与えるときがきた。わたしはただ救うための神、彼女を酔いから醒ましてあげる」

　ふらーとアルカナは歩いていき、舞台に上がった。

　ふむ。正気に戻ったかのように見えて、酔いがますます回ったか。

「はっはっは、こいつは一興っ！　魔王よ、お前の配下もお前の神も、酒宴の場というのを弁えているではないか。これぞ酔っぱらい共が覇を競う。酒杯竜戦の醍醐味に他なるまいてっ！」

　ディードリッヒが上機嫌に笑い、くいっと酒を呷る。ちょうどそこへ、騎士たちが戻ってきて、舞台に酒樽を並べていく。シンとネイトが酒戦を再開するその脇で、アルカナとサーシャが、とろんとした視線をぼんやりと合わせた。

「うー……」

　と、サーシャが声を上げ、じーとアルカナが彼女を見つめる。

「……なによっ」

「なにがだろうか……？」

「アノスの妹だからって、一緒に寝たりとか、お、おまじないとか、そんなのずるいんだもんっ！　わたしの目が魔法陣の内は絶対許さないのっ！　大体、妹なんて、所詮、妹なんだからっ。いい？　わたしが勝ったら、妹の座は明け渡してもらうわっ！」

「あー、サーシャちゃん、羨ましかったんだ」

エレオノールが酒を飲みながら、そんな風につっこんだ。

「お兄ちゃんは、わたしのお兄ちゃんっ。妹になりたいなら、わたしの妹になればいい」

アルカナが真っ向からサーシャに言葉を突きつける。

「あなたの妹になっても意味ないもんっ！　わたしはアノスの妹がいいのっ！」

「わたしの妹になれば、お兄ちゃんが、あなたのお兄ちゃんになる」

「……そんなのっ――いいわね。間接お兄ちゃんってことかしらっ？」

「どちらかと言えば直接」

ミーシャが淡々と言った。

「直接お兄ちゃんっ⁉」

サーシャは顔を真っ赤にしながら、声を上げた。

「いいわ。それなら、わたしが勝ったら、妹の座を明け渡してもらう。もしも、負けたら、あなたの妹になってあげてもいいわよ」

「いずれにしても、この酒戦を経て、魔族の子、あなたは救われる」

「さあ、そううまくいくかしら？」

不敵にサーシャは笑い、アルカナを見下す。

「じゃ、いくわよ」

酒杯を手に、サーシャは酒をすくった。アルカナも同じく酒杯に酒を満たす。

「一つ提案がある」

「冥土の土産に、聞いてあげるわ」

「妹になったときの呼び方を決めておいた方がいい」

「よっ、呼び方……」

サーシャは顔を赤らめ、恥ずかしげに俯く。そうして、か細い声で言ったのだ。

「……じゃ……その………お、お兄様……」

「魔王様からお兄様へ、それがあなたの夢なのだろうか」

「その代わり、わたしが負けたら、あなたのことをお姉様って呼んであげるわっ！　こんなの恥ずかしくてしょうがないんだからっ」

「それはこちらも同じこと」

酔っぱらい同士の会話は、けれども不思議と噛み合っている。

「わたしの家族も増える？」

隣でちびちびと竜牙酒を舐めながら、ミーシャが小首をかしげる。サーシャに姉や兄が増えれば、必然的にミーシャにも増えることになるだろう。

「賑やかになるぞ」

「飲む？」

空になった俺の酒杯に、ミーシャが瓶を向ける。

「もらおう」

とくとくと、彼女は酒を注いでくれた。

「どっちが勝つ？」

「さて、どちらも今にも倒れそうだがな。強いて言えばアルカナか」

「じゃ、わたしはサーシャ」

少々驚きつつ、ミーシャを見れば、彼女は微笑(ほほえ)んだ。

「酔っているのか？」

「アノスは勝負のとき、いつも楽しそう」

ほう。俺が勝負事を好くと思い、挑もうというわけか。まあ確かに、嫌いではないがな。

「乗ろう。お前が勝てば、なんでも褒美(ほうび)をくれてやる」

「《契約(ゼクト)》？」

「応じよう」

《契約(ゼクト)》の魔法陣を描き、ミーシャと賭けを交わす。

直後、舞台上の少女二人が動いた。

「破滅の魔女の力で、アルコールをぜんぶ滅ぼしてあげるわっ！」

サーシャは、今にもアルコールに身を滅ぼされそうだ。

「神は酔わない。わたしの勝利とあなたへの救済は定められた道」

アルカナは、すでに酔っている。

二人はゆるゆるの視線を交換し、一気に竜牙酒を呷(あお)る。ごくごくとその液体が飲み干されていき、コツン、と両者の酒杯がテーブルに置かれる。

がくんとサーシャの膝が抜ける。アルカナの勝利、と思えば、彼女もまた前のめりに倒れていく。受け身をとった二人は、しかし、そのまま仲よく床を転がった。

どうやら、起き上がる気配はなさそうだ。

「ふむ。引き分けか。褒美を言うがいい」

ミーシャが首をかしげた。

「……褒美？」

「引き分けはお前の勝ちだ。配下との賭けに、それぐらいの度量を見せぬ俺ではないぞ」

ぱちぱちとミーシャが瞬きをする。

「なにか欲しいものはあるか？」

「時間が欲しい」

ミーシャは即答し、俺を指さした。

「俺の時間ということか？」

こくりとミーシャがうなずく。

「構わぬが、いつだ？」

「今夜。アルカナを寝かしたら、わたしの部屋に来て」

彼女は柔らかく微笑んだ。

「朝まで、アノスの時間をちょうだい」

§9．【恋愛嫌いの女竜騎士】

エレオノールが舞台の方へ歩いていき、床で倒れている少女二人の様子を窺う。

「わーお、二人とも完全に潰れてるぞっ」

彼女は人差し指を立て、《水球寝台(リライム)》の魔法を使う。舞台でころんと倒れているサーシャとアルカナをその中に放り込んで、寝かせた。

「よぉーし、じゃ、ボクも一献、勝負しちゃうぞっ！　飲み潰されたい相手は、だーれだっ？」

エレオノールが酒杯竜戦の舞台に上がる。竜騎士団の一人がそれに応じるように歩み出た。

「……ゼシアも……やりますっ……！」

両拳をぐっと握り、ゼシアも舞台に上がった。

「果実水で……勝負……です……！　樽(たる)を……ください……！」

竜騎士団の者たちは、互いに牽制(けんせい)するかのように顔を見合わせた。

「……貴公、出番ではないか？　先程やりたいと言っていただろう」

「いやいや、負けだ、負け。果実水では、まるで飲む気にならんっ。あんな可愛(かわい)いお嬢ちゃんとじゃ、勝負になどなりはせん。貴様こそどうだ？　確か、甘党であったな？」

「なにを馬鹿な……。あくまで、酒のつまみの話。酒あってこその甘味。ジュースなど一杯で限界である……！」

竜騎士団たちは皆尻込みしている様子だ。

「……ゼシアと勝負は……ないですか……？」

ゼシアは肩を落とす。

「馬鹿者ぉぉっ!!」

浴びるように酒を飲みながら、ネイトが部下を叱咤する。

「挑まれた勝負から逃げるとは、己らそれでも騎士かぁっ！　果実水だろうと泥水だろうと、勝利のためならば、すすってみせるのが我らアガハの騎士ぞっ！　お前が行けい、ゴルドー」

「は、はっ！」

ゴルドーと呼ばれた騎士が返事をして、舞台に上がる。すぐに果実水の樽が運ばれてきた。

「……勝負……です……！」

「負ければ、団長になにを言われるかわかりません。竜騎士団副官、このゴルドー、子供相手とはいえ、ここは全力を出させていただきますっ！」

酒戦の火蓋が切られ、ゴルドーとゼシアが果実水を一気に呷る。

なかなか盛り上がってきたようだな。

「レイさんは、参加されないんですか、酒杯竜戦？」

レイの酒杯に竜牙酒を注ぎながら、ミサが尋ねる。

「お酒はゆっくり飲みたいからね」

言いながら、彼はミサに微笑みかける。

「それに、こっちのお酒の方が美味しいよ」

「あはは一、向こうのは確か一二〇度とか言ってましたっけ？　もうお酒というか、毒みたいなものですよ……ね……」

レイにじっと見つめられ、ミサは戸惑った表情を浮かべる。静かに彼は首を横に振った。

「えと……違いましたか……？」

「きついお酒はけっこう好みだよ。二千年前だったらね」

「……その、それじゃ、どうして、ですか？」

くすっと笑い、レイは甘く囁く。

「どんな味でも、君に注いでもらうお酒が一番美味しいよ」

言葉に撃ち抜かれたように、ミサは上気した顔でレイを見返す。

「……お、おかわりは、いつでも言ってくださいね……」

「軟弱な。戦士ならば、手酌で行け！」

叱責するような鋭い声が飛んだ。レイとミサが視線をやると、入り口に二人の男女がいた。

一人は赤い髪の竜騎士シルヴィア・アービシャス。もう一人は、その義理の父、荒野で助けた騎士、リカルド・アービシャスである。

シルヴィアはまだしばらく目を覚まさぬと思ったが、なかなかどうして、凄まじい回復力だ。

「おお、副団長っ！」

竜騎士団の一人が声を上げれば、皆、嬉しそうな表情で、二人のもとへ駆けよっていく。

「シルヴィア副団長、リカルド殿も。お加減はよろしいのか？」

「問題ない。すでに聞き及んでいるとは思うが、アノス殿に治してもらった」

シルヴィアが毅然と言葉を発する。

「しかし、欠竜病を完治させるとは……いや、こうして健常な姿を見ても、信じられませぬな」

「ああ、さすがは預言にあった地上の英雄よな！　聞きしに勝る魔法の使い手だ」

騎士たちは口々にそんな風なことを言い、俺に視線を注ぐ。

「だが」

シルヴィアが騎士たちをかきわけるようにして、レイのもとへ歩いていく。

俺に聞こえないように配慮した声量で、彼女は言った。

「その配下には、王の偉業をかすませてしまう軟弱者がいるようだ」

まるで目の敵にするように、シルヴィアはレイを睨んだ。そんな視線もどこ吹く風で、彼はいつも通りの笑顔で応じる。

「なにかかんに障ったなら謝るよ。せっかくの酒席だ。仲よくやろう」

「なにかかんに障ったなら、だとっ⁉」

シルヴィアは、ますます激昂し、ミサに指を突きつける。

「その女はなんだっ⁉」

「愛しいと思っている人だよ」

「愛しいと思っている人っ⁉」

目を剝き、赤い髪を怒りに震わせるようにして、シルヴィアはレイを睨めつける。

「よくもまあ、そんな歯の浮くような言葉が並べられるものだっ！　貴様、それでも王を、国を守ろうという戦士かっ⁉」

シルヴィアが言い放つと同時、後ろから騎士たちがやってきて、彼女の腕をつかんだ。

「ふ、副団長っ。もしかして、もう飲んでいらっしゃるんですかっ？　病み上がりで⁉」

「なんだ、貴様ら、放せっ。飲んでなどいないっ？　たかだか一杯や二杯や三杯や四杯や、そこらのことで、飲んだ内には入らないっ！」

「何杯飲んだかも覚えていらっしゃらないじゃないですかっ!!」

相当できあがっているようだ。途中合流だというのに、すでにサーシャ級の酔っぱらいか。

「まあまあ副団長っ。地上には地上の文化があるもんでさぁ。そう目くじらを立てずとも」

「なんだとっ⁉」

ぎろり、と睨まれ、男は萎縮したように視線を逸らす。

騎士の一人がレイに小声で言った。

「申し訳ない、地上の客人。シルヴィア副団長は、少々酔ってしまっているようで。見ての通り、恋愛嫌いというか、カップルが許せないというか、ちょおっとばかしこじらせておってな……強すぎて男に相手にされないもんだから、なんというか、その——」

「人は一人で生まれて、一人で死んでいくのだ。いつ死ぬかわからぬ戦士に、伴侶など不要っ。ええい、放せっ、貴様ら。私は猛獣かなにかかっ！　病み上がりだぞっ！」

取り押さえようとする部下たちを、シルヴィアはいとも簡単に振り払う。さすがは子竜、並の力ではない。

「端的に言えば、独り身の悔しさなのだ……本当にすまぬ……」

「それはいいんだけど」

レイはにっこりと笑う。

「大丈夫かな？　君たちのところの団長と副団長」

レイの言葉に、騎士は苦い表情を浮かべるしかなかった。

「ふんっ。ここまで挑発されても、乗ってこないとは、所詮は愛だ恋だのにうつつを抜かす腰抜けか。そんなにイチャイチャしているのが楽しいかっ⁉」

「楽しいというか、幸せだよね」

「な……臆面もなく……」

ぎりぎりとシルヴィアは歯を食いしばる。

「ふ、ふんっ！　そんな軟弱な考えでは、どうせ酒もまともに飲めないんだろ。そのような男と乳繰り合う女も、程度が知れるというものだ。見たところ、大した魔力も感じないっ！」

「それは聞き捨てならないね」

柔らかく、けれどもはっきりとレイが言う。

「ミサは世界一素敵な女性だよ」

「……う……ぁ………」

シルヴィアはこの上なく動揺していた。

「僕はレイ・グランズドリィ。竜騎士シルヴィア・アービシャス。君に酒杯竜戦を挑むよ。僕が勝ったら、彼女への侮辱を取り消してくれるかい？」

最早、シルヴィアは負けたといった表情を浮かべているが、後に退けぬか、戦意をあらわにし、自らを奮い立たせるようにうなずいた。

「う……う……受けて立つっ！　私が勝ったら、金輪際、私の目の届くところで乳繰り合うのはやめてもらおうっ！　こそっとやれ、こそっとなっ！」

「あいにくと人目を気にしていられない事情があってね。僕たちは本当の愛を探しているん

「黙れ、耳が腐るわっ！　いいから勝負だ！　その甘い囁き、二度と吐けぬようにしてやる！」

「教えてあげるよ、愛の力を」

二人は酒杯竜戦の舞台に上がる。酒を一瞥するなり、シルヴィアは言った。

「こんな弱い酒では話にならない。竜狩り用のヤツを出せ！」

シルヴィアが言った瞬間、騎士の顔が強ばった。

「しかし、アレは……」

「いいから出せ！」

「……は！　おい、逆鱗酒だっ！」

騎士たちが一度去っていき、そして金の酒樽をかついできた。蓋を開ければ、それはキラキラと黄金に輝く酒であった。

「これは逆鱗酒。本来は竜狩り用の酒だ。これを体に浴びせたが最後、いかな巨竜も瞬く間に酒が回り、正気さえ失う。口から飲もうものなら、量によっては死ぬことになる」

シルヴィアは酒杯で逆鱗酒をすくった。

「勇気なき者は舞台にすら上がれない。真の騎士のみが挑むことのできる酒杯竜戦だ。貴様が女にうつつを抜かすだけの戦士でないというなら、それを示せっ！」

「構わないよ」

シルヴィアの脅しに一切怯まず、レイも逆鱗酒を酒杯ですくった。

「その軽口がどこまで持つか。この逆鱗酒の恐ろしさ、とくと味わえ」

開戦の合図とばかりに、シルヴィアは酒杯同士をコツンと鳴らした。

「見せてやろう。騎士道に殉じる私の勇気を！」

ぺろり、とシルヴィアは逆鱗酒を舐めた。レイはなんとも言えない表情で彼女を見ている。

「おかしいか？」

「可愛らしい勇気だと思ってね」

「笑いたくば笑え。だが、逆鱗酒を甘く見るなよ。一舐め、これが適量だ。二舐めすれば、まともに立っていることすら困難になる。しかし――」

シルヴィアが再び逆鱗酒を舐める。

「ハンデだ。逆鱗酒を飲み慣れ、耐性がついている私とお前がまともにやっては勝負にならないからな。見ているがいい」

ぺろぺろぺろ、と猫がミルクを飲むようにシルヴィアは酒を一〇度ほど舐めた。がくん、と膝が抜けるように折れ、彼女はあっという間にふらふらになった。

「……大丈夫かい？」

「ふ。愛だ恋だのにうつつを抜かす軟弱な男など、これぐらいのハンデがちょうどいい」

凛々しく言ったシルヴィアの足は、生まれたての子鹿のようにがくがくと震えている。

レイは心配そうに、彼女を見つめた。

「くくく。どうやら、私の駆け引きにかかったようだな。いくら逆鱗酒でも、一〇舐めぐらいで酔うはずもない、と考えるのが道理だ。それは事実だ。こうやって、酔ったフリをすることで、私が酒に弱いと思わせる。レイ・グランズドリィ。そうして油断し、逆鱗酒を普通に飲んだが最後、お前は恋人の前でみっともなく醜態を曝すのだ。裸踊りでもするか？　さぞ見物だろうな。騎士の誇り？　酒席でそんなもの通用するか。騎士道とは、飲むか、飲まれるかだっ」

シルヴィアはきりりと表情を引き締める。

「さあ、騎士の誇りにかけて、尋常に勝負だ、レイ・グランズドリィ」

怪訝な表情でレイは口を開く。

「……一ついいかい？」

「なんだ？」

「心の声が駄々漏れなのは、もう酔っているんじゃないかい？」

「……心の声だと？　さあ、なんのことだ？　わからないな、レイ・グランズドリィ」

「お酒に弱いフリをして、僕に彼女の前で醜態を曝させる作戦だって言ったよね？」

すると、シルヴィアは口をあんぐりと開けた。

「どうしてそれを……!?」

「君が自分で言ってたんだけどね」

「……バレてしまっては仕方がない。確かに私は酔ってなどいない。この通りだ」

ふらついていた足を整え、シルヴィアはすっと立つ――いや、立てない。立てなかった。途端にぐらぐらと膝が笑い、彼女は前のめりに倒れていく。

「あうっ！」

なんとか酒杯の酒だけは死守し、彼女は床に手をついた。キッとシルヴィアはレイを睨む。

「つまり、そういうことだ。飲み慣れた私でさえも、酒量を見誤り、こんなにもみっともない姿をさらしてしまう。それが逆鱗酒だ」

なんとか体裁を保とうと、竜騎士シルヴィアは凜々しい口調で言った。だが、膝はぷるぷると笑い、最早立つこともできぬ様子である。

「女たらしのお前に醜態をさらす覚悟があるかっ！　生き恥を曝し、泥をすすってでも勝つのがアガハの流儀っ！　この国の騎士のあり方だっ‼」

勢いだ。最早勢いしかないと思ったか、シルヴィアは怒濤の如く言葉を放つ。

「なるほどね。アガハの騎士がどういうものなのか、僕にも少しわかってきたよ」

さすがはレイだ。シルヴィアがいたたまれなくなったか、彼女の言葉にぴたりと寄り添った。

相手に恥をかかせぬとは、それでこそ勇者よ。

だが――

「今の私、かなり格好良かったか？」

シルヴィアの心の声が駄々漏れでは、それ以上のフォローのしようもない。

「はっ……‼」

どうやら今度は自分がなにを言っていたか、気がついたか？

「そうだ、この醜態が、逆鱗酒の恐ろしさだっ！」

最早、目も当てられまい。せめてもの情けだ。介錯してやるがよい、レイ。

「相手が悪かったね。僕はどんな強い酒でも、絶対に潰れない体質なんだ」

そう言って、レイが逆鱗酒を一気に呷った。ごくごくごく、と喉を鳴らし、レイはみるみる逆鱗酒を飲み干していく。シルヴィアは血相を変えた。

「ばっ……馬鹿っ……よせっ！　醜態どころではないっ！　それ以上飲むと死ぬぞっ!!」

制止の声を気にも留めず、レイは酒を飲んでいく。

「くっ、このっ……!!」

シルヴィアがレイの酒杯を弾き飛ばそうと立ち上がる――だが、足がぷるぷるしてしまって、手は空を切るばかりだ。

「おのれぇっ……この体さえっ……！　まともに動けばっ……!!」

そのうちに、がくん、と糸の切れた人形のようにレイは脱力した。手からこぼれた酒杯が空になっているのを見て、シルヴィアは絶望的な表情を浮かべた。

落とした酒杯が床につく――その寸前で、レイの足がそれを柔らかく受けとめ、上に弾いた。パシッと彼は右手でそれを受けとめる。逆鱗酒を飲み干し、完全に潰れたかに思えた彼は、しかし、両足でまっすぐ立っていた。

「……な……な……ぜ……？」

「僕には根源が七つあってね。お酒を飲み干したことで酔い潰れた。あえて酔い潰れて、根源を一つ潰したといった方が正しいかな。根源が切り替わって、素面に回復したんだよ」

「……なんだと、それじゃ……」

足をぷるぷるさせ、手をぴくぴくと震わせながら、シルヴィアは言う。

「恋人がいるくせに、お前はそんなにも華麗に逆鱗酒を飲み干したが、私はみっともなく醜態を曝したあげく、独り身だというのかっ⁉　所詮、人としての魅力のない私は異性に好かれることもなく、あまつさえ唯一の心の支えであった酒戦でさえ、お前の引き立て役にすぎない、ゴミ同然の女だということかっ⁉」

「そこまで卑下することはないんじゃないかな」

「やめろっ、恋人のいる奴が私のフォローをするなっ！」

　ぷるぷると体を震わせながら、シルヴィアは酒杯を口につける。

「やめた方がいいと思うけどね。僕の根源は時間が経てば復活する。どれだけ飲んでも、七つの根源すべてが酔い潰れることはないと思うよ」

「黙れぇぇぇっ!!　わかっていても、負けられない戦いがあるっ……！　恋人のいるお前なんかに、私の気持ちがわかってたまるかぁぁっ……!!」

　酒杯を傾け、ごくごくごく、とシルヴィアは喉を鳴らす。だが、半分ぐらい飲んだところで、ぴたりと止まった。

「ぐっ……はぁあっ……はぅぅ……!!」

　呻き声を上げ、無念の表情を滲ませながら、シルヴィアは床に倒れ込んだ。

§10.【災厄の日の預言】

「エレオノール、ちょっといいかい？」

レイが言うと、酒戦の最中だったエレオノールが振り向いた。

「わーおっ！　会ったばかりの女の子を酔い潰しちゃうなんて、いけないんだぞっ」

エレオノールが《水球寝台》の魔法を使い、水の寝台を用意する。レイはその中に、昏倒したシルヴィアを寝かせた。《水球寝台》はふわふわと浮かびながら舞台から下りていく。

《水球寝台》は解毒魔法と違って、気持ちよーくお酒が抜けるから、しばらく寝かせておいた方がいいぞ」

「かたじけない」

騎士たちは恐縮したような面持ちでエレオノールに頭を下げている。

「――さあ、次は、ゼシアお嬢ちゃんの番ですぞ」

舞台の上、果実水の飲み比べをしていたゴルドーの声が響く。

ゼシアは酒杯に注がれた果実水を見つめる。もうお腹いっぱいといった表情だった。

「さすがに限界ですかな。いや、手強かった。なかなかいい勝負でしたね」

「……ゼシアは……負けません……！　魔王の配下……です……」

くいっと彼女は果実水を一口飲む。

「……お腹がいっぱいだからといって……飲めないと思ったか……です……」

そうは言ったものの、やはりもう満腹のようで、二口目が続かない。

彼女は悔しそうに、目に涙を浮かべた。

「……ぐすっ……ゼシアは……もう……ぐすっ……」

瞬間、ゴルドーは膝を折った。

「ぐ、あぁぁぁ……ここにきて、腹痛がぁ……」

棒読みだった。

「も、もう一秒も我慢できませぬぅ。き、棄権いたします。私の負けですっ！」

「……ゼシアの……勝ちですか？」

「ええ。いや、ゼシアお嬢ちゃんはお強い。まさか、こんな子供に、私が負けるとは……」

するると、彼女は嬉しそうに笑った。

「……子供だからといって、酒が飲めないと思ったか……です……」

酒は飲んでいない、とゴルドーの顔に書いてあった。ゼシアは不思議そうに、《水球寝台》に入ったシルヴィアとゴルドーを交互に見る。彼が酔い潰れていないと言いたげだった。

「む、無念」

バタン、とゴルドーは倒れた。

「ゼシアはっ、勝ちましたっ。《水球寝台》です」

嬉しそうにゼシアはエレオノールに報告する。

「よしよし、偉いぞ」

《水球寝台》の魔法を使い、ゴルドーをそこへ放り込むとき、エレオノールは言った。

「ごめんね。ゼシアの遊びにつき合ってくれて、ありがとう」

「なんの……子供に花も持たせられなくては、騎士の名折れ。団長に叱られますゆえ……」

負けても叱られるのだから、副官が叱られる運命は決まっていたか。

彼は《水球寝台》に放り込まれ、気持ちよさそうに微睡み始めた。

「アノス殿。申し訳ございませぬ。娘が配下の方に、失礼な真似をしでかしてしまい……なんとお詫びすればいいやら」

沈痛な表情で、リカルドが頭を下げにやってきた。

「なに、なかなか面白い見せ物だったぞ」

「そうおっしゃってくださいますと気も楽になるのですが……」

とはいえ、リカルドの表情は暗い。

「しかし、ずいぶんと色恋沙汰に恨みがあるようだったな」

「はい。娘は子竜ゆえ、竜から生まれ落ちました。親代わりの私が、男女の恋を教えられればよかったのですが……むしろその逆でして。私は短命種のため、剣に生き、騎士道にすべてを捧げる覚悟でこれまで生きて参りました」

短命種ならば、どうあっても先に逝くことになるだろうからな。後に残す者を悲しませぬため、伴侶を作らぬように生きてきたか。

「実は一度、娘に問われたことがあります。自分のせいで、恋人ができないのではないか、と。私は騎士道を重んじ、シルヴィアを育てること以外に幸せなことはないと答えたのですが、どうも、それを勘違いしたようで……」

「恋や愛など取るに足らぬと思ったか」

「お恥ずかしい。それとなく、誤解を解くように試みたのですが、どうにも上手くいかず。これまで騎士の道一筋で来た私には、恋愛の素晴らしさを語ることも荷が重くございました」

「ままならぬこともあろう。だが、これからは心おきなく、伴侶を作ることもできるはずだ。

短命種などではなかったのだからな」

なにか言いたげな顔をしつつも、リカルドはうなずいた。

「……ええ。だからといって、今更生き方を変えるのも難しくはあるのですが。はは」

「魔王アノス、リカルド。酒宴の席だが、少しばかし真面目な話をしてもよかろうか？」

酒杯を置き、ディードリッヒが言った。

「外す？」

隣にいたミーシャが尋ねる。

「なあに、お前さんは魔王の信頼も厚い。構わぬよ」

ディードリッヒはそう言うと、すぐ本題に入った。

「王竜の生贄の件は聞き及んでいよう」

ふむ。俺が気にかけていることもわかっているといった口振りだな。

「一週間後、リカルドを生贄にするという儀式のことか？」

「そいつはなしだ。まだ内々の話だが、今回は代わりの生贄が見つかったものでな」

リカルドは表情を崩さずに言った。

「どの者が？」

「王竜を盗んでいったジオルダルの元枢機卿、アヒデを捕らえたものでな。そいつを一週間後の供物の儀にて、王竜に捧げる」

リカルドは初めて聞いたという表情を浮かべている。霊薬を手に入れるため、ここしばらく巨頭竜を探していたからだろう。

「リカルド。お前さんは老衰病を克服した。もう短命種ではないのだ。生贄の騎士たる資格を剝奪しよう」

「は」

リカルドは跪き、ディードリッヒに深く頭を下げた。

「今後は近衛騎士として、アガハのため、命剣一願となって取り組む所存です」

「ああ、期待してるぜ。大いに励め」

「は！」

どうやら丸く収まりそうだな。アヒデのことはまあ仕方あるまい。自業自得というものだ。

「なあ、魔王や。少しばかし、酔い覚ましといくまいか？」

特に酔ったようには見えぬな。二人だけで話があるということか。

「つき合おう」

ディードリッヒは歩き出し、宴会場を後にした。彼の後についていき、通路を進んでいく。

荘厳なガラス戸を開け、やってきたのは広いバルコニーだ。アガロフィオネの街並みが一望できる。手すりまで歩み寄り、遠くへ視線を注ぎながらも、ディードリッヒは言った。

「――供物の儀にて、生贄に捧げる前にアヒデはガデイシオラにさらわれる。幻名騎士団の仕業だ」

「ふむ。預言か」

「外れることたあ、あるまいて」

妙な話だな。

「わかっているのならば、防ぐ手段はいくらでもあろう。ここはお前の国だ」

ディードリッヒは無言で応えた。珍しく、その眼差しには諦観のようなものが見てとれる。

「なるほど。防ぐ気はないというわけだ」

彼は静かにうなずいた。

「ガデイシオラに入るための名目がいる。奴らはアガハやジオルダル、またその二つの教えに従う他の国との交流を持たんのよ。ガデイシオラに入国する条件は二つ、神への信仰を一切捨てるか、あるいは無理矢理押し入るかだ」

「アガハの剣帝としては、どちらも選ぶわけにはいかぬな」

「だが、ガデイシオラの覇王と話し合う必要があるものでな。奴らにさらわれたゴルロアナともだ」

「なにを話し合うつもりだ？」

大真面目な顔でディードリッヒは答えた。

「平たく言えば、地底世界の今後についてになるであろうな。ジオルダル、ガデイシオラ、そしてアガハには、その王以外には知らされていない教えがある。ジオルダルの教典、アガハの預言、そしてガデイシオラの禁書」

「ジオルダルの教典は口伝で伝えられると聞いたが？」

「アガハとガデイシオラも同じだ。早い話、この二つの教えを聞き出すのが第一の目的だ」

未来を見ることのできるナフタがいて、今それがわからぬということは、つまり、それが今後、誰かに語られる未来がないということか？　つまり――

「ジオルダルとガデイシオラの教えが絶えるのか？」

「有り体に言えば、そういうことになるだろうよ」

教皇と覇王が死ぬ。それとも、記憶が消されるか？　いずれにしても、代々王に伝えられてきた教えが絶えるというのは、よほどの事態だろう。

「聞き出してどうなる？」

アガハの街を眺めていたディードリッヒは、ゆるりと俺に視線を向けた。

「アガハの剣帝として、一つ、どうしても覆さねばならぬ預言があるのだ」

「ほう。なんだ？」

「あいにくとお前さんには言えん。言えば、ますます預言が確実なものとなるであろうからな」

俺の行動が、その預言に関わっているということか。

「ならば、それはよい。ともあれ、お前は王として、ガデイシオラへ赴き、教皇、覇王との対話を望むというわけか」

「おうよ。理由もなしにガデイシオラに乗り込んでは、争いは避けられまいて。こちらの罪人であるアヒデを連れ戻しに来たという名目があれば、覇王にも落としどころが生まれよう」

ガデイシオラにはガデイシオラのルールがある。それを他国の王がただ破っては、民も黙ってはいないだろう。覇王が望む望まずにかかわらず、戦争に発展することもある。

ゆえに口実を作っておく。黙ってアヒデをさらわせる理由がそれだ。

「それで？　わざわざ二人きりで話すのならば、もっと悪い預言があるだろう」

神妙な顔でディードリッヒはうなずいた。

「俺と竜騎士団は、ガデイシオラに潜入する。教皇、覇王と話し、ジオルダルの教典、ガデイシオラの禁書にも幾分か迫ることができる。目的は達成できるが、一つ犠牲が生まれるのだ」

「なんだ？」

「リカルドは、命を落とす。王竜の生贄となるのだ」

なるほど。それが言いたかったことか。

「なぜ救えぬ？」

「理由は一つではないものでな。王竜の生贄はアガハにとって必要不可欠、我が配下リカルドは、この国を憂う騎士として、自ら命を捧ぐ決意をする。目的を達し、リカルドをも救う。その未来は、一〇万回繰り返し、一度しか訪れないのだ」

ディードリッヒは断固たる決意を瞳に秘め、言った。

「俺は彼を見殺しにするだろうよ」

「一〇万に一度あるならば、それをつかめばよい」

「未来が見えていてなお、一〇万に一度だ。思いも寄らぬ偶然に頼る以外に術はないだろうよ」

「それが事実としよう。リカルドの命と引き換えにしてまで、子竜とやらが必要か？」

ディードリッヒはうなずく。

「違えねばならぬ預言があると言ったであろう。そのために、王竜から生まれし、子竜が必要なのだ。ネイトも、シルヴィアも、俺も、その使命を全うするために、このアガハの地に生まれ落ちたのだ」

「力を貸してやろう。子竜がどれほどのものか知らぬが、一〇人分ぐらいの働きにはなろう」

アガハの剣帝は唸るように息を吐き、首を横に振った。

「そいつはありがたいが、お前さんの力を借りて届くようならば、なんの問題もなかったろうよ。それでは足りぬから、力を集めているのだ。先のない者とはいえ、民を生贄に捧げ、犠牲にしてきた。あと一人、どうしても子竜が必要なのだ。それでさえも、預言は覆るまいて」

「すべてを見通しているお前に、こんなことを言うのは詮無いがな」

ディードリッヒは真顔で俺を見返す。わかっていると言わんばかりに。

「生贄にするために、助けたと思ったか」

「……感謝しよう。ゆえに、告げたのだ」

「ディードリッヒ。お前は言ったな。覆らぬ預言に意味はない、と。一〇万回に一回の可能性もつかめぬ者が、そんな大望を果たすつもりか？」

「大望だからよ。存在しない未来をつかむからこそ、覆らぬ預言を覆すからこそ、最善の道を歩まねばなるまいて。お前さんの力は認めよう。このアガハの国力をもってしても、魔王ただ一人には敵うまい。しかし、そのお前さんの力とて、すべてが預言の範疇なのだ」

預言の範疇、か。

「災厄の日、と言ったか。アガハの預言にあるのは」

ディードリッヒは真顔で俺を見つめる。

「子竜はそのとき、このアガハを救う英雄となる。もう一人の子竜を求めているのならば、お前が変えたい未来は、その災厄の日のことだろう」

「否定はせん」

「俺の手に余るほどの、いったい、なにが起こるのだ？」

「さあて、なんであろうな？」

答えるわけにはいかぬといった調子で、ディードリッヒは言った。

「預言者が預言を口にした時点で、その預言は覆(くつがえ)りやすくなる。見えた未来が悪いものなら、現実とならぬように振る舞えばいいだけだからだ」

俺はまっすぐディードリッヒの顔を見据え、言った。

「預言を口にしないのは、その未来をどうしても現実にしたいからに他ならぬ。お前にとっても、ナフタにとってもそれは同じだ」

「わかっているのならば、話は早い。最後に預言を覆(くつがえ)すその瞬間までは、俺はこの最善の未来を歩まなければならんのだ。僅かたりとも、足を踏み外すわけにはいくまいて」

だから、俺には言えぬというわけだ。

「本当に、そう思うか？」

続けて、奴(やつ)に問う。

「未来神ナフタと盟約を交わしたお前には、数多(あまた)の未来が見えている。その数は人の身に余るほど膨大であり、検証しようがないほどに無数。一度の人生ではそれ以外の未来を辿(たど)ることなど不可能に等しい。ゆえにお前はこう勘違いしたのではないか？」

預言者ディードリッヒに、俺は言葉を投げかける。

「すべての未来が見えている、と」

「さあて、勘違いであれば、どれほどよかったか」

「俺に未来は見えぬが、それでも見えていることはあるぞ」

一瞬黙り、ディードリッヒは口を開く。

「……言ってみるがいい」

「よく考えることだ。お前がナフタにもらった神眼には盲点がある。ナフタの神眼にもな。俺がその盲点に、見えなかった未来に導いてやろう」

返事に窮するように、ディードリッヒは考え込む。この未来は見えていただろうが、今ここに至るまでに、まだ決心がついていないのだ。

「ガデイシオラへ俺たちもつれていくがよい。まずは、お前の邪魔はせず、リカルドを救ってみせよう。預言を覆すのはその後だ」

ディードリッヒは再びアガロフィオネの街に視線をやった。

「条件を出そう」

「構わぬ」

即答すれば、ディードリッヒは厳しい面持ちを僅かに崩した。

配下を犠牲にする。数多の未来を見てきたこの男にとって、それは苦渋の決断という他あるまい。預言に支えられ、限りなく理想に近いアガハは、けれども最善以上には決して届かぬ。

預言が絶対であるからこそ栄えた国は、ときとして、残酷なまでの未来を突きつけてくる。

だが、ディードリッヒは、民に絶望の預言は伝えなかった。わかっていても口にせぬことが、最善の未来に辿り着く唯一の方法だったからだ。そうして人知れず奮闘し、これまでいくつもの絶望の預言を覆せなかったのだろう。

　奇跡を願っているのは、一身に負の未来を背負ってきたこの男に他なるまい。

「魔王アノス。このディードリッヒの預言に挑むがよい。お前さんが勝ったならば、共にガデイシオラへ行こうぞ」

　彼の預言を、違えてやらねばならぬ。

§11.【希望の未来】

　地底が暗くなる、すなわち極夜の頃――

　用意してもらった部屋では、アルカナがすーすーと寝息を立てている。酒宴の後に一度目を覚ましたが、もう夜だったため、またそのまま寝かしつけてやった。

　ディードリッヒの預言に挑むのは明日だ。それに打ち勝ち、ガデイシオラへ行き、リカルドを助ける。そして、災厄の日の預言を覆す。

　ついでに、俺とアルカナの記憶も取り戻せれば、言うことはない。

「……お兄……ちゃん……」

　アルカナに視線をやるが、彼女は眠っている。ただの寝言だろう。頭を撫でてやれば、彼女は僅かに微笑んだ。

「慣れぬ酔いは、堪えただろう。ぐっすり眠るといい」

俺は立ち上がり、部屋を後にした。剣帝宮殿の廊下を歩いていくと、ある扉から騒がしい声が聞こえた。宴会場だ。中の様子を覗くと、舞台にはシンとネイトがいた。

まだ飲んでいたか。周囲には空の酒樽が山のように積み上げられている。

「ここまで私と張り合える男がいるとは。やりおる」

生真面目な顔で、ネイトは言った。

「あなたもなかなかのものです」

冷静な表情のまま、シンは彼に視線を返す。

「では、小手調べはこのぐらいにして、そろそろ本気で飲み合うとしましょうか」

「是非もない。今宵は飲み明かそう」

酒戦を経て、認め合ったか、彼らは互いに笑顔を向ける。アガハの騎士たちが、恐れ戦いたように後ずさった。

「い、今までの飲みっぷりが、小手調べ……」

「化け物か……」

「……ね、ネイト団長っ。そのぉ、盛り上がっているところ悪いのですが、もう城中の酒を飲み尽くしてしまったようで……」

騎士の一人がそう告げると、ネイトは眉根を寄せた。

「むぅ……これからだというのに……」

「そこに良い酒があるのではありませんか？」

シンが黄金の樽に視線を向ける。逆鱗酒であった。

「……しかし、逆鱗酒は竜狩り用の酒……これを飲み尽くされるわけには……」

「構わん」

ネイトが鋭い口調で言った。

「客人に対して、酒が足りぬなど竜騎士団の恥もいいところっ。竜など剣で狩ればよいっ！　いいから逆鱗酒をありったけ持ってこい」

「……は」

宴会場を出ていこうとする騎士たちを、俺は手で制した。

「アノス殿……これはどうも」

騎士たちは軽く俺に会釈をし、足を止める。

「シン。ほろ酔い程度でやめておけ。明日からはまた忙しくなる」

「御意」

シンはそう返事をすると、またネイトの方を向いた。

「もう少々、酒杯を交わしたいところでしたが、今宵はこのぐらいで」

「承知。いや、楽しい酒戦であった。シン・レグリア、地上に貴様のような男がいようとは」

男たちは、和やかに視線を交わす。なかなかどうして、親交は深まったようだ。

「かたじけない、アノス殿」

騎士の一人がそう頭を下げた。逆鱗酒が尽きぬことに、騎士たちはほっとした様子だ。

俺は宴会場を後にすると、しばし廊下を歩いていき、バルコニーへ移動した。

夜のため、辺りは薄暗い。眼下にはアガハの街が広がっている。家々の灯火が、まるで満天の星のように見えた。そこに、景色をぼんやりと眺めるプラチナブロンドの少女がいる。手すりに小さな手をかけ、夜風に髪が揺れていた。

「ミーシャ」

声をかけると、彼女はゆるりと振り向いた。そうして、俺を見て、嬉しそうに頬を緩める。

「おかえり」

ミーシャのそばまで歩いていく。

「アルカナは大丈夫だった?」

「ああ、ぐっすりと眠っている」

「よかった」

淡々と、けれども優しく、彼女は言った。

「なにをしていた?」

「酔い醒まし」

そういえば、ミーシャもそこそこ飲んでいたか。

「魔法で解毒しても味気ないことだしな」

「ん」

「行くか?」

「もう少し」

酔いが醒めるまで、ここにいたいということだろう。

「アノス」

なにかに気がついたように、ミーシャが俺を呼ぶ。

「どうした？」

「あそこ」

手すりから、僅かに身を乗り出すようにして、ミーシャが下の方に魔眼を向ける。重なり合う木の葉の隙間に視線を通せば、岩の上に未来神ナフタが座っていた。

彼女は瞳を閉じたまま、俺たちとは反対側の方向、天蓋へ顔を向けていた。なにを考えているのか、その表情から心中を推し量ることはできない。

「――たまには、酒宴の席に顔を出してもよかろうて」

渋い声が響く。そこへやってきたのは、ディードリッヒだ。

ナフタは彼を振り向くことなく、天に顔を向けたままだ。

「ナフタは否定します。酔わない神が酒席にいても、場が白ける未来しかないことでしょう」

その言葉を聞きながら、ディードリッヒは彼女のもとへ歩いていく。

「神が酔わないわけでもあるまいて。魔王の選定神は立派に酔っぱらっていたものだ」

「名もなき神は、創造の秩序を有している。不適合者により、感情を得た彼女は、それにより酔いを得ました。あれが、どの神でもなせることではない奇跡だと、預言者よ、あなたはすでに知っているはず」

「そいつは否定できないがよ」

ディードリッヒはナフタの傍らに立ち、彼女と同じ方向に視線をやった。

「ディードリッヒ。あなたはなぜ、ナフタに話しかけるのですか？」

「そいつは、お前さんが応えてくれるからに他なるまいて」

一瞬考えるように口を閉ざし、それからまた彼女は言った。

「ナフタは盟約を交わしました。選定者であるディードリッヒが求めるのならば、いかなることにも応じます。しかし、本来、未来神と預言者の間に言葉は不要です」

ただ事実を告げるように、ナフタは言った。

「ナフタをディードリッヒがその身に降ろした際に、未来神ナフタと預言者ディードリッヒが辿るあらゆる未来を見せました。ディードリッヒがなにを言えば、ナフタはどう応えるか、あなたはすでに知っている。わたしもそれを知っています」

「神であるお前さんにとっての未来は、人とはちいとばかし違うだろうよ。見えたからと言って、知っているからと言って、それを成さぬというのは俺の性分ではないものでなぁ」

ニカッとディードリッヒは笑う。

「数多ある預言の内から、俺はお前さんとこの会話をする未来を選んだ。確かに、俺たちにとっちゃ、馬鹿馬鹿しいぐらいの予定調和だろうよ。だが、俺はこの未来を、ありえた未来の一つではなく、過去にしておきたかったのだ」

ナフタはその顔を、アガハの剣帝へと向けた。

「ナフタは尋ねましょう。それは、なぜです？」

「選定審判のため、お前さんと盟約を交わし、もうどのぐらいになるか。初めてお前さんと会った日に、お前さんが口にした言葉をよおく覚えている」

ディードリッヒは表情を和らげ、言った。

「未来が光とすれば、それを見据えるナフタの神眼は人の心に暗い影を落とす。預言は希望ではなく絶望。預言者は一人闇を抱え、民に光を注ぐ者。汝、ナフタと盟約を望むか？」

「ディードリッヒはこの問いに、肯定で答えました。あなたが断る未来はただの一つも存在しませんでした」

「お前さんの言った言葉の意味が、今ではよおくわかる」

しみじみと、これまでの出来事に思いを馳せるように、彼は呟く。

「こいつは、たまらんぜ……」

それは、苦しみの吐露だった。

「ナフタは思考しています。この世は秩序に満たされ、不可能ばかりが人の生。されど、その目が盲目だからこそ、人々は希望を見る。希望を見るからこそ、人は生きていける。ナフタから見れば、人の目はすべて閉ざされている。されど、閉ざされているからこそ、見えるものがあります。それが希望。たとえこの両目を閉じようと、ナフタの神眼には決して映らぬもの」

ディードリッヒは苦い顔でそれに応えた。

「そいつは、間違いなかろうて」

「歴代の剣帝の半数は、ナフタと盟約を交わしませんでした。もう半数は盟約を交わした後、与えられたナフタの神眼を自ら捨てました」

ナフタは告げる。

「最善の未来よりも、希望の未来が人には望ましいということでしょう」

天災により、毎年民が一〇〇名死ぬとしよう。未来を見て、どう対策を取っても、一〇〇名死ぬことが最善の未来だ。未来を見なければ、毎年民は五〇〇名死ぬ。それでも、いつかそれが〇にできるかもしれないという希望のある未来を、人は望む……そう言いたいのだろう。

明らかに前者の方がいいはずだが、感情というのはままならぬ。知らなければ幸せだったということが、確かに存在するのだろう。

「されど、預言者ディードリッヒは、ナフタの神眼を与えられてなお、その目で希望を見ようとしています」

ナフタは静謐な声で彼に問うた。

「なぜですか？」

「俺はアガハの王だ。この国の民のため、未来を見据える義務がある。そして、この国に尽くした神のために、希望を見てやらねばならんのだ」

ディードリッヒは、穏やかに言う。

「ナフタ。お前さんに一度ぐらいは見せてやりたいのだ。お前さんのこの神眼でも、希望が見えるところをな」

「ディードリッヒは、魔王が口にしたナフタの盲点が存在すると思っているのですか？」

「さあて。あるとも思えぬがあるかもしれぬな。だが、なければ、作ってやるしかなかろうて」

どこか冷めた表情をしているナフタに、ディードリッヒは朗らかな笑みを向けた。

「なあ、ナフタ。確かに俺には歴代の剣帝たちとは違う点が一つある。それがお前のこの神眼さえも曇らせ、俺に希望を見せるだろうよ」

ナフタの表情に、僅かだけ困惑の色が混ざった。それを見て、ディードリッヒはガハハッと豪快に笑い声を上げる。

「なにがナフタの神眼を曇らせているのか。お前さんにも見えまいて。こいつは預言を覆すまで、言わぬと決めているのだ」

預言を覆す未来は、ナフタには見えようがない。ディードリッヒがその理由を告げる未来は、言ってしまえば存在しないも同然だ。

「気になるか？」

しばし考えたように俯き、ナフタは目を開く。その静謐な神眼が未来を見据え、ディードリッヒを見つめた。

「ナフタは気になります」

満足そうに彼は表情を綻ばせる。

「いいものだろうよ。わからぬというのは。だが、王たる者が、希望のために、最善を捨てるわけにはいくまいて。お前の神眼で最善を見、俺のこの目で希望を見よう」

ナフタはすっと立ち上がり、ディードリッヒに正対する。厳かに、けれどもどこか優しく、彼女は言った。

「最後の預言者、剣帝ディードリッヒ。ナフタは感謝します。盟約を交わす最後の王が、あなたであったことを。あなたと過ごすこの未来だけが、未来神ナフタにとって、唯一待ち望んだ救いでありました」

「そいつは重畳」

天蓋をつかむかのように、ディードリッヒは手を伸ばし、ぐっと握り締めた。

「共につかみとろうぞ。最善の果てにある、希望の未来を」

§12. 【深淵に触れる優しい視線】

眼下には、アガハの剣帝と未来神の姿がある。

しばらく庭で話し込んだ後、二人は城の中へ去っていった。

「ふむ。強い男だ。なにがあの男の希望なのだろうな？」

ミーシャはぱちぱちと瞬きをして、俺の方を向いた。

「知りたい？」

「ほう。わかるのか？」

「たぶん、少しだけ」

確かに、ミーシャの魔眼ならば、ディードリッヒの心中も推し量れよう。

「しかし、聞くわけにいかぬな」

ふふっとミーシャは微笑む。

「ナフタにわかるから」

「未来神も、どうせならばディードリッヒの口から聞きたかろう。希望の未来とやらでな」

ディードリッヒとナフタの会話から察するに、未来神に見えるのは、彼女の肉眼と神眼に映る未来だけで、思考や心までは覗けぬようだな。

それが、あるいは希望の未来に辿り着くヒントになるか？　とはいえ、心をいくら変えたところで、行動せねば未来は変わらぬ。そして行動すれば、ナフタの神眼に映るだろう。

「行く？」

「酔いは醒めたか？」

「大丈夫」

ほんのりと上気した顔で、ミーシャは言った。

「では、行くか」

俺たちはバルコニーを後にした。しばらく廊下を進んでいき、ある部屋の前でミーシャは立ち止まる。

「わたしの部屋」

「そういえば、サーシャはどうした？」

ミーシャは隣の部屋を指した。

「部屋でおやすみ」

「酒宴のときの様子では、朝まで起きそうもないな」

こくりとうなずき、ミーシャはドアを開ける。彼女の後へ続き、中へ入った。

「それで？　約束通り、時間はくれてやるが、なにをするつもりだ？」

ミーシャは小首をかしげた。

「わからない？」

「だから、聞いている」

「本当に？」

じっとミーシャは俺の目を覗き込む。読めぬことをする。などと思っていたら、ミーシャはふふっと笑った。それから、俺の手をとった。

「きて」

彼女は俺の手を引きながら、ベッドへ導いていく。

「寝て」

なにをするつもりなのやら？　まあ、約束だからな。望み通りにしてやろう。俺はベッドの上に仰向けに寝転がった。

「これでいいか？」

こくり、とミーシャはうなずく。俺に顔を近づけ、彼女は言う。

「アノスのぜんぶを見せて」

なるほど。なかなかどうして、俺のぜんぶを見せてときたか。それは予想だにしなかった。

まさか、そういうつもりとはな。

「意味、わかった？」

少し不安そうに、ミーシャが訊く。

「察しはつく。だが、そんなことはせずともよいぞ」

「だめ」

　珍しく強い調子でミーシャは言った。

「ご褒美だから。見せて」

「仕方のない。こんなものが褒美に欲しいとは、奇特な奴だ」

　言いながら、俺は体に纏った殆どの反魔法を解除していく。ミーシャはベッドにあがると、ちょこんと正座になる。彼女は俺の頭を両手で優しくつかみ、自らの膝の上に乗せた。

　そして魔眼に魔力を込めて、俺の全身を隅々まで覗く。

「アノスは疲れてる」

「大したことはない。気がつくのは、お前ぐらいなものだ」

　地底に来てからは、休む間もあまりなかったからな。連日、アルカナの力で夢の世界に入り、未来神ナフタと戦い、魔王の血を流した。《極獄界滅灰燼魔砲》の消耗も並のものではない。

　極めつけは、痕跡神との戦いか。霊神人剣は俺を滅ぼすための聖剣。その秘奥たる《天牙刃断》は、レイには及ばぬものの、この根源を傷つけるだけの力を十分に持っている。

　その上、《極獄界滅灰燼魔砲》をあえてこの身で受けた。より力の深淵に迫るためとはいえ、それにより、一度は滅びかけたのだ。決して、根源の傷をなかったことにできたわけではない。

　その状態での《涅槃七歩征服》に、仕上げは《魔王城召喚》だ。さすがの俺も疲労はしよう。

「もっと深いところを見せて」

「そんなところを見てどうする？」

「信じて」

　真摯な瞳で、ミーシャが俺を見つめる。体の状態と根源をあまさず曝すのは、命取りになろう。信頼できる配下にさえ、おいそれと見せられるものではない。

「ミーシャにはどのみち隠せぬだろうしな」

彼女はよく見える魔眼(め)を持っている。いずれは俺が万全の状態でも、根源の深淵(しんえん)を覗(のぞ)くことができるようになるやもしれぬ。それに、深淵(しんえん)を覗(のぞ)けば覗(のぞ)くほど、魔眼は磨かれるものだ。

ならば俺の根源を見せることも、彼女の成長につながるだろう。

「これでよいか？」

根源の深層を覆う反魔法の殆(ほとん)どを解除し、ミーシャの前に曝(さら)す。

「お前の魔眼(め)なら、容易(たやす)く見えるはずだ」

彼女はぱちぱちと瞬(まばた)きをした後、俺の深淵(しんえん)に視線を落とした。

「……かわいそう……」

ミーシャは俺の頭を優しく撫(な)でる。

「根源が、ぐちゃぐちゃ」

「《極獄界滅灰燼魔砲(エギル・グローネ・アングドロア)》を克服するのは骨が折れるどころの騒ぎではなくてな」

なにせ世界を滅ぼす魔法をまともに受けたのだ。

「魔力で無理矢理維持してる」

それがわかるとは、さすがだな。

「新たな根源の形に馴染(なじ)むまではな。こればかりはすぐにどうこうできるものではない」

ミーシャは、痛みを覚えたような表情を見せる。自分が痛いわけではないというに。

「二千年前ならば、こんなものだ。万全の状態で戦える方が珍しい」

「少しなら形を整えられる」

ミーシャの瞳に魔法陣が浮かぶ。《創造の魔眼》だ。この宮殿の上空に、擬似デルゾゲードが構築されていく。

「できるかもしれぬが、やめておいた方がいい」

「どうして？」

「俺の根源からは、今にも滅びが滲み出し、世界を破壊しようとしている。《創造の魔眼》ならば、その力で望ましい方向へ根源を整えていくことはできるだろうが、その分お前への負担が重くのしかかるだろう。なんのことはない、俺の疲労を肩代わりするようなものだ」

俺を見つめるミーシャに言う。

「魔王の疲労だ。常人ならば、それだけで死ぬだろう」

ミーシャはそっと手を伸ばし、俺の頬に触れた。

「大丈夫」

優しく、彼女は囁く。

「少しだけ、わたしにも背負わせて」

柔らかいその魔眼は、けれども揺るぎない決意を秘めている。

これ以上言ったところで、聞きそうにない、か。

「深いところに、触れていい？」

「好きにせよ」

ミーシャの《創造の魔眼》が俺の深淵を覗き込む。指先から頬に伝わる感触が、まるで根源まで届くかのように、魔力が込められた彼女の視線が、俺の深い箇所を優しく撫でる。

そうするごとに、少しずつ、少しずつ、俺の疲労は和らぎ、ぐちゃぐちゃに歪んだ根源の形が整えられていく。

「アルカナは背理神だった」

《創造の魔眼》で、俺を癒しながら、ミーシャが言う。

「わたしとサーシャはなに……？」

「わからぬ」

《創滅の魔眼》をセリスは、《背理の魔眼》だと言った。アルカナもそれを見たことがあった。その事柄がどのようにつながるのか？　あるいはすべてが、偽りにすぎぬのか？

今の段階では、なにもわからぬ。

「だが、お前は俺のかけがえのない友人であり、配下だ。それがわかっていれば、たとえ過去がどうであれ、恐れる必要はあるまい」

柔らかくミーシャが微笑む。その言葉が、聞きたかったとでもいうように。

「アノスは優しい」

そう囁く少女は、瞬く間に魔力を消耗していく。滅びの力を持つ俺の根源を、その深淵を直接見ているのだ。それだけでも苦痛が伴うだろうに、あるべき姿に導こうというのだからな。

「それぐらいでよい。ずいぶんとよくなった」

身を起こそうとすると、ミーシャは小さな手で俺の頭をそっと押さえつける。

「だめ。大人しくしてて」

再び、俺の頭を膝上に乗せ、彼女は微笑む。そうして、言ったのだ。

「ご褒美だから」

「痛みが褒美か？」

ふるふると彼女は首を左右に振った。

「アノスの役に立てることは、あんまりないから」

「お前の忠義には頭が下がるが、配下に痛みを肩代わりさせるほど弱くはないぞ」

「痛くない」

耳元で囁くように、ミーシャは告げる。

「アノスの深いところに触れているから」

ふむ。わからぬことを言う。

「理由にならぬように思うが？」

ぱちぱちと瞬きをした後、彼女は小さな声で答えた。

「わたしだけが、できること」

「……まあ、これほど他の者に根源を好きにさせたことはないが」

させようにも、ミーシャほどの魔眼と、創造魔法の使い手でなくては、どうにもならぬ。

「アノスがぜんぶを見せてくれて、わたしに深いところを許してくれている」

ミーシャが微笑む。俺を気遣い、痛みなどないと虚勢を張るように。

「みんなの魔王を」

嬉しそうに彼女は言ったのだ。

「一人占めしてるみたい」

今だけは、と彼女はつけ足す。

結局、ミーシャは朝が来るまで俺を優しく撫でてくれていた。

§13.【預言の審理】

翌朝――

俺と魔王学院一同は、ディードリッヒに案内されながら、剣帝宮殿の一階を歩いていた。

「昨夜はゆっくり休めたようだな。一段と精強な面構えだ」

ニカッと歯を見せて笑い、ディードリッヒは言った。

「良い部屋だったのでな」

「そいつは重畳。とはいえ、配下の奉仕に及ぶほどのものではあるまいて」

ディードリッヒの言葉に、俺は笑みで応じる。

「……配下の奉仕って、なんのことかしら？　昨日なにかあったの？」

後ろでサーシャが、こそこそとミーシャに耳打ちしている。

「ふふっ」

と、ミーシャは笑う。サーシャは少し不思議そうな表情を浮かべた。

「えーと……なにがあったのよ？」

ミーシャは考えるように、小首をかしげる。それから微笑んだ。

「秘密」

意外な答えだったか、サーシャは目を丸くした。

「到着だ」

ディードリッヒは足を止め、目の前の門に手をかざした。

魔法陣が浮かび、ゆっくりと門が開かれていく。室内は途方もなく広く、吹き抜けになった天井からは、地底の光が降り注いでいる。照らされているのは、中央に突き刺さっている剣だ。城からはみ出そうかというほど巨大な大剣であり、竜の意匠が施されている。その大剣の向こう側、部屋の奥に、獰猛な瞳を輝かせていたのは、巨大な体躯を持った純白の竜であった。

「ここは、アガハでも限られた者しか入れぬ支柱の間。天柱支剣ヴェレヴィムと王竜の座す場所である」

ざっと視線を巡らせれば、室内には竜騎士団とナフタの姿が見えた。俺たちが来るのを待っていたのだろう。鎧を着込み、整列している。

「天柱支剣というのは、それのことか？」

俺は中央の大剣に視線をやる。

「おうよ。秩序の柱は知っていようが、天柱支剣ヴェレヴィムはその支柱だ。地底の天蓋を秩序の柱が支え、秩序の柱をこのヴェレヴィムが支えている。太古より、神がもたらしたこの地底の恩恵を、我々アガハの騎士は祀っているのだ」

地底の支柱が剣だからこそ、それを祀るアガハの民は騎士となり、その王は剣帝を名乗るといったところか。

「この一本で、秩序の柱を支えているのか？」

「さすがにそこまでの力はないものでな。秩序の支柱は、地底にいくつか存在する」

ディードリッヒは、まっすぐ天柱支剣の前に歩み出る。振り返ると、彼は言った。

「アガハの未来に関わることだ。この神聖なる場が、相応しかろうて」

彼は厳粛な表情を浮かべ、竜騎士団、魔王学院、双方に視線を向けた。

「聞けい、皆の者。これより、地上の魔王は預言に挑む。変えられぬ悲劇、覆らぬ運命を、その力でもって滅ぼそうというのだ。アガハの剣帝は彼らの勇気を称え、その信念に敬意を表す」

竜騎士団は、全員がぴたりと動きを揃え、剣を抜く。豪快にディードリッヒは言い放った。

「偉大なる魔族たちの挑戦に」

まっすぐ立てた剣を、騎士たちは胸の辺りに持ってきて、敬礼した。

「「我らが剣の祝福を！」」

ナフタが歩き出し、ディードリッヒの横に並ぶ。彼女は《未来世水晶》カンダクイゾルテに魔力を込め、その両眼を開いた。

「未来神ナフタが、ここに伝達します。地上の魔王と、その配下たちよ。あなた方が挑むのは、一〇万分の一の未来。限局世界にて、その審理は課されるでしょう」

厳格な裁判官のように、ナフタが言った。

「汝らを預言の審理に処す」

カンダクイゾルテがパリンッと音を立てて砕け散る。キラキラと輝く水晶の破片が宙を舞い、無数に数を増やしていく。輝く砂嵐はこの場を飲み込み、次の瞬間、風景が変わった。

巨大な時計台の見える――水晶の街。ナフタの限局世界の中に、俺たちは取り込まれていた。

「この世界は、アガハの騎士に味方をし、魔族に敵対します。限局された理、限局されたルールの中、魔族が勝利する未来は一〇万分の一に等しい」

竜騎士団団長ネイト、副団長シルヴィアがざっと前へ歩み出た。ネイトは魔法陣を描くと、そこから黄金の樽を二つ取り出し、床に置く。

「預言の審理である以上、相手が滅びるまで戦うわけにもいかん。審理は酒杯竜戦の形式で行う。これは剣を交わしながら、互いが持つ逆鱗酒を先に飲み干した方を勝者とするものである」

敵から逆鱗酒を守りつつ、反対に敵の逆鱗酒を奪い、飲み干すか。ただ奪うだけでは終わらぬ。逆鱗酒は毒だ。飲み干すとなれば、並大抵のことではない。

「酒戦は二対二で行う。竜騎士団からは私とシルヴィア副団長が出る。そちらも二人を選ぶがよい。その選択からすでに審理は始まっている」

確かに、まったく勝ち目のない二人もいるだろうな。

「ナフタは制限します。地上の魔王よ。あなたがこの審理に挑むことは認められません。この限局世界においても、あなたの勝利を一〇万分の一に限ることはできません」

言わば、これは本物の預言に挑む、その模擬戦だ。どれほどのものなのか、事前に体験できれば、対策の練りようもあったのだがな。まあ、仕方あるまい。

「誰がいいのかしら？」

そう言いながら、うーんとサーシャが考え込む。

「ボクはシン先生がいいと思うぞっ。剣も強いし、お酒も強いし」

エレオノールが人差し指を立てて、提案する。

「じゃ、もう一人は？」

「やっぱり、シン先生と相性が良い人がいいんじゃないかな？」

エレオノールが言うと、サーシャがまた考え込むような表情になった。

「エールドメード先生がいればよかったんだけど……」

熾死王はまだジオルダルにいる。震雨についての対策を、教団に教え込んでいるところだ。

「レイも……お酒、強いです……剣も、強いです……」

ゼシアが言うと、エレオノールとサーシャが目を合わせた。

「レイと……」

「シン先生……」

二人は苦い表情を浮かべている。

「……たぶん、相性最悪だわ……」

「協力するところが全然想像できないぞ……」

対戦したことはあれど、まともに共闘したことはない。敵を倒すだけならばまだしも、酒を守り、酒を飲まねばならぬ変則的な戦いだ。共闘に慣れている者が良いだろう。

それに、確かめたいこともある。

「レイ、ミサ。お前たち二人に任せる」

俺がそう口にすると、レイは爽やかに微笑んだ。

「戦うだけなら、よかったんだけどね」

「それでは審理にならぬのだろう」

俺たちの勝利が一〇万分の一しかない未来にするには、限局世界といえども、制限が必要だろう。戦う相手がナフタではないというのも、その一つだ。未来神に攻撃できなければ、この限局世界の理を乱すことが難しい。

霊神人剣の秘奥《天牙刃断》ならば、ナフタの宿命を断ちきり、限局世界に強く干渉できるだろうが、それは封じられている。とはいえ、目的はなにも勝つことだけではないがな。

未来神が見た未来、一〇万分の一の可能性をどのようにたぐり寄せるのか。あるいはそれが、預言を覆すヒントになり得る。

「……でも、あたしで大丈夫なんでしょうか…………？」

不安そうにミサが言う。

「レイとの共闘ならば、お前が一番慣れている」

「確かにそうですけど」

「ジオルダルでは、愛魔法の修練を積んだのだろう？」

こくり、とミサがうなずく。

「でも、まだアノス様の期待するような域に達してないと言いますか……」

「戦いとは待ってくれぬものだ。ちょうどいい。この預言の審理とともに挑むがいい」

「……あはは……なにげにハードルが上がってるんですが……」

ミサが乾いた笑みを見せた。

「この審理で負けたからといって、なにがどうなるわけではないがな。しかし、その次に控えているのは仮初めの限局世界ではなく、真に一〇万分の一の未来だ。俺たちはそれをつかまねばならぬ」

そして、その先には一〇万分の一の勝利すらない預言が待っている。

「こんなところで躓いてはいられぬ。超えてみせよ」

「……がんばってきます……」

腹の据わった表情で、ミサはうんとうなずいた。

レイと彼女は並び、二人の竜騎士の前へ歩いていく。

「改めて名乗らせてもらうよ。僕はレイ・グランズドリィ。彼女はミサ・レグリア。君たちの王の預言に挑み、それを超えるためにこの戦いの舞台に立つ」

レイが手をかざすと、光とともに霊神人剣エヴァンスマナが現れる。

「地上の戦士よ。貴様の勇気に敬意を表す」

ネイトは金の酒樽を持ち上げ、それを放り投げた。レイは軽く酒樽を受けとめる。

「私たちは貴様が持つその酒樽の逆鱗酒を飲み干せば勝ち、反対に貴様たちは私が持つこの逆鱗酒を飲み干せば勝ちだ。この限局世界では、樽を破壊しようと、酒がこぼれることはない。また敵が飲む酒を、飲むといったこともできん」

レイはうなずき、酒樽を背後に置いた。

「なにか質問はあるか？」

「それじゃ一つ」

レイはシルヴィアに軽く微笑んだ。

「二日酔いは大丈夫かい？」

「今は審理の最中だ。酒宴のことなど忘れろ」

鋭い口調でシルヴィアは言う。

「私はもう忘れた。二度と思い出すことはない」

思い出したくもないといった様子だった。

「ナフタは宣言します。只今より、預言の審理を開始します」

未来神が開戦の合図を告げると、レイがミサに軽く手を伸ばした。

「逆鱗酒は僕が飲むよ。君はそれを守ってくれるかい？」

ミサがレイの手に、そっと自らの手を置く。

「……はい……」

そのときだった。

「すでに戦闘中だ。なにを乳繰り合っている」

ミサの目の前に突如、シルヴィアが姿を現す。さすがは子竜というべきか、目にも止まらぬ速度だった。

「はあぁっ……‼」

魔力が渦巻き、シルヴィアの拳がミサの腹部に突き刺さる。瞬間、勢いよく弾き飛ばされた彼女は背後にあった壁をぶち破っていった。

「戦士に愛や恋など不要。そんなものを後生大事に抱えているから、お前は弱いのだ」

「あら？　愛も知らない戦士なんて、お子様ですわね」

目を見開き、シルヴィアは振り向く。確かに吹き飛ばしたはずのミサが、突如、背後に姿を現したのだ。しかも、先程とはまるで別人のような容貌。長く伸びた、深い海のような髪。檳榔子黒のドレスを纏い、六枚の精霊の羽がその背にあった。なにより魔力が段違いだ。

「愛魔法を使うまでもありませんわ」

突き出した指先が、シルヴィアの胴体にめり込む。頑強な子竜の皮膚に、鈍い衝撃が伝わったか、シルヴィアは苦痛に顔を歪めた。

「……なんだ、この姿……この女、急に魔力が…………!?」

ミサが指先を振り抜けば、シルヴィアの体が吹き飛んだ。ドッガッシャァアンッとけたたましい音を立て、今度は彼女が商店の壁をぶち破った。

ふっとミサが微笑する。

「あなたの理屈が正しいとおっしゃるのでしたら、愛もないのに弱いあなたは、あまりに哀れではありませんの？」

§14.【騎士道 対 愛】

シルヴィアが弾き飛んだ直後、レイは地面を蹴っていた。

「不意打ちのようで悪いけど、一〇万分の一だからね」

ミサが魔法陣を描き、指先をネイトへ向ける。漆黒の稲妻が彼女の右腕に集う。

「二対一の間に、終わらせてもらうよっ」

エヴァンスマナを構えながらも、瞬く間にネイトに接近していくレイ。その背後から、起源魔法《魔黒雷帝》が放たれた。

「《竜闘纏鱗》」

ネイトの背後に、巨大な魔法陣が描かれる。それは霊峰を彷彿させる竜の姿へと変化していき、陽炎が如く揺らめいた。途方もない力を感じさせるその竜を、彼は己が身に取り込んだ。

突如、竜騎士の体から溢れるように魔力の粒子が立ち上る。その光は竜の面影を残し、ネイトの体に纏う不定形の武装と化した。

まっすぐ放たれた漆黒の雷を、彼は《竜闘纏鱗》の右手でわしづかみにする。

「ぬあぁっ!!」

気勢溢れる声を上げ、ネイトは《魔黒雷帝》を地面に叩きつけた。その衝撃で、地割れが起こる。まさに子竜と呼ぶに相応しい力だ。

「お見事ですわね。けれども、狙いはあなたではありませんわ」

雷鳴が鳴り響いたかと思えば、ネイトの四方に《魔黒雷帝》が立ち上る。直接放った一撃は囮、その漆黒の雷は檻のようにネイトの周囲を取り囲んだ。

ミサが蒼白き左手を伸ばし、それを引く。《森羅万掌》により、ネイトのそばにあった黄金の樽が、《魔黒雷帝》の檻をすり抜け、レイのもとへ飛んだ。

「しばらく、そこでじっとしてなさいな」

だめ押しとばかりに、《魔黒雷帝》の檻に《四界牆壁》を重ねがけし、ミサはネイトを閉じ込めた。

「はっ」

霊神人剣を軽く一閃し、レイは樽の蓋を斬り裂いた。軽く樽を片手で持ち上げ、彼は逆鱗酒を呷る。黄金色の液体が彼の喉を通りすぎた、その直後であった。

「ぐっ……!!」

がくん、とレイの体の力が抜ける。片膝をつくも、かろうじて、エヴァンスマナを支えにし、なんとか堪えた。

「レイッ!?」

「……一口で、根源が四つも、酔い潰れたよ……。どうやら、これが、限局世界の効果みたいだね。僕が酩酊する最悪の未来を辿るみたいだ……」

「いかにも」

《竜闘纏鱗》が竜の爪へと変化し、《魔黒雷帝》と《四界牆壁》の檻に突き刺さる。ネイトは、黒雷を纏う《四界牆壁》をつかみ、それを引きちぎるかのように両手を開いた。

「ぬあぁっ……!!」

レイが、その竜騎士を見据える。膝をついた状態、剣は支えにしている。それでも、最速の剣は放てるとばかりに彼は霊神人剣の根源をつかんだ。

「霊神人剣、秘奥が壱――」

ネイトが魔法の檻から抜けた直後、そこを狙い澄ましたかのようにエヴァンスマナから、無数の剣閃が走った。

「《天牙刃断》ッ!!!」

一呼吸の間に三〇連撃、同時に放たれたその刃を、しかし、ネイトは《竜闘纏鱗》を盾にして、悉く受けとめた。体を起こし、レイは霊神人剣で追撃する。

「ふっ……!!」

「ほぅあっ!!」

竜の爪と聖剣が激しく交わる。恐るべき膂力で、ネイトはエヴァンスマナを弾き上げるも、その力を完全に殺し、レイは刃を振り下ろす。

剣を交わす度に成長するレイの二撃目を、しかし、ネイトは完全に見切ってかわした。

「あら？　どうやら、未来が見えているようですわね。これも限局世界の力ですの？」

レイを援護しようと、ミサは《魔黒雷帝》の魔法陣を描く。

「その通りだ」

ミサの視界に、疾風の如く走る人影が映った。シルヴィアだ。

纏っているのは、《竜闘纏鱗》。魔力の粒子が、四つの翼を持つ竜を象り、シルヴィアの速度を底上げする不定形の武装と化している。

「でしたら、最初から、未来を見ればよろしかったのに」

膨れあがった漆黒の雷が、シルヴィアを撃つ。走った雷光は一〇〇を数え、いかに未来が見えていようと、彼女の逃げ場はどこにもなかった。

「竜技(りゅうぎ)――」

シルヴィアが剣を抜く。

「《風竜真空斬(ダストデルテ)》」

剣身に《竜闘纏鱗(ガッツデズ)》を纏(まと)わせ、その斬撃から風の刃が放たれた。竜の羽ばたきに似た疾風の剣撃は、彼女に迫る《魔黒雷帝(ジラスド)》を斬り裂き、そのままミサの胴を薙(な)いだ。鮮血を散らせながらも微笑し、ミサはシルヴィアに接近していく。

「《根源死殺(ベブズド)》」

漆黒の指先がシルヴィアに迫る。その必殺の一撃がどこを狙っているのか事前にわかっていたかのように、彼女は身をかわし、同時にその剣でミサの首を狙った。

横薙(な)ぎに振るわれた剣を、ミサは《四界牆壁(ベノ・イエヴン)》を左手に纏(まと)わせ、受けとめる。

「竜技――」

再び《竜闘纏鱗(ガッツデズ)》を剣に纏(まと)わせ、風の刃が荒れ狂う。

「《風竜真空斬(ダストデルテ)》」

ミサを八つ裂きにするが如(ごと)く、風の剣撃が彼女の全身を斬りつけていた。

「《獄炎殲滅砲(ジオ・グレイズ)》」

その魔法陣は、シルヴィアの足元。彼女が竜技を振るうと同時に、死角に描いてあった。

至近距離にて放たれた漆黒の太陽を、しかし、それも知っていたとばかりに彼女は飛び退いてかわした。そのまま、ネイトと交戦中のレイへと迫る。

「《風竜真空斬》」

ネイトが放つ《竜闘纏鱗》の爪を避け、レイが体勢を崩したちょうどそのタイミングだった。

狙い澄ました疾風の刃が、彼の体を斬り刻んだ。

「……くぅっ……‼」

根源一つを滅ぼされ、レイは僅かに距離を取る。

あの子竜の二人は強い。その上、限局世界は敵の懐。戦うだけならばいざしらず、逆鱗酒を飲み干さねばならぬというのは、いかにレイとミサといえども、少々分が悪い。

「今度はこちらから行くぞ」

攻守交代。シルヴィアは酒樽の防衛のためレイの相手を、ネイトは彼の脇をすり抜け、まっすぐミサが守る酒樽のもとへ駆け出していた。

「《獄炎鎖縛魔法陣》」

無数の極炎鎖がネイトを縛りつけようと、四方八方から襲う。だが、それを最小限の動きでかわし、彼はミサに肉薄する。

「竜技――」

腰に下げた剣が抜き放たれ、ネイトは切っ先をミサへ向けた。

「《霊峰竜圧壊剣》」

《竜闘纏鱗》が、ネイトの剣に集う。一振りのその剣が、一瞬、まるで霊峰が如く巨大に見えた。《四界牆壁》に《魔黒雷帝》を重ねがけし、防壁を作り出したミサは、《根源死殺》の両手を構える。

一撃を耐えきり、未来が見えていようと避けられぬ距離にて敵を貫くつもりだろう。

「甘い」

ネイトが、剣を突き出す。瞬間、ミサは目を見開き、咄嗟に真横へ飛び退いた。

ドゴォッと音が響く。《霊峰竜圧壊剣》の突きは、《四界牆壁》を容易く貫通し、酒樽を破壊しては、その後ろにあった水晶の街を丸々削り取った。

家も商店も、木々も、その後ろにあった山でさえ、巨大な円形の穴が穿たれている。

「飲め、《竜闘纏鱗》」

破壊された酒樽の中身は、ふわふわと宙に浮いている。限局世界の秩序が働き、酒はどうあってもこぼれないようになっているのだ。そして、その浮かんだ逆鱗酒に、ネイトの纏った魔力の竜が突っ込み、浴びるようにして飲んでいく。

レイとは違い、飲めば飲むほどにネイトの魔力は増し、纏った《竜闘纏鱗》が巨大に膨れあがっていく。

「訂正しよう。お前たちは、それなりに強い」

シルヴィアが言った。

「だが、騎士の剣にすべてを捧げた私たちには勝てない。愛は弱さだ。それを認めない限り、お前たちは預言に打ち勝つことはできないだろう」

宙に浮かぶ逆鱗酒は、みるみるネイトに飲まれていく。一瞬でとはいかぬようだが、しかし、飲み干すまで、さほど時間はかかるまい。

「言い直せば、乳繰り合っている軟弱さがお前たちの敗因だ」

勝ち誇るシルヴィアに対して、レイはにっこりと笑う。

「これがなにかわかるかい？」

レイは握った手を開いて見せる。そこには水の球があった。途端に、シルヴィアの表情が険しくなる。

「……逆鱗酒……まさか……いつのまに……？」

シルヴィアたちが飲む方の逆鱗酒だ。酒樽を破壊したとき、僅かな飛沫がレイのもとへ飛んできていたのである。

「《天牙刃断》を放ったときに、君たちが飲む酒樽の中の逆鱗酒を斬った。この限局世界では、あの逆鱗酒は君たちに飲まれるという未来がほぼ決まっている。その宿命を断ちきったんだよ」

だが、霊神人剣の力でも、ナフタの限局を防げるのは僅かにその飛んだ飛沫分だけだ。

「未来神の力に干渉するほどの神剣……。因果宿命を司る神の秩序を有しているな……」

脅威と悟ったか、慎重に剣を構え、シルヴィアが霊神人剣を睨む。

「ナフタなら、その未来も見えたんだろうけどね。どうやら、君たちに分け与えられた神眼は擬似的なもの。つまり、この限局世界でも、君たちにすべての未来が見えるわけじゃない」

レイがエヴァンスマナを振りかぶる。

「霊神人剣――秘奥(ひおう)が壱」

「無駄だ」

シルヴィアは《竜闘纏鱗(ガッデズ)》を剣に集める。しかし、それが瞬く間(またたくま)に霧散した。

「させませんわ」

《破滅の魔眼》でミサはその剣を凝視し、集う魔力を滅ぼしていく。だが、シルヴィアは怯(ひる)まなかった。

「残念だが、その未来は見えているぞ」

「本当にそれが正しい未来かな？」

振り下ろすようにしてレイは、霊神人剣エヴァンスマナをシルヴィアに投げた。

「《天牙刃断》ッ!!」

「くぅ……！」

《破滅の魔眼》の干渉を受けながらも、シルヴィアは必死に魔力をかき集め、飛んでくるエヴァンスマナを全力で打ち払う。

「《風竜真空斬(ダストデルテ)》ッ!!」

無数の風の刃が、投擲(とうてき)されたエヴァンスマナに集中し、弾(はじ)き飛(と)ばした。その頃にはレイは一意剣(いちいけん)を抜き、その反対の手をミサがつかんでいた。

「《聖愛剣爆裂(テオ・トレアロス)》」

振り下ろされた一意剣が、レイたちが飲むべき酒樽を爆発させる。溢(あふ)れ出(だ)した逆鱗(げきりん)酒が宙に浮かび、一塊の水球と化す。

「今、君が見た未来は正解だと思うよ」

爽やかにレイは微笑む。

「だけど、さっきのことから、君はそれが実現しないと思ってしまった。霊神人剣がまたなにかの宿命を断ちきるんじゃないかってね」

シルヴィアは最善の未来の宿命を断ち切られぬよう、それとは違う行動を取った。だが、《天牙刃断》は発動していない。結果、彼女はただ誤った行動を取ってしまったのだ。

「……まんまとしてやられたというわけか」

苦々しい表情で、シルヴィアはレイを睨む。

彼は宙に浮かんだ逆鱗酒に口をつけた。途端に体がぐらつき、レイはミサに支えられる。

「しかし、そこまでのようだな」

シルヴィアは、すぐにレイに飛びかかろうとはしなかった。いずれにしても、彼は逆鱗酒を飲み干すことはできない。ならば、ネイトが逆鱗酒を飲むのを待ってから、二対二で戦った方がいいと判断したのだろう。

「そう思うかい？」

「同じ手が通用するものか。すでに未来は見えた。今お前の根源はまた一つ酔い潰れた。残り一つの根源で、その逆鱗酒をどう飲み干すつもりだ？　口をつけたが最後、最早立っていることもできはしまい」

爽やかにレイは微笑む。

「ミサ。僕を信じてくれるかい？」

彼はミサに一意剣シグシェスタを差し出す。ミサはそれを受け取ると、こくりとうなずいた。

「当たり前ですわ」

レイはミサの肩と膝裏にすっと手を入れて、彼女をこの上なく優しく、持ち上げる。

ありふれた、しかしある意味、異様な構えだ。

「なっ……!?」

この審理の場において、剣を交える戦場において、シルヴィアの虚を突く。それはこの魔法の時代ではお姫様だっこと呼ばれるものだ。

「この未来は、見えなかったかい？」

「……確かに私たちにすべての未来は見えない。特に見るまでもない行動は除外される」

努めて冷静に、シルヴィアはレイの行動を分析する。

「だが、霊神人剣が宿命を断ち切れたのは先程の一回のみ。それは、ハッタリにすぎないっ！」

シルヴィアに見えていない未来で攪乱するために、お姫様だっこをした、彼女はそう判断したのだろう。

くすっとレイは笑った。

「そう思うかい？　君たちの擬似的な神眼では、一〇万分の一の未来、つまり、僕らの勝利も見えないんじゃないかい？」

「さあな。だったら、なんだと言うんだ？」

微笑むレイを、シルヴィアは油断のない視線で睨めつける。

「これが、僕たちの勝利につながる未来かもしれないよ」

「ありえるものかっ。そんな愚かな行動をとっておいて、勝利へつながるだと？　未来を見るまでもないわっ！　預言の審理に挑む心意気とお前の剣、少しは見直しかけたが、とんだうつけ者だっ！　両手が塞がったその状態でいったいどうするつもりだっ⁉」

「もちろん、こうするんだよ」

ミサが、レイに魔法陣を描く。すると、途端に逆鱗酒が彼の体に吸い込まれていった。

ネイト同様、まるで浴びるように酒を飲んでいるのだ。

「……なんだと……？　これは、なにをしているっ⁉」

「《酒吸収》の魔法ですわ。あちらの方を参考にして、全身で飲める魔法を作りましたの」

「……作った？　魔法を……たった今か？」

シルヴィアが怪訝な顔つきで、険しい視線を二人に向ける。理解し難いといった様子である。

「いや……体で飲もうと、逆鱗酒の酔いは回る。解毒魔法を使おうと、この限局世界では無駄なこと……私の神眼には、お前が酩酊する未来がすでに見えているっ……だのにっ……！」

根源を四つ酔い潰したときより、更に多い量の逆鱗酒を体で飲み続けながら、レイは平然と立ちつくしている。

「なぜ、女一人を抱えてなお、ふらつかないっ⁉　もうとっくに酔い潰れているはずだっ！」

「どんなに飲んだって、酒なんかじゃ酔い潰れはしない」

ミサを優しく抱き抱え、レイははっきりと言い放つ。

「今の僕は、すでに愛に酔っている。その愛が僕を立たせているんだよ」

かないんだ」

「彼女を抱えてなお、ふらつかないんじゃない。愛を抱えているからこそ、倒れるわけにはいかないんだ」

光が、溢れる。新たな愛魔法の輝きが、今二人の間に、そっと芽吹こうとしていたのだった。

「素敵ですわ、レイ」

§15.【二人の世界】

ミサを優しく抱き抱えながら、レイは二本の足で雄々しく立つ。《酒吸収》の影響下にある逆鱗酒は、霧状に舞い散っては、仄かに輝き、すっとレイの体に吸収されていく。それは、まるで彼らを祝福するシャンパンシャワーのようだった。

「……なにが……」

怒りを滲ませ、シルヴィアが呟く。彼女はキッとレイを睨みつけた。

「なにが、愛に酔っているだっ⁉　ふざけるのもいい加減にしろっ！　確かにその愛による魔法とやらで、お前は酩酊に耐えている。だが、着実に酒はお前の体を蝕んでいるぞっ！」

シルヴィアは剣先をレイに向けた。

「その証拠に、酒を飲むペースが遅い。一気に飲めば、酔い潰れるからだ」

「わかっていませんわね」

ふっとミサが微笑する。その余裕の表情を、シルヴィアは警戒した。

「なんだと？　なにがわかっていないというのだ？」

「せっかく二人で愛の祝杯をあげるというのに、がっついては台無しですわ。それではまるで、盛りのついた犬ではありませんの」

「な……がっつ……な……わ、私の考えが、盛っているというのか……！」

シルヴィアは一瞬衝撃を受けたが、しかし思い直したように首を振り、ミサを睨む。

「竜騎士シルヴィア。君の剣は美しく、そして凄まじく速い。だからこそ、わかっているはずだよ。速き剣が、必ずしも敵を斬り裂くわけじゃない。時には遅さも武器となる。愛の剣はその究極。愛を確かめ合う行為はね、遅ければ遅いほどいいんだよ」

「……口の上手い男だ。認めよう。お前のその精神を斬る技だけはなっ！　だが、いくら心を斬ろうと、この騎士の体までは斬れはしないっ！」

自らを奮い立たせるように彼女は叫ぶ。

「両手が塞がった状態で、剣は持てない。その女が剣の素人だということは構えを見ただけでもわかる。その上、抱き抱えられた状態では踏ん張りも利かず、動きも制限されるだろう。まともに戦えるわけがないっ！」

僅かに膝を折り、剣を後ろに引いて、シルヴィアは構える。今にも襲いかからんばかりだ。

「飛び込めば一秒で終わりだ。その酒をすべて飲むまで待つと思うな」

「だったら、どうして飛び込んで来ないんだい？」

レイの指摘に、シルヴィアは返事に窮した。

「一秒で終わるなら、僕とミサはとっくに斬り倒され、残りの逆鱗酒も奪われているはずだよ」

険しい表情をしたまま、シルヴィアは依然として飛び込まない。

「ネイト団長も、とっくに樽の逆鱗酒を飲み干したのに、様子を窺っているだけだ」

レイがネイトの方へ視線を向ける。彼はその魔眼を二人に向けるばかりで、動こうとしない。

「この限局世界では、君たちはナフタの恩恵を受け、未来を見る擬似的な神眼を持っている。完全ではないがゆえに、それは僕たちにとって勝率の低い未来は取りこぼす。だけど、今この状況は、とても僕たちの勝機が薄いとは思えない」

七つの根源を持つレイといえど、この限局世界で逆鱗酒を飲み干すことは不可能に近かった。だが、今レイは逆鱗酒を飲み続けている。そして、シルヴィアたちが飲まなければならない残りの酒は、ミサの手の中にあるのだ。

「つまり、これが君たちの神眼には見えていなかったもう一つ未来だということ」

険しい表情をしながら、シルヴィアはその神眼に魔力を込める。

「神眼を凝らせば凝らすほど、逆に見えなくなりますわ」

ミサはふわりと微笑してみせた。

「だってそうでしょう？　わたくしたちの愛が眩しすぎて、完全ではないナフタの神眼は眩んでしまっているのですから」

「これが僕たちの一〇万分の一の未来。君たちの神眼の盲点。そして、本物の預言を覆すくさびとなる、愛の一刀だっ！」

瞬間、シルヴィアが動いた。

「戯れ言をっ！　愛は弱さだっ‼　逆立ちしても私たちには勝てぬゆえに、見えないだけのこと　っ‼　そんな馬鹿な話が認められるかぁっ‼」

《竜闘纏鱗》の翼が四つ、同時にはためく。瞬間、シルヴィアの踏み込みは人の域を超え、神風の如く吹き荒んだ。

「竜技――」

シルヴィアが呟く。言葉よりも早く、そして速く、神風の刃が振るわれた。

「《竜翼神風斬》」

その刃はまるで竜巻の如く渦を巻き、ミサとレイ、二人の体を飲み込んだ。極限の速さ、研ぎ澄まされた剣閃の嵐。避ける術なき必殺の竜技を前に、敵は声すらなく散ることだろう。

しかし――

「遅いですわ」

「な……んだと……⁉」

レイたちはそこにいた。《竜翼神風斬》を見切り、最小限の動きでその剣の嵐をかわしたのだ。

「なぜだ……？」

不可解そうに、シルヴィアは神眼を二人に向ける。

「……なぜそれだけの逆鱗酒を飲んだあげく、人一人を抱えて、《竜翼神風斬》よりも速く動けるっ⁉　私が見たどの未来でも、貴様はこれほどの速さで動いてはいなかったぞっ！」

「あら、知りませんでしたの？」

ミサが不敵に笑い、答えを示す。

「愛する者と過ごす時間は——」

「——信じられないほど、速く進むんだよ」

「知・る・かぁぁっ……!!」

怒りとともに、シルヴィアの魔力が跳ね上がる。それをバネに彼女は再び竜技を繰り出した。

「《竜翼神風斬（デメスドエネス）》」

神風の剣閃（けんせん）が、嵐の如（ごと）く吹（ふ）き荒（すさ）ぶ。逃げ場もないほど風の剣撃が吹き乱れ、レイとミサの前後左右から襲いかかった。瞬間、シルヴィアは目を見開いた。

極限まで速さを磨いたその剣を、あろうことか、レイはゆっくりと歩き、かわしていくのだ。まるでどれだけ嵐が吹き荒れても、意に介せず歩く恋人同士のように、笑顔を絶やさず、彼らは《竜翼神風斬（デメスドエネス）》の中を歩いていく。

「遅い……いや、だが、速いだと……!? なんだこれはっ!? なにが起きているっ!?」

自分の魔眼（め）が映しているものがいったいなんなのかわからず、困惑したようにシルヴィアは表情を歪（ゆが）めた。

「騎士たるものが狼狽（うろた）えるな」

ネイトの厳しい言葉に、シルヴィアは身を引き締めた。

「時間だ。奴（やつ）ら二人の時間が恐ろしいほどの速度で流れている。だからこそ、奴（やつ）ら自身（じしん）の動きは遅いが、私どもには速く映る。遅くとも速い、という矛盾が成立する」

「……まさか、未来を司（つかさど）るナフタの限局世界で、自分たちだけ先の未来へ辿（たど）り着（つ）けるはずが……時（とき）の番神（ばんじん）エウゴ・ラ・ラヴィアズとて、ここでは時間の操作は不可能なはず……!?」

どうやら、また一段愛の深淵へ沈み込んだか。

「なに、あれ……？　見たことのない魔力反応だわ……」

サーシャが言う。

「二人が纏ってる光が桃色になってるぞっ！　あんな《聖愛域》、初めて見たっ！」

エレオノールが驚いたように声を発する。

「ふむ。あれは違うな。あの愛魔法、すでに《聖愛域》という次元を超えている。見よ」

ミサとレイが纏うその愛魔法の光が変化し、彼女らの背後に桃色の秋桜が浮かんだ。しかし、魔法陣の変遷が妙な推移を辿っている。そう、それは溢れる心のままに。

「頭で考えた術式ではああはなるまい。魔法陣の構築さえ、二人の愛に委ねたか。しかも、これは――」

く、と腹の底から笑いが漏れる。

「くくく、くははははっ。まさかな。いやいや、なかなかどうして、驚いたぞ。頭ではなく、愛で魔法を開発するとは。常識を知らぬ男よな。それでこそ、勇者だ、レイ」

足を止め、ミサを抱き抱えながら、彼は言った。

「《愛世界》。これは小さく、ささやかな――なにより強い僕たちだけの世界を作り出す」

「わたくしたちの愛の速度に、ついて来られまして？」

ギリッとシルヴィアが奥歯を噛む。

そして、それよりも遙かに大きく、俺の背後から奥歯を噛む音が聞こえた。

「舐めるなぁっっ‼　そんなチャチな花で、私の竜と戦えるとでも思っているのかぁっ‼」

《竜闘纏鱗(ガッデズ)》の翼が四枚から八枚に増える。凄(すさ)まじいほどの魔力の噴出、その濃密な力に視界が歪(ゆが)みそうになるほどだ。

「《竜翼神風斬(デメスドエネス)》ッ!!」

シルヴィアが神風となりて、レイたちに接近する。《愛世界(ラヴル・アスク)》で移動する彼らに、けれども、シルヴィアはピタリとついて回った。

「はああぁぁぁぁぁぁぁっ!!」

彼女が放つ嵐の如(ごと)き連撃を、しかしレイに抱き抱えられたミサが、《愛世界(ラヴル・アスク)》を纏(まと)わせた一意剣シグシェスタで打ち払う。互いの速度はほぼ互角、レイとミサの恐るべき愛魔法の前に、シルヴィアは根源を削るほどの《竜闘纏鱗(ガッデズ)》で対抗している。

寿命を削り、魔力に変える捨て身の攻撃。だが、それさえもレイとミサには届かない。

「なぜっ……!」

剣撃を繰り出しながらも、速き連撃を放ちながらも、シルヴィアは叫ぶ。

「なぜだぁっ？　なぜっ⁉　そんな不安定な体勢で、そんな拙い構えで、なぜ私の剣と互角に打ち合えるっ!!」

「言ったはずだよ。《愛世界(ラヴル・アスク)》は僕たちの世界」

「わたくしとレイは一心同体ですわ。この剣は、わたくしの力とレイの技を合わせていますの。一人よりも二人が強いのは当然のことでしょう」

二人の大きな愛が、理を歪(ゆが)ませ、秩序さえも乱している。抱き抱えられた不安定なはずの剣撃が、けれども速く、なにより重い。彼らが纏(まと)ったあの秋桜(コスモス)の世界の中では、愛こそが秩序。

ならば、お姫様抱っこの剣が、独り身の剣に負ける理由があろうはずもない。

それが――《愛世界》。二人だけの世界だ。

「ふざけるなぁぁっ!!　愛などで戦えるはずがないっ!!　乳繰り合っていれば強くなるなど、そんな虫の良い話があってたまるかぁぁっ!!」

「これが地上の人間の戦い方なんだ。力で劣る僕たちは、愛で戦うしかなかった。乳繰り合っていると卑下したければすればいい。だけど、言わせてもらうよ。僕たちは、真剣に愛し合っている」

桃色秋桜の世界が更に広がる。

「人の恋愛を笑うような奴に、どんな未来がつかめるって言うんだっ！」

「黙れぇぇぇっ!!　私たちは、愛など認めていては、強くなれなかったんだぁっ!!　なにが僕たちの世界だっ！　こんなお花畑の世界など、この竜の剣で叩き斬ってくれるわっ！！！」

無数の剣撃がその場で乱舞し、ミサの剣とシルヴィアの剣が斬り結ぶ。一〇〇を超える魔力の火花を散らせ、最後に激しく衝突した。

互いに渾身の力を込め、両者は鍔迫り合いを行う。それは、レイの誘いだったか。速さでは魔力を振り絞ったシルヴィアが僅かに上。だが、剣と剣の衝突では、一心同体、二人分の力を使えるレイたちが有利だ。僅かに、押され、シルヴィアの膝が折れる。

「フ……」

彼女は不敵な笑みを覗かせる。

「終わりだ。動きが止まったぞ」

「よくやった、副団長」

シルヴィアの背後から、ネイトが飛び込んでいた。

「竜技──」

ネイトの背後に山脈のような《竜闘纏鱗》が浮かぶ。それはとてつもなく巨大な霊峰の竜。

その魔力が、彼の剣の切っ先に集中した。

「《霊峰竜圧壊剣》」

限局世界の街を削り取るほどの突き。それは、見事な技量でもって、シルヴィアの脇をすり抜け、鍔迫り合いを続ける、ミサの《愛世界》の剣を押す──

瞬間、秋桜の花が乱れ舞う。

「なっ……にぃ…………⁉」

《霊峰竜圧壊剣》の威力が増せば増すほどに、《愛世界》が反発し、桃色秋桜の世界がネイトを、そしてシルヴィアを飲み込んでいく。

「……ば、馬鹿なぁぁ……こんなチャチな花にぃっ……⁉　飲み込まれ──うわあああああああぁぁぁぁぁっ‼」

「まさか……これほどの力が、どこに残って……」

攻撃に《竜闘纏鱗》を集中していた二人は、秋桜が狂い咲く《愛世界》の反発をもろに食らった。互いに見つめ合い、愛を囁くように、レイとミサが声を揃える。

「「《愛世界反爆炎花光砲》」」

秋桜が完全に騎士二人を覆いつくした。刹那、その花が桃色の大爆発を巻き起こし、ネイトとシルヴィアが弾け飛ぶ。

「う、うおおおおおおおおおおおおおおおおおおおおおおおおおおおおぉおおっ……！！！」

「うあああああああああああああああああああああああああああああああぁああっっっ！！！」

瞬間的に纏った《竜闘纏鱗》は爆発に飲み込まれて霧散し、二人は空に投げ出される。時計台に激突し、そのまま墜落した。

《愛世界反爆炎花光砲》。相手の攻撃をあえて受け、その分、《愛世界》の力を瞬間的に高めて放つカウンター魔法、か。これも愛の秩序に満たされた理を利用したものだろう。

すなわち――

「障害が強ければ強いほど、愛は激しく燃え上がる――」

「――ご存知ありませんでしたの？」

二人は顔を見合わせ、幸せそうに笑う。誰が見ていようと、まるで気にもしない自然体。

「どうぞ、レイ。お飲みくださいな」

宙に浮かんだ逆鱗酒は殆どレイが飲み干した。僅かに残ったその雫を、ミサは指先で拭い、レイの唇を撫でるようにそれを飲ませる。

「あんっ……もう、なにをしていらっしゃいますの？」

指先を軽く舐められ、窘めるようにミサが言う。レイは爽やかに笑い、彼女に言ったのだ。

「君の指先が、お酒に濡れて綺麗だった」

「いけない人ですわ」

レイの唇にトンとミサは指先を置く。

彼らの魔法が作り出したその秋桜(コスモス)の空間は、まさしく二人の世界だった――

§16.【希望の未来は絶望か】

逆鱗(げきりん)酒を先に飲み干したのは、レイとミサ。彼らの勝利が決すると、騎士たちからどよめきが溢(あふ)れた。

「……この限局世界は、我らアガハ竜騎士団の懐(ふところ)も同然」

「まさか、この場において、ネイト団長とシルヴィア副団長を打ち倒す者がいようとは」

「預言に挑むという名目上、彼らにも勝機はあったはあったが……」

「いや、それにしても一〇万分の一。僅かに等しい希望の道を選び取るとは……」

「団長たちを退けた魔法の要になったのは、あのレイという男。剣士でありながら、剣を持たず、自らのパートナーを信じ切るという覚悟、それを上回るほどの深き愛情。そして、なんという勇敢さだ」

「我らにできるか？　剣を捨て、仲間を信じ切ることが。口で言うほど簡単なことではないぞ」

「剣を極めた末に、剣を手放した。あの男、無剣の境地に至っているというのか……」

「しかし――」

騎士たちが称賛の声を上げる中、まるで彼らの仲間かのように、俺の背後にいた男が続いた。

「二人だけの愛の世界というのなら、斬り裂かれてからが本番でしょう」

シンが冷たい視線を放つと、レイが殺気を感じとったように苦笑いを浮かべていた。

「機会があれば、試してみるがよい。あの二人はまだまだ強くなるだろう」

ギラリと魔眼を光らせ、シンは言った。

「仰せのままに」

俺はディードリッヒとナフタの前に歩み出る。

「文句はあるまい」

すると、ディードリッヒは豪快な笑みを覗かせた。

「さすがは地上の勇者、アゼシオンの英雄だ。二千年前、魔王とやり合っただけのことはあるものだな。預言の審理に挑み、彼らは見事それに打ち勝った。称賛しようぞ」

騎士団たちは姿勢を正し、剣を持った右手を胸の辺りにやり敬礼した。

「たった今、レイとミサが見せたように、一〇万分の一の未来を選び取ることはできる。ならば、なにを諦める必要もあるまい。お前は、すべてを救う道を歩むべきだ」

ディードリッヒは笑みを崩し、真顔で言葉を返す。

「この未来は滅多なことでは訪れはしないものでな。だが、なぜだろうな？」

不思議そうに彼は言う。

「お前さんならば、この未来に辿り着く、そんな予感がしてならなかった」

ディードリッヒは、ゆるりと俺のもとへ歩いてくる。

「お前さん方をガデイシオラにつれていくのはやぶさかではない。だが、一つ、約束してもらいたいことがあってな」

「ほう」

「選定審判の終焉を、諦めてもらいたいのだ」

意外な申し出だな。

「理由を聞こうか。お前が神の代行者になりたいようにも見えぬ」

「おうとも。そんなものは俺の柄ではあるまいて」

自嘲するように彼は笑い飛ばした。

「だが、柄ではないからといって、やらねばならぬことはあるだろうよ。理由は二つだ。一つは力よ。神の代行者となれば、秩序と張り合うだけの力が得られる。預言を覆すだけの権能を得ることもできよう」

「そうは思えぬ」

ディードリッヒの言葉を俺は即座に否定した。

「神は秩序だ。代行者もまた同じ存在だろう。未来神ナフタが見る数多の未来は、その秩序によって構成されている。どれだけの力を持とうと秩序たる神には、秩序だった未来を覆すことはできまい」

秩序は秩序を守り、成立するように働く。代行者になってしまえば、逆に預言を覆すことはできなくなるというのが、俺の見立てだ。

「お前さんの言うこともわかる。しかし、それが預言を覆すに至る、最善の未来だ」

「それは、もう一つの理由とやらがあるからか？」

ディードリッヒが大きくうなずく。

「未来神ナフタにも、ただ一つ先の見えない未来がある」

アガハの剣帝は神妙な顔つきで切り出した。

「お前さんのいう盲点ではなく、暗闇の未来がな。それこそが、選定審判の終焉だ。終わりの始まりから先、ナフタの神眼にも映らぬ未来が訪れる」

「早い話、選定審判が潰える未来は、預言が効かぬというわけか？」

「端的に言うのならば、そういうことになるだろうよ」

「ならば、答え合わせは早い。俺は選定審判を終わらせるつもりだ。お前の預言にすべてを救う未来がないというのならば、見えていないその選定審判の終焉にこそ、希望があるのだろう」

俺の言葉に、しかしディードリッヒは厳しい面持ちをしたままだ。無論、これとて奴にはわかっていた未来にすぎぬ。

「選定審判の終焉には、絶望の未来しかない。我ら騎士は命を賭して、かの審判を守るべし。これが代々我が国に伝えられてきた、アガハの預言だ」

「その預言は誰が伝えた？」

「初代剣帝だ。彼はナフタと盟約を交わし、その預言をアガハに遺した」

「つまり、選定審判の終焉をかつてナフタはその神眼で見たというわけだ。一度見えた未来が、なぜ今見えなくなった？」

　俺の問いに、ナフタが答える。

「ナフタは伝達します。未来神の秩序は、未来から力を得ています。未来が続くからこそ、見えるもの。複雑な秩序ゆえのことなれど平易に述べれば、近い未来よりも、遠い未来がよく見えるのです。選定審判の終焉が訪れる未来が、今現在においては近づいてしまいました。終焉の暗闇を、ナフタの神眼が見るだけの力が、その未来には残っていないのでしょう」

　冷静にその神は告げた。

「すなわち、選定審判の終焉は、この世界の終わりの始まりです。世界が消え、先がなくなるからこそ、そこへつながる未来を、ナフタは見ることができません」

「なるほど。世界が終焉に至り、未来が潰える。未来が潰える暗闇が近づけば近づくほど、未来神の神眼では見づらくなるというわけだ」

「その通りです」

　初代剣帝がアガハを建国したのは、凡そ二千年前か。そのときならば、選定審判の終焉までに二千年分の未来があった。それだけの未来があれば、それだけ遠い未来であれば、世界の終焉であろうと、ナフタの神眼は働いたのだろう。

　そして、やがてナフタにも世界の終焉が見えなくなると知り、初代剣帝はアガハの預言を遺した。決して選定審判を終わらせぬようにと。

「初代剣帝に伝えたときの未来は、覚えていないのだな？」

「ナフタは未来の秩序。過去は見えず、瞬く間に忘却します」

「そういうわけだ、魔王アノス。心から頼もうぞ。選定審判の件は諦めてくれぬか？」

「選定審判の終焉が世界の終焉とはいえ、ナフタに見えぬ未来というのは間違ってはいまい」

ディードリッヒは苦い表情でうなずいた。

「お前さんの言うことはわかっている」

「世界の終焉だからといって、そこに希望がないと思ったか？」

俺の言葉に、ディードリッヒは目をつぶり、首を左右に振った。深く、唸るように、彼は息を吐く。

「そいつは、どうだろうな？」

「見えぬ未来にこそ、希望があるはずだ」

「間違ってはなかろうて。だが、今見えぬだけだ。アガハの預言がある。初代剣帝は確かにその暗闇の中を覗き、世界が滅ぶと知った。選定審判は決して終わらせてはならぬと伝えたのだ」

「初代剣帝が、本当に終焉を見たのか？　確かめたわけではあるまい」

「その通りだ。だが、不可能が見えぬゆえに人は希望を見るのだ。突き進んだ果てが、絶望であることも知らずに」

「未来が見えぬ道なら、ディードリッヒ、預言者の出る幕ではないぞ。数多の絶望、無限の悲劇が襲いかかろうと、余さず俺が滅ぼしてくれる」

俺の顔を真っ向から見返し、堂々とディードリッヒは言葉を述べた。

「最善の道を積み重ねた先にこそ、真の希望があるはずだ。世界の終焉が未来に横たわっているというに、それを希望だと突き進むのは愚かであろう」

「さて、俺にとってはいつものことだがな。お前も、ナフタも、よく見える神眼を持ってしまったがゆえに、ただ一つ見えぬ不安に脅えているだけではないか？」

「脅えているとも。俺は国を背負っている。この世界の命運さえも、預言一つにかかっている。脅え、恐れ、戦き、脅威から民を守るのが王の役目に他なるまいて。戦以外で、勇猛さを見せつけても民は守れぬだろうよ」

道理ではあるがな。しかし、それでは救えぬものもある。

「アガハの預言では、それは世界の終焉だ。希望と信じ、突き進んだその未来に絶望があったとき、お前さんはどうするつもりだ？」

「預言など覆せばいい。つい今しがた、我が友レイがやってみせたのと同じようにな」

「一〇万分の一の未来を勝ち取ったにすぎまいて。預言を覆したわけではない。ネイトとシルヴィアの疑似神眼には見えなかったとはいえ、ナフタの神眼には見えていた未来だ」

「俺の力とて預言の範疇の内、お前はそう言ったが、ディードリッヒ、本当にそうか？」

奴に問いを突きつけ、続けて言った。

「この限局世界で、ナフタが口にしたのは仮想的な預言だ。仮想的な預言者として用意されたのがネイトとシルヴィア、そしてその預言の枠に収まらぬ仮想的な不適合者として用意されたのが、レイとミサだ」

ナフタとディードリッヒは俺の言葉に、真剣な表情を浮かべながら耳を傾けている。一度は未来を見て、この説明を聞いているにもかかわらずだ。

「ネイトとシルヴィアに見えなかった道こそが、一〇万分の一の未来。ナフタの言葉で彼らはミサとレイにも勝機があることは知っていたが、その道筋までは完全に見えなかった。ナフタの言葉がなければどうだ？　彼らはミサとレイが勝つ未来が存在しないと預言したはずだ」

ディードリッヒは反論しない。それが正しいと認めたからだ。

「ネイトとシルヴィアを預言者とすれば、確かにミサとレイはその預言を覆した。つまり、ナフタの擬似神眼に盲点があったのだ。無論、未来神ナフタの神眼にはその盲点が見えていた。だが、ナフタ以上に未来が見える存在がいると仮定するなら、今と同じことが起きるはずだ」

ミサとレイがやってのけたことは、程度の問題にすぎない。つまり、預言は覆すことができるという証明だ。

「そいつは、お前さんの仮定が正しいとするならばの話だ」

「ナフタは真実を伝えます。この身は、未来を司る秩序。ナフタ以上に未来が見える存在はなく、この神眼は余さず未来を見据えるでしょう」

ナフタの言葉に、続けてディードリッヒが言う。

「ナフタの盲点があるという根拠がない。お前さんにも、必ず未来が覆せるというわけではなかろうて。もしも魔王にすべてのことがなせるのならば、記憶を失いはしなかったはずだ」

「つまり、それが根拠だ、ディードリッヒ」

当たり前のことを、ただ当たり前に俺は述べる。

「この俺でさえも、記憶を失うことがある。ならば、未来神に見えぬ未来があって然るべきだろう。完璧な存在などありえぬ」

ディードリッヒは重たい表情のまま、しばらく黙り込んだ。

「……ナフタの神眼がお前さんに宿ったなら、よかったのだがな……」

そう、呟いた瞬間だった。

爆音が耳を劈いた。けたたましい雷鳴が轟き、限局世界が激しく揺れる。すぐさま、《思念通信》が響いた。

『敵襲っ……！　敵襲っ……!!　何者かが宮殿内に侵入しました！』

「おいでなすったか……」

ディードリッヒが険しい表情で言うと、ナフタは手を上げ、魔法陣を描いた。水晶でできた街並みが砂嵐に変わっていき、俺たちは元の場所へ戻ってきた。限局世界が解除されたのだ。

剣帝宮殿が激しく震動する中、ディードリッヒは言った。

「襲撃者は、ガデイシオラ幻名騎士団、紫電の悪魔セリスだ」

§17.【国を覆う魔壁】

再び雷鳴が鳴り響き、剣帝宮殿が大きく揺れる。

「ナフタは予言します。侵入した紫電の悪魔は、一分一二秒後に地下牢獄に閉じ込められたアヒデに接触、《紫電雷光》により道を作り、彼を連れ去ります」

「そいつは重畳。セリスが宮殿を脱出後、俺と竜騎士団は奴を追い、ガデイシオラへ入る」

冷静にディードリッヒは言った。予定通りということだろう。

「出陣準備」

視界の隅で、ネイトが竜騎士団にそう声をかけた。シルヴィアも同じく何事もなかったかのように彼の隣で待機している。《愛世界反爆炎花光砲》をまともに食らっておきながら、もう傷が癒えたか。限局世界だったということもあるが、凄まじい回復力だな。

飲み比べの勝負でなければ、レイたちとの決着はまだついていなかっただろう。

「魔王よ」

ディードリッヒが言った。

「選定審判を終わらさぬと誓うならば、共にガデイシオラへ向かおう」

「誓わぬと言えば？」

「残念ながら、お前さんと手を取り合うことはできん。互いに目指すのは平和だが、道を違えることになるだろうて。訪れる未来によっては、戦うことにもなるかもしれまいな」

「俺を敵に回せば、どうなるかわかっていよう」

ディードリッヒはうなずく。

「我らアガハは正々堂々と魔王に挑み、そして敗れるであろう。これは決して違えられぬ預言。だからこそ、騎士の誇りにかけて、最後の一兵となろうと戦い抜く。国を守るこの剣をもちて、未来を切り開いてみせようぞ」

整列した竜騎士団の誰もが、腹の据わった表情で王に視線を向けている。

「だが、叶うならば、また酒を酌み交わしたいものだ」

覚悟の上か。国を背負う男だ。言葉だけでは動くまい。

「ディードリッヒ」

俺は告げる。

「俺の行く手を阻（はば）むならば、容赦はせぬ。我が魔王軍は正々堂々アガハの剣帝を迎え撃ち、その全力をもって、立ちはだかる兵を粉砕するだろう」

もしも、そのときが来たならば、彼ら騎士の心意気に真っ向から応える。その誓いを、ここに示した。

「互いに無事に戻ったならば、今度は俺の国へ案内しよう。ディルヘイドの酒を振る舞ってやる」

ディードリッヒは朗らかに笑った。

「そいつはいいな」

果たしてその未来が、奴（やつ）の神眼（め）には見えたのか。表情からは推察できぬ。

しばらくして、再びけたたましい雷鳴が轟（とどろ）く。剣帝宮殿が激しく揺れ、やがて止まった。

《思念通信（リークス）》が響く。

『報告します！　襲撃者はアヒデをさらい、逃走しました。姿は未確認。使われた魔法から、幻名騎士団と推測します。すでに剣帝宮殿を出て、ガデイシオラの方角へ向かっています』

ディードリッヒがネイトを見ると、彼はうなずき、部下たちに声をかけた。

「竜騎士団出陣する。敵は幻名騎士団、目指すはガデイシオラ。戦闘が目的ではない。交戦は極力避けろ」

「「「は！」」」

竜鳴が鳴り響くと、吹き抜けの天井から白い竜たちが舞い降りてくる。騎士は皆、竜に跨り飛び去っていった。

「ナフタはカンダクイゾルテの翼を具現化します。預言者ディードリッヒに未来の祝福を」

彼女が手にした《未来世水晶》カンダクイゾルテがぐにゃりと歪み、水晶の竜へと変化する。

ナフタとディードリッヒは、その水晶竜に跨った。

「ではな、魔王。お前さんが来ないことを祈っている」

ディードリッヒはそう言い残し、飛び立っていった。

俺は配下に視線を向ける。

「ガデイシオラへ行くぞ」

「早っ⁉　ちょっとぐらい考えなくていいのっ？」

サーシャが驚いたように声を発する。

「考えれば、その分遅れるだけだ」

「そうだけど、ディードリッヒは未来が見えるんだし、言ってることはそんなに間違ってないでしょ？　どうするの？　ディードリッヒの言うことを聞いていては、奴が見た通りのよくない未来になったら？」

「ディードリッヒの言うことを聞いていては、奴が見た未来しか訪れぬ。その中に誰もが納得する結末はないのだ。動く他あるまい」

う～ん、とサーシャは考え込む。

「アルカナ。八人乗りの竜を用意せよ」

アルカナが手をかざせば、手の平から雪月花が溢れ出す。

「雪は舞い降り、翼となりて」

雪月花が宙を舞い、それが八人乗りの大きな雪の竜を象った。

「ファンユニオンは乗れ。ガデイシオラまで共に来るがいい」

「えっ……!?　は、はいっ。わかりましたっ！」

エレンが驚いたような表情を浮かべながらも、承諾した。ファンユニオンの少女たちはそれぞれ顔を見合わせて、雪の竜の背に乗った。

「他の者たちはこの国で待っているがよい。脅威はないと思うが、心して生き延びよ」

途端に魔王学院の生徒たちは、表情を青ざめさせる。

「……マジかよ…………」

「ていうか、竜騎士団と争うかもしれないいんだろ……」

「敵地になるかもしれない国に置き去りって……」

「……人質みてえなものなんじゃねえのっ？」

「せっ、せめて、シン先生は残ってくれたりなんかは……？」

不安を吐露する生徒たちに、俺は言う。

「なに、そのうちエールドメードが来るだろう。それに、竜人や竜を軽くいなせる者が、お前たちの中にいるのを忘れたか？」

生徒たちがはっと気がついたような表情を浮かべた。

「そっか。そういえば、アノシュがいたよな」

「ああ、あいつなら竜だろうと一撃だしな」

「姿を消す魔法を使ってるんで、すっかり忘れてた」

「襲われそうになっても、見えないアノシュにやられるってことか」

ほっと生徒たちは胸を撫で下ろす。

「アノシュ、お前がいることは極力知られぬ方がいい。他の者たちが死力を尽くして切り抜けられるのならば、身を潜めたまま手を出すな」

と、俺は虚空に言っておいた。これでアノシュが手を出さない限り、生徒たちは自分たちの力で切り抜けられることなのだと思うだろう。

なんとかなると思ってさえいれば、存外になんとかなるものだ。

「鬼だわ……」

サーシャが小声で呟いていた。

「行くぞ」

俺たちは《飛行》で飛び上がると、吹き抜けの天井から剣帝宮殿を出た。そのまま宙を飛び、ひとまず竜騎士団が向かった方角を目指す。

「アルカナ。こちらは、ガデイシオラの方角か？」

「少し違う。幻名騎士団は逃走のために、遠回りをしていると思われる」

ディードリッヒの預言からすれば、幻名騎士団はどう逃げ回ろうと最終的にガデイシオラへ戻ることになるだろう。

「では、ガデイシオラへ向かってくれ。ディードリッヒたちよりも先に入国したい」

「言う通りにしよう」

アルカナが先導し、僅かに進行方向を変える。

「んー？　途中まで、《転移》で行けないのかな？」

エレオノールの疑問に、アルカナは言った。

「ガデイシオラ付近には、竜の巣が多い。竜鳴が響き、また《転移》の反魔法が常に張り巡らされている。飛んでいく方が早い」

「問題あるまい。追いかけっこをしている幻名騎士団と竜騎士団よりは早く着く」

アルカナは雪の竜がついて来られるぎりぎりの速度で先導していく。

僅かにミーシャが遅れていた。

「ミーシャ？　大丈夫？」

サーシャが心配そうに、後退していく。

「……ん……」

そう彼女は答えるが、苦しげだった。昨夜、《創造の魔眼》を酷使しすぎたためだろう。彼女の魔力は残り少なく、なにより、その体にも根源にも疲労が蓄積している。

「あ、そうだっ。この竜、もう一人ぐらいは乗れるんじゃないっ？」

エレンが言うと、ジェシカがうなずく。

「そうだよねっ。詰めれば、ミーシャちゃんぐらいは乗れそう。ほら小さいからね」

「じゃ、みんな詰めよう。詰めて詰めてーっ」

ファンユニオンが、ぎゅっと詰めて一塊になった。それを見て、サーシャが呆れたように言った。

「どういう詰め方よ……後三人ぐらい乗れそうだわ」

「お前たちの気遣いはありがたいが、それには及ばぬ」

俺は一旦後ろの方へ下がると、ミーシャの手を取った。

「俺が連れていく」

ミーシャの手を引き、俺はまた先頭の方まで戻っていく。

「……ごめんなさい……」

「なにを言う。ミーシャのおかげで体がすこぶる軽い。これぐらいは造作もないぞ」

ほんの少し照れたように、ミーシャは言う。

「……よかった……」

「だけど、なにが狙いなのかな？」

それまで考えていたのか、レイが不可解そうに切り出す。

「ジオルダルの教皇をさらうのはわかるけどね。アヒデをさらって、ガデイシオラはどうするつもりなんだろうね」

「王竜の生贄を奪いたかった？」

ミーシャがそう口を開き、サーシャが続けて言った。

「それって、アガハに新しい子竜を生ませたくないってこと？」

「子竜は強いから」

「……確かにシルヴィアやネイトみたいなのが増えたら、戦争するのが不利になるわよね」

そんな話をしながら、しばらく地底の空を飛んでいく。

竜鳴が鳴り響き、黒い濃霧が視界を阻（はば）む。この霧が、恐らく《転移（ガトム）》の効果を抑制する反魔法だろう。仄暗（ほのぐら）い霧の中を突き進めば、やがて、目の前に膨大な魔力の壁が見えてきた。

それを指して、アルカナが言う。

「あれが、ガデイシオラの国境。人を阻（はば）み、神の力をも退ける魔壁（まへき）」

「……あれって……？」

驚いたようにサーシャが目を丸くする。ミーシャが言った。

「《四界牆壁（ベノ・イエヴン）》？」

国境を隔てるのは、黒きオーロラ。神族に特効を発揮する《四界牆壁（ベノ・イエヴン）》に違いなかった。

「ガデイシオラの魔壁は、かつて天蓋を覆いつくしていた。長い間、それによって、地底と地上は隔てられていた」

「……君が作った壁だよね？　二千年前に？」

レイが訊（き）く。

「ふむ。間違いあるまい。魔力を注ぎ、維持してきたのだろう。あの《四界牆壁（ベノ・イエヴン）》には、僅かだが俺の魔力が残っている」

ずいぶんと変質させられているようだがな。

「天蓋を覆いつくしていた壁が、いつからかガデイシオラの国境線に変わったのか？」

「そう。千年ほど経（た）った後に、天蓋の壁は今度、ガデイシオラを覆う防壁となった」

幻名騎士団は元々ディルヘイドの魔族たちだ。メルヘイスとて、《四界牆壁（ベノ・イエヴン）》を貯蔵していたことだしな。俺の父親を自称するあの男なら、術式が消滅する千年後に、魔力を与え、《四界牆壁》を利用することはできたのだろう。

「力尽くで入りますの？」

ミサが訊いてくる。

「それでも構わぬが、なにも、いきなり事を荒立てる必要はあるまい。正規の方法で入るには、どうすればいい？」

アルカナが地上に視線を向ける。《四界牆壁》で囲まれた壁の前に、高い塔が見えた。

「国境を管理している、魔壁塔。神への信仰を捨て去り、ガデイシオラの法を遵守すると誓えば、入国できると言われている」

「どんな内容なの？」

「わからない。入った者はいても、出てきた者はいない」

「……んー、できれば行きたくないぞ……」

エレオノールが言うと、ゼシアは力一杯拳を握る。

「ゼシアも……できれば行きたくありませんっ……！」

ガデイシオラは他国と殆ど関わりがないのだったな。

「行ってみぬことには始まらぬ。なに、いざとなれば、力尽くで出てくればいい」

そう言って、俺はミーシャとともに、魔壁塔へ降下していく。皆、後に続いて降りてくる。

「私たちは特に神を信じていないから構いませんけど、アルカナはどうしますの？」

ミサが疑問を示すと、エレオノールが続いて言った。

「あー、そうだ。アルカナちゃん、そのまんま神だぞっ」

「まつろわぬ神だから平気？」

ミーシャが小首をかしげると、アルカナが言った。

「わたしは背理神。しかし、記憶はないに等しい。名を捨てた身でも、大丈夫だろうか？」

「なに、心配はいらぬ」

俺の言葉に、サーシャが怪訝な表情を浮かべた。

「心配はいらぬって、どうするのよ？　あの塔でなにが行われているかは、全然わからないわけでしょ？　アルカナが背理神か認めてもらえるかもわからないんだし……」

「よく言うだろう」

きょとんとしたサーシャに俺は笑いかけ、答えを示した。

「話せばわかる」

「嫌な予感しかしないわっ！」

魔壁塔の屋上に着地すると、目の前の扉を開き、俺たちは中へ入った。

§18．【覇軍の禁兵】

魔壁塔の中は薄暗く、陰惨としていた。じめじめとした室内に、嫌な臭いが立ちこめている。

「んー、湿っぽいし、変な匂いだぞ」

「……掃除が……必要です……」

エレオノールとゼシアがそんなやりとりをしながら、俺の後ろを歩いてくる。階段を下りていくと、その先に明かりが見えてきた。

「ふむ。変わった者たちがいるな」

まだ距離はあるが、階段を下りたところに武装した兵士たちが見えた。竜の角と尻尾、鋭い爪を持ち、槍を手にしている。全員女だ。

「体の一部が竜のようだ」

「ガデイシオラ、覇軍の禁兵だろう」

アルカナが言った。国境を警備する兵だ。

「禁兵は、ガデイシオラの禁書により力を与えられ、神と戦う力を持った兵。竜人本来の力を目覚めさせたとも言われている」

「それで、半分竜のような姿を持っているわけか」

「そう。しかし、あくまでジオルダルやアガハでは、そう言われているだけ」

階段を下りきると、そこに大きな固定魔法陣があった。周囲は結界で囲まれており、何人もの禁兵たちが守護している。俺が歩いていくと、その内の二人が槍を交差させ、立ち塞がった。

「止まれ。ガデイシオラに何用だ？」

「覇王に会いに来た」

「ヴィアフレア様との謁見が許されるのは、ガデイシオラの民のみ。神への信仰を捨て去り、ガデイシオラの法を遵守すると誓うならば、我が国への入国を審査しよう」

事務的な口調で、禁兵は言う。

「この奥の魔法陣は、唯一、ガデイシオラの首都ガラデナグアに通じる道。行きの魔法陣はあれど、帰りの魔法陣はない。一度入国すれば、禁兵にならぬ限り、外へ出ることはかなわない」

「外に出られぬという話だが、その後の暮らしはどうしている？」

「入国した者は、三日以内に覇王城へ行き、そこでガデイシオラでの暮らしを詳しく聞くことになる。覇王ヴィアフレア様より、今後の身の振り方を賜るだろう」

「うっかり忘れた場合はどうなる？」

苛立ったように、禁兵は舌打ちをした。

「くだらないことを聞くな。ガデイシオラでは命取りになるぞ」

「気になっただけだ。入国審査をしてもらおう」

禁兵は不愉快そうに、俺の顔を睨む。

「まずは進め」

俺は振り向き、ミーシャたちに声をかける。

「通っていいとのことだ」

呼びかけると、彼女たちは俺のもとへ歩いてくる。禁兵たちは厳しい面持ちを崩さず、彼女たちに魔眼を向けていく。アルカナが通り過ぎるも、禁兵は特になにも言わなかった。

緊張した様子で、最後にファンユニオンたちがその場を通過し、魔法陣の上に乗る。隣にいたサーシャが、ほっと胸を撫で下ろした。

「それで？　入国審査とやらは、なにをするんだ？」

「もう始まっている」

俺たちが乗った固定魔法陣の一部が欠け、《転移(ガトム)》の魔法が使えない状態に切り替わった。

「お前はこっちだ」

禁兵はアルカナの手をつかみ、別の場所へ連行していく。

「全員、収納魔法陣を開け。盟珠(めいしゅ)を持っているなら出せ」

「ふむ。なぜだ？」

「ガデイシオラはまつろわぬ神を祀(まつ)る国。盟珠と召喚神の処遇はヴィアフレア様が決める」

それでアルカナを別の場所につれていくというわけか。彼女が背理神だとわかっているのか？　末端には俺やアルカナの情報が伝わっていないということも考えられよう。切り抜けるのは容易(たやす)いだろうが、この国で神がどう扱われているのかも知っておきたいものだ。

「盟珠は俺が持っている一つだけだ。調べるというのならば、好きにせよ」

俺が収納魔法陣を開くと、ミーシャたちも同じように魔法陣を展開する。禁兵はその中に魔眼を向けた。ジオルダルの教会でもらった盟珠は必要がなかったため、彼女たちの収納魔法陣には入っていない。

禁兵が魔法陣の中を調べている隙に、全員に《思念通信(リークス)》を送った。

『二手に分かれる。アルカナはこのまま連行してもらい、あちらの狙いを探る。背理神が目的なのか、それとも単純に神は同じ処遇になるのかを確かめよう。前者ならば、ゲヌドゥヌブのことが、なにかわかるかもしれぬ』

『お兄ちゃんの言う通りにしよう』

アルカナがそう返事をした。

『だけど、背理神が目的かどうかはどうやって確かめるのよ？』

サーシャが疑問を送ってくる。

『もう一人、別の神を用意する。違う場所へ連れていかれれば、背理神に用があるはずだ』

『エールドメード先生がいれば番神を出せるけど、別の神ってどうするの？』

『レイにやってもらう』

彼は微笑みを浮かべたまま、言った。

『わかったよ』

禁兵の一人が俺の前に立つ。

「収納魔法陣は確認した。持っている盟珠を渡せ」

収納魔法陣を閉じて、俺は禁兵に盟珠の指輪を渡した。ただし、《創造建築》で作った精巧な偽物だ。本物は、選定の盟珠だからな。《幻影擬態》と《秘匿魔力》で隠しておいた。

「いいだろう。それから――」

禁兵はレイに視線を向けた。

「お前も神だな？」

レイは《根源擬装》の魔法を使い、自らの根源を神のそれに擬装している。かなりの無茶ではあるものの、レイの根源魔法ならば、よほどの魔眼の持ち主でなければ見抜けまい。

「こちらへ来てもらうぞ」

禁兵たちがレイとアルカナを同じ場所へ連行していく。自然な仕草で一瞬こちらを見たレイは、うまくいったというように微笑んだ。

「他にもなにか必要か？」

「入国審査は以上だ。固定魔法陣を使い、転移するがいい。先程、説明した通り、必ず三日以内に覇王城へ行け。その後の身の振り方は、そこで詳しく聞くことになる……いや……」

そいつが魔法陣の術式を元に戻そうとしたところで、別の禁兵が走ってきた。

なにやら耳打ちをしている。周囲を見れば、他の禁兵たちに取り囲まれていた。

「しばらく待て。まだ審査がある」

「たった今、終わりだと言ったと思ったが、なにかあったのか？」

「答える義務はない。大人しくしていろ」

ふむ。とりつく島もないな。

「……なんか、風向き怪しくない？」

「怪しいなんてもんじゃないぞ。大ピンチかも」

サーシャが小声で言うと、エレオノールはそう応じた。

「なに、なにも悪いことはしていない。堂々としていれば通れる」

「……堂々とするのは……得意です……」

ゼシアが胸を張りながら、禁兵のもとへ歩いていく。通せ、と目に力を込めるも、手で軽く追い払われ、彼女は肩を落として戻ってきた。

「……だめ……でした……」

「んー、そんなことないぞ。ゼシアはがんばった。あと一歩だったぞ」

　エレオノールが人差し指を立て、俺の方を向いた。

「ね、アノス君」

「ああ。あと少し堂々としていれば、覇王の首すら喜んで差し出してきただろう」

「魔王の一歩の話はしてないわ……」

　サーシャが呆れ半分で、そうつっこんでくる。そのとき、離れた位置にある魔法陣が光り、五人の兵士が転移してきた。竜を思わせる全身甲冑を身につけた彼らは、地下遺跡リーガロンドロルで見た、ガデイシオラの幻名騎士団だ。

「確認して欲しいこととは？」

　幻名騎士の一人が声をかけた。禁兵が彼らに近づいていき、言った。

「あそこにいるのは、今日の入国希望者たちだ。セリス様が通すなと言っていたアノス・ヴォルディゴードという男に顔が似ている。確認してくれ」

「わかった」

　幻名騎士五人はこちらへ歩いてくる。

「……やるしかなさそうですわね……？」

　ミサが言う。

「あまり事を荒立てたくはない。まずは話し合ってみよう」

　彼女はきょとんとした表情を浮かべた。

「……構いませんけど、どうなさいますの？」

「俺の誠意を見せてやる」

そうこうする内に、幻名騎士団の五人がそばまで来た。奴らは無言で俺へ魔眼を向け、その深淵を覗く。

「……間違いない」

俺たちを覆う魔法障壁と反魔法の壁が作られた。

「気をつけろ。この男は、アノス・ヴォルディゴードだっ！」

「人違いだ」

俺は堂々とそう言った。隣からサーシャが、そんな無茶な、という視線を送ってきている。

「なにを馬鹿な。魔王アノス。お前の根源を、我らが見違えるとで、も――!?」

はっとしたように幻名騎士は五人が五人とも、首もとに手をやった。彼らの反魔法と魔法障壁を容易くすり抜け、《羈束首輪夢現》が、そこにかけられていたのだ。

「……馬鹿な……いつのまに……？」

《幻影擬態》と《秘匿魔力》をかけたため、首輪をつけられた本人にしかわからぬ。

「魔王アノスか。俺も聞いたことがあるな。残虐にして非道、暴虐の限りを尽くし、逆らう者には死すら生ぬるいと思わせるほどの地獄を味わわせたという。そんな男が、こんな辺鄙な場所に現れると思うか？」

そう脅してやれば、奴らは息を呑んだ。

二千年前の魔族ならば、俺の噂はよく知っていよう。だが、正面から対峙し、俺の魔力に根源を威嚇されて初めて、気がつくものだ。その噂に誇張など一切なかったことに。

「もう一度、よく魔眼を凝らして俺の根源を見ることだ。人違いではないか？」

「……う……あ……」

「……むぅ………」

なんと答えようと、待つのは地獄。そんな恐怖で幻名騎士たちの魔力が大きく震えた。

「お前たちが今頭に浮かべた光景は、さぞ生ぬるいだろうな」

一瞬の沈黙の後、奴らは遠くで見守る禁兵へ声を発した。

「……こいつは、アノス・ヴォルディゴードではない……！」

「確かか？」

禁兵が問うと、幻名騎士が答えた。

「……ああ。人違いだ。通せ……」

そう言い捨てて、魔法障壁と反魔法を解除すると、幻名騎士たちは逃げるように去っていく。

「ああ、そうだ」

俺が声を上げると、幻名騎士は足を止めた。

「飼い犬に首輪は必要だと思わないか？　少々目を離しても、それがあれば粗相することもあるまい」

ごくり、と彼らの唾を飲む音が聞こえた。俺のことを他の誰かに伝えれば、その身がどうなるかはわからない。そういう意味だ。

「く、くだらんことを言うなっ」

そう言って、幻名騎士たちはまた転移していった。

「行っていいぞ。ただし、今後我々の前で私語は慎め」

魔法陣の術式が元に戻され、禁兵も警戒を解くように、所定の位置に戻った。呆れたように俺を見てくるサーシャに、笑みを返した。

「見たか。誠意が通じた」

「……魔族がいなかったら、どうしたのよ……」

「もっと深く話し合わねばならぬところだったな」

固定魔法陣に魔力を込めれば、《転移》の魔法が起動した。

視界が一瞬真っ白になり、往来を行き交う人々が現れた。辺りは街だ。様々な商店が軒を連ね、多くの人で賑わっている。

「ガラデナグア？」

ミーシャが小首をかしげる。

「そうだろうな」

「意外と簡単に入国できましたわね。幻名騎士団以外には、わたくしたちの情報がさほどないようですし」

ミサが言った。

「アルカナとレイが連れてかれちゃったけど、大丈夫かしら？」

サーシャが心配そうな表情を浮かべる。

魔法線でつなげたアルカナとレイの視界に魔眼を向けてみた。

「――今のところ、動きはないようだ。先程の塔で待機させられている」

「じゃ、とりあえず、ゴルロアナとアヒデを助けるのよね？　あんまり助けたくもないけど」

「それも重要だがな。ディードリッヒがここに着くまでに、まだ猶予はあるだろう。問題は、奴の預言の通りならば、リカルドが助からぬ可能性が高いということだ。彼を助けるには、ディードリッヒが思いも寄らぬことをせねばならぬ」

「……えーと、それはわかるんだけど、ディードリッヒは未来が見えるんだから、どうやって思いも寄らないことをするの？」

困惑するサーシャに俺は言った。

「そのための魔王聖歌隊だ」

「……それって……？」

「まずは、このガデイシオラに地上の歌を広める」

「馬鹿なのっ⁉」

サーシャは舌鋒鋭くつっこんできた。

「奴は言っていただろう。魔王聖歌隊の歌に予想だにせぬほど感情を揺さぶられる、とな。預言を覆すほどではないだろうが、しかし、彼女たちの歌は、僅かに未来を揺らしているのだ」

「ナフタの盲点につながる？」

ミーシャが訊いてきた。

「あるいは、な。試してみる価値はある。いずれにせよ、リカルドの件はナフタの盲点といかずとも、一〇万分の一の未来に辿り着けばいいことだしな」

「えーと、つまり……？」

サーシャは頭が痛そうな顔をしている。

「魔王聖歌隊の歌で、ガデイシオラの人々の感情を揺さぶる。それがくさびとなり、リカルドの命を救う形が一番だ」

「わけがわからないんだけど、それ……どうするのよ……？　歌とリカルドを助けるのがまったくつながる気がしないわ……」

「なに、なせばなる」

呆然と耳を傾けていたファンユニオンに、俺は言った。

「できるな？」

「……え、えと……そんな大それたことができるかは、わからないんですけど……」

「いつも通りに歌い、この国の民の心を揺さぶってくれればいい」

エレンたちは顔を見合わせ、こくりとうなずく。

「そ、それなら、がんばりますっ。ねっ」

「うんっ。あたしたちにはそれぐらいしかできないしっ」

「精一杯やってみますっ！」

すると、エレオノールがすっと手を挙げた。

「でも、いくらエレンちゃんたちでもちゃんと聴いてもらえないと、どうしようもないと思うぞっ。ジオルダルでは来聖捧歌だったし、アガハだと剣帝がいたからよかったけど？」

「その点も考えてある。おあつらえ向きの天気だしな」

疑問の表情を向ける彼女たちに、俺は言った。

「此度のテーマは奇跡だ。神を信じぬこの国に、歌による救済をくれてやろう」

§19.【奇跡の歌】

ガデイシオラの首都ガラデナグアを、俺たちは歩いていた。

ジオルダルのように教会もなければ、アガハのように騎士もいない。禁兵の姿も、街中にはないようだ。人々の暮らしぶりを把握するため、俺は様々な場所へ魔眼を飛ばしていた。

「んー、ガデイシオラって、地底の三大国なのに、けっこう小っちゃくなあい？」

のんびりとした口調でエレオノールが言う。

「そうよね。《四界牆壁》の内部が国の領土だとすると、あれが見えている範囲でしょ」

サーシャが、国境線上の《四界牆壁》を指す。

「首都はけっこう大きいけど、それ以外に街ってあるのかしら？《四界牆壁》の中には、収まらない気がするわ」

こくり、とミーシャがうなずく。

「他の街はないと思う」

「やっぱり、地底でまつろわぬ神を信仰する人たちって、そんなに多くないのかしら？」

サーシャが街を見回しながら、そんな疑問を浮かべる。

地底で神に頼らず生きていくのは至難だ。その生き方を貫こうというのだから、ここへ来るのは相応の事情がある者だけだろう。

「しかし、昨日、今日生まれた国ではない。外から入ってくる者は少なかろうが、外へ出ることもできぬのだ。人口もそれなりに増えるだろう」

アガハやジオルダルなどより、往来を行き交う人々の数は多いように見える。

「土地が足りぬというわけでもなさそうだ。自然に任せれば、街が増えそうなものだがな」

首をかしげ、ミーシャが言った。

「《四界牆壁(ベノ・イエヴン)》を広げられない？」

「さて、セリスと冥王(めいおう)イージェス、詛王カイヒラムもいる。この国を治める覇王とて、それなりの魔力を持っていよう。あえてこの規模の大きさに留(とど)めているといった気もするがな」

いたずらに領土を広げれば、《四界牆壁(ベノ・イエヴン)》の維持はそれだけ難しくなるだろうがな。

「領土を拡大すればいいというものではないのはわかりますが」

シンが殺気立った視線で周囲を警戒しながら、俺に言った。

「なぜガデイシオラの民は、禁兵や幻名騎士以外ここから出られないのでしょうね？《四界牆壁(ベノ・イエヴン)》は神族に有効ですが、外に出た途端、敵が襲ってくる環境でもないでしょう」

「あの禁兵や、幻名騎士団がいるのですから、各国への睨(にら)みは十分に利(き)かせていそうですわ」

ミサが言うと、エレオノールが納得したように声を上げた。

「あー、そっか。隣のアガハだって、ガデイシオラの民にいきなり襲いかかるような人たちじゃなかったし、ちょっとぐらい外に出ても平気そうだぞっ」

「じゃ、なんで出ちゃいけないのかしら？」

うーん、とサーシャが頭を捻(ひね)る。

「わかり……ました……！」

ゼシアが得意気な顔で言った。

「すごいぞっ、ゼシア。天才だっ」

エレオノールが褒めると、ゼシアはじとっと睨んだ。

「まだ……なにも言ってません……そういうのは……だめです……」

不服そうなゼシアを見て、くすくすとエレオノールが笑う。

「よしよし、ゼシアは賢いね。じゃ、覇王はなにがしたかったのかな？」

「……みんなを……閉じ込めたかったです……」

「閉じ込めてどうするのよ……」

言わずにはいられなかったか、大人気なく、サーシャがそんな言葉をこぼした。

「……近くに……いてほしかったです……！」

「寂しがり屋じゃないんだから」

「……ゼシアは……寂しいです……！　覇王も……寂しいです……！」

両拳を握り、ゼシアはサーシャに訴える。

「そ、そうかもしれないわ……」

「もう一つ……思いつきました」

ずいとゼシアはサーシャに詰め寄る。

「なに？」

「この土地が……すごいです……」

「えーと、なにがすごいの？」

「とにかく……すごいです……！」

ゼシアは勢いで押し切ろうとしている。

「そ、そう……。それですごいから、どうなの？」

「すごいから……閉じ込めました……！」

「意味がわからないわ……」

サーシャが困ったようにぼやく。

「民が国から出られぬこと以外にも、不自然なところはあるがな」

「そうなの？」

サーシャが疑問を浮かべる。ミーシャは言った。

「食べ物のお店がない」

しばらくこの街を歩き回ったが、ガデイシオラの街並みは、ジオルダルやアガハと比べて遜色ない。店では日用品などの物品は潤沢だ。だが、なぜか食料を売る店だけがない。

「みんな、自給自足とかかな？」

エレオノールが人差し指を立てる。

「地底の環境では、簡単に食物は育つまい。この街で自給自足を行ったとしても、足りぬ分を外で仕入れる必要があるだろう。やはり、民を外に出さぬのは腑に落ちぬな」

狭い土地に、人口が密集しているのなら、外に出た方が食料も手に入れやすくなるだろう。それとも、魔法でどうにかしているか？

「領土を広げぬというのなら、民を閉じ込めて人口を増やしたいのだとしても疑問が残るな。

増えれば増えるだけ、この街では、いずれ手狭になろう」

そもそも他と交流のない怪しい国では、滅多に外から人が入って来ないだろうしな。出入りは自由にしておいた方が、ここを訪れる者も増える。そうなれば、民も増えるだろう。

「じゃ、あれだ。他の国に行くってことは神を信じるってことだから、この国から出さないってことでどーだ？」

エレオノールが人差し指で俺を軽くさすと、ゼシアが勢いよく言った。

「天才……です……！」

「こら、ゼシアっ！　仕返しだなっ！」

追いかけっこでもするように、二人はじゃれている。

「戻ってさえくるのならば、国から出たところで問題はあるまい。あるいは、ここを一度出れば民は自分の意志では戻ってこない、と考えているのかもな」

「それって、ガデイシオラがろくでもない国だって言ってるようなものじゃない……」

サーシャがうんざりしたような表情を浮かべる。

「そうでないことを祈りたいものだ。思いも寄らぬ事情があるやもしれぬ」

「あれっ？　あそこっ、なんかすごい穴が空いてない？」

エレンが言った。街のど真ん中に大きなクレーターができており、その中心に深い穴が空いているのだ。

「ほんとだっ、なにこれ、すごい深いっ」

「奥が見えないよね？」

「見せて見せてっ」

ノノやジェシカたちが楽しそうに走っていき、クレーターの中心にある穴を覗いている。

「預言通りだな」

「震雨？」

ミーシャが尋ねる。

「ああ。これは昨日降ったばかりのものだ」

震雨の起こる日と場所はディードリッヒから聞いた。《四界牆壁》が空も覆っているとはいえ、落ちてくる岩は全能者の剣の力により、永久不滅と化している。勢いよく降り注いだとなれば、防ぎきれるものではない。

「これを使う」

サーシャが疑問の目を向けてくる。

「これって、えーと……震雨を？」

俺がうなずいたそのとき、後ろから声をかけられた。

「おいっ、そこのあんたらっ」

振り向けば、ローブを纏った者たちがそこにいた。ガデイシオラの民だ。

「見ない顔だが、その場所は、立ち入りを禁じられている。入国したばかりなら、早々に覇王城へ行くことだ」

リーダーらしき男がそう言った。

「ちょうどいいところに来た。お前たちは、震雨を調べている者か？」

怪訝（けげん）な表情で男は答えた。

「それがどうした？」

「空の結界が、急に震雨を防げなくなって困っているのだろう？　一つ、手を貸してやろうと思ってな」

僅かに驚きを見せ、ローブの男は言った。

「……なにが起きているのか、わかるっていうのか？」

「端的に言えば、背理神ゲヌドゥヌブの仕業だ。あの天蓋と、そして震雨は、決して壊れることなき、永久不滅の塊と化した。そして、もうまもなく、この街に、再び震雨が降り注ぐ」

「……なにを根拠に、そんなこ――」

男の言葉をかき消すほどの地響きが天から響いた。震天（しんてん）である。《四界牆壁（ベノ・イエヴン）》の向こう側に魔眼を向ければ、天蓋はガタガタと震えながら、次第に落ちてきている。

天蓋の一部が外れるように、大岩がせり出した。合計で一三個だ。

「今回の震雨は数が多いぞ」

「たっ、ただちに震雨の落下位置を予測し、避難勧告をだせぇっ！　神払いの魔壁ならば、僅かだが耐えられるっ。その間に、安全な場所へ避難するんだっ!!」

男が叫ぶ。しかし、天蓋から大岩の一つが、ますますせり出してきた。

「だっ、だめですっ。あれは間に合いませんっ!!」

「と、とにかく逃がせっ！　震雨からできるだけ離れるんだっ!!」

慌てふためくガデイシオラの民たちをよそに、俺はすっと手を挙げた。エレンたちはそれを見て、意図を察したように、魔法陣を描く。

《音楽演奏（シニアル）》が発動する。流れた伴奏は、魔王賛美歌第六番『隣人』だった。

「お、おいっ⁉　なにやってんだっ、あんたらっ。そんなことをしている場合じゃないぞっ。こっちへ来いっ！　とにかく一緒に逃げよう！」

「逃げれば、お前たちの街が壊れよう。案ずるな。彼女たちのあの歌が震雨を滅するだろう」

「なに言って――」

と激しい音が天から鳴り響き、巨大な震雨がこの地めがけて降り注いだ。瞬間、俺は全能者の剣リヴァインギルマを取り出した。《波身蓋然顕現（ヴェネジアラ）》を使い、空に魔眼（め）を向ける。

みるみる加速した震雨は止められぬほどの勢いに達し、街を覆う《四界牆壁（ベノ・イエヴン）》に衝突した。

ガゴオオォォォンッとけたたましい音を響かせながら、震雨は《四界牆壁（ベノ・イエヴン）》にめり込んだ。

僅かに勢いは殺されたものの、すでに下半分はその魔法障壁を貫通している。

ああなってしまっては、最早（もはや）落ちるのは時間の問題だろう。

しかし――

「あー、神様♪　こ・ん・な、世界があるなんて、知・ら・な・かったよ～～～っ♪♪♪」

「「「ク・イック、ク・イック、ク・イックウッウー♪」」」

その歌声が鳴り響いた瞬間、震雨はぱっと跡形もなく消滅した。

「なっ……⁉」

「えっ……」

「震雨が、消え……た……？」

《波身蓋然顕現》を使い、可能性のリヴァインギルマが、永久不滅と化した大岩を斬り裂き、霧散させたのだ。

男たちは、その光景に驚愕の表情をあらわにし、息を呑む。

「……な……………なんだ、今のは、いったい……？」

「見ての通り、そして聴いての通りだ。彼女たちの歌が震雨を打ち払った」

ありえないといった表情で、彼らは魔王聖歌隊に視線を向ける。

「馬鹿な……」

「神払いの魔壁すら、容易く貫通し、この地底を貫いたあの震雨を……？」

「歌で打ち払った……そんなことがあるのかっ……!?」

「……ありえない……ありえないはずだが……しかし……」

「あの歌が聞こえた途端、目の前で震雨が消えたのは事実……」

リヴァインギルマは鞘から抜くことなく放つ刃。彼らの目には映りもしない。

ガデイシオラの民たちは、呆然とその場に佇んでいた。

「なにをしている？」

「……え？」

困惑した様子の男に対して、俺は天に手を掲げてみせた。

「見よ。震雨はまだ残っている。まもなく、この地に降り注ぐだろう。彼女たちだけの力では、歌の勢いが足りぬ。ガデイシオラの民をここへ集め、共に歌わせるのだっ！」

「しかし、そんな歌など我々には……」

「ク・イック、ク・イック、ク・イックウッウー、それさえ言えればよい。後はそれをこちらで力に変えよう」

一瞬考え、彼らは言う。

「……それぐらいなら……」

「あ、ああ。俺たちにも……」

ローブの男たちは顔を見合わせる。

「……だが、信じていいのか？」

「そんなことを言っている場合じゃないっ！　まずは震雨を防がねばっ！　街を守りたい気持ちは、誰でも同じはずだっ」

「確かに……そうだな……」

彼らはうん、とうなずいた。

「人を集めてこよう！」

「俺は、ディアス。ディアス・アロンド。教えてくれ。俺たちにもその歌をっ！　共に力を合わせ、あの震雨を乗り切ろうっ！」

ディアスは俺に手を差し出す。握手を交わし、俺は言った。

「アノス・ヴォルディゴードだ。よろしくな」

天蓋が大きく揺れ、再び震雨の兆候が見える。魔王聖歌隊は大きく声を上げ、「開けないでっ♪」と歌い出した。

広場には、続々とガデイシオラの民たちが集まってくる。ローブの男たちは歌を歌って震雨ジオルダル、アガハに続き、この地でも、今まさに禁断の門が開こうとしていた。

練習するような声が漏れ始める。それはどんどんと数を増し、次第に大きな唸りとなっていく。

を打ち払うのだと、真剣な表情で説明していた。やがて、どこからともなく、ク・イックと、

§20.【ガデイシオラの憎悪】

『――お兄ちゃん。動きがありそう――』

魔王聖歌隊の歌がガラデナグアに響く中、俺を呼ぶ声が聞こえた。

視界をアルカナの魔眼に移す。魔壁塔の中だ。隣にはレイがいる。禁兵たちが二人の周囲を取り囲んでいた。

彼女たちの目は、どこか妙に仄暗い。ミーシャのように感情の機微を読むことはできぬが、それでもこれは嫌と言うほど知っている。憎悪の対象に向けられる蔑みの視線だ。

「なんという神だ？」

禁兵の一人が事務的にそう問うた。感情を抑えているようにも見える。

「わたしは、名もなき神アルカナ」

その答えに、尋ねた女は苛立ちを覗かせる。

「馬鹿にしているのか？」

「竜の子よ。嘘ではない。神は名を捨てることもある。かつての名を知りたいのなら、教えよ

う。わたしは、まつろわぬ神、背理神ゲヌドゥヌブ」

「ふざけるな」

低く、怒りの入り混ざった声音だった。

「小賢しい神め。背理神の名を出せば、我々が崇め奉るとでも思ったか？　ガデイシオラはまつろわぬ神を信仰しているなどと外の者は言っているようだが、その中身は貴様らが思うようなものではない。我らにとっては、神もまつろわぬ神もさして変わらないのだ」

「どういうことだろうか？」

「貴様が本当に背理神ならば知らぬはずがない。神もまつろわぬ神も、人を救わないという教訓を、他ならぬ裏切りと偽りの神ゲヌドゥヌブがガデイシオラにもたらしたのだからなっ！」

鋭く、吐き捨てるように禁兵は言い放った。

「決して神を信じるな、それが我らがそれぞれこの身に刻んだ痛みであり、貴様らに対する逆さの信仰。我らガデイシオラの民は神の上に立ち、それを支配する」

「あなたたちの教えは理解した。竜の子よ。けれど、わたしが背理神であったことも、今はその名を捨てたことも、事実。騙そうというつもりはない」

静謐な声でアルカナは言う。

「様々な神が存在する。神が人を救わないというのは正しく、そして同時に間違っているのだろう。されど、わたしは誓おう。この身は、人に救済を与える秩序の形である」

禁兵はその槍を、アルカナの鼻先に突きつけた。

「神が救いを与えるというのならば、なぜ救わなかった？」

怒気をあらわにし、その女は問いかける。

「あたしは祈った。神に願い、それこそすべてを捧げたっ！　だが、なにもかもを擲ったというのに、あたしの子供は助からなかった。なぜ、あの子は短命種で生まれてきた？　なぜ、神とまで呼ばれた者が、命一つ救うことができないっ⁉」

悲しそうにアルカナはその女を見返す。彼女が過去の悲劇に囚われているだろうことは、誰の目からも明らかだ。神に祈りを捧げ、奇跡を願い、そして叶わなかった。地上でも、地底でも、それはありふれた出来事だ。

「ただ人並みの寿命を生きることがそんなにも大それた望みだったのかっ。あまつさえ、神父は言ったのだ。信仰が足りなかった、祈りが乏しかったのだと。そんな馬鹿な話があるかっ！」

槍を握る両手は、怒りに震えている。

「ジオルダルの教えも、アガハの教えも、すべてがまやかしだ。神はなにも救いやしない。どれだけ祈ろうと、なにを捧げようと。ならば、初めから正直に言え。神などいないとなっ！」

「竜の子よ。救済を与えようという言葉に嘘はない。しかし、この身は全知全能ではない。救えぬ命と心がある。あなたの祈りが足りなかったのではない。ただ神の力が足りなかったのだ」

地底は信仰に篤い世界だ。それゆえ、神に裏切られたときの怒りも、また大きいのだろう。

ぎり、と奥歯を嚙み、禁兵は手に力を入れた。

「……ざ……けるな……」

憎悪と怒りの入り交じった、呟き。

「ふざ、けるなぁあッ!!」

我を忘れたように突き出された槍は、しかし、アルカナを貫きはしなかった。その穂先が、切り落とされていたのだ。霊神人剣エヴァンスマナによって。

「子供を助けたかったのは、わかるけどね」

レイが言う。

「神が特別な存在じゃないと気がついたんなら、神族だって大して君たちと変わらないこともわかったはずだよ」

「……黙れ。今更、神がそれを言うのか。神は秩序だと、すべてを司る《全能なる煌輝》の手だとあれだけ宣っておきながら、都合が悪くなれば、あたしたちと同じだと?」

「その神は僕でもなければ、彼女でもない。君の事情はよく知らないけれど、僕たちに関係のないことまで、僕たちのせいにされても困るよ」

禁兵はレイを睨みつける。責任逃れにしか聞こえないと訴えるように。

「……神など皆同じだ。秩序だ理だのそればかりで、人の気持ちなど考えようともしないっ!」

確かにそんな神が、この世界には溢れている。うんざりするほどに。

「多くの神に心が欠けていることは否定しないよ。だからといって、すべてがそうだと断じるのは間違っている。現に多くの者が神を信じるこの地底で、君たちは神を信じていない」

「ほざけぇっ!!」

魔法陣から新たな槍を抜き、禁兵は再びレイに突き出す。それを彼は容易く斬り払った。

確か、ガデイシオラでは神の処遇は覇王ヴィアフレアが決めると言っていたはずだ。ならば、この行動は明らかに私怨に他ならぬ。だというのに、周囲の禁兵たちは彼女を止めようともしない。皆同じような目をして、レイとアルカナに視線を向けるばかりだ。

同じ穴の狢というわけか。

「まるで人のようなことを言う神めっ。名乗れ！　貴様はなんという神だ？」

そう問われ、レイは当たり前のような顔で答えた。

「勇気神レイグランズ」

「……勇気神？」

聞いたことがないといった様子だ。当然だろう。レイがたった今適当に考えた神だからな。

「君に足りないのは、自らの間違いを認める勇気だ。君の悲しみと憎しみは誰に否定されるものでもない。だけど、すべての神が君に悪意を向けたわけじゃない。神を根絶やしにしたって、君の子供が生き返るわけじゃない」

諭すようなレイの言葉に、禁兵は真っ向から反論した。

「お前たち神はいつも自分の都合しか言わないっ！　神は存在そのものが害悪だ。炎の秩序は人を焼き、刃の秩序は人を斬る。命の秩序は、あたしの子供の命を奪ったんだ！　そしてお前は、勇気という名の秩序でもって、この復讐の誇りさえも踏みにじるっ！」

「君は物事の悪い面しか見ていない。火を起こせなければ凍えて死ぬだろうし、切ることができなければ、調理もできない。勇気がなければ、前へは進めないよ」

「いつまでもあたしたちは神の言葉などに騙されはしない。秩序がなくとも、世界は回る。神がいなくとも生きていけるっ！　そのためのガデイシオラ、そのための覇竜だっ！」

禁兵は槍に魔力を込める。途端に穂先が燃え上がり、その刃に炎を纏った。

「我らガデイシオラの禁兵は神に裏切られた者ばかり。ある者は再生の番神に、ある者は福音神に、そしてある者は輝光神に、その人生を奪われた。我らは誓ったのだ。復讐をなす、と。一丸となって神々を滅ぼし、我らの手による真の秩序と平和を取り戻すのだとっ!!」

炎がレイの逃げ場を塞ぎ、その穂先が彼の心臓に突き出された。

「ふっ……！」

一閃。レイが霊神人剣を振るうと、その剣圧で炎はかき消され、同時に槍が弾き飛ばされた。

「君の憎しみはわかるけど」

エヴァンスマナを禁兵の喉元に突きつけ、レイは彼女を見据えた。

「神々を滅ぼしたぐらいで、世界は平和になんかならないよ」

「……なんだと？」

「終わるかな、復讐は？　個人の恨みを、神族という種に向けるようになった復讐は、本当に神々を滅ぼしただけで終わるかい？」

穏やかなレイの視線を、彼女は憎悪を持って睨み返した。

「歪な復讐は、歪な結果を生む気がしてならないよ。君たちが、終わりのない恨みと憎しみを抱えて生きている限り、また新たな敵を作り出すだけじゃないかな？　すべてを滅ぼし、なにもかも消えてなくなるまで、その戦いは終わらないかもしれない」

「貴様になにがわかるっ⁉」

「君の気持ちをわかってしまったら、君の間違いを正すことができない」

激昂し、目を剝いた彼女に、レイはままならぬ表情を向けた。

「覚えはあるんだ。君の憎しみも、君の恨みも……君たちは今、岐路に立ち、選択を迫られている。恨みを晴らし続けたいだけなのか、それとも、平和が欲しいのか」

　ざっと足音が響く。

　レイたちを逃がさぬよう、周囲を取り囲んでいた禁兵たちが、彼に憎悪と槍を向けていた。

「いいのかな？　ガデイシオラでは、神の処遇は覇王が決めるという話だったと思うけど、そんなことをしたら、君たちが処罰されるんじゃないかい？」

「お喋りな神め。貴様が心配することではないっ。やれぇっ‼」

　禁兵たちが槍を床に突き刺した。紫の炎が地面に走り、レイたちの足元に魔法陣が描かれる。

「《覇炎封喰》」

　魔法陣から火の粉が立ち上る。

　途端にアルカナが表情を歪め、がくんと片膝をついた。

「……神の力を封じる結界……」

「その通りだ。《覇炎封喰》の中では、貴様ら神は思うように動くことすらできないっ！　これが神の秩序を討ち滅ぼす、我らの叡智の結晶だっ‼」

　エヴァンスマナを突きつけられていた禁兵は飛び退き、弾き飛ばされた槍に手を伸ばす——

「がはぁっ——‼」

槍をつかむ前に、彼女はレイに当て身を食らい、その場に崩れ落ちた。

「な、に……が？」

うつぶせの状態で、彼女は周囲を見やる。《覇炎封喰》を構築していた禁兵たちの槍が悉く切断されている。全員が膝をつき、苦悶の表情を浮かべていた。

「……ば、馬鹿な……いったい、なにが……？」

「《覇炎封喰》の中で、どうして……」

槍が切断されたことで《覇炎封喰》の魔法陣が消え、アルカナを縛る結界は消失した。

「わかったかい？　たとえ神を封じる鎖だろうと、勇気という秩序を縛ることはできやしない。勇気というのはね、あらゆる鎖から、解き放たれるためにあるものなんだ」

アルカナは、僅かに表情を曇らせる。彼の台詞は自分が神ではないことを悟らせないための方便だったが、それでもなお、アルカナはレイは神じゃないと言いたげだった。

「君たちを縛る憎悪の鎖も勇気を持てば断ち切れる。それがこの世界の秩序なんだよ。だから」

地面にひれ伏す禁兵へ、レイは勇気神を演じながら言う。

「もしも本当に平和が欲しいなら、憎しみではなく、勇気を持って戦うべきだ」

§21.【囚われの神】

「……貴様ら神は、どうやら、よほど我々の神経を逆なでするのが好きなようだな……」

倒れた体に鞭を打つように、禁兵は魔力を振り絞る。他の者たちも同じだ。奴らは新たな槍を抜き、それを支えにして立ち上がる。その視線は神への憎悪に染まっていた。

「勇気など、とうに絞り尽くした」

ゆっくりと、その女は立ち上がった。

「お前たちが奪ったのだ。この世界が、秩序が、我が子を、大切な者たちを、追い詰め、踏みにじり、理不尽に殺した。あたしはあの子を助けるためなら、地獄の業火の中にさえ飛び込んだぞっ!!　この世の摂理だと涼しい顔で見殺しにしたのが、貴様らだろうがっ!!」

女の言葉に鼓舞されるが如く、他の者たちからも魔力が溢れる。

「ある神が地獄を見せ、ある神が救いあげる。なるほどこいつは、とんだ自作自演だ。神が人々に救済をもたらすというなら、なぜ初めから、まともな世界を作らなかったっ⁉」

レイは答えず、その禁兵の言葉にただ耳を傾ける。

「耳障りが良いだけの神の言葉や、信徒の説法など、とうに聞き飽きたわっ！」

決死の覚悟が見てとれた。刺し違えてでも殺す、その気迫で彼女たちは一斉に地面を蹴る。

「――止まれ！」

声が鋭く響き渡り、彼女たちはぴたりと動きを止めた。

現れたのは、深緑の全身甲冑(かっちゅう)を纏(まと)った、二人の兵士だ。幻名騎士団である。《羈束首輪夢現(ネドネリアズ)》がついていないところを見ると、先程追い払った連中とは違うようだ。

彼らが前へ出ると、道を空けるように禁兵は退いた。

「我らが悲願を忘れたか。ここで矮小(わいしょう)な神と刺し違えることに、なんの意味がある？」

幻名騎士の言葉に、禁兵たちはばつの悪そうな表情を浮かべた。

「その憎悪(ぞうお)を買われ、お前たちは禁兵へ抜擢(ばってき)された。だが、覇王が何度も大目に見ると思うな」

不服そうな表情を浮かべつつも、禁兵たちはその場から去っていった。

「そこへ乗れ」

幻名騎士に言われ、レイとアルカナは目配せをする。そして、大人しく魔法陣の上に乗った。

「どこへ連れていくんだい？」

「覇王城だ」

幻名騎士が魔法陣を起動すると、レイたちは転移した。視界に映ったのは、牢獄(ろうごく)である。紫の炎が周囲の壁と天井、床に魔法陣を描き、《覇炎封喰(ヌイジニアス)》の魔法を発動させていた。神を閉じ込めるための檻(おり)だ。アルカナは表情を険しくした。

「効いていないな」

幻名騎士がレイを魔眼で見つめる。彼の《根源擬装(ナーズ)》を見抜くことはできぬようだが、さすがに《覇炎封喰(ヌイジニアス)》の影響がまるでないことは不審に思ったのだろう。

「僕は勇気神。勇気を縛る鎖はこの世に存在しない。それが秩序だよ」

レイが爽やかに微笑む。幻名騎士は眉をひそめた。

「神の処遇は覇王ヴィアフレアが決めると聞いたけど、それが本当なら、しばらくは大人しくここで待っているよ。知りたいことがあるからね」

「……貴様は本当に神か？」

幻名騎士は、レイの持つ聖剣に視線を落とす。

「霊神人剣エヴァンスマナ。二千年前、地上にて勇者カノンが手にしていた聖剣だ」

幻名騎士は二千年前の魔族だ。知っているのは当然と言える。

「詳しいね。そう、勇気神レイグランズが、祝福し、彼に与えた聖剣だよ。彼は死に、僕のもとに帰ってきたんだ」

暴虐の魔王を演じていただけあって、堂々とした嘘をつくものだ。

「来い」

幻名騎士はレイの背を押した。アルカナから離されるように、彼は壁際に連れていかれる。

「確かめてやろう。貴様が神ならば、その処遇はヴィアフレア様が決める。もしも、そうでないというのなら、ここでその命を貰い受けよう」

幻名騎士がレイの首もとへ手を伸ばす。それは途端に黒く染まり、魔力が急激に上昇した。

「避けて。その魔族の子の身に、覇竜が潜んでいる」

アルカナが声を発す。

「心配は無用だ。覇竜は血をすすり、神か否かを見分けることができる。貴様が神ならば、食いつかれようとも滅ぼしはせん。だが、そうでなければ、そのまま死ぬと思え」

幻名騎士の手が黒から紫へと変色する。その爪が鋭く伸び、レイの喉もとへ突きつけられた。身をかわそうにも、後ろは壁だ。さすがに覇竜に食いつかれては、正体を隠し通せぬだろう。レイは息を吐き、一瞬止める。

「ふっ……！」

エヴァンスマナが一閃(いっせん)され、幻名騎士の腕がぼとりと落ちる。その傷口から、紫の竜頭が出現し、牙を剝(む)いた。

「やはり、貴様は神ではないな？」

「そう思い込んでいる君に滅ぼされても困るからね」

「愚かなことを言う。抵抗すれば、疑われるのは道理だっ！」

体に潜んでいた竜の頭が、ヌルヌルと腕から這(は)い出(で)ては、レイを食らわんが如(ごと)く襲いかかった。彼はそれを霊神人剣にて、一刀両断に斬り伏せる。だが、二つに分けられた覇竜はぐにゃりと形を変え、そして、二つの竜頭へと変化した。

『全隊へ告ぐ――』

腕から覇竜を出し続けながらも、幻名騎士は《思念通信(リークス)》を送る。そうはさせまいと、レイは地面を蹴った。

「霊神人剣――秘奥(ひおう)が壱」

エヴァンスマナに集った光が無数の剣撃と化し、二つの竜頭と幻名騎士を斬り刻む。

「《天牙刃断》ッッ!!」

あっという間に騎士はバラバラになった。しかし、その一片一片が形を変え、今度は三〇匹の覇竜と化した。

『報告する。八神選定者が一人、不適合者アノス・ヴォルディゴードが盟約を交わしていた神を二名捕らえた――』

なおも、《思念通信》が響いている。三〇匹の内のどれが本体なのか？　それとも、どれも本物なのか？　レイは迷うように視線を配る。

『その内の一人は――』

神ではない――と言い終えるより先に、三〇匹の覇竜すべてに紅い槍が突き刺さっていた。

「……が、ぁ……貴様……」

覇竜の視線が、もう一人の幻名騎士に注がれる。深緑の全身甲冑を纏ったそいつは、穂先のない真紅の槍を突き出していた。紅血魔槍ディヒッドアテムだ。

「――《次元衝》」

三〇匹の覇竜すべてに穴が穿たれる。その穴の中に竜は吸い込まれていき、ぱっと消滅した。

『全隊へ告ぐ。二名の神を捕らえた。一人やられたが、支障はない』

男は改めて《思念通信》を飛ばすと、自らに魔法陣を描く。全身甲冑がふっと消えれば、大きな眼帯をつけた隻眼の顔があらわになった。

「魔王のやり方は、相も変わらず強引よ。それにつき合うお前も、勇気というよりは、無謀が過ぎるというものぞ」

四邪王族が一人、冥王イージェスであった。

エールドメードにやられたが、どうやらその後、蘇生したようだな。

「……なぜ、僕たちの味方をするんだい？」

　霊神人剣を納め、レイは問う。

「単に目的が一致したまでのこと。お前はまだしも、背理神ゲヌドゥヌブをあの男の思惑通りにさせるわけにはいかぬ」

「それは、セリスかい？」

「警告しておこう」

　レイの質問には答えず、イージェスは言った。

「覇竜は神を食らい、秩序を食(く)らう竜。覇王ヴィアフレアを八神選定者に選んだ、暴食神(ぼうしょくしん)ガルヴァドリオンのなれの果てよ」

「覇竜は、神だというのか、魔族の子よ」

　アルカナが問い、《覇炎封喰(ヌイジニアス)》の中、ゆっくりとイージェスのもとへ歩いていく。

「正しくは、神であったのよ。今はただ神を食(く)らう荒れ狂った竜にすぎぬ」

「どうしてそんなことに？」

　レイが訊(き)く。

「覇王の仕業よ。愛に狂った末、神を憎み、秩序を憎み、神を信じる信徒たちを憎んだ覇王ヴィアフレアは世界の秩序を破壊する術を欲(ほっ)した。暴食神ガルヴァドリオンの秩序をねじ曲げ、神食らいの竜にすればいいと吹き込んだのが、あの男、セリス・ヴォルディゴードよ」

　秩序をねじ曲げ、神を別の存在にした、か。生半可な魔法ではないな。

「覇竜は神を食らい、人を食らい、その根源を我がものとする。あの竜は数多(あまた)の根源の群体。

食らえば食らうほど数を増し、その根源すべてが滅びるまで、斬ろうが焼こうが増殖を続ける」

ゆえにイージェスは、次元の彼方へ吹っ飛ばしたわけか。

「神の根源を食した覇竜は、歪んだ秩序を持つ。先程の個体は神を食らっていないがゆえに大したことはないが、痕跡神と福音神を食らった覇竜は馬鹿げた力よ。奴らは神の力でもって、神を食らう忌むべき竜ぞ」

「禁兵が半分竜の外見をしているのも、神を封じる魔法を使えるのも、覇竜に寄生されているからかい？」

レイが問う。

「禁兵だけなら、まだマシだったものよ。このガデイシオラの民殆どが覇竜に寄生されている。いざとなれば、奴らは皆、術者である覇王の思うがまま動く、操り人形と化すであろう」

「覇王の目的はなんだい？」

「知れたことよ。ヴィアフレアは、恨みを晴らしたいのだ。自らの愛する者を虐げた神を、その信徒たちを、残らず滅ぼしたいのだ」

レイは小さくため息をつく。

「正気とは思えないけどね」

「愚かなものよ。だが、あまりに哀れな女だ。そそのかした男に比べれば可愛いものぞ」

イージェスはディヒッドアテムを魔法陣に収納し、踵を返す。

「幻名騎士団と竜騎士団は依然として小競り合いをしているが、すでに連れ去ったアヒデは、一つ下の階の牢獄の中よ。助けたくば、警備の薄い今が機会であろう」

「君はなぜ幻名騎士団に?」

「やるべきことがあるのだ。余は二千年前の借りを返さねばならん。魔王に伝えておけ。今度ばかりは邪魔してくれるな、とな」

そう言って、イージェスは立ち去っていく。しかし、途中で足を止めた。

「勇者カノン」

振り返らず、冥王は言う。

「お前の兄弟子は生きているぞ」

その言葉に、レイは驚きを隠せなかった。

「カシム、が……?」

「竜人に転生した。今はこの城にいるが勘の鋭い奴よ。お前にも、すぐに気がつくだろう」

そう言い残し、イージェスは立ち去った。レイは一瞬、神妙な表情を浮かべたが、気を取り直すように頭を振った。そうして、アルカナに言う。

「……行こうか。覇王が君をどうするのか知りたかったけど、アヒデを助けるのが先決だ」

「雪は舞い降り、地上を照らす」

雪月花がアルカナの周囲に舞い、その光が《覇炎封喰》の効果を減衰させる。

アルカナは静謐な瞳を、レイへ向けた。

「あなたは、あなたのなすべきことを」

すると、レイは申し訳なさそうに微笑んだ。

「今は、過去にこだわっている場合じゃない。カシムはたぶん、僕から逃げるだろうしね」

アルカナはゆっくりと頭を振った。

「事情は知らない。けれど、あなたは今、勇者カノンとして苦しみを抱えているのだろう。この身は救いを与える秩序でありたい。アヒデはわたしがなんとかしよう。人の子としてのあなたの救いがそこにあるのなら、行きなさい」

レイは俯(うつむ)く。しばらく考えた後に、彼は言った。

「ありがとう」

その牢獄(ろうごく)を出ると、レイとアルカナは二手に分かれた。

§22.【覇王の目的】

ガデイシオラの首都ガラデナグアに、霰雨が降り注ぐ。永久不滅と化した岩の雨は、街を守護する神払いの魔壁《四界牆壁(ベノ・イエヴン)》を難なく突破し、民家や商店へ落ちてくる。

「「あー♪　そこは不浄のっ♪」」『『せっ！』』

魔王聖歌隊、そしてガデイシオラの民たちが、魔王賛美歌第六番『隣人』を合唱し、また合いの手の正拳突きを入れる。

「「誰も知らないっ♪」」『『せっ！』』

そうすることで、降り注ぐ岩の雨は破壊され、霧散する。

「「そこは不浄でっ♪」」『『せっ！』』

震雨が降り注ぐ中、彼らは必死にその曲と振り付けを覚えた。ジオルダルの民のように歌に慣れ親しんでいるわけでもなく、アガハの民のように体の鍛錬を積んでいるわけでもない。歌は拙く、振り付けも未熟。けれども、街を、隣人を守りたいという心は溢れんばかりだ。

「「入らないはず、なーんて、ダメダメっ♪」」『『せっ！』』

また一つ、空で震雨が砕け散る。無論、曲に合わせ俺がリヴァインギルマで斬り裂いているのだが、そうとは知らぬガデイシオラの民には、あたかもこの歌が魔力を持ち、あの大岩を破壊しているように見えるだろう。

「教ぇて、あっげるぅっ♪　教典になーいことぜんぶ、ぜんぶぅっっっ♪」

『『ぜあぜあぜあぜあ！　ぜあぜあぜあぜあ！』』

彼らは歌い、拳を突き出す。なぜ歌で震雨が防げるのか、そんなことを考える余裕もなく、ただ無我夢中にガラデナグアを守ろうと声を上げた。

「「ク・イック、ク・イック、ク・イックウッウー♪」」

「「あー、神様♪　こ・ん・な、世界があるなんて、知・ら・な・かったよ〜〜〜っ♪♪♪」」

『『せっ、せあっ！　きぇぇぇぇぇぇぇぇぇぇぇぇぇぇっ!!』』

最後の震雨が弾け飛ぶと、頭上から響いていた地割れの音が次第に小さくなっていく。

数秒の後に、それは止まったのである。震天が終わったのである。『隣人』の後奏が流れる中、息を弾ませ、ローブを纏った男ディアスたちは半ば呆然と天蓋を見つめた。

やがて、震天がもう起こらないことを悟ると彼は言った。

「……なんとかなった……のか……？」

「……みたい、だな……どういう魔法か、わからないが……」

「……まあ……良い歌だけど……」

一人がぽつりと言うと、ディアスは笑った。

「俺も思った。開けてはならない禁断の門を開けてしまう、俺たちガデイシオラの民のことを歌った歌だもんな」

すると、言われた男も破顔する。

「ああ、ぐっときた。たとえ禁断と言われようと、不浄と言われようと、この手だけを信じて突き進む。これまでに、俺たちがやってきたことだ」

「神の教えにはないことを教えてあげるっていうのが、またいいよな。神の教えがこの世のすべてじゃないって、当たり前のように言ってるのがさ」

「締めがまた最高だ。あー、神様。こんな世界があるなんて知らなかったよ。俺たちの楽園、神を排除した人の国、そこへ辿り着いた喜びが伝わってくる。神を皮肉った感じもいいし」

「ところで、魔王っていうのはなんなんだ？」

「そりゃ、俺たちの心のことだろ。神を信じるより、隣人を愛せと訴えてきた。その心を神に対する魔の王と表現するのが、またとんだ皮肉でたまんないんじゃねえかっ」

「なあ、思ったんだが……ガデイシオラにはまだ国歌がないよな……？」

その言葉に、誰もが沈黙し、深く頭を悩ませた。

「………だが、ヴィアフレア様がなんていうか……」

「では、練習して、一度聴かせてみるというのはどうだ？　お気に召すかもしれない」

ディアスが言った。

「賛成っ！」

「俺もだっ！」

次々と賛成の声が上がる。

震雨を払った歌ということもあり、ガデイシオラの民は『隣人』を素直な気持ちで聴くことができたのだろう。そして、それが適うのならば、彼女たちの歌は心を動かすだけの力を持っている。ジオルダルでも、アガハでもそうだった。

「なあ、アノスさんっ」

ディアスが俺のもとへ駆けよってくる。

「この歌を、ガデイシオラの国歌にしたいんだ。俺たちにもっと教えてくれないか？」

ふむ。少々、できすぎだな。さすがに国歌というのは予想外だが、まあ、よしとするか。

「ああ。是非、そうしよう」

俺はエレンたちの方を見る。

「聞いての通りだ。今しばらく、彼らに歌を教えてやってくれ」

ファンユニオンの少女たちはこくりとうなずき、声を揃えた。

「「「はいっ、アノス様っ!!」」」

「じゃ、早速頼めるか？　なにからすればいい？」

ディアスがファンユニオンの少女のもとへ駆けよっていく。震雨を防ぐために、ここに集ったガデイシオラの民たちは、俺たちを中心に取り囲むよう円になっている。

ふと前列にいる子供たちが、疲れたように座り込んでいるのが見えた。

「慣れぬ歌と踊りで疲れたか？」

俺が声をかけると、彼は小さく首を振った。

「……お腹すいた……」

力なく声がこぼれる。ディアスの方を振り向くと、彼は言った。

「ごめんな。もう少しで、ヴィアフレア様がお食事の時間を作ってくれるはずだから」

「……うん……………」

子供たちはか細い声で答え、うずくまっている。

「この国の食料はどうなっている？　見たところ、店にはなにも並んでいないが？」

「ああ、ガデイシオラは配給制なんだ。ヴィアフレア様が直々に配ってくれる。不便はあるけど、それでも少ない食料を神の名のもとに奪い合う他の国よりはマシさ」

なるほど。そういうことか。

「ディアス、お前はこの国の生まれか？」

「いや、数年前に入った。元はジオルダルの出身だ。ジオルヘイゼから来た」

ジオルヘイゼは、豊かな街だった。食料が不足しているとは思えぬ。となれば、記憶が歪められている？　覇竜に寄生された影響か。外に出られぬ以上、情報を得る術もない。

「子供は我慢できないから、せめてお腹いっぱい食べさせてあげたいけど、今はどこも食糧難だからな。それでも、僕たちは食べ物を平等に分けられる。家族のようにね」

ディアスはそこにいた子供の頭を撫でる。

《四界牆壁》で閉じ込めるだけでは飽きたらず、外へ出る気力も削いでいるか。悪趣味な真似をするものだ。この国の王は。

「――はっ、覇王様っ……!?」

俺たちを取り囲む円の一角から、ざわつくような声が漏れた。

「ヴィアフレア様だ……」

「ヴィアフレア様がいらっしゃったぞ！」

人垣が真っ二つに割れ、ガデイシオラの民が溢れんばかりの笑顔になった。彼らの視線が注がれる先に、ゆっくりと歩いてくる女性がいた。煌びやかなドレスに、鎧を纏い、禁兵たちと同じく竜の角や尻尾が生えている。その長い髪は竜のたてがみを彷彿させた。

「ヴィアフレア様、お食事になさいますかっ？」

「待っておりましたっ！」

「今日も我ら家族で食べ物を分け与えられることを、深く感謝しております」

すっとガデイシオラの民の言葉を制するように、ヴィアフレアは手を上げる。彼女はまっすぐ歩いてきて、俺の前で立ち止まった。

「初めまして、不適合者アノス・ヴォルディゴード。わたしは、ガデイシオラの覇王、ヴィアフレア・ウィプス・ガデイシオラ。選定の神に選ばれし、捕食者の称号を持つ者」

さすがに、これだけ街で騒ぎを起こせば、正体は知れるか。

「あなたと二人きりでお話がしたいのだけれど、よろしいかしら？」

二人きりでというのは、さて、なにが狙いなのやら？

「構わぬが、そろそろ食事の時間ではないか？　邪魔をしては悪い。待たせてもらうとしよう」

民たちはヴィアフレアに視線をやる。子供たちは物欲しそうな目をしていた。

「あいにく食料がまだ手に入らなくてね。今日のご飯は遅れる予定なの」

子供たちががっかりしたような表情になるのを、周りの大人が慌てて隠していた。

「ほう」

「先にあなたとお話をすることにするわ」

微笑み、ヴィアフレアは俺に手を差し伸べた。

「いきましょうか？」

手を取れ、ということだろう。サーシャが警戒するように彼女を睨む。俺はその頭に腕を巻きつけてやり、少々彼女をこの場から離す。

「ちょっ、ちょっと、なによっ、アノスッ？　ふざけてる場合じゃっ……」

「そう殺気立つな。せっかく向こうから来てくれたのだ。話し合いに応じなければ、失礼に当たるというものだろう」

俯き加減になり、サーシャは言う。

「そうだけど、なにを企んでるかわからないわ」

「なにか企んだぐらいで、この俺をどうにかできると思うか？」

「……思わないけど」

「ならば、問題あるまい。お前たちは歌の練習につき合ってやれ。それと調理もな」

「調理って……？」

俺の目を見ると、サーシャは察したように、こくりとうなずいた。

「シン、この場は預ける。お前の判断で動け」

「御意」

彼は短くそう答えた。

「そういえば、手土産を持ってきてな」

ヴィアフレアを振り向き、俺はそこに巨大な魔法陣を描く。

「そうなの？　なにかしら？」

「なに、つまらないものだ」

魔力を込めれば、光とともに、大量の食料がそこに出現した。肉、魚、野菜、くだものが溢(あふ)れんばかりに山積みになっている。

「わあっ！」

「ねえ、みてっ。たべものだよっ、こんなにたくさんのたべもの、初めてみたよっ！」

子供たちが声を上げる。《食料生成(ロウズ)》の魔法だ。魔力を食料へ変換するのは、お世辞にも効率(い)が良いとは言えぬ上に、魔法術式はひどく難解だ。この魔法を覚える必要も、使う機会も現在では滅多にないだろうが、二千年前にはどうしても食料が手に入らぬことがあった。

「……アノスさん……これは……？」

「好きなだけ食べるがいい。足りなくなれば、またくれてやる」

そう言い残し、ヴィアフレアのもとへ歩みを進める。

「構わぬだろう？」

「ええ、問題ないわ。みんな、ありがたくいただいて」

ヴィアフレアの言葉で、ガデイシオラの民たちはぱっと表情を輝かせた。

許可が出るまでは食べられぬとでも言わんばかりだな。

「どうかしたかしら？」

「いいや」

彼女が改めて差し出した手を、俺は取る。《転移（ガトム）》の魔法陣が描かれ、視界が真っ白に染まった。転移してきた場所は、広い室内である。床や壁は一面がすべて真っ黒であり、高さのある天井は吹き抜けになっている。そして、中心に突き刺さっているのは、竜の意匠が施された巨大な大剣だった。見覚えがある。それも、つい先刻のことだ。

「ここは覇王城、支柱の間。それは、天柱支剣（てんちゅうしけん）ヴェレヴィム」

「アガハの宮殿にあったものと同じか」

ディードリッヒは地底にいくつかあると言っていたな。

「天柱支剣がこのガデイシオラにもあるのが不思議かしら？」

「さて。地底のことはよく知らぬものでな。なにか理由があるのか？」

「大したことではないの。ただこの国が、かつてアガハと呼ばれていたから、ここに残っているだけのこと」

覇王ヴィアフレアは、ぼんやりと天柱支剣ヴェレヴィムを見上げる。

「今、ガデイシオラの国境ではガデイシオラの幻名騎士団とアガハの竜騎士団が戦っているわ」

「だろうな」

「彼らの気迫は相当なもの。しかし、いかに竜騎士団、そしてアガハの剣帝と未来神といえども、あなたの父、セリス・ヴォルディゴードには敵わない」

そうかもしれぬな。あの男の力は並のものではない。

「けれど、ディードリッヒには未来が見えるわ。僅かな勝機でもあれば、彼はそこを突いてくるでしょう」

視線を下ろし、彼女は俺の方を向いた。

「わたしはその勝機をゼロにしたいの。この国のために」

この国のために？　とてもそうは思えぬ。

「あなたの目的は承知しているわ」

彼女は誘うように言った。

「アノス。わたしたちと同盟を結ばない？　すべての事柄について、とは言わないわ」

瞳の裏側に隠れた憎悪を滲ませながら、覇王ヴィアフレアが優雅に手を差し出す。

「さしあたっては共通の目的、選定審判の終焉のために」

§23.【憎しみに嘘を一つ】

覇王ヴィアフレアから差し出された手を、俺は一瞥(いちべつ)する。

「いいのか？　それ以外の思惑が一致するとは限らぬぞ」

「ここでは皆そうだわ」

「ほう」

「ガデイシオラは自由の国、そして家族の国なの。雑多な考え、雑多な種、雑多な思想を許容するわ。誰がどんな人でも、食卓を一つにすることでわたしたちは仲よくなれる。家族だから」

比喩でもなんでもなく、本当にそう信じているかのように彼女は言い切った。

「ここで求められるのは一つだけ、世界に神はいらないということよ」

神を信じられなくなった者が集い、作られた国。この土地は元々アガハのもので、ジオルダルから来た民もいただろう。幻名騎士団は地上の魔族だ。敵を神とすることで、異なる思想を持つ者同士が手を取り合い、様々な考えを認める土壌が出来上がっていったのかもしれぬな。

「ガデイシオラはアガハと敵対関係にある。共に行動こそしてはいないが、俺はあの国に味方するだろう。それでも、同盟を結べるつもりか？」

「そうね。とりあえずは構わないわ。ガデイシオラのみんなに危害が及ぶなら、そうはいかないけれどね。あなたはまだなにもしていない。どんな危険な思想を持っていても、それだけで迫害することはない。思うだけならば、自由を認めるわ」

「ふむ。ずいぶんと寛容なことだな」

禁兵が、レイとアルカナを襲ったのもその緩さがあってのことか。

「だってほら、ガデイシオラにいる内に気が変わるかもしれないわ」

ヴィアフレアが、笑う。その笑みには、僅かに薄暗い感情が含まれていた。

「あの男、セリスを地下遺跡リーガロンドロルに向かわせたのは、お前の命令か？」

「ええ、そうよ。ジオルダルの教え、《神竜懐胎(ベヘロム)》を防ぐためにね」

「地上がなくなっても、ガデイシオラに害はあるまい」

「《神竜懐胎(ベヘロム)》にて天蓋は消え、恵みの雨が降る、だったかしら？　神が降らせる雨でしょう？」

彼女の瞳に狂気が潜む。嗜虐(しぎゃく)的に口元を歪(ゆが)め、覇王は笑みを覗(のぞ)かせた。

「そんな押しつけがましい幸せ、死んでもご免だわ」

「ずいぶんと神族が嫌いなようだな」

「あはっ。嫌い？　あはは、嫌いだなんて、なにを言うのかしら？　ふふっ、あはは、あははははっっ!!」

半ば狂ったように笑い飛ばし、彼女は突如、仄暗(ほのぐら)い瞳で俺を見据えた。

「わたしは、神が憎いの。秩序が憎いわ。あいつらを残さずこの世界から消し去る。そのためのガデイシオラ、そのためだけに、わたしは覇王になった」

怨念じみた声で、ヴィアフレアはそう憎しみを吐き出した。

「ね。昔話をしようかしら？　この地底で起きた、つまらない喜劇よ」

「聞かせてもらおうか」

ヴィアフレアはくるりと背を向け、歩き出した。

「昔々、アガハの国に、ある竜人の女の子が生まれたわ。名前は、ソフィア。彼女はアガハの民らしく、剣を尊び、修練に勤しむ、普通の女の子だった。一つだけ、悲劇があったのだとすれば、それは彼女の寿命が生まれつき、短かったということ」

「短命種か？」

「そうね」

ヴィアフレアは軽い調子で答える。短命種……つまり、老衰病に冒されていた。

「自らの境遇を人並み程度に、彼女は恨んだ。だけど、それでどうなるわけではないわ。命剣一願、その身に神が宿るのだとしても、定められた寿命は覆ることはなかった。ソフィアはアガハの預言に従い、王竜の生贄になることが決まった」

静かに足を鳴らしながら、ヴィアフレアは天柱支剣の方へ歩いていく。

「それはとても誇らしいこと。先のない自分の命が、災厄の日に国を守る剣となり礎となる。アガハの騎士として最高の名誉がその女の子に与えられた。悔いはない、と彼女は思っていた」

床に突き刺さった巨大な大剣に、彼女は触れた。

「ある人に出会うまでは」

じっと、ヴィアフレアは天柱支剣ヴェレヴィムを見つめる。剣身に彼女の顔が映っている。

「当時も、選定審判が行われていた。ソフィアは、アガハを訪れた選定者の一人、ボルディノスと偶然知り合った。彼は、背理神ゲヌドゥヌブを葬ったガデイシオラの初代覇王だった」

ほんの少し、ヴィアフレアの声に優しいものが混ざる。

「覇王ボルディノスは、ソフィアが生贄の騎士であることを知ると、彼女の手を取り、そして自らが治める国、ガデイシオラに連れ去った。困惑するソフィアは、だけどどこかほっとしていた。本当は、彼女は王竜の生贄になるのを恐れていたの。それが、ボルディノスには伝わっていたのだと思うわ。彼はいつまでも、ここにいていいと口にした」

彼女は自らの手をそっと握った。

「ソフィアはボルディノスに自然と惹かれていき、やがて恋をした。生まれて初めての、一生に一度の恋だった。彼女の寿命はまもなく尽きる。ソフィアはボルディノスに想いを告げ、そうして、アガハに帰ろうとした。最期は騎士として、死のうと思った」

ヴェレヴィムの剣身に映ったヴィアフレアは、穏やかに微笑む。

「ボルディノスは彼女を引き止めた。彼は助けられると言った。短命は治せなくとも、《転生》の魔法で転生させることができると。王竜に食べられれば、その根源は子竜のものとなってしまう。ボルディノスはもう一度会おうと、ソフィアに約束した。もう一度、恋をしようと。その言葉で、彼女は転生を決意した」

ヴィアフレアは僅かに唇を噛み、俯いた。

「けれど、ソフィアの転生が完了しても、二人が再会することはなかったわ」

「なぜだ？」

「ボルディノスは、選定審判を勝ち抜いたわ。彼の目的は勝者の前に姿を現すといわれる神、整合神エルロラリエロム。それを滅ぼし、神々の儀式、選定審判を終焉に導こうとしていた」

　整合神か、初耳だな。

「選定審判を司る秩序は見えぬからこそ、地底では《全能なる煌輝》エクエスの存在が、示唆されているのではなかったか？」

「誰も知らないわ。これはガデイシオラの禁書にのみ記されていること。他に知っているのは、アガハの剣帝と未来神ナフタくらいかしら？　教皇はどうでしょうね？　わたしも、ジオルダルの教典の中身は知らないもの」

　選定審判が終焉に近づけば、すなわち世界は終焉に近づく。アガハの預言がある以上、あの二人が他に漏らすことはあるまい。ジオルダルの教典にあったとしても、滅多なことで他言することはないだろう。

「ともかく、ボルディノスは整合神に挑んだ。けれど、届かなかったわ。彼は敗れ、そして神の代行者となってしまった」

「ガデイシオラの禁書というのは書物ではなく口伝なのだろう？　初代覇王ボルディノスが神の代行者となったのならば、それを誰に訊いたのだ？」

　振り向き、ヴィアフレアはまっすぐ俺に視線を飛ばす。

「勿論、本人からよ」

　すっと彼女は指先を伸ばし、選定の盟珠を掲げる。その内部に描かれたのは、《使役召喚》の魔法術式だ。魔力の粒子がそこに集い、現れたのはローブの上に鎧を纏った男である。

彼は、虚ろな瞳を虚空に向けていた。

「神に感情はいらない。神の代行者ボルディノスは、その心を失い、ただ秩序を維持するだけの存在となった。彼は転生したソフィアを選定者に選び、そして彼女にすべてを伝えたわ」

「……ソフィ……ア……」

ぎこちなく、ボルディノスが口を開く。

「……カミヲ……ホロボセ……」

「ええ。わかっているわ。もう少しよ」

悲しげに、ヴィアフレアはその者を見つめた。

「これが、神に逆らったものの末路。初代覇王ボルディノスのなれの果て。ねえ、とんだ喜劇でしょう？　再会したソフィアとボルディノスは恋なんてできなかったの。だって、心がないんですもの」

唐突に笑顔が消え、彼女の全身から、魔力が溢れ出す。底知れぬ憤怒が、その瞳に溢れた。

「……そんなの、冗談じゃない……冗談じゃないわ……」

強く、血が滲むほどの力で、彼女は拳を握り締める。

「秩序なんていらない。神を滅ぼし、秩序を滅ぼし、わたしは彼から心を取り戻す。選定審判もなにもかも、神と名のつくすべてを終焉に導いて」

「神を滅ぼしたところで、その男が心を取り戻すかはわからぬ」

「僅かでも可能性があるのなら、仮に世界が滅びてしまっても構わないわ」

代行者になったからこそ、彼は心を失った。ならば、代行者の秩序が不要となれば、心を取り戻す可能性はあろう。

「事情はよくわかった。どのみち、俺は選定審判を終わらせる。お前の目的が本当にそれならば、つき合ってやってもいいが、まずはどうするつもりだ？」

「あなたの手前、ディードリッヒとアガハは見逃すわ」

「気前のいいことだ」

「その代わり、未来神ナフタを滅ぼす。選定審判を終焉に導くには、あの神が一番の障害なの」

そうだろうな。選定審判の終焉はアガハの預言にて回避すべきこと。ナフタがいる限り、その未来を回避することは、ディードリッヒには容易だ。

「あなたに手を下せとは言わないわ。わたしたちのすることを邪魔しないでくれれば、それでいい。どれだけ未来を見つめようとも、幻名騎士団が、あの神を必ず滅ぼす」

セリスとイージェス、カイヒラムならば、それも可能か？　ナフタを滅ぼすには、彼女が生存する未来を残らず潰せばいい。

「未来神ナフタに情けをかける理由が、あなたにあるかしら？」

「別段、情けをかけるつもりはないがな」

嗜虐的に、ヴィアフレアは笑った。

「一つ尋ねるが、その代行者は、なんという名の神になったのだ？」

「名は変わらず、ボルディノス。代行者は神とは違うわ。その名が秩序を表すわけではない」

「治してやろうか？」

ヴィアフレアが警戒するような表情を俺に向ける。

「……そんなことができるのかしら？」

「代行者から人に戻せるとは言わぬが、神とて心を持つものだ。天父神ノウスガリアも、俺の前では最期に恐怖をあらわにしたぞ」

俺はゆるりと歩いていき、ボルディノスの胸に手を当てる。ヴィアフレアが心配そうな視線を向けてきた。

「《根源死殺》」

漆黒の指先がその胸を貫き、根源を抉る。ヴィアフレアが目を見張った瞬間、《獄炎殲滅砲》でそれを焼き尽くした。後に残ったのは灰ばかりだ。

「どうした？」

咄嗟のことに、ヴィアフレアは唖然とするばかりで声も発せない様子だ。

「最愛の者が滅びたというのに、ずいぶんと冷静だな、覇王ヴィアフレア？　こういうときは、もう少し取り乱すものではないか？」

覇王はその表情に狼狽の色を覗かせる。それは決してボルディノスを失ったためではない。

「それも当然か。こいつは神に似ているが、秩序を持ってはいなかった。ただ根源を神のように見せかけているだけだ。仮にも神の力を持つ代行者ならば、こうも容易く滅びはせぬ」

冥王イージェスは、ヴィアフレアを選んだ選定神は暴食神ガルヴァドリオンだと言った。

だとすれば、彼女の説明と辻褄が合わない。どちらかが嘘をついているということだ。

「なかなかどうして、猿芝居だったぞ、ヴィアフレア。愛する者を救うために、選定審判を終焉に導くか。地底の者が、俺への慈悲の請い方をよくもまあ知っているものだ。誰の入れ知恵か知らぬが」

奴の心中を探るように魔眼を向け、黒く染まった指先を軽く持ち上げる。

「嘘がバレたときの作法も、ちゃんと聞いてきたのだろうな？」

§24.【歪んだ心】

あはっ、とヴィアフレアは狂気が混ざった笑声をこぼす。

「おかしいわね。どこで気がつかれたのかしら？　男なんて、みんな簡単に騙されるのに。ボルディノス以外は」

「悪女を気取ってみたつもりか知らぬが、慣れぬ真似は今日限りでやめておくことだ。俺の友に転生してまで魔王を演じた名優が一人いるが、そのぐらいの才がなくては男は騙せぬ」

俺の眼光を真っ向から受けとめ、彼女は憎しみを込めて睨み返してくる。

「あなたを騙そうとしたのは事実。さっきのは確かに偽者だったわ。けれど、ボルディノスの話は嘘ではないの」

「ほう。本物がいるというわけか」

「ええ。教えるつもりはなかったのだけれど、騙されてくれないのなら仕方がないわ。わたしに仕える幻名騎士団の団長」

小娘のようにはしゃいだ声で、ヴィアフレアは言った。

「あなたの父親、セリス・ヴォルディゴード。彼が初代覇王ボルディノスよ」

今度は、セリスが初代覇王ときたか。まあ、ありえぬ話ではないが。

「それはまた先程よりも、一段と胡散臭くなったものだ。あの男が整合神とやらに挑んで敗れ、そして代行者になったと言いたいのか？」

「そうよ。彼と話したでしょう？　なにかおかしいことはなかった？」

「あいにくと俺は奴の記憶を失っている。頭のおかしそうな男だとは思ったがな」

「そう、彼は壊れてしまったの。ボルディノスは神の代行者となったことで忘れてしまったのよ。祖国を愛した心を、民を慈しんだその愛を」

代行者になったから心を失った、か。確かに、肝心なものが欠けているかのような男ではある。だが、うまい言い訳のようにも聞こえる。

「だけど、彼はすべてを忘れたわけではなかった。ほんの僅か、わたしへの想いだけは……」

淡い希望を抱くようにヴィアフレアは呟いた。

「心のこもらぬ声で、彼は囁くの。何度も、何度も、わたしを愛していると」

あはっ、となんとも言えぬ笑い声がこぼれる。悲しみと、狂気と、溢れんばかりの憎しみが彼女の表情に滲み出ている。

「ねえ、わかるかしら？　その空しさが、あなたにわかって？」

暗い表情で彼女は俺に問いかける。

「わたしは、許さないわ。絶対に、許さない。優しかった彼を、あんな風にした神々を。彼を変えてしまった選定審判を」

「だから、滅ぼし、取り戻すと？」

「ええ、そうよ。彼の悲願を果たせば、彼が元通りにならなくても、きっとその心を思い出してくれるはず」

信じがたい話ではある。しかし、変わる前の奴を知らぬ以上は断定できぬ。

「お前の選定神はセリスだということか？」

「そっちは嘘ね。わたしの選定の神は暴食神ガルヴァドリオン。もういないのだけれど」

今度は正直に話したか――わからぬ女だな。

「なぜ嘘をついた？」

「ボルディノスには内緒にしておきたかったのよ。彼からは、あなたに会うなと言われているの。恐ろしい力を持っていて、聞き分けがない息子だって」

「……俺に会ってなにがしたかった？」

「あはっ。なにがしたかった？　なにがしたかったって？　おかしなことを言うのね」

くつくつと喉を鳴らしながら、ヴィアフレアはまた笑う。

「ねえ、アノス。あなたはボルディノスの息子だわ」

ねっとりとした口調で、覇王は言った。

「さて、あの男が勝手に言っているだけのことだ」

「間違いないわ。ボルディノスが、わたしにそう言ったのだから」

「嘘の多い男だ。信じるに値せぬ」

「いいえ。彼は嘘つきだけれど、わたしにだけは絶対に嘘をつかないの。だから、あなたは間違いなく、あの人の息子だわ」

くすくす、とヴィアフレアは嬉しそうに笑った。

「あの人がかつて愛した女との証。壊したいぐらいに腹立たしいけど、でも、その女はもういない。許してあげるわ。だって、あなたはわたしの息子になるのだから。一目見ておきたいと思うのは、当然のことじゃなくて？」

「それだけか？」

「ええ、そうよ」

なにか問題でもあるのか、といった表情をヴィアフレアは浮かべている。

「理解できぬな。俺に会うというのは、ガデイシオラの行く末を左右することに他ならぬ。国を背負う王が、配下にも告げず、私情で動くか」

「問題ないわ。ただ息子と会うだけ、そうでしょ？」

まともな理由とは思えぬが、その分真に迫っているとも言える。

「ああ、けれど、そうね」

ふふっ、と笑い、彼女はねっとりとした言葉を発す。

「実際に会ってみて、気が変わったわ。あなたと仲よくなれば、ボルディノスはきっと喜ぶ。そうしたら、あの人は心を取り戻すかもしれない。そうは思わないかしら、アノス」

またずいぶんと突飛なことを言い出したものだ。

「ねえ。やっぱり、未来神ナフタを一緒に倒しましょう。そうすれば、きっとあの人も喜ぶわ」

「セリスも胡散臭い男だが、お前も相当なものだな。父親かどうかも怪しい男の、会ったことすらない伴侶を前にした者が、それを聞いてどういう心境になるか、考えてみてはどうだ？」

「嬉しいわよね？」

自分の善意をまるで疑っていないかのような言葉だ。

「いかれているとしか思えぬ」

「聞き分けのない子ね。あの人の言った通り。でも、大丈夫よ。わたしはあなたの母親になるのだから。ちゃんと躾けてあげるわ」

ヴィアフレアが手をかざす。

「おいで。わたしの可愛い子」

すると偽者のボルディノスの灰の中から、紫の翼がぬっと現れた。そこから這いずるように出てきたのは、覇竜だ。

「心配しないで、アノス。お母さんがあなたとボルディノスの仲を取り持ってあげる。この竜に身を委ねなさい。そうすれば、親子三人、仲睦まじく暮らせるわ」

陶酔したような表情で、ヴィアフレアはそう言った。

「――一つ尋ねるが、正気か？」

「あなたこそ、正気かしら？　ボルディノスは心をなくして、寂しい想いをしているわ。普段いがみ合っていても、いざというときは助け合うのが家族の絆というものよ」

「本当に家族ならばな」

「さっき証明してみせたでしょ？　それは疑う余地がないわ」

「だから、その竜を俺に寄生させて無理矢理仲を取り持つと？　くくく、くははは。なるほど、大した家族の絆だ」

かんに障ったように、ヴィアフレアが俺を睨む。

「反抗期の子供は、厳しく躾けるのが当然のことではなくて？」

彼女はそっと指先を俺へ向ける。

「ほら、可愛いわたしの覇竜。彼に巣くいなさい」

覇竜が唸り声を上げ、筋肉を躍動させながら、俺に襲いかかった。獰猛な牙が向けられるが、それを難なく避け、漆黒の指先で八つ裂きにする。

「あはっ、無駄よ。この間も試したでしょう？　どれだけ斬っても、その子は数が増えるだけ」

斬り裂かれた八つの竜の肉片がぐにゃりと歪み、八匹の竜の頭に変化する。そいつらは同時に、俺に牙を突き出す。

「《魔黒雷帝》」

漆黒の雷を俺は右手に纏う。雷鳴を轟かせながらも、膨張していく稲妻が一気に弾けた。上下左右すべてを撃ち抜き、八匹の竜を瞬く間に消し炭にした。

「本当、聞き分けのない子ね。良い子になりたければ、母親の言いつけは、しっかりと聞くものよ。いい？　無駄だと言ったの、わたしは」

押しつけるように言い聞かせ、ヴィアフレアが微笑む。一つの消し炭から、今度は十数体の覇竜が現れる。合計で、凡（おおよ）そ一〇〇といったところか。

「理解したかしら？　さあ、良い子ね。やりな――」

　命令の途中でヴィアフレアが絶句する。数を増やした一〇〇匹の覇竜に、黒き雷の牙が食いついていたのだ。

「……なにかしら？」

「《殲黒雷滅牙（ジ・ノファヴス）》」

　それはかつて、緋碑王（ひひおう）ギリシリスに使った古文魔法。先程、撃ち放った《魔黒雷帝（ジラスド）》の狙いは、覇竜ではなく、壁と床。それらに黒き雷で魔法陣を描き、《殲黒雷滅牙（ジ・ノファヴス）》の術式を構成したのだ。魔力効率の良（い）いこの魔法は一度食らいついたが最後、根源が二つに分かれようと、三つに分かれようと、決して離れぬ。

　一〇〇匹の覇竜は黒き雷の牙にズタズタに食いちぎられ、灰と化す。そこから無数の覇竜が姿を現すが、しかし、その一体一体に《殲黒雷滅牙（ジ・ノファヴス）》は食らいついたままだ。

「覇竜の根源は群体ゆえ、斬ろうと燃やそうと分かれるようだが、さすがに分割できぬほど刻んでやれば滅びよう」

　覇竜がみるみる増えて、そして《殲黒雷滅牙（ジ・ノファヴス）》によって食いちぎられていく。

　ヴィアフレアの顔が真っ青になった。

「……そんな、はず……わたしの覇竜が……そんなはずはないわっ……！　ねえ、可愛（かわい）いわたしの子っ！　なにをしているのっ。そんな魔法、はね除（の）けなさいっ！　早くなさいっ!!」

　彼女は必死に叫いているが、覇竜たちは阿鼻叫喚（あびきょうかん）を上げ、ひたすら数を増やしていく。みるみる細切れにされているのだ。

「不可能を命ずるとは、もうろくしているようだな。お前が俺の母親になるというのは、どうにも承伏しかねるが、まあ、そこは一つ寛容さを見せよう。ただし、魔王の母に相応しいよう、まずは教養を身につけてもらおうか」

ギギギギギ、ガガガガガッと激しい雷鳴が鳴り響いた後、無数に増えた覇竜が一匹残らず消滅した。

「老いては子に従え、ヴィアフレア」

§25．【根源に巣くう竜】

ぱらぱらと覇竜の灰がそこに降り注ぐ。

分割できぬほど細切れにされたその根源は滅び、蘇ることはない。

「……ああ……可哀想に……」

悲痛な声を上げながら、ヴィアフレアは両手を伸ばし、僅かなその灰を受けとめる。そうして、俺を睨んだ。

「アノス、あなたはなにをしたかわかっているの？」

「躾の悪い竜を撫でてやったことか？」

ゆっくりとヴィアフレアは首を左右に振った。

「あなたは自らの弟を滅ぼしたのよ」

また頭のおかしなことを言い出したな。

「話が見えぬ」

「覇竜はね、わたしの赤ちゃん。わたしの子供なの」

俺に言い聞かせるように、ヴィアフレアは説明を始めた。

「ボルディノスが教えてくれたのよ。暴食神ガルヴァドリオンを飲み込み、わたしのお腹の中で転生させる魔法をね。そうして、神を食らう竜、この国の子供たちが生まれた。わたしとボルディノスの、二人の子が」

ヴィアフレアを指先をそっと自らの腹に当てる。そこにも、覇竜が潜んでいるのだろう。

「ねえ、アノス」

ねっとりとした口調で、ヴィアフレアは叱りつけてくる。

「あなたはお兄ちゃんなんだから、弟を虐めちゃだめでしょ」

「あいにく妹はいるが、弟を持った覚えはない。道理もわからぬ、化け物の弟はな」

「見た目で判断するのね。化け物なんかじゃないわ。あなただって、会ってきたでしょう。このガデイシオラの民たちと、一緒に歌っていたじゃない。あれはみんな、わたしの可愛い覇竜、わたしの子供たちよ」

まさか、自らそれを口にするとはな。

「ガデイシオラの民に覇竜を寄生させ、なにがしたい？」

「そうすれば、みんな、わたしの子供たちになるじゃない。わたしとボルディノスの子供にね。

言ったでしょ。この国は自由の国、そして家族の国なの」

　さも当たり前の理屈のように、ヴィアフレアは答えた。

「自由の国とはよく言ったものだ。いざとなれば、覇竜を寄生させたガデイシオラの民たちは操り人形と化すだろう。ゴルロアナのようにな」

「子供が親の言うことを聞くのは当たり前のことでしょう？　それに、わたしに逆らわなければ、彼らは自由よ」

「百歩譲ってそれを自由としよう。ならばなぜ、《四界牆壁（ベノ・イエヴン）》の檻（おり）の中に民を閉じ込めている？」

「外の世界は危険よ。悪い神やそれを信じる悪い大人から、わたしは子供たちを守ってるの」

　ヴィアフレアは大真面目な顔で言う。

「外に出れば手に入る食料を制限し、民の記憶を改竄（かいざん）してまで、わざわざ配給制にしているのはなぜだ？」

「家族は食卓をともにするものでしょ。貧しくても食料を分け合って、お互いに支え合って生きていく。ガデイシオラは昔からそうなの。ボルディノスが父親で、民は家族のようだったわ」

　嬉（うれ）しそうにヴィアフレアは思い出を語る。

「この国はいつも変わらず、ボルディノスが作ったときのまま。わたしはそれを守り続けるためなら、なんでもするわ。記憶なんて些末（さまつ）なことよ。だって、みんな幸せそうだったでしょ？」

「呆れてものも言えぬ。神に反逆する者たちが国を作った。だが、心は変わるものだ。この国で生まれた真っ新な心を持った者もいよう。すべての民が同じ想いでいられるわけもない」

俺の言葉が、まるで響かぬといった様子でヴィアフレアはただ漫然とこちらを眺めている。

「神を信じぬ子とて、成長すれば親の庇護などいらぬ。最早、この国を必要とはしなくなった民を、お前はどうした？」

「ここはボルディノスの作った理想郷。信念に殉じた彼の想いを否定する者がいれば、なんであれ、ガデイシオラは許すことはないでしょう。この国を必要としない？」

あはっ、とヴィアフレアは嗜虐的に笑った。

「そんなの冗談じゃない」

「初代覇王が国を建てたとき、彼の理念は間違ってはいなかったのだろう。確かに神を信じられなくなった者が集ったのだからな。外に出られぬのは危険が大きかったがゆえに、配給制だったのは単純に食料がなかったからではないか？　国を取り巻く情勢は常に変わる。そこで生きる民の心もまた変わるだろう」

突きつけるように、ヴィアフレアへ言葉を飛ばす。

「いったいどれだけの時が経ったと思っている？　代行者と成り果てたボルディノスの心が変わらぬままでは、やがて民は離れていく」

「いいえ。彼の心が元に戻るまで、あの人の時間が動き出すまで、わたしたちは変わらぬ姿であの人を待つわ。だって、ここは彼の国なのですから」

「ヴィアフレア」

声とともに、抑えきれぬ怒りがこぼれる。

「彼の国などない。あるのは彼らの国だけだ」

「同じことだわ。ここは彼の、そしてわたしたち家族の国」

「愚かな」

ヴィアフレアの思想を、唾棄するように俺は言う。

「入ることはできても出ることは叶わぬ。ここで生まれた者は、生涯外の世界を知らずに暮らすことになるだろう。根源に竜を埋め込まれ、記憶を弄られ、逆らえば無理矢理に言うことを聞かされる。王は民を見ておらず、考えるのは男のことばかり。民を飢えさせ、外は危険と宣いながら、震雨の対策さえろくにしようとはしない」

今日来たばかりで、これだけの惨状がわかったのだ。それさえ、氷山の一角にすぎぬだろう。実態は、どれほどのものか。想像するだけでも怒りが湧く。

「ここには自由もなければ、家族などありはしない。この国は檻だ。帰らぬ男を待ち続ける、哀れな女が作りあげた、お仕着せの牢獄にすぎぬ」

魔法陣を描き、そこから全能者の剣リヴァインギルマを引き抜く。

「ガデイシオラは今日で終わりだ。いや、とうの昔に終わっていたのだ」

鞘に納めたままの剣を構え、柄に手をやった。

「滅ぼしてやる」

はあ、と彼女は気怠くため息をつく。

「あの人の子だというのに、あなたはあの人の悲しみを少しも理解しようとしないのね」

ヴィアフレアが床に魔法陣を描く。そこに現れたのは、覇竜の翼を生やした教皇ゴルロアナだ。寄生され、最早正気もないか。声も発さず、虚ろな目をしている。

「彼の中にいるのは、一番多く神を食らった覇竜よ。痕跡神と福音神の力を得て、その根源は神よりも強く、そして無限に近い量を持っているの」

「それがどうした？」

「今から、あなたの根源に、この子を巣くわせるわ。そうすれば、わたしと本当の親子になれる。この国の素晴らしさも、きっと理解できることでしょう」

「平たく言えば　俺の記憶を改竄するというわけだ」

あはっ、とヴィアフレアは嗜虐的に笑う。

「あなたが強いのは知ってるわ。ボルディノスの子だものね。だけど、わたしとボルディノスの子、覇竜には敵わない。あなたが滅ぼしたのは、ほんの一部だけ。この国中にどれだけの覇竜がいると思ってるの？　いざとなれば、その子たちがみんな、あなたの敵になるのよ」

それに、とヴィアフレアは言った。

「アノスは教皇と、枢機卿を助けにきたのでしょ？」

「ついでだがな」

「だったら、わかるでしょ？　寄生した覇竜は、今、ゴルロアナの根源深くに食らいついているの。無理矢理引き剝がそうとすれば、彼の根源は滅ぼされるわ」

なるほど。人質というわけか。

「覇竜がゴルロアナの根源を滅ぼすより早く、引き剝がせばよい」

「だから、アヒデはここにいないの。もしも、それができたとしても、彼の根源を滅ぼすわ」

「できるか？　アヒデに用があってさらったのだろう？」

「彼を連れ去れば、ディードリッヒと未来神を誘き寄せることができる。もう役目は済んだの」

　いつ滅ぼしても構わぬ、か。アヒデがいなくなれば、王竜の生贄はいなくなる。リカルドが、自ら命を捧げる未来が訪れるだろう。

「ねえ、おわかり、アノス？　自ら覇竜をその根源に受け入れなさい。そうすれば、ゴルロアナの根源に巣くう竜は、あなたのもとへ移る。彼を解放することができるわ」

　ヴィアフレアは勝ち誇ったように笑った。

「それとも、いくらあなたでも、根源に覇竜を受け入れて無事にすむ自信はないかしら？」

「くはは。なかなかどうして、安い挑発だ。いいだろう」

　全能者の剣リヴァインギルマを魔法陣に納め、俺は棒立ちになって身を曝した。

「乗ってやる。だが、後悔することになるぞ。この根源に寄生すれば、ただではすまぬ。お前は可愛い我が子を自らその手にかけることになるのだ」

「どうかしら？」

　思惑通りというように、ヴィアフレアが微笑む。

「巣くいなさい、可愛い我が子。お兄ちゃんを、わたしの本当の子供にしてあげましょうね」

　覇王が覇竜に命令を発する。すると、寄生されたゴルロアナが足を踏み出し、俺に手を突き出す。その右腕が紫の竜に変わった。そのまま巨大な竜頭がにゅるにゅると出てきて、俺の胸に牙を突き立てる。

鮮血が噴き出し、空いた穴から、覇竜が俺の体に入っていく。反対にゴルロアナの腕からは次々と覇竜が抜け出してきていた。

「あら？　辛抱強いのね。かなりの苦痛なはずなのだけれど？」

「なに、くすぐったいぐらいだ」

「あはっ。いつまで、その減らず口が叩けるかしらね」

覇竜の全身が俺の根源の中に収まった。途端に、俺の中にいる竜が、苦痛を訴えるように暴れ始めた。ゴルロアナは、僅かに表情を険しくした。

「なにを焦っている？　警告したぞ。俺の体の中に、ましてや根源の中に入り込もうなど自殺行為だ。魔王の血にどっぷりと浸かり、のたうち回ってやがては滅びる」

「……ええ。わかっていたわ。あなたの滅びの根源は特別。覇竜でも寄生する前に滅びてしまう。だけど、その子は覇竜の中でも特別なの」

ゴルロアナは右手の甲を見せ、選定の盟珠を輝かせる。

「覇王ヴィアフレアが命ずる。寄生神エンネテロトン、秩序に従い、不適合者アノスに巣くえ」

命令とともに、俺の根源に神の秩序が溢れかえる。それは魔王の血さえも退け、みるみる俺の深奥を目指し、侵食を始めた。ゆっくりと、ゆっくりと、俺の中に覇竜が満ちる。

「ほうら、ご覧なさい。あなたの根源にわたしの子が巣くっていくわ」

「……なるほど。俺に寄生させる覇竜に、更に寄生神とやらが寄生していたというわけだ」

「そうよ、アノス。ガデイシオラがまつろわぬ神を信仰する国だからって、神を使えないと勘違いしたのがあなたの間違い。わたしたちにとって、神は利用するものだもの」

得意気にヴィアフレアは笑う。

体を支配したと言わんばかりに、俺の頭から、覇竜の角がぬっと生えてくる。

「あらあら、どうしたのかしら？　さっきまであんなに大口を叩いていたのに、もう寄生されそうじゃない？　情けないのねっ」

魔王の血を根源に満たしてやるも、それに適応したかの如く、覇竜を腐食させることはできない。

「あはっ、そんなに抵抗しても無駄よ？　一度そこまで根源に入れたエンネテロトンは、秩序に従い必ず寄生するの。止めるには根源を滅ぼすしかないわ」

彼女はすっと盟珠の指輪を掲げる。

「あなたの根源をねっ。そんなこと、できるわけないわよねっ」

とどめとばかりにヴィアフレアは盟珠に魔力を送った。寄生神エンネテロトン、そして覇竜に寄生された根源が、俺の体を造り替えていく。竜の尻尾、それから翼が現れていた。

「あはっ！　ふふふっ、あははははっ！　うまくいった。うまくいったわ。きっと、ボルディノスも褒めてくれるわね」

満足そうな表情で、ヴィアフレアは俺の姿を見つめる。そうして、彼女は俺のそばまで歩み寄り、にっこりと微笑んだ。

「さあ、アノス。可愛い我が子。わたしの足を舐めなさい。わたしがあなたの母親だということを、その身に教えてあげるわ」

「ふむ。足を舐めるというのは――」

俺は手の平をヴィアフレアの足へ向ける。彼女はご満悦といった風に笑った。

「――こういうことか？」

瞬間、俺の手の平は魔法陣を描く。そこから飛び出した覇竜の頭が勢いよくヴィアフレアの足に食らいついた。

「ぎゃっ、ぎゃあああああああああああああああああぁぁぁっっ！！！」

俺の角も翼も尻尾もすべてが引っ込み、代わりに魔法陣から現れたのは一匹の巨大な覇竜である。そいつはヴィアフレアの下半身を咥えたまま、首を大きく振り回している。

「……なっ、なにをしているのっ⁉　放しなさいっ……‼」

ヴィアフレアは大きく口を開き、紫のブレスを吐き出した。超高熱の火炎が覇竜を焼き、その牙からかろうじて抜け出す。背中から竜の翼を生やし、彼女は空を飛んだ。

「はぁ……はぁ………どうして……？　確かに寄生したはずだわ……」

「ボルディノスに聞いてなかったか、ヴィアフレア。地上に寄生虫の類は山ほどいるが、決して魔族には寄生せぬ」

彼女は初耳といった表情を浮かべている。

「なぜだか、わかるか？」

ヴィアフレアは答えず、回復魔法で傷を癒すのに集中している。

「魔族に寄生すれば最後、その寄生虫は免疫によって逆に支配されてしまうからだ。強い魔力と免疫力を有する魔族に寄生しようとすれば、竜だろうと神だろうとそうなる」

「グオオオオオオオオオオオオオオオオオオォォォォッ！！！」

　覇竜が唸り声を上げ、牙を剥いてヴィアフレアに襲いかかる。彼女は宙を飛びながら、幾度となく振るわれた竜頭の突進を、かろうじてかわしていた。

「……やめてっ……やめてちょうだいっ、可愛い我が子っ……なにをしているかわかっているのっ？　わたしはあなたの母親っ！　わたしがこのお腹を痛めて、生んだ子でしょうっ！　わたしの子が、わたしに逆らおうというのっ⁉」

「あまり魔族を舐めるな、ヴィアフレア。俺に寄生した以上は俺の一部だ」

　キッとヴィアフレアが俺に視線を飛ばす。

「やめさせなさい、アノスッ！　ゴルロアナがどうなってもいいの？」

「ほう。今のお前にそんな余裕があるとは思えぬが？」

「あなたに寄生した覇竜は、半分だけよっ。ゴルロアナには残りの覇竜が寄生しているわっ！」

　ヴィアフレアの言葉を裏づけるように、教皇ゴルロアナからずぷっと竜の角が生え、翼が現れた。

「では、残り半分を引き剝がそう」

「脅しても駄目よ。そんなことをすれば、ゴルロアナの根源が滅びると言った……は、ず……」

　ヴィアフレアが一瞬、絶句していた。

「……どう……して……？」

彼女は驚愕の表情で、教皇を見据えていた。なんの命も発していないにもかかわらず、その右腕から竜の頭がにゅるにゅると出てきているのだ。そいつが牙を剝き出しにしたかと思うと、唸り声を上げ、翼をはためかせた。そのまま、ヴィアフレアに突っ込んでいく。

「……なっ……ぎゃっ、あっ、あああああああああぁぁぁぁっ……！！！」

覇竜に翼を食いちぎられ、ヴィアフレアが落下し、地面に叩きつけられた。追撃するように二匹の覇竜が襲いかかる。彼女は魔法障壁を張り巡らせながら、牙と爪をかろうじて防ぐ。

「ど……どうして……!? そんなはずないわっ、そんなはずっ！ だって、ゴルロアナに残っていた覇竜は、あなたに寄生すらしていないっ……!?」

「なにを言っている。覇竜の根源は群体だろう？ 複数で一つの根源という竜だ。つまり、俺に寄生した覇竜と、他の覇竜は根源的なつながりを持っている。寄生という攻撃を受けた俺の免疫が、そのつながりを辿り、なにをするかは明白だ」

気がついたように、彼女は顔を真っ青にした。

「魔王の免疫は凶暴だ。群体すべてを侵食し尽くすまで、決して止まらぬ」

「……そんな……そんな、ありえない……ありえないでしょっ！ ゴルロアナの覇竜まで……体が分離していた覇竜の根源さえも、支配したというのっ!?」

「まずは、な」

「……まず、は…………？」

回復魔法で翼を治し、再び彼女は二体の覇竜と距離を取る。

「この国の民全員が覇竜に寄生されている。それは元々一つの群体が分かれたものだろう？」

肯定を示すように、彼女は言葉を失った。

「さっさと俺の免疫を滅ぼさなければ、この国の民すべてが俺の支配下に落ちるぞ」

ヴィアフレアの表情が絶望に染まる。彼女はぐっと歯を食いしばり、目に涙を浮かべながら、向かってくる覇竜二匹に魔法を唱えた。

「《自食自殺（ベルマス）》」

瞬間、その覇竜はぴたりと動きを止め、大きな音を立てて床に倒れた。その根源が、自らの根源によって食いつぶされたのだ。覇竜の制御が利（き）かなくなった際の首輪――自死魔法だろう。

ヴィアフレアは、その竜にそっと手を触れ、涙をこぼした。

「……可愛（かわい）い我が子……」

「群体の一部を手にかけた程度で、そんなに胸が痛むか、ヴィアフレア」

キッと彼女は俺を睨（ね）めつけた。

「……許さないわ……！　アノス……ボルディノスとの子供に手をかけさせたあなたを、わたしは絶対に許さないっ！　普通のお仕置きで、済むと思わないでちょうだいっ!!」

悲劇のヒロインかの如（ごと）く怒りを発する覇王を、俺は視線で軽く撫（な）でる。

「最後の問いだ、ヴィアフレア。その慈悲を、僅かたりとも民へ向ける気はないのか？」

その問いには答えず、ヴィアフレアはただ憤怒（ふんぬ）の形相で睨（にら）みつけてくる。

「よくわかった。心して聞け、ヴィアフレア。寄生虫の如（ごと）き愚かな女が巣くう、この病みきった国につける薬が一つある。それはな――」

俺の手に全能者の剣リヴァインギルマが現れる。直後、《波身蓋然顕現(ヴェネジアラ)》の切っ先で、奴(やつ)の胸を突き刺した。

「ぎゃああああああああああああああぁぁぁあっっっ！！！」

悲鳴を上げるヴィアフレアを冷めた魔眼(めめ)で見つめ、そのまま可能性の刃で壁に磔(はりつけ)にする。

「――覇王の死だ」

§26. 【天を震わす儀式】

あがくように、覇王ヴィアフレアはリヴァインギルマの刃に手を伸ばす。彼女は不可視の剣身をつかみ、それを抜こうとするが、手から血が流れるばかりで、びくともしなかった。

「……ど……どういうつもり？」

苦しげに、脂汗を垂らしながら、ヴィアフレアが俺に問う。

「なにがだ？」

「人質は……ゴルロアナだけではないわ……わたしをこのまま殺せば、アヒデがどうなるかわかるでしょう……？」

「なにもお前の命を奪わずとも、王として死にさえすればこの国は救われよう」

「これ以上手を出せばアヒデを殺すわっ！」

「好きに選べ。アヒデを殺せば、お前を苦しめて殺す。だが、助けると約束するなら、楽に殺してやる」

リヴァインギルマの刃をぐいと押し込む。

「ぐっ、ぎゃああああああああぁぁぁっ……‼」

「どうした？　アヒデを殺さないのか？」

呼吸を荒くし、手を震わせながら、ヴィアフレアは言った。

「できないとでも思っているのかしら？」

「でなければ、とうにやっている」

更に刃を根源に押し込むと、ヴィアフレアの表情が苦痛に染まる。声を殺してそれに耐えながら、彼女は叫んだ。

「後悔なさいっ……‼」

ヴィアフレアは、震える右手を上げ、魔法陣を描く。だが魔力を送ろうとした途端、その顔が困惑に染まった。魔眼を強く働かせ、彼女は自らの城中に視線を巡らせている。

「どこを探している？　頼みの人質ならば、もうここにいるぞ」

俺のそばに、雪月花がひらりと舞い降りる。目映い光が放たれると、二つの人影がそこに浮かんだ。アルカナとアヒデである。アヒデは床に倒れ込んでいる。

「言いつけ通り、アヒデ・アロボ・アガーツェを救出した。今は気を失っている」

「よくやった」

アヒデとアルカナを見た後、ヴィアフレアは再び俺の方を向いた。

「お前が俺と遊ぶのに夢中になっている間に、アルカナが牢獄を破った。幻名騎士団は外で竜騎士団の相手に忙しい。警備も杜撰なものだったぞ」

そう言って、奴に顔を近づける。恐怖に震えるその顔を、冷めた視線で撫でてやった。

「さて。人質は殺してしまっては意味がない。殺す決心をしたということは、俺に命乞いをするための切り札がまだ他にあるということだな？」

脅えたように、びくっとヴィアフレアは体を震わせた。

「話せ。それとも、ボルディノスに二度と会えない呪いでもかけてやろうか？　奴が忌避するようなおぞましい姿に変えてやってもよい」

目を開き、ぶるぶると小刻みにヴィアフレアは首を振る。やめて、やめて、それだけは、とか細い声で、何度も何度も繰り返す。

「では、お前の目がボルディノスを映す時、お前が最も憎む者の姿に変わるようにするというのはどうだ？」

彼女の瞳に、絶望がよぎる。

「選ぶがよい」

ぱくぱくとヴィアフレアは口を開くが、声は出ない。

「ふむ。迷って選べぬか。ならば、特別に三つともくれてやろう」

その言葉が一番効果があったか、呪いの魔法陣を描いた途端、ヴィアフレアは言葉を発した。

「は、話すわっ……！　話すから……！」

「言葉は選ぶことだ。次に益のないことを口にすれば、お前の悲恋は儚く散る」

「せっ、選定審判を終わらせる方法を話すわっ！　選定審判を終焉に導くには、審判の勝者となってはならないっ。それでは神の思惑通り、秩序に従う羽目になるのっ！」

脅えたようにヴィアフレアは一息でまくし立てた。

選定審判の勝者となってはならぬ、か。

「選定審判を司る秩序は、整合神エルロラリエロムだったな。その神は、選定審判を勝ち抜いた勝者の前に姿を現す。滅ぼすためには、選定審判を勝ち抜かねばならぬはずだが？」

未だ脅えた瞳をしながら、ヴィアフレアは答える。

「それは、事実だわ。けれど、選定審判を勝ち抜いた選定者は、整合神エルロラリエロムの秩序からは逃れられないっ。選定審判という儀式に則った時点で、その神の権能を受け入れる準備をしてしまっているのっ」

選定審判を勝ち抜くことは、言わば避けられぬ呪いを受けるようなものというわけだ。

「それで整合神を打倒しようとした初代覇王ボルディノスも、なす術なく神の代行者をお仕着せられたということか？」

「そう。ボルディノスの力でも、選定審判を勝ち抜いてしまっては、整合神に逆らうことはできなかった」

セリスが神に敵わなかった、か。あの男は底が知れぬ。正直、これまでに見たどの神にも、後れを取るとは思わなかったが、選定審判の強制力はそれほどのものか？

「他の者に選定審判の勝者を譲り、現れたところを横から滅ぼしてやればどうだ？」

「エルロラリエロムが現れるのは、選定審判の勝者と、その選定の神の前だけだわ。他の誰がそこにいても、彼らは整合神に触れるどころか、見ることすらできない」

選定審判を司る神の名が殆ど知られていない理由がそれか。

「では、どうやって終焉に導く？」

「選定審判の途中で、エルロラリエロムに出会う方法があるの。整合神の秩序は、表面化していないだけで、確かにこの地底に存在するわ」

妙な話だな。

「選定審判を勝ち抜かなければ現れぬはずの神が、そこらへんを歩いているというのか？」

「さっき説明したのは、整合神の秩序が安定を保っていたときの話。けれど、それは歪んでしまったの」

ありえぬ話ではない。破壊神アベルニユーとて、今では魔王城デルゾゲードに姿を変えた。

「なにがあったのだ？」

「地底で行われた最初の選定審判で、最初の代行者となった竜人が、エルロラリエロムの秩序を乱したの。その竜人を選定者に選んだのが、創造神ミリティア。彼女はその力でもって、整合神エルロラリエロムを封じ込めようとした」

視界の隅でアルカナが俯く。なにかを考えているようだ。

「なるほど。選定者にも、普通の神にも、整合神は手に追えぬが、この世界を創ったミリティアであれば、どうにかなったというわけだ」

「だけど、創造神の目論見は失敗に終わったわ。整合神を封じ、選定審判を終わらせるあと一歩というところで、自らが選んだ竜人に裏切られた。ミリティアは死んだわ」

滅びたではなく、死んだか。

「死んでどうなった？」

「わからないわ。転生したのかもしれないし、それも邪魔されたのかもしれない。わたしが知っているのはその裏切った竜人が、エルロラリエロムを滅ぼしたってことだけ」

整合神が一度滅びた。にもかかわらず、今こうして選定審判は執り行われている。

「なるほど。ミリティアが途中で死んだため、封じられていた整合神エルロラリエロムの秩序が再び動き出してしまった。選定審判を勝ち抜いた者に、整合神を滅ぼすことはできぬ。神の代行者とされてしまうからだ。それでもなお、整合神を滅ぼせばどうなるか」

選定審判の目的を思い出す。

「本来、代行者とは、失われた秩序を補うためのものだ」

これまでのヴィアフレアの話からすれば、結論は一つだろう。

「最初の代行者は、失った秩序を補うために、エルロラリエロムの秩序をその身に宿した。だからこそ、今も選定審判は続いている。そして、その最初の代行者はこの地底にいる。ゆえに、選定審判を勝ち抜けば、その者が整合神の役目を果たすわけだ」

彼女は、はっきりとうなずいた。

「そうよ。だから、選定審判が決着する前に、最初の代行者に会いさえすれば、この神の儀式を終焉（しゅうえん）に導くことができるわ」

「どこにいる？」

「それがわかれば苦労はないわ。わたしたちも探しているの。でも、手がかりはあるのよ。その最初の代行者は、世界を恨んでいた」

世界とは、大げさな話だ。

「なぜだ？」

「敵だったのよ、なにもかもが。ずっと、その竜人は迫害され続けていた。アガハに生まれた竜人は、生まれながらに忌むべき存在として扱われたの。その竜人を迫害することが、多くの民を救うことにつながると神の預言があったから。地底のどこへ行こうと人々から虐げられ続け、竜人は憎しみを積み重ねていった」

残酷な預言もあったものだ。たとえ、それで犠牲になる竜人が最小限になったとしても、罪もない一人の民を犠牲にしたのでは、道理が通らぬ。

「結局その竜人は、王竜の生贄になった。根源を飲み込まれ、竜人はなんの救いもなく生涯を終えた。だけど、その強い憎しみは消えず、王竜の胎内に残った。生まれた子竜は、激しい憎悪を胸に抱いていたわ」

一度言葉を切り、ヴィアフレアは説明を続けた。

「アガハは子竜を祭り上げた。だけど、底知れぬ怒りが子竜にはあった。理不尽に迫害された感情が残っていた。やがて、八神選定者に選ばれたその子竜は、この地底の民とその神に復讐を誓ったの。選定審判を滅ぼす、と。その顛末がさっき言った通り」

「つまり、最初の代行者は結局、目的を果たせなかったわけか？」

「そうね……憎悪のままに動いただけのその竜人には、なにをつかむこともできなかったわ」

民と神に復讐しようとして、結局、自らは望まぬ代行者になってしまったわけだ。

「なぜ、そこまで最初の代行者のことを知っている？」

「……これはガデイシオラに伝わる禁書に載っていることなの。初代覇王、つまり、ボルディノスが残したものだわ」

禁書を残したのがセリスとなれば、ずいぶんと胡散臭く聞こえる。さて、どう考えたものか。

「禁書には、選定審判を終焉させろと書いてあるのか？」

「……そうよ。アガハの預言では、選定審判を終焉させてはならないと言われているみたいだけれど、ディードリッヒもあなたに伝えていないことがあるわ」

それが起死回生の一手だとでも言わんばかりに、ヴィアフレアは薄く微笑む。

「選定審判こそ、震天の原因。やがて、秩序の柱は耐えきれなくなり、地底は天蓋に押し潰される。それが、アガハに伝わる、災厄の日だわ」

§27.【預言の場に集いし王たち】

「なぜ……？」

呟いたのは、アルカナだ。

「なぜ整合神が、地底を終わらせるのだろう？」

「わかるでしょ？　神はこの世界の秩序だわ。そして、選定審判というのは、その秩序を維持するためのもの。乱れた秩序を元に戻し、整合をとるための儀式」

ヴィアフレアはいやらしい笑みを浮かべ、俺を見つめた。

「二千年前、この世界の秩序を大きく乱した魔王がいるわ。彼が奪ったのよ、滅びの秩序、破壊神アベルニユーを。秩序のバランスは大きく崩れ、あらゆるものが滅びから遠ざかった」

「つまり、今の選定審判は、それを元に戻すように働くというわけか」

「そうね。だけど、もう破壊神だけの問題じゃないわ。あなたが破壊神アベルニユーを奪ってから、滅ぶべきものが滅ばずに、世界は歪な形のまま進んできた。様々な秩序が歪んだの。選定審判はね、その帳尻を合わせようとしているのよ。選定者同士を争わせ、神同士を戦わせているのもそれが理由かしらね」

選定審判の仕組み上、勝ち抜こうとすれば争いを避けるのは難しい。強大な力を持った選定者同士が戦えば、国をも巻き込むことになるだろう。つまり、その分だけ人々は滅ぶ。

「いつから選定審判があるのか知らぬが、地底で行われる以前のものは、今とは違い、争いを必要としないルールだったということか？」

「知らないけど、たぶん、そうじゃないかしら。わたしたちがちゃんと知っているのは、今地底ではそうだということだけ」

俺が破壊神を手にかける以前は、秩序が狂うなど滅多にないことだったのかもしれぬ。そうであれば、選定審判もまた頻繁に行われるものではない。千年に一度、いや数万年に一度のことだとしても不思議はない。

「ともかく、ボルディノスの話では、あなたが歪めた秩序は完全には元に戻らないわ。破壊神は滅びたわけではなく、魔王城デルゾゲードに姿を変えただけ。滅びの秩序が復活することはない。つまり、こういうことよ」

　俺を非難するように、覇王は言った。

「魔王のせいで、地底は滅びを宿命づけられた。選定審判を幾度となく繰り返し、滅びの秩序が補われていくその果てに、災厄の日は訪れる。地底は滅び、これまで生き延びた生命の帳尻が合わされる」

　破壊神アベルニユーが消えたことで助かった生命の分だけ、地底に生まれた根源が滅ぶ、か。

「ふむ。まあ、整合神の都合はわかったがな、そうそう思い通りにはさせぬ」

「そうでしょうとも。あなたは選定審判を終焉に導く。最初の代行者を見つけ、エルロラリエロムの秩序を滅ぼして。そうすれば、この地底は救われるわ」

　ヴィアフレアはその手を、可能性の刃に触れさせた。

「ねえ、この剣を抜いてくれないかしら？」

　薄く笑いながら、彼女は言った。

「だって、そうでしょ。わたしたちの目的は同じはずよ。ボルディノスの目的は地底を救うことだったの。わたしは心を失った彼の代わりに、その意志を継ぎたい。愚かな女とあなたは言うけれど、地底がなくなれば、どうせこの国の子供たちだって生きてはいけないわ」

「今更、災厄の日が訪れぬように奮闘するのに精一杯だったとでも言うつもりか？」

「いいえ。だって、わたしはボルディノスが帰ってくるのをここで待ち、彼の悲願を叶えたいだけだもの。それ以上に大事なことなんて、一つもない」

　そうはっきりとヴィアフレアは断言した。

「……だとしても、まだ生かしておく価値はあるでしょ？　覇王を殺すより、地底が滅びることを回避するのが先決じゃないかしら?」

まだ他にもなにか知っている、ということか。

「先程よりは、ずいぶんとマシな命乞いになったものだ」

「アガハに与(くみ)しても、彼らは預言を覆(くつがえ)せはしない。災厄の日に天蓋は落ち、この地底は滅び尽くされる。冗談じゃないわっ」

神に対する憎しみを込め、彼女はそう言い放つ。そのとき、ガタンッと大きな音が響いた。

視線をやれば、この部屋の扉が開け放たれていた。

「はー、そいつはずいぶんと都合の良(い)いことを言ったものだな、ヴィアフレア」

やってきたのは二人組。アガハの剣帝ディィードリッヒと未来神ナフタである。

「……どうして……?」

ヴィアフレアが不可解そうな視線を二人に向けた。

「……あなたは、幻名騎士団と交戦中のはず……ボルディノスは……?」

「あいつは、竜騎士団と鬼ごっこの最中であろう。まんまと囮(おとり)に引っかかったというわけよ。

真っ向からやり合えば、少しばかり分が悪いのでな」

ニカッと笑い、ディィードリッヒは言う。

「預言で勝負させてもらった」

幻名騎士団を攪乱(かくらん)し、自らの行動を欺いたか。未来が見えるディィードリッヒを相手に情報戦を挑むこととなっては、セリスとて敵(かな)うものではないだろう。

「まあ、そいつはともかく、だ」

ゆるりとこちらへ歩いてきて、ディードリッヒは俺とヴィアフレアの前に立つ。

「選定審判が震天を引き起こし、やがて天蓋を落とすというのは事実だ」

先程のヴィアフレアの発言を裏づけるように、彼は言った。

「だが、選定審判の終焉が地底を救うというのは、誇張がすぎるというものだろうよ。そんなことをすれば、地底の滅びどころか、世界が終わることになろう」

「……選定審判の終焉は、ナフタには見えないでしょ」

「見えぬということは、その先に未来がないということよ。そもそも、未来が見えずとも考えてみれば、わかることであろう？　選定審判は秩序の乱れを戻し、整合を取るための、整合神エルロラリエロムの権能」

重低音の声を響かせ、力強くディードリッヒは言う。

「ならば、選定審判の終焉のため、整合神を滅ぼせばどうなる？　あらゆる秩序の整合がとれなくなり、天蓋が落ちてくるどころの騒ぎでは済むまいて」

理屈で言えば、そうだろうな。秩序のバランスを取っている神が消えれば、世界にどんな異変が起ころうとも不思議ではあるまい。

「ガデイシオラは元はアガハだった。ガデイシオラの禁書に載っていたのは、初代剣帝が見たアガハの預言の一部ではないか？」

「どういうことかしら？」

そしらぬ顔で、ヴィアフレアは訊き返す。

「ふむ。なるほどな。ガデイシオラが民を閉じ込めているのは腑に落ちぬと思っていたが、単にこの女の頭がおかしいだけでもなかったか」

ディードリッヒは鷹揚にうなずく。

「選定審判の終焉にて、世界が崩壊するとき、唯一、無事に生き残れる場所をアガハの預言は示したのであろう。それが、この地、ガデイシオラだ。お前さん方は、世界を壊すことで、神を滅ぼし、神を信じる他国の信徒を滅ぼし、自分たちだけが生き残るために、選定審判を終わらせようとしているのではあるまいか？」

「それは、あなたの想像でしょ？　ナフタにその未来が見えているのかしら？」

「あいにくと禁書の中身だけは完全に見えないものでな。お前さんがそれを口にする未来は、ただの一つも存在しない。だからこそ、それを知り、預言を覆すために俺はここへ来たのだ」

ディードリッヒの言葉とこれまで知ったことを合わせれば、大凡のことが見えてくる。

「アガハの預言、ガデイシオラの禁書、そしてジオルダルの教典。それらはすべて、地底の終焉に関わっている、というわけか」

倒れている教皇ゴルロアナに、俺は《総魔完全治癒》をかけ、傷を癒してやった。

「覇竜を引き剝がしたあたりから、意識はあったはずだ」

言葉を発すると、僅かにゴルロアナは身を起こした。

彼は俺とディードリッヒ、ヴィアフレアに視線を向ける。

「ゴルロアナ。ジオルダルが《神竜懐胎》であの天蓋を消し去ろうとしたのは、いずれ訪れる天蓋の落下を防ぎたかったからだな？」

ゆっくりと教皇は両手を組み、神に祈りを捧げる。そして、静かに口を開いた。

「……そうかもしれませんね。しかし、私どもの教典には、そこまで具体的な伝承はありませんでした。知っていたのは、地上と地底、あの天蓋を境に、あちら側では恵みの雨が降り、そしてこちら側では滅びの雨が降るということ。歴代の教皇は、その不条理を消し去ろうと、祈り始めたのです」

滅びの雨は、すなわち震雨。天蓋そのものが降ってくることを示唆していたのやもしれぬ。

「ちょうどいい」

三人の王に向かい、俺は言った。

「アガハの剣帝ディードリッヒ、ガデイシオラの覇王ヴィアフレア、ジオルダルの教皇ゴルロアナ。ここに地底三大国の王が揃っている」

ヴィアフレアとゴルロアナが身構える。ディードリッヒは真剣な面持ちで俺の言葉に耳を傾けていた。

「アガハの剣帝は選定審判を続け、預言を覆すために。ガデイシオラの覇王は、選定審判の終焉を望み、他国と神を滅ぼすために。そして、ジオルダルの教皇は、天蓋と地上を消し去り、平等なる世界を祈り、今日まで争い続けてきた」

覇王、剣帝、教皇はちょうど三角形の頂点に立つように、ほぼ等間隔の位置にいる。彼らは牽制し合うように、その視線を互いに向けていた。

「……どの国が勝利するか、雌雄を決するときと言いたいのかしら？」

ヴィアフレアは、警戒するようにディードリッヒを睨む。教皇はすでに神を失い、覇王は磔にされている。この状況ならば、戦えば剣帝の勝利は確実だろう。

「いいや。今こそ、話し合うべきだ」

予想外の言葉だったか、ヴィアフレアが表情を歪める。

「選定審判を続ければ、天蓋が落ちる。選定審判を終わらせれば、世界の終焉が訪れる。いずれにしても終わることが宿命づけられているこの地底だが、お前たち三人と俺が力を合わせれば、誰もが納得のいく結末を迎えられよう」

ヴィアフレアは訝しみ、ゴルロアナはただ祈りに集中した。

「教典と預言と禁書、その三つをつき合わせれば、打開策が得られるかもしれぬ。話してみよ」

言葉を放ち、しばし待つも、三人は誰一人として口を開こうとしない。

「ディードリッヒ」

アガハの剣帝に、俺は言った。

「お前が先に話すがよい」

「……そいつは、どうだろうな……俺が話そうと、奴らが話す未来はあるまいて……」

歯切れ悪そうに、ディードリッヒは答えた。

「お前はここへ預言を覆しに来たはずだ」

俺の視線を、ディードリッヒは真っ向から受けとめる。

「気概を見せてみよ。争い続けてきた者同士、誠意を見せたからといって、よい答えがあるとは限らぬ。だが、臆病風に吹かれ誠意も見せられなければ、決して相手は応えてくれぬ」

険しい表情で、ディードリッヒは拳を握っている。ナフタは彼の傍らで、主の決断を待っていた。二人には、悪い未来が見えている。だが、それを回避し続けても、行き着く先は災厄の日だ。預言を覆そうというのならば、いつか彼には未来を見るその神眼ではなく、己の目で物事を見、決めねばならぬときがやってくる。ナフタの神眼が映す、最善ではない未来に、飛び込まねばならぬのだ。果たして、それが今なのか、ディードリッヒは悩んでいるのだろう。

「――アガハの預言に曰く」

やがて、彼は野太い声を発した。

「ガデイシオラの城に、地底の王が三人集うとき、アガハの剣帝が今は見えない預言を口にする。さすれば、最初の代行者が姿を浮き彫りにするであろう」

確かに、ディードリッヒは決断した。それと、まさしく同時であった。

「うっぎゃああああああああああああぁぁぁぁぁぁぁぁぁぁっっっ！！！」

苦痛に染まった悲鳴は、アヒデのものだ。彼の体内から、いくつもの竜頭が食い破るようにして出てきている。

そうして、その竜は間近にいたアルカナの肩に食らいついていた――

§28．【救いようのない過去の過ち】

アルカナが僅かに表情をしかめながらも、手の平から雪月花を放出する。それは神雪剣ロコロノトに変わり、食らいついた覇竜の頭を切断した。

「あっ、あああっ、うあああああああああああぁぁぁぁっっっ！！！」

アルカナに嚙みついている竜の頭は残り三つ。彼女はロコロノトを振り下ろす。

「……わ、我が神アルカナッ、どうかお慈悲をっ……!?」

アヒデの言葉に、アルカナはぴたりと剣を止めた。どうやら完全に覇竜に意識を支配されてはいないようだな。

「この覇竜の頭は、最早私の根源そのもの。落とされれば、私は滅びてしまいます……ああ、どうか神よっ、救いの神よっ。アルカナ様、どうかどうか慈悲を賜りますよう。心を入れ替え、これからは救済の道を歩みます。何卒、命だけは、この命だけはお助けくださいっ……!!」

竜の牙がアルカナの体にめり込み、その秩序を食らわんとする。アヒデはその場で這いつくばるように土下座をし、ひたすらアルカナに懇願した。

「神託者アヒデ。これがあなたに授ける最後の救い」

「……おお……おお、なんと尊きお言葉、神よ、感謝いたします」

アルカナが神雪剣ロコロノトを雪月花に変える。そうして、アヒデを凍結させようと、彼の周囲に雪を降らせた。その瞬間——奴はニヤリと笑った。

「やりなさいっ、覇竜っ！」

アルカナに食らいついた覇竜の頭が巨大化し、彼女を丸飲みしようとその口を開いた。

「相変わらず、救いようのない男だ」

俺は《殲黒雷滅牙》を放つ。黒き雷の牙が覇竜に嚙みつき、その根源を細切れにしていく。

一つ二つと竜の頭が消滅し、三つめの頭に《殲黒雷滅牙》が食らいついた瞬間、紫電が走った。

覇竜の体から、凄まじいまでの紫電が溢れ出し、あっという間に《殲黒雷滅牙》をかき消す。

覇竜はそのままアルカナをぱくりと丸飲みした。

俺の魔眼は見覚えのある魔力を二つ捉えていた。

「フ、フフフ……フハハハハハハハッ!!」

痛みなど最初からなかったかのように立ち上がり、ふんぞり返って、アヒデは高笑いをした。

「取り返した。取り返しましたよ、私の神をっ！　さあそのまま食らいつくせっ、覇竜っ！　その小娘の力を、神の秩序を、余さず私の力に変えるのですっ!!」

その覇竜はアヒデの背中からにゅるにゅると出てきた。尻尾が彼の背中とつながっており、全身からバチバチと激しい紫電を発している。その魔力が誰のものかは一目瞭然だ。

「アガハから連れ去られるときに、セリスと取引をしたというわけだ」

大きく翼を広げ、巨大な覇竜が宙に浮かび上がる。その尻尾は長く伸び、アヒデの背中とつながったままだ。

「ええ、その通りですよ、不適合者。元々ガデイシオラとは、持ちつ持たれつの仲でしたので」

アヒデがヴィアフレアに視線をやると、彼女は嗜虐的に微笑んだ。

「子供は親には敵わないもの。あなたがなにをしても、ボルディノスの手の平の上みたいね」

「なんの話だ？」

「あら、気がついていないのかしら？　長きに渡った地底の争いは、決着がついたの。ご覧の通り、整合神エルロラリエロムの秩序はたった今覇竜に食われたわ」

ド、ゴゴゴゴォォッと激しい地響きが聞こえ、覇王城が震撼した。震えているのは天蓋だ。それが空気をかき混ぜ、城を揺るがすほどの力を伝えている。

「今こそ、選定審判の終焉のときだわっ！　ようやく、ああ、ようやくねっ！　とうとう叶うわ。ボルディノスの悲願が……！　彼の愛が、戻ってくるのね……！」

吹き抜けになった天井から、空を見上げれば、崩れた積み木のようにバラバラになっていく天蓋が、ゆっくりと落ちてきていた。その様子をヴィアフレアは恍惚とした表情で眺めていた。

「アルカナが、整合神エルロラリエロムの秩序をその身に宿した最初の代行者ということか」

アルカナを飲み込んだ覇竜を見ながら、俺は言う。

「彼女が創造神ミリティアだというのは、その秩序だけを見れば正しい。ミリティアが転生したことにより、失われた秩序を最初の代行者アルカナが補った。だが、補った秩序は完全には戻せぬため、《創造の月》は本来の輝きを失っていた」

神の代行者であるアルカナは、しかし秩序に背こうとして背理神ゲヌドゥヌブと呼ばれた。代行者は神の秩序を持つのだから、選定神にもなれるということか。

「ええ。背理神ゲヌドゥヌブは、神の名を捨て、記憶を捨て、自らをも騙して、名もなき神になった。自らの憎悪に従い、周囲のすべてを欺き、その目的を果たそうとしていたわ」

あはっ、とヴィアフレアは笑った。

「でも、ボルディノスが一枚上手だったわ。彼女は記憶を思い出すことなく、その願いを断たれ、選定審判は終わりを告げる。ガデイシオラ以外のすべてが滅び、彼は愛を取り戻すのっ！」

「フ、フフフフ、フハハハハハハハハハーッ！　見ましたか、不適合者。あなたの負けです。そして、わたしたちの勝利ですよっ！　あなたは神を奪われ、自らの国が滅びゆく姿をそうして、指を咥えてみているしかないのですからねぇっ！」

　これみよがしにアヒデは下卑た笑い声を響かせる。

「ああ、本当に最高の気分ですよっ！　自分が無敵だと信じている愚かな男に、敗北を突きつけてやるのはっ！　あのとき、わたしをあそこで殺していればこんなことにはならなかったというのにっ！　馬鹿丸出しではありませんかっ⁉」

「救いようがない上、その節穴のような目も変わっておらぬな、アヒデ」

「ハハッ、なにを言うかと思えば、負け惜し——ぎゃあああああああああああああああああああああああああああぁぁぁぁぁっっっ！！！」

　覇竜の尻尾が斬り裂かれ、アヒデと分断された。

「手ずからお前の始末をつけてやってもいいのだがな。お前の末路を決めるには、相応しい者がいよう」

「……ば、馬鹿め……こんなことをしても、すぐに元に戻——」

　切り離された覇竜の形がぐにゃりと歪む、それは神雪剣ロコロノトと化した。

「……こ、これは……まさか……？」

　反魔法を貫き、問答無用で覇竜を剣に変えた力を見て、アヒデは驚愕の表情を浮かべた。

「……背理の……魔眼……そ、んな……はずは……？」

　俺はそこへ向かって、言った。

「こいつの処遇はお前に任す。救いも罰も、思うようにするがいい、アルカナ」

一片の雪月花が舞い降り、そこにアルカナが現れる。彼女の瞳に、魔法陣が浮かんでいる。アイシャの《創滅の魔眼》と同じ魔法陣が――

「……な、ぜ……？」

ヴィアフレアが脅えたように言う。

「……だって、ボルディノスが、言ったのよ。背理神の記憶が戻らなければ、破壊神アベルニユーの力は使えない……創造神の秩序だけで、《背理の魔眼》が、使えるはずが……」

アルカナは、その魔眼をヴィアフレアに向けた。

「……思い、出したの……背理神……」

「あなたはきっと、騙されたのだろう」

アルカナは言い、床に刺さった神雪剣を抜いた。

「わたしは、偽りと裏切りの神ゲヌドゥヌブ。背理神は嘘をついた。セリスと手を結ぶ、と。選定審判の勝者が決まるまでは記憶が戻らない、と。あなたとセリスはそれを利用し、裏切った。だけど、わたしは、最初からなにも信じてはいない。すべてを欺き、浅ましくもただこの願いを叶えようとしていたのだ」

彼女は振り向き、悲しそうに言った。

「……お兄ちゃん……わたしは、名を取り戻した」

「求めていたものがあったか？」

ゆっくりとアルカナは首を左右に振った。

「……すべてはこの瞬間のため、わたしは嘘をつき続けてきた。真実を伝えるには、時間がない。だから、その言葉で命じて欲しい。わたしが、あなたを裏切ることがないように……」

切迫した感情が、アルカナの胸中に渦を巻く。まるで、思い出した記憶と感情が、これまでの彼女の想いと闘ぎ合うかのように。

アルカナが魔力を送ると、俺の指に選定の盟珠が現れる。それが、光り輝いていた。

「あなたとの盟約を、遵守しよう」

「ふむ。では、先程言った通りだ。アヒデはかつてお前が選んだ選定者。処遇をお前に任す。この救いようのない男に、お前なりの救い――あるいは、罰を与えてやるがよい」

盟約が成立するかのように盟珠には魔法陣が描かれ、そして消えていく。

アルカナが目を丸くして俺を見ていた。どうして、と言いたげな表情で、それでも彼女は言葉を発せずにいた。

「盟約はすでに交わした。お前を信じる。それを今更違えはせぬ」

お前の優しさを俺は決して疑いはせぬ。そう最初にアルカナに誓ったのだ。

二度目の盟約はいらぬ。

「……お兄ちゃんの言う通りにしよう……」

アルカナはアヒデに向かって歩いていき、足を止める。その剣を、彼の喉に突きつけた。

「お……おお、我が神……アルカナ様……」

卑屈な表情で、アヒデは笑った。

「懺悔いたします。あ、あの覇竜が、わたしの根源に巣くっており、ガデイシオラの者どもめの言うことを聞くしかなく……本当はこんな、こんなことはやりたくはなかったのですっ……」

アヒデは目に涙を溜め、すがるようにアルカナに懇願した。まさに、迫真の演技と言えよう。

「顔を上げなさい、アヒデ。救いようのないあなたを、救う方法を、わたしは見つけた」

「おお、おお……！　なんともったいなきお言葉……贖罪の道を歩むことができるのなら、わたしはどんなことでもいたしましょう」

「よく言った」

神雪剣ロコロノトが、アヒデの胸を貫いた。

「うっ、があああああああああぁぁぁぁっ!!　か……神……よっ……なにをっ……!?」

「あなたは凍り、王竜の生贄となるだろう。やがて生まれる子竜は、アガハを救う英雄となる。あなたは優しく生まれ変わる」

「……えっ、英雄など、分不相応というものっ！　わたしのような、わたしのように品性の腐った人間が、たとえ生まれ変わろうとも、英雄に相応しいわけがありませんっ！」

「どんなことでもすると言った言葉は嘘だったのだろうか？」

「う、嘘では決して、しかし……しかし、それではわたしは救われませんっ！　そのような大層な身分ではなく、矮小なわたしのまま、贖罪の道を全うしたく存じますっ！」

つまり、死にたくはないということだ。

「アヒデ、あなたが真にわたしを信仰し、悔い改めれば、ロコロノトは元の覇竜の姿に戻る」

「わたしはっ、悔い改めましたっ！　あなたを信仰していますっ！　心からっ！」

アヒデは絶叫するように言うも、傷口が凍りつき、みるみるそれが広がった。

「言葉だけでは不十分。あなたが真に思わなければ、信仰は意味をなさない」

アヒデの下半身が完全に凍りつき、それは上半身にまで及ぶ。後は首から上を残すばかりだ。

「……わっ、わかりましたっ。誓いますっ。信仰いたしますっ！　これが、その証明ですっ!!」

アヒデは《契約(ゼクト)》の魔法を使い、すぐにそれに調印した。内容はアルカナを神として信仰する。それを違えれば、命を差し出すというものだった。

「アヒデ、あなたの信仰を認めよう」

ほっと彼が胸を撫(な)で下(お)ろすと、ロコロノトが刺さった傷口にヒビが入った。その亀裂はみるみる彼の全身に広がっていく。

「なぁ……!?　なぜっ？　こ、これでは……このままでは……死んで——」

彼は周囲を見渡し、なにか助かる方法がないか必死に頭を巡らせる。

「……み、未来神、そしてアガハの剣帝よっ！　わ、わたしに死なれては困るはずっ！　そうでしょうっ!?」

アヒデが叫んだ頃には、ナフタはすでに《未来世水晶》カンダクイゾルテを槍に変えていた。

「背理神ゲヌドゥヌブよ。ナフタは異議を唱えます。アヒデが滅べば、王竜の生贄(いけにえ)となるのはリカルド。彼を氷像のまま引き渡してください」

カンダクイゾルテの槍(やり)が、アルカナに向けられる。

「俺の神の救済に口を挟むな、ナフタ。確かに、それでリカルドは助かるだろうがな。アルカナは、その救いようのない男にも慈悲をやると言っている」

「カンダクイゾルテが、彼女を串刺しの刑に処します」

「ならば、その神眼を開いてみよ。槍が届く未来など一つもないぞ」

ナフタが《未来世水晶》に魔力を込めようとしたとき、ディードリッヒがそれを手で制した。

「これでいい」

彼が言うと、ナフタはカンダクイゾルテをまた水晶に戻した。

「ナフタは預言者に従います」

「そんな……そんな馬鹿なっ……！」

進退窮まったといった風にアヒデがまくしたてる。

「……お、お待ちください、我が神アルカナっ⁉　これはっ、どういうことですかっ⁉」

「あなたへの救済は滅びをもってなされるのだろう。その根源が一度砕かれ、自然に従い、魂が輪廻し、生まれ変わることこそが唯一の救い。どんな形であれ」

「はっ、話が違いますっ！　わたしがわたしでなくなり、なんの救いだというのでしょうかっ！　わたしは確かに誓った。あなたの言う通りにっ！　信仰すれば、元の覇竜に戻ると言ったではありませんかっ！　これでは、これでは信仰しようと信仰しまいと同じでしょうっ！　神がそんな嘘をついていいと思っているのですかっ⁉」

悲しそうにアルカナはアヒデを見つめた。

「神託者アヒデ。これが、あなたがこれまで他者に強いてきたことではなかっただろうか？」

その言葉を受け、アヒデは絶望に染まった表情を浮かべた。

「あなたの犯した罪が、あなたに返ってきただけのこと。ならば、この剣にて、あなたの魂に、因果応報を刻みつけよう。わたしと同じ、裏切りと偽りに満ちたあなたには、この贖罪の道だけが悲しい救いなのだろう」

「……や、やめてくださいっ……神よっ！　やめてくださいっ!!　今度こそ、わたしは心を入れ替えますっ！　今度こそ、本──」

雪月花が彼の体に降り注ぐ。それが落ちる毎に、静かに冷気が満ちていく。死の気配を漂わせながら。

「嫌だあああああああああああああぁぁぁぁぁぁぁぁ、死にたくないぃぃっ……!!　死にたくないぃぃぃぃぃぃぃぃっ!!　誰かぁぁっ、誰か助け──」

アヒデの顔が凍りつく。

「……だ、れ……か──」

そうして、彼は完全に物言わぬ氷像と化した。

「なにもかも、一切合切を救ってやらずに、なにが神だというのだろう。誰もかも幸せになる、そんな世界が作れなくて、なにが神だというのだろう」

自らを蔑むように言いながら、救いようがなかった男に、アルカナは憐れみの視線を向けた。

「わたしは神ですらなかった、ただの代行者……。ちゃんと救ってあげられなくて、ごめんなさい」

アヒデの氷像に亀裂が広がり、彼は粉々に砕け散った。

§29.【終わりの始まり】

天蓋が波打つように蠢き、轟々と不気味な音を鳴らしている。

地底の空は今にもバラバラになり、落ちてきそうな気配を漂わせるが、かろうじて奇妙なバランスを保ち、秩序の柱に支えられていた。

「……ナフタは宣言します」

未来神は、判決を読む裁判官のように厳かな声を発する。

「選定審判の終焉に、未来は足を踏み入れました。最初の代行者アルカナが有していたエルロラリエロムの秩序は、その一部が覇竜によって食われ、弱まっています。整合の秩序は乱れ、保たれていた地底のバランスが崩れます」

続いて、ディードリッヒが言う。

「放っておけば、天蓋はこの地底を押し潰し、滅ぼすであろう。全能者の剣の力により、永久不滅と化したあの天の落下を防ぐことは、地底中の人々、神々の力を合わせても、できるものではなかろうて」

これこそディードリッヒが危惧していた、ナフタに見えぬ暗闇の未来だろう。しかし、その男は、剛胆な笑みを覗かせた。

「こいつは、終わりの始まりだ。ナフタの神眼に映らなかった、すなわち預言の利かぬ未来の一つ。アガハの剣帝ディードリッヒは、この暗闇に希望を見た」

選んだのだろう。ナフタの神眼ではなく、自らの目と、自らの心で。

「教皇ゴルロアナ」

祈り続けるゴルロアナに、ディードリッヒは視線を向けた。

「覇王ヴィアフレア」

呆然とした様子の彼女に、ディードリッヒは呼びかける。

「今こそ共に、この地底の行く末を語り合おうぞ。魔王が言った通り、アガハの預言、ジオルダルの教典、ガデイシオラの禁書は、地底の終焉から逃れるために伝えられてきたものだろう。その知恵を合わせれば、この終わりの始まりから、逃れることができるやもしれん」

力強く握った拳をディードリッヒは解き、穏やかな表情で言った。

「なあ。もう終わりにしようや。ジオルダルの祈りも、ガデイシオラの憎悪も、我らアガハの誇りも、三者三様どれもが尊重されるものであり、誰に否定されるものでもなかろうて」

教皇に、覇王に、剣帝は言った。

「アガハの誇りにかけ認めよう。救いを欲するジオルダルの信心を。傷つけられたガデイシオラの憎しみを。矛盾する教えを持つ我らだが、なにも滅ぼし合うほど争わずともよかろう」

するとゴルロアナが口を開く。

「神が己の内にあるという不敬な存在を、私たちに認めろというのですか？」

「ただそう思い込んでいる騎士の国があると認めるだけのことが、できぬわけではあるまいて。お前さん方に信じろというわけではない」

次にヴィアフレアが言った。

「神はボルディノスの心を奪ったわ。わたしは神々を許せないし、ガデイシオラの家族たちはみんなそうよ。この憎しみが晴れることはない。なにもかもを滅ぼして、ここにボルディノスが帰ってくるまで」

「神を許せとは言うまいよ。お前さん方が虐げられたのは事実だ。だが、このまま争い続ければどうだ？　行き着く先は災厄の日。あの天蓋に仲よく押し潰される未来しかあるまい」

エルロラリエロムの秩序が完全に消えていないのならば、天蓋は崩壊せずに落下する。

覇王が目指したのは、天蓋の崩壊と世界の破滅。だが、現況はアルカナが記憶を取り戻し、彼女らの思惑は外れた。ガデイシオラは安全だという預言は、成立しないかもしれぬ。

「互いに恨み言を言い合い、互いの教えを主張すればよい。だが、武器を手に取ったところで、傷つけ合うだけであろう。俺たちが振るった剣は、味方を斬っているも同然だろうよ。なにも、そんなことをしたかったわけではあるまいて」

ディードリッヒの言葉に、一瞬二人の王は押し黙った。

「互いの教えを、その信念を、決して侵害せぬと約束してはどうか？」

その顔は誇りに満ち、その心には戦の傷が刻まれている。

「長い争いだった。大きな戦も経験した。もうこれ以上、血を流さずともいいだろう。争うのならば、剣よりも言葉を。それならば、いつの日にか、本当の平和に辿り着く可能性があるというものよ」

穏やかに、彼は述べる。けれども、その言葉は力強く、まるで道を指し示すようだった。

「いい加減、落としどころを見つけようや。俺たちは今後もいがみ合い、争い続けるだろうよ。

だが、俺らが死に、いつの日にか遠い子孫たちが、先祖はこんなにも馬鹿な争いをしていたのか、と笑い合う日々がやってくる」

希望を持って、彼は言った。

「そんな未来を、俺はこの目で見ているのだ」

静寂が、この場を覆う。ゴルロアナも、ヴィアフレアもなにも言わず、じっと考え込むように、ディードリッヒに視線を向けていた。

そのとき、乾いた音が響いた。ぱち……ぱち……と手を打ち合わせる、拍手の音が。

「素晴らしいね。さすがはアガハの剣帝ディードリッヒ、なんて美しい未来を見ているんだろうね」

紫の髪と、蒼い瞳。外套を纏った男が、開いた扉から姿を現す。

「君はやはり、王の器だよ」

ガデイシオラの幻名騎士団団長、セリス・ヴォルディゴードだ。

「ボルディノスッ……ごめんなさいっ……ごめんなさいっ……わたしっ……！」

セリスが、磔にされたヴィアフレアに掌を向け、魔法陣を描く。《飛行》の魔法により、彼女はセリスのもとに引っぱられる。磔にされているその体は、可能性の刃へと深く刺さった。

残り数ミリで、その根源が消滅するといったところで、俺は魔法を消し、ヴィアフレアを解放した。彼女はそのままセリスのもとへ飛んでいき、ストンと落ちた。

「ああっ……ボルディノスッ……！　助けてくれたのねっ……！」

ヴィアフレアが、セリスに抱きつく。

俺が剣を引かなければ、覇王は滅びていた。そうするわけにはいかぬと踏んでいたか。それとも、別に滅んでもよかったのか？

「だけどね」

ヴィアフレアに取り合うことなく、セリスは静かに前へ歩いた。

「竜人も魔族も人間も、人というのは厄介なものだ。綺麗な言葉だけでは生きられない。阿鼻叫喚が木霊する血溜まりの池に、他人が沈み込んでいくのを見て、幸せを感じるような輩がいる。ああ、彼らをどう救えばいいのか、困ったものだね」

人の良さそうな笑顔で彼は言った。

「信仰も憎悪も認めるのに、まさか、その心根だけは腐っていると、迫害するわけにもいかないからね」

ディードリッヒはうんざりしたように、セリスを睨む。数多の未来を見てきた預言者は、そいつと話し合う価値がないということを、すでに悟っているのかもしれぬ。

「お前さんのは、言葉遊びにすぎまいて」

「そう、君の言葉と同じようにね」

セリスが右手を伸ばすと、紫電が溢れ、そこに魔剣が姿を現した。雷を彷彿させるようなギザついた刃。その深淵を覗けば、魔剣自らが、万雷剣ガウドゲィモンだと銘を語る。

「君は僕がここに来ることを知らなかった。なぜなら今は、選定審判の終わりの始まり。ナフタの神眼が届かない――」

万雷剣ガウドゲィモンの刃を、セリスは自らの左肩に当てるように構え、振るった。

「――暗闇の只中だ」

ガウドゲィモンの刃が紫電と化して長く伸び、横一文字に薙ぎ払われた。雷鳴とともに、支柱の間の壁は、剣閃に沿った通りに斬り裂かれた。だが、その場にいる者たちは全員無事だ。

ナフタとディードリッヒはそれを限局して回避した。アルカナはロコロノトで剣撃を受け止め、俺はリヴァインギルマで自らの身と、教皇ゴルロアナを守った。

「さすがだね、君たちは」

褒め称えるように、セリスが言う。

「万雷剣ガウドゲィモンは、その刃でつけた傷痕に万雷を溢れさせ、焼き切る魔剣。君たちの誰もが、それを防いだ。あるものを除いては」

ジジジジジジッとけたたましい雷鳴とともに、紫電が走ったのは天柱支剣ヴェレヴィムである。

ディードリッヒが、はっとした。

「……お前さん……まさか…………？」

「そう、ずっとこのときを待っていたんだよ。整合神の秩序が薄れた今、天蓋を支える支柱が一本折れれば、災厄の日は今日にも訪れるかもしれないね」

天柱支剣に刻まれた紫電が一気に弾けると、ぐらりと、その巨大な剣が倒れていき、支柱の間の壁を崩していく。同時に空からは再び激しい地割れの音が鳴り響き、天蓋が落下を始めた。

あの様子では、一時間ともたぬ。今すぐ代わりを用意したいところだが、さて、なにで支えたものか？　いずれにせよ、その前にセリスをなんとかせねばならぬ。

『魔王や』

ディードリッヒから《思念通信(リークス)》が届く。

『セリスと覇王を任せても構わぬか？』

『天蓋を支える手立てがあるのか？』

『おうとも。だが、この場からセリスを追い出してもらわねばなるまいて。できるか？』

俺は不敵に笑い、地面を蹴った。

「造作もないぞ」

リヴァインギルマを鞘(さや)に納めたまま駆け、アルカナに《思念通信(リークス)》を飛ばす。

『覇王を見張れ。神を食った覇竜は滅ぼしたが、なにか奥の手を隠しているやもしれぬ』

『言う通りにしよう』

アルカナが手をかざし、覇王に雪月花を飛ばす。

「雪は積もりて、行く手を阻(はば)む」

雪月花が、覇王を閉じ込める雪の結界をそこに作り出す。ヴィアフレアが体内から覇竜を出現させた瞬間、アルカナは《背理の魔眼》でそれを雪に変えた。

更にその魔眼が覇王を襲う。彼女の体からは無数に覇竜が溢(あふ)れ出(だ)し盾となった。次々と覇竜は雪に変わっていくが、さすがに生みの親だけあり、体内には無数の覇竜がいるのだろう。

だが、あの様子では動けまい。

「僕をここから追い出すって？」

セリスはヴィアフレアを気にすることなく俺へ向かって踏み込み、万雷剣を振り下ろす。リヴァインギルマの鞘(さや)で、それを難なく受け止める。

「ふむ。《思念通信(リークス)》を傍受したか？」

「まさか。君たちの顔に書いてあったよ」

バチバチと万雷剣から紫電が溢(あふ)れ、次の瞬間爆発した。《破滅の魔眼》で威力を減衰し、身を低くしてそれをやりすごす。セリスの目の前に球体の魔法陣が描かれた。奴(やつ)の左手の指先が、俺の顔面に突きつけられる。

「《紫電雷光(ガヴェスト)》」

紫電が走る。だが、魔法が発動しなかった。可能性の刃が、それより先に球体の魔法陣を斬り裂いたのだ。

「《波身蓋然顕現(ヴェネジアラ)》」

二の太刀を、セリスは難なく避けた。

「可能性の刃は見えなくても、君の構えと術式で、どこに剣が来るかは見えているよ」

続くリヴァインギルマの一閃(いっせん)をセリスは難なくかわしつつ、間合いに踏み込む。同時に万雷剣を振り下ろした。直後、奴(やつ)はなにかに突き上げられたかのように、空へ打ち上がった。

「……ぐっ……!!」

「《波身蓋然顕現(ヴェネジアラ)》が使えるのは、リヴァインギルマだけではないぞ」

刃が来ると身を低くし踏み込んだセリスの顎に、可能性の掌(てのひら)を叩(たた)き込(こ)んだのだ。地面を蹴り、勢いよく吹き抜けの天井へ吹き飛ばした奴(やつ)を追う。

「さあ、当て身か刃か、好きな可能性を選ぶがよい」

《波身蓋然顕現(ヴェネジアラ)》を発動し、当て身と刃の二択を迫る。体勢が整っていない今、俺の当て身を避ければ刃が、刃を避ければ当て身が当たる。

「フ」

セリスは笑い、ある魔法を使った。《波身蓋然顕現(ヴェネジアラ)》だ。可能性の奴(やつ)の体が、可能性の俺の体を押さえ、当て身と刃の両方の可能性を消した。

「両方防げないと思ったかい？」

口にした直後、俺の《根源死殺(ベブズド)》の指先がセリスの胸を貫いていた。

「……っ……!!」

奴(やつ)の顔が僅かに歪(ゆが)む。

「可能性を選べとは言ったが、実在の攻撃がないと思ったか」

貫いた奴(やつ)の体を持ち上げるように、俺は勢いのまま上方へ飛んだ。

§30.【読み合いの外から】

俺とセリスは吹き抜けの天井を抜け、空にまで達した。

耳を劈(つんざ)く地割れの音とともに、天蓋はまるで嵐の海のように激しく波打っている。

「滅びよ」

指先がセリスの根源をつかみ、握り潰そうとした瞬間、そこから緋色(ひいろ)の稲妻が溢(あふ)れ出(だ)した。

「ふむ。大した防壁だ」

《根源死殺》の右手に、電流が走り、ズタズタに引き裂こうと荒れ狂う。寸前で指を奴の胸から抜き、稲妻を振り払った。右手は僅かに焼け焦げている。

「これも忘れたかい？　緋電紅雷。君の魔王の血よりも、この雷の血の方が凶暴だ。その上、狙った獲物以外には危害を加えないからね」

セリスは自らの目の前に、球体の魔法陣を描く。

「迂闊に使えば世界を傷つけてしまう魔王の血と違って、とても便利だよ」

「さて。単純にお前の緋電紅雷とやらに、世界を滅ぼすだけの力がないのではないか？」

「試してみるかい？」

右手で万雷剣を構えつつ、セリスは左手で魔法の照準をつける。

「ああ、お前が俺の父を名乗るに値するか、な」

鞘のままリヴァインギルマを構え、《破滅の魔眼》で球体の魔法陣を睨む。《飛行》で空を飛び、俺と奴は互いに真っ向から突っ込み、同時に言った。

「「《波身蓋然顕現》」」

刹那の交錯。僅かに変化していく魔法陣の術式と、俺の構え。それらは未来の可能性を次々と変化させ、奴に読み合いを要求する。その魔眼が俺の抜き手を見誤れば、即座に斬って捨てられる。直後、複数の可能性の中から放たれたその刃は、必滅の一撃。

可能性のセリスは、剣身が自在に変化する万雷剣のリーチを生かし、可能性の俺がリヴァインギルマを抜く始動を狙った。ガウドゲィモンが、鞘に納まったリヴァインギルマの柄に紫電を走らせ、《波身蓋然顕現(ヴェネジアラ)》の俺を弾(はじ)き飛(と)ばす。すなわち、可能性を可能性で相殺(そうさい)し、リヴァインギルマを抜く可能性が消え去る。

「今度は僕が読みきったみたいだね。この距離では、鞘(さや)に納めた剣を振るうことはできないよ」

肉薄したセリスは、左手を俺の鼻先へ向けた。

「《紫電雷光(ガヴエスト)》と万雷剣、強いと思う方を防ぐといい」

意趣返しのように奴(やつ)は言う。《紫電雷光(ガヴエスト)》と万雷剣を同時に放つ構えだ。《破滅の魔眼》で魔法を打ち消しながら、後退してリヴァインギルマを抜こうにも、奴(やつ)の剣が一手先をいく。距離を離すため、《根源死殺(ベブズド)》を突き刺しても、緋電紅雷(ひでんこうらい)にて対処される。この零距離でリヴァインギルマが振るえぬ以上、どうあがいても一手遅れ、どちらかを食(く)らうと言いたいのだろう。

「時間切れだよ」

セリスは《紫電雷光(ガヴエスト)》を放ち、同時に万雷剣を振るう。

「零距離だからといって、剣が抜けぬと思ったか」

球体の魔法陣が斬り裂かれ、そして、万雷剣の刀身が真っ二つになった。セリスは笑みを崩さず、しかし視線を険しくした。

「……へえ……これは、さっきの《波身蓋然顕現(ヴェネジアラ)》……かな…………？」

「よく見抜いた。先程、お前が弾(はじ)き飛(と)ばした《波身蓋然顕現(ヴェネジアラ)》に、《波身蓋然顕現(ヴェネジアラ)》を重ねがけした」

セリスは可能性の俺を、可能性の万雷剣で弾(はじ)き飛(と)ばし、リヴァインギルマを防いだ。つまり、この零距離にいるという現実とは別に、弾き飛んだ俺が少し離れた位置にいる可能性が、そこに生じていたのだ。本来ならば、ただ消えゆくだけのその可能性の俺に、更に《波身蓋然顕現(ヴェネジアラ)》をかけ、現実のものとした。そうして、リヴァインギルマが抜けぬと思っていたセリスの思考の隙をつき、球体の魔法陣と万雷剣を同時に斬り裂いたのだ。

「やれやれ。《波身蓋然顕現(ヴェネジアラ)》に《波身蓋然顕現(ヴェネジアラ)》をかけるなんて、信じられないことをするね。驚愕(きょうがく)したよ、さすが僕の息子だ」

リヴァインギルマの間合いから逃れるように、奴(やつ)は俺を蹴り飛ばす。それを腕で防ぐと、反動でセリスは飛(と)び退(の)いた。

「驚愕(きょうがく)？　これぐらいはできて当たり前といった顔に見えるぞ」

蒼白(あおじろ)き《森羅万掌(イ・グネアス)》の手で、奴(やつ)の足をつかみ、引き寄せる。同時に《波身蓋然顕現(ヴェネジアラ)》で、リヴァインギルマを一閃(いっせん)した。必滅の刃が、奴(やつ)の脳天に直撃する、その間際(まぎわ)――紫電が弾(はじ)けた。

万雷剣ガウドゲィモンが、リヴァインギルマを受け止めていた。切断されたはずの刃も、完全に復元している。

「僕にはリヴァインギルマを真っ向から受け止める手段がない、と君は思ったんだろうね」

滅紫(けしむらさき)に染まった魔眼で、リヴァインギルマの力を削(そ)ぎ、奴(やつ)はその刃を弾(はじ)き飛(と)ばした。

同時にその指先は、俺の顔面に向けられている。球体の魔法陣は再構築されてはいない。否、セリスは《波身蓋然顕現(ヴェネジアラ)》を使い、可能性の球体魔法陣をそこに作ったのだ。

「《紫電雷光(ガヴエスト)》」

膨れあがった紫電が、光線のように俺を撃ち抜く。絡(から)みついた電流が根源を焼き焦がそうとして、途端に黒く染まった。ボロボロと《紫電雷光》が腐り、崩れ落ちる。

「雷ならば、腐食せぬと思ったか」

《根源死殺》の指先で、セリスの腹に穴を穿つ。鮮血が散り、紅の雷が血のように溢れ出す。

腕を引き抜き、まとわりついてくる緋電紅雷を振り払う。

「へえ。さすがじゃないか」

間合いを計りつつも、余裕綽々の表情でセリスは言った。

「さっきつけた根源の傷口と寸分違わぬ場所を狙っている。根源の位置も動かしているのに、大した魔眼と魔法だよ」

「次はもっと深く抉ってやる。根源の最奥でならば、《極獄界滅灰燼魔砲》を放っても、緋電紅雷が外界への影響を防いでくれるだろう。世界も滅びはしまい」

「それが君の欠点だよ。確かに強いは強いけれど、力の制御がまるでなっていない。本気を出すことができないんだからね。だけど、僕はありあまる滅びの魔法を、一点に集中することができる。どういうことかわかるかい？」

余裕の笑みを携えながら、セリスは言った。

「僕はこの世界を壊さずに、世界崩壊級の魔法を君の体と根源のみに放てるということだよ」

「ほう。さも俺より上だと言いたげだな」

「そう言ったつもりだよ」

くはは、とその言葉を笑い飛ばす。

「面白い。そんな魔法があるのならば、見せてみよ。それが事実にせよ、そうでないにせよ。

その瞬間にお前の敗北が決まるだろう」

　くすっとセリスは笑う。

「それほど過小評価はしないよ。僕が上の魔法を見せれば、君はその瞬間に学習するかもしれない。だから、僕が本気を見せることがあるとすれば、君を確実に滅ぼせるときだけだろうね」

　なかなかどうして、うまいことを言う。事実か、それともハッタリか？　いずれにせよ、奴は奥の手があると思わせ、常にそれを俺に警戒させることができるというわけだ。

　俺に記憶がないことを、うまくアドバンテージとして使っている。

「それに、今の君に、本気を出す必要もないことだしね」

　セリスは万雷剣を左肩の辺りで構え、再び球体魔法陣を構築した。

「まもなく天蓋が落ちてくる。ディードリッヒとナフタがそれをどうやって支えようとしているか、君は知らない。だけど、薄々は勘づいているはずだよ」

　そう口にし、奴は更に続けた。

「天柱支剣ヴェレヴィム、災厄の日、王竜の生贄、国の剣となり、礎となると言われるアガハの英雄たち。考えればわかることだよ。それらは、すべてが一つにつながる」

　人の良さそうな顔をしながら、つらつらとセリスが語る。

「この地底を支えるあの秩序の支柱は、アガハの子竜のなれの果てだ。彼らは文字通り、国を守る剣となり、礎となる。君との約束通り、ディードリッヒはあの天蓋を支えるだろう。自らの根源と子竜の根源を捧げ、この地底の柱となることでね」

彼は眼下に視線を配る。彼方（かなた）には竜騎士団が竜を低空飛行させ、覇王城へ進軍していた。

「自らを犠牲にし、世界を救う。とても素晴らしい騎士たちだよ。誇り高く、偉大な彼らを、止めることはきっと誰にもできないだろうね。暴虐の魔王と呼ばれた、君にさえも」

ディードリッヒたちが天柱支剣ヴェレヴィムに変わるからこそ、奴（やつ）はそれをここで切断したというわけか。そうすれば、労せずアガハの騎士を一掃できる。

「なるほどな。目を離せば、お前はなにをしでかすかわからぬ。かと言って、今はお前の相手をしている時間もない」

セリスは返事をせず、ただ平然と俺に顔を向けている。

「だが——」

俺は覇王城の上に足をつき、すっと手を挙げる。つい先程、《思念通信（リークス）》が届いた。

「あいにくと俺は一人ではないぞ」

遙（はる）か彼方（かなた）から、一直線にこちらへ飛来する物体があった。否、それは人だ。カーカッカッカッ、と笑い声が次第に大きく響き始めた。

「カカカカ、カッカッカ、カーカッカッカァ————ッ!! 突撃、突撃っ、突撃だぁぁーっ！」

二〇本の神剣ロードユイエとともに頭から突っ込んできたのは、熾死王エールドメードである。ナーヤに頼んだのだろう。彼はすでに天父神の神体を顕現させている。

「それがどうかしたかい？」

セリスの盾となるように、紫の炎がそこに魔法陣を描いた。神の力を封じる《覇炎封喰（ヌイジニアス）》の魔法である。網にかかるが如（ごと）く、そこに突っ込んだエールドメードとロードユイエに、セリスが放った《紫電雷光》が直撃した。

「……ぐあはぁっ……!!」

竜の翼をはためかせ、舞い上がったのは、一〇〇名を超えるガデイシオラの兵士、禁兵たちである。彼らは槍を持ち、《覇炎封喰》の魔法で、エールドメードの魔力を減衰させている。

「君の配下は、全員計算に入れてあるよ。何人ここへ呼んだんだい？　どうせなら、まとめて相手をしてあげようか」

「さて、俺が命じていないことをする奴がいるものでな」

《覇炎封喰》の網にかかっているエールドメードに、視線を向ける。

「それで何人だ、エールドメード？」

熾死王が口元から血を垂らしながら、息も絶え絶えといった様子で言う。

「カカカ……少々、心許ないのだが――」

遙か彼方が、目映く光った。

「――大体、五〇〇〇人ほどではないかっ！」

セリスがばっと振り向いた。そこには巨大な浄化の火が巻き起こっていた。

「……唱炎？　ジオルダル教団か」

遠距離から天を衝くが如く立ち上った唱炎を、セリスは咄嗟に回避する。その隙をつき、エールドメードが《覇炎封喰》から抜け出し、彼の背中に組みついた。

「その通り！　オマエを相手にするには、少なすぎて申し訳ないぐらいではないか？　なあ、セリス・ヴォルディゴード」

「君がたぶらかしたのかい？　一五〇〇年の祈りを果たせなかった教皇のために、よく教団が国を空けて動いたね」

再び地底から唱炎が放たれ、エールドメード諸共（もろとも）、セリスを飲み込む。禁兵たちは散開したが、一割ほどが被弾していた。

「カカカカッ、たぶらかすとは人聞きの悪いっ！　ただ天父神らしく厳かに、オマエたちが《全能なる煌輝》かもしれないと思っているあのアノス・ヴォルディゴードが、連れ去られた教皇を取り戻しにいくと、軽く伝えただけではないかっ!!」

続けて、第二射、第三射が放たれ、エールドメードとセリスは、唱炎の勢いに押され、みるみる突き上げられていく。

「この浄化の火。神体のオレと、魔族のオマエ、どちらが抵抗力があるか勝負と行こうではないかっ！」

第四射、第五射の唱炎が二人を飲み込み、そうして彼らはみるみる舞い上がっていく。そこにあるのは、波打つ天蓋だ。

「やれやれ、正気かい？　あれに当たれば君もただではすまないよ？」

「ただではすまないから面白いのだ。オマエが真に魔王の敵だというなら、必ず生き延びるっ！　彼の前に立つ気ならば、この熾死王の屍（しかばね）ぐらいは軽く乗り越えていきたまえっ!!」

永久不滅と化したその隔たりに、エールドメードはセリスとともに、唱炎に押されながら勢いよく突っ込んでいく。

「カッカッカ、玉砕だっ、玉砕っ、玉砕だぁぁーっ!!」

§31.【不確かな未来を夢見て】

霸王城、支柱の間。

アルカナは《背理の魔眼》で覇竜を変化させ、ヴィアフレアを雪の結界に埋もれさせていく。完全に封じられるのは、最早、時間の問題だろう。彼女の視界には、神に祈り続ける教皇ゴルロアナと天を睨む剣帝ディードリッヒの姿が映った。傍らには未来神ナフタが佇んでいる。

ディードリッヒは視線を下げ、天柱支剣ヴェレヴィムを見つめた。

「……なあ、魔王や……」

ぽつり、とディードリッヒは呟く。聞こえていると思ったのだろう。

「最善の果てに、希望があると信じて疑わなかった」

ディードリッヒはヴェレヴィムに向かって歩いていきながら、そっと語りかける。

「すべての者が生き延びる、そんな理想の道があればと思っていた。今はなくとも未来のために、そんな道を作ることができればと思っていた」

一歩一歩、これまでの歩みを思い出すかの如く、ディードリッヒはゆるりと、しかし力強く足を踏み出した。

「ナフタの神眼で先を読み、積み重ねてきた最善だ。だが、預言を覆すならばいつか、己の目で見た希望に挑まねばなるまいて」

今、それを語るのは、彼が終わりを悟った証拠なのかもしれぬ。

「ここに、希望があるはずであった。しかし結局は、不可能という名の暗闇に、希望があると思い込んでしまっただけであったのかもしれぬなぁ」

ディードリッヒは足を止めた。そこに折れた天柱支剣がある。

「災厄の日が訪れる。秩序の支柱は折れ、天蓋が落ちてくる。ここで我らアガハの騎士が、あの天を支えようともただ問題を先延ばしするだけの話に他なるまいて。やがて、また天蓋は落ちてくる。我らの子孫は、この地に生贄を捧げ、命を犠牲にすることになるだろう」

ぐっとディードリッヒは拳を握り締め、歯を食いしばった。己の無力さが腹立たしくて仕方がない、そんな怒りが見てとれた。

「これで終わりにするはずであった。今代の子竜が最後の生贄。天蓋を支えるため、命を捧げ続ける非道な宿命を、この残酷なまでの運命を、アガハの子孫たちに残したくはなかった。我らですべて終わりにしたかったのだ」

ディードリッヒの表情に、成し遂げられなかった想いが滲む。

「……叶わなかった。無念としか言いようがあるまいて……」

彼は拳を強く、天柱支剣に叩きつける。激しい音が響き、バラバラと剣の破片が転げ落ちた。

「すまぬな、魔王や。この顛末は、最善の未来を選ばなかった俺の失態だ。お前さんが未来を見ていたならば、あるいはこれを変えられたのかもしれぬ」

無念さを滲ませながら、ディードリッヒは言った。

「俺は道を誤った。アガハの剣帝に相応しくはなかったのだ」

ぐっと歯を食いしばり、過去を振り切るようにして、まっすぐ彼は前を見据えた。

「最後にその尻拭いをして、逝くとしよう。願わくば、お前さんが、俺の預言を覆してくれることを祈ろうぞっ」

心を決めたといった顔つきでディードリッヒは自らを選んだ神へ言葉をかけた。

「ナフタ。今日までよくつき合ってくれた。未来神の予言を覆そうなどという蒙昧な男の無謀な挑戦を、お前さんは傍らで文句も言わずに見守ってくれた。礼を言わねばなるまい」

未来神は答えず、彼の言葉にただ耳を傾ける。

「これが、最後の願いだ」

言葉を切り、ディードリッヒは息を呑む。こぼれ落ちそうな憂いを堪え、彼は王として毅然と言葉を発した。

「アガハを頼む」

沈黙するナフタの顔を見ることもできず、ディードリッヒはばつの悪そうな表情を浮かべた。

「すまぬな。結局、俺も他の剣帝と同じであったようだ。預言の重さに耐えきれず、不可能な未来に希望を夢見た、愚かな預言者だ」

「いいえ」

未来神が口を開く。その響きは柔らかくディードリッヒの言葉を否定する。

「ナフタは断言します。あなたこそ、真の預言者。最後まで最善を見続け、そして、その肉眼で、ナフタと同じ未来を見た唯一の人」

ゆっくりとディードリッヒが振り向く。ナフタは、その神眼を開いていた。

「ここは、不可能の暗闇ではありません。ナフタの神眼が届く最善の未来。あなたには、この未来だけは見せなかった」

ディードリッヒが息を呑む。その表情は驚きに染まっていた。

「……ナフタの神眼には、盲点がある……」

恐る恐るといった風に、ディードリッヒが言う。ナフタは、はっきりとうなずいた。

「魔王が言った通りです。あなたに与えたナフタの神眼には盲点がありました」

驚きを隠せないまま、しかしディードリッヒは合点がいったように、「ああ」と声を発した。

「……そうであったな……。確かに、魔王は言っていた……」

剣帝宮殿のバルコニーで話したことを思い出すように彼は言う。

「預言者が預言を口にすれば、その預言は覆しやすくなる。見えた未来が悪いものならば、現実とならぬように振る舞えばいい……」

なぜ、ナフタがこの未来だけは彼に見せなかったのか。想像は容易いだろう。

「預言を口にしないのは、その未来をどうしても現実にしたいからに他ならない、俺にとっても、ナフタにとっても同じ、か……」

ナフタにもしも、どうしても覆したくない予言があるのならば、それを預言者に伝えることはない。悪い未来が訪れると知れば、民に預言を伝えなかったディードリッヒと同じだ。彼女を信頼していたからこそ、ディードリッヒは自らの神眼に盲点があることに気がつかなかった。

「魔王は口にした通り、その盲点へこうして導いてくれました。今なら、ナフタの神眼に映らなかった未来へ、辿り着くことができるでしょう」

「……そいつは……俺だけではなく、お前さんの神眼にも、盲点があるという意味か？」

ナフタははっきりとうなずいた。

「未来神の秩序は、未来を司る秩序。ナフタの存在そのものが未来の秩序を保っている。ゆえに、ナフタの神眼にも盲点があります。ナフタが見ることのできない現在は、それより以前の時間にいるナフタにも、未来として映りません」

ナフタが厳かな声で言う。

「すなわち、ナフタが存在しない未来は、ナフタが存在する未来とは確かに異なる。そして、この神眼には映りません」

ナフタの秩序は、未来を決定づける一因となる。彼女が消えれば、八方塞がりの未来もまた消え去るのだろう。

「どうかこの神眼を永遠に閉ざしてほしい。そうして、あなたの代わりに、ナフタはこの地底を支える柱となりましょう」

「……あの暴れ狂う天蓋を支えようというのだ。柱の数は、多い方がいいだろうよ……」

「天柱支剣ヴェレヴィムと化すのは子竜だけに成せること。ナフタにできるのは、選定者の未来を肩代わりすることだけです。そうなれば、あなたは秩序の支柱となる未来を失うでしょう」

つまりは、ディードリッヒか、ナフタか、どちらかしか秩序の支柱にはなれぬ。

「見てください」

ナフタは、天柱支剣に《遠隔透視》を使った。そこに映ったのは、覇王城へ向かって進軍する竜騎士団の姿である。彼らは決死の表情で、騎乗する竜を操り、前へ前へと進んでいる。

「団長っ、前方に幻名騎士団がっ」

副官ゴルドーが言った。

「構わんっ。このまま突破するっ！」

「あの数を前に、強行突破ですかっ……？」

「時間がないのだ。見ろっ、天蓋が今にも落ちようとしているっ。我らが剣帝は、あの城で待っているはずだ！　一刻も早く駆けつけねばならんっ！」

ネイトに続いて、副団長のシルヴィアが言った。

「今日がアガハの預言に伝わる災厄の日っ！　我々が辿り着かなければ、地底は終わりだっ！」

シルヴィアの父、リカルドが言う。

「命剣一願、今こそ預言を覆すときっ！　我らが剣帝を信じるのだっ！　この騎士の誇りに殉じるに相応しい舞台を王は整えてくださっているっ！　最早、死など恐るるに足らずっ!!」

ネイトは大きくうなずき、同意を示す。

「よくぞ言った、リカルド。それでこそ、アガハの騎士っ！」

ネイトが声を上げれば、騎乗する白い竜が、先陣を切った。

「剣を握れ、己の中の神を信じよ。これより我らは困難に挑む。この誇りと武勇を、希望の未来に轟かせてみせよっ!!」

騎士たちが声を揃える。

「「「は！」」」

「行くぞおぉぉぉぉぉぉぉぉぉぉぉぉぉぉっっっ！！！」

激しい雄叫び（おたけ）を上げながら、竜騎士団は目の前の敵を蹴散らし、覇王城へと突き進んでいく。

支柱の間にて、その様子を見つめる剣帝の横に、ナフタが並ぶ。

「彼らは必ず覇王城まで辿り着く（たどりつく）。そして、命をかけ、天蓋を支える地底の柱となるでしょう」

ディードリッヒが、ナフタの顔を見る。

「ナフタも、彼らと運命を共にします。最期（さいご）は預言者に未来を伝える神ではなく、あなたに仕えるアガハの騎士でありたい。それが、幾千万の未来の中から、ただ一つナフタが辿り着き（たどりつき）たかった未来」

まっすぐ主の顔を見つめ、ナフタは言った。

「この未来を、過去にしておきたかったのです」

「……そうか」

低い声で、ディードリッヒが言う。

「ディードリッヒは真の王。たとえ予言がなくとも、あなたはその気高き瞳で前を見据え、この未来にまで辿り着き（たどりつき）ました。命剣一願、己を貫いたあなたの剣には確かに、神が宿ったのでしょう」

ナフタはディードリッヒに伝える。彼が生き延びなければならない理由を。

「ナフタなき混沌（こんとん）の未来にて、剣帝ディードリッヒならば、アガハの民を正しく導くことができるでしょう」

　そう言って、僅かにナフタは微笑む。

「たぶん、きっと」

　それは、すべてを知っている彼女が、生涯に一度だけ口にすることができる、曖昧な言葉。

　そんなあやふやな未来を、未来神は見たかったと言わんばかりに。

「預言は覆ったとは言えないかもしれません。ですが、ディードリッヒ。あなたは、多くの死を乗り越えていきなさい。この王の道を、ひたすらに突き進みなさい」

　その言葉に、ディードリッヒは確かにうなずいた。

「ナフタは懇願します」

《未来世水晶》カンダクイゾルテが歪み、剣に変わる。それを手にして、彼女は言った。

「我が主君ディードリッヒ。どうか生きて、この神眼の届かぬ未来を見てきてほしい」

　じっとナフタを見つめ、彼は再びうなずいた。

「我が騎士ナフタ」

　彼女の想いに応えるように、誇り高き王として、剣帝ディードリッヒは言った。

「大義であった。よく今日までこの至らぬ王に仕えてくれた。お前の忠義、お前の献身を誇りに思おうぞ」

　アガハの騎士たちがそうしたように、カンダクイゾルテの剣を胸の辺りに持ってきて、ナフタは敬礼した。

「これが、最期の予言。竜騎士団が覇王城の正門をくぐるとき、アガハの英雄たちは、その身を剣と化し、この地底を支える礎（いしずえ）となるでしょう。きっと、それは永久（とこしえ）に」

ナフタの手にしたカンダクイゾルテの剣が砕け、その水晶の破片がこの場を覆いつくしていく。それは覇王城全体を飲み込み、外にまで広がった。

「至高世界の開廷に処す」

《四界牆壁（ベノ・イエヴン）》に囲まれたガデイシオラの殆（ほとん）どを、未来神の秩序が包み込んでいった。

§32.【受け継がれる想い】

低く、竜騎士団は飛ぶ。眼前からは、雨あられのように漆黒の太陽が降り注ぐ。幻名騎士団による《獄炎殲滅砲（ジオ・グレイズ）》の一斉放射に対して、ネイトは前面に出て《竜闘纏鱗（ガッデズ）》を展開した。

その魔力は、霊峰の如（ごと）き巨大な竜の姿となり、無数の《獄炎殲滅砲（ジオ・グレイズ）》を受け止める。二千年前の魔族による集中砲火、いかな子竜といえども、無傷で切り抜けるわけもなし。ネイトの《竜闘纏鱗（ガッデズ）》はみるみる焼かれ、削られていく。しかし、シルヴィア以下彼の部下たちは、誰一人としてその後ろから出ようとはしない。信頼しているのだ。団長であるネイトが先陣を切った。ならば、いかほどの困難があろうと必ず道を切り開く、と。

「う・お・おおおおおおおおおおおおおぉぉぉぉぉぉっっっ！！！」

後陣の部下たちには一発たりとて被弾させず、ネイトは幻名騎士団に押し迫った。

「竜技――」

竜に乗ったまま突きの構えを取り、その切っ先に《竜闘纏鱗》を集中していく。

「――《霊峰竜圧壊剣》ッツ！！！」

それは、さながら霊峰の竜の突撃だった。立ちはだかるすべてを蹂躙する一突きが、目の前に布陣する幻名騎士団数十名を吹き飛ばした。

「全隊突撃ぃぃっ!!」

ネイトの号令とともに、竜騎士団たちから雄叫びが上がる。

「ネイト団長が道を開かれた。全体突撃せよ、敵を蹴散らせぇっ!!」

副官ゴルドーが言う。竜騎士団を乗せた白き異竜は、ネイトに並び、一塊となってガデイシオラの守りをぶち抜いた。

「《風竜真空斬》ッ!!」

シルヴィアの風の刃が吹き荒び、幻名騎士を悉く斬り捨てる。魔族の力も一方的にやられるほど弱くはないが、死を決した突撃は到底止められるものではなかった。竜騎士団は、前方に敷かれた敵の布陣を突破してのけ、首都ガラデナグアに建てられた覇王城を視界に捉える。

だが、その先には、膨大な数の兵が、空と地上を埋め尽くしていた。竜の翼と角、爪を有し、槍を手にしている。ガデイシオラの禁兵だ。兵力は、凡そ二〇〇。竜騎士団の六倍以上だ。

「竜砲準備っ！」

「「「は！」」」

アガハの騎士たちは皆、自らが乗った竜の手綱に魔力を込める。白き竜の顎が開き、赤い炎が溢れ出す。

「放ていっ!!」

白竜から放たれた灼熱のブレスが、防衛線を敷く禁兵の体を飲み込み、燃やしていく。

「敵の右翼が手薄だ！　このまま突破するっ!!」

一糸乱れぬ隊列のまま飛行し、禁兵の右翼に空いた穴へ竜騎士団は突き進む。

突如、彼らの前にそびえ立つような暗黒の壁が現れた。いや、それは壁と見紛う如く無数の覇竜である。焼かれた禁兵たちが灰となり、その灰の一粒一粒が覇竜に姿を変えていくのだ。

その数は、数千か、数万――あるいは、それ以上だった。まるで絶望が覆いつくすが如く、ガデイシオラに巣くった覇竜が彼らの前に立ちはだかった。

「怯むなっ！　殲滅する必要はないっ!!　覇王城まで辿り着けば、我らの勝ちだっ!!」

先程の返礼とばかりに、空と地上の覇竜が一斉に口を開き、紫の炎を涎のように垂らす。そうして、迫りくる竜騎士団めがけ、一斉に紫のブレスを吐き出した。

ゴオオォォオッと轟音を立てながら、ネイトとシルヴィアが展開した《竜闘纏鱗》が燃えていく。さすがの竜騎士、子竜といえど、あまりに物量が違いすぎる。《竜闘纏鱗》の盾は脆くも崩れ去り、彼らはその炎に巻かれた。

「おのれぇっ……!!　こんなところでっ!!　志半ばで倒れては騎士の名折れぞっ!!」

魔力を全開にし、ネイトはブレスを振り払う。彼がガデイシオラ軍の一角に視線を向ける。ぬっと暗闇が、そこに現れていた。更に覇竜が援軍に訪れ、竜騎士団へ向けブレス掃射の準備をしているのだ。

このまま突っ込めば、死は必至。さすがの彼らとて足が止まる――そのときだった。

『――アガハの英雄たちよ、恐れることはありません』

響いた声は、彼らの国の神、ナフタのものだ。同時に、無数の水晶の破片がキラキラと荒野を覆いつくしていった。まるでそれは、世界を塗り替えるが如く。

『限局された未来が、今このガデイシオラの地に顕現します』

無数の水晶の破片がネイトの前で剣の形を象り、ナフタが使っていたカンダクイゾルテの剣へと変化する。アガハの騎士一人一人の前に、その剣は構築されていく。

『焼かれぬ未来が一つでもあれば、あなたたちを焼く炎はない』

水晶の破片が、騎士たちの鎧を覆い、そこに未来神の加護が宿る。

『斬り裂く未来が一つでもあれば、あなたたちの刃を避ける術はない。あなたたちの勝機が万に一つもあるのなら、あなたたちが負けるはずがありません』

彼らの瞳に水晶の破片が入り込み、それは擬似的な神眼と化した。限局世界の力を、この現実にも及ぼし、竜騎士団全員にその恩恵をもたらす。

『闘争に限局した、この至高世界において、勝利の未来はすでに我ら竜騎士団全軍に見えている。これが共に戦場を駆け抜けたあなた方への手向け、未来神ナフタの奇跡』

かの神の声が、荒野に響く。

『ナフタは予言します。アガハの英雄。あなたたちは、勝利します』

直後、無数の覇竜から竜騎士団めがけ、紫のブレスが放射された。荒野を覆いつくすほどの竜炎、どこもかしこも燃え、なにもかもが瞬く間に灰へと変わっていく。

だが、彼らと彼らが駆る白き異竜は健在だ。まるで炎がその身を避けるかのように、未来は限局され、彼らを焼くことはない。

覇竜が動揺したその不意を突くかのように、遠くから激しい咆吼が聞こえた。

「グオオオオオオオオオオオオオオオオオオォォォォッツッ！！！」

《四界牆壁》の壁を突き破り、彼方から飛来してきたのは、巨大な異竜。アガハで見た王竜だ。

突っ込んでくるその巨大な竜に覇竜たちが、ブレスを放つも、その炎は限局され、アガハの王竜を避けていく。反対に王竜が白き炎を吐き出し、目の前の覇竜を一掃した。

至高世界で限局された未来は、覇竜の力に干渉し、増殖さえ妨げる。布陣に空いた穴を突き、一気に王竜は覇王城へ降りていった。その意味が、アガハの騎士にはよくわかったことだろう。

「ネイト団長」

リカルドが言った。

「どうやら、私もお供ができるようです」

天蓋を支えるためのもう一人の子竜を、今この場で産むということだ。

王竜に生贄を捧げることで。

「生まれたての子竜には、過酷な責かもしれませんが……」

すると、副官ゴルドーが言った。

「次の子竜には竜核がおります。私の兄メティス。兄は誠の騎士なれば、見事、役目を成してくれるでしょう」

リカルドがうなずき、今度はシルヴィアの方を向いた。

「父上……」

「お前一人を逝かせはせぬ。ともに役目を果たそう」

「……はい」

ネイトは遠い覇王城の門へと魔眼を向け、カンダクイゾルテの剣を高く掲げる。

「全隊へ告ぐ。これより、アガハ竜騎士団は死地へと赴く。後には退けぬ一本道。誰も生きては帰れぬだろう」

死の恐怖を振り切るように、力強くネイトは言った。

「我らは望んでこの戦場に立った！　我らは望んでこの騎士の道を邁進してきた！　今、あの場所に、我らの目指した誉れがあるのだっ！」

彼らはただ前を向く。自らが目指した場所、その終着に、ひたすら視線を投げかけた。

「ならば、この誇りにかけ、ともに笑って駆け抜けようぞ」

先陣を切るように、ネイトを乗せた竜が飛び立った。それを追いかけ、次々と竜騎士団を乗せた竜が空に舞い上がっていく。無数の覇竜たちの攻撃を、しかし竜騎士団はいなし、避け、受け流す。至高世界により限局され、アガハの騎士たちは瞬く間に覇竜を斬り裂き、燃やし尽くしては、突破口を切り開いた。

「行くぞぉぉぉぉぉぉぉぉっっっ！！！」

覇竜の布陣を貫いて、彼らは未来へ加速するように、ぐんと速度を増した。ガラデナグアの街中へ入り、低空を飛びながら、覇竜のブレスから身を潜める。縫うように建物と建物の間を飛んでいき、彼らの視界に覇王城が見えてきた。

「――あなたたちの想いと信念は見事ですわ」

どこからともなく声が響く。

「ですけど、これ以上、行かせるわけにはいきませんの」

竜騎士団の進行方向、覇王城を守護するように大きく展開されたのは《四界牆壁(ベノ・イエヴン)》だ。その内側で立ちはだかったのはミサだった。

「竜技――」

ネイトの《竜闘纏鱗(ガッデズ)》がその切っ先に集中する。

「――《霊峰竜圧壊剣(ゲッテオルバ)》ッ‼」

竜騎士が繰り出した渾身(こんしん)の突きを、彼女は右手を前にし、《四界牆壁(ベノ・イエヴン)》に膨大な魔力を注ぎ、受け止めた。その衝突に、バチバチと激しい魔力の粒子が飛び散り、周囲の建物が音を立てて崩れて落ちる。

「なんのつもりだ、魔王の配下。我らが行かねば、あの天蓋は支えられんっ。我らも貴様らも、目的は同じはずだっ！」

「目的は同じですけど、道が違います。わたくしたちの魔王は傲慢ですの。犠牲は許さぬとのお達しですわ」

僅かに、ネイトの剣が《四界牆壁(ベノ・イエヴン)》に押し込まれる。ミサは険しい表情を浮かべた。

「それにここであなた方を止めなければ、悲しみに暮れる人がいますもの」

後ろから次々とアガハの騎士たちが追いつき、《四界牆壁(ベノ・イエヴン)》に刃を突き立てる。一〇層張り巡らした黒きオーロラが、一気に半分以下まで吹き飛んだ。

最後にシルヴィアの乗る竜が飛んできて、ミサめがけて、《竜闘纏鱗(ガッデズ)》の剣を突き出した。

《四界牆壁（ベノ・イエヴン）》が弾（はじ）き飛（と）ばされ、残り二層となる。

「もういいだろうっ、どけっ！」

　ミサに向かってシルヴィアが言う。

「いいえ。どきませんわ」

「犠牲なくして地底が救えるというのならば、ディードリッヒ王も心を痛めることはなかったっ！　あの天蓋は秩序の柱でしか支えられないっ！　たとえ地底の竜人すべての力を結集しても、力で支えられるものではないんだっ‼」

「わたくしたちには魔王がいますわ」

「魔王になんとかできるのならば、とうにその預言があったっ‼　いいから、どけっ！」

　バシュンッと《四界牆壁（ベノ・イエヴン）》が斬り裂かれ、あと一層を残すばかりだ。それでもミサは退こうとはしない。アガハの騎士たちの前に、水晶の破片が集まり、カンダクイゾルテの槍と化す。彼らはそれを手にし、投擲（とうてき）の構えを取る。

「……頼む。どいてくれ。今更私たちは、剣を引くわけにはいかない……」

「弱音を吐かずに、なすべきことをなしなさいな。あなた方の全力をすべて受け止め、それでも、わたくしたちが勝利しますわ」

　シルヴィアがミサに悲しげな視線を向ける。

「放てぃっ！」

　カンダクイゾルテの槍が三三本、ミサめがけて投擲（とうてき）される。それは限局され、《四界牆壁（ベノ・イエヴン）》をすり抜けていく。避けることは容易（たやす）い。だが、その瞬間、竜騎士団を足止めするため、

《四界牆壁》に注ぎ込み続けている魔力が僅かに弱まるだろう。ミサは動かなかった。

　そうして、カンダクイゾルテの槍が、彼女の全身に次々と突き刺さった。

「……馬鹿な……馬鹿なことをっ……！　この至高世界で、そんなことをしても、数秒時間を稼げるだけで、私たちを止められはしないっ。それぐらい、わかっているはずだっ!!」

　血を流しながら、彼女は言う。

「……退くわけには、いきませんわ……」

　カンダクイゾルテの槍に全身を貫かれながら、なおも彼女は立ち尽くし、魔法障壁に魔力を注ぎ込む。

「……わたくしたちも本気ですの。天蓋が落ちようとしている。それが、いったいなんですの？　魔王も、彼も、誰一人諦めていませんわ。こんなことぐらいで……」

　ネイトが号令を発し、竜騎士団全体を《竜闘纏鱗》が包み込んだ。

「……あなたたちが命を捨てて、地底を救うとおっしゃるのなら、わたくしたちは命を懸けて、すべてを救ってみせますわ……」

　瞬間、竜騎士団が、さながら一つの巨大な竜のように見えた。その突撃の前に、最後の《四界牆壁》が弾け飛ぶ。全隊が前へ突き進む勢いは殺せず、膨大な力の《竜闘纏鱗》がミサを轢き、弾き飛ばした。だが、彼女は笑った。

「……………数秒時間が稼げれば、十分ですの……後は彼が……」

　宙を舞ったミサの体が、地面に叩きつけられる。

「……馬鹿………」

一瞬、ミサに視線をやったシルヴィアは頭を振って、前を向く。

彼女たちは、覇王城の門へと到着した。そのまま勢いを殺さず、騎士たちは竜から飛び降りる。白き異竜は、覇竜に竜騎士団の邪魔をさせぬようにと、上空へ飛び立ち、防衛線を敷いた。

すぐさま、ネイトが言った。

「突入する」

一歩、彼が足を踏み出す。ガゴンッ、と音を立て、覇王城の正門がゆっくりと開いていく。

警戒するように、竜騎士団が剣を構える。

一人の男が、門の奥から歩いてきた。

「——昨日の酒宴はとても楽しかった」

静かに響く、憂いを帯びた声。

「君たちは和やかにお酒を飲んでいた。とても楽しそうに、なんでもない幸せを嚙みしめるみたいで」

そこに現れたのは、レイだった。彼は霊神人剣を右手に携えている。

「とても見覚えのある」

そっと彼は言葉を放つ。

「とても悲しい光景だった」

一気に突撃しようとしたシルヴィアとネイトは、しかし、彼の視線に気圧され、踏み出すことができなかった。

「二千年前、僕たちもそうだったよ。魔族との戦いで、いつ死ぬともしれないガイラディーテの兵士たちは、今日が最後と思って、本当に心から酒宴を楽しんでいた。馬鹿みたいに騒いで」

僅かに震える声で、レイは呟く。

「……馬鹿みたいに、楽しんで……」

門をくぐり、彼は竜騎士団の前に立つ。

「終わりがもうすぐそこだってことを、君たちは知っていたんだ」

シルヴィアが彼に対峙し、口を開いた。

「そうだ。それが預言を賜った、アガハの騎士だ」

「君はだから、恋が嫌いになったのかな。恋をしても、愛する人を遺していくことになるから」

「今更、止めないでくれ。私たちは祖国を守る。死んで、この地底の礎となる。これが祖先から、ずっと受け継がれてきた私たちアガハの騎士の誇りなんだ」

「君たちの気持ちはよくわかる。僕も、昔同じことをしたよ。友人を守りたくて。世界を守りたくて。それですべてがうまく回ると信じて。勇者として、死のうと思った」

静かにレイは言った。

「だけど、間違いだった。命を捨てなきゃ、守れないものなんかあるものか。そんな希望のない、悲しい戦いがあるものか。それを僕は守ろうとした友から教えられた」

まっすぐシルヴィアを見据え、心から彼は訴える。

「本物の勇者から」

「どいてくれ、レイ。もう時間がないんだ。見てくれ、あの天蓋をっ！　今にも落ちようとしている。私たちの王が、この城の奥で待っている。なあ……私たちは、ともに酒を酌み交わした、ともに平和のために戦う、戦友だろう？」

シルヴィアが剣を構える。話し合っている時間などあるわけもない。ミサのとき同様、力尽くでも通ろうというのだろう。

「行かせてくれ。アガハを、この地底を守るために」

レイも彼女らの想いは、痛いほどよくわかっているだろう。言葉では決して止まらぬことも。

聖剣を構え、彼はアガハの騎士たちへ、断固たる決意を込めて言い放った。

「行かせはしない。君たちの、すべてを守るために」

§33.【未来を見る騎士、過去を見る勇者】

折れた天柱支剣には、レイと対峙する竜騎士団の姿が映っている。

アガハの剣帝、ディードリッヒは言った。

「死闘になるであろう。我らの前に立ちはだかるのは、かつてないほどの強敵。これを乗り越えなければなるまいて。ナフタ」

彼は未来神の方を向く。

「先に騎士の道を示すがよいだろう。お前さんが天柱支剣ヴェレヴィムとなったならば、後には退けぬ。彼らは奮い立ち、必ずや魔王の配下を退けてあの門をくぐり抜ける」

「ナフタは承諾します。この身を捧げてなお、至高世界はここに残る。やがて、それは天柱支剣ヴェレヴィムに内包され、天蓋を支え続けるよう、未来永劫限局する判決を下すでしょう。ただその未来だけを見続ける、秩序として」

彼女はディードリッヒを見た。彼はうなずく。その背後に魔力の粒子が溢れ出した。《竜闘纏鱗》だ。竜の姿を象った光が剣のように変化していく。彼の体が光に包まれた。

「あなたの未来を、ナフタが引き受けます」

その手に現れたカンダクイゾルテの剣を、ナフタはディードリッヒに向ける。

突き刺すことで、彼の未来は彼女のものになるのだろう。そうして、一瞬の逡巡もなく彼女は、それを自らの王に突き刺した。腹を貫通した水晶の剣は、けれども血を流すことはない。

「さらばだ、ナフタ」

首を振り、ナフタは別れの言葉を口にする。

「ずっとおそばに。あなたの地底を、あなたの国を、ナフタは未来永劫支えます」

ディードリッヒの《竜闘纏鱗》が目映く輝く。その光が、カンダクイゾルテの剣を通して、次第にナフタへと移っていく。彼女の輪郭が光の中に溶け、それは輝く巨大な剣のように形を変えていく。カンダクイゾルテの剣が抜かれ、天から響く地割れの音が僅かに弱まったその直後、一際大きく震天が起きた。

未来神を包み込んだ光は収まり、彼女は変わらぬ姿でそこにいた。

「……こいつは…………？」

「……未来神の秩序が、止められました…………」

ナフタが呟く。

「惜しかったな、ディードリッヒ」

二人が天を見上げる。天井の吹き抜けから、飛び降りてきた俺の姿に、ディードリッヒとナフタが目を見張った。

トン、と床に着地すると、俺は滅紫に染まった魔眼をナフタに向けた。

「至高世界での未来神の権能だけあって、滅ぼし尽くすのは骨が折れるが、僅かでも秩序が乱れれば、完全な身代わりにはなれまい。俺の目の前にいる内は、その力は使えぬと思え」

今もなお、ナフタはディードリッヒの未来を肩代わりしようとその権能を使っているが、秩序が具現化しようとする度に、俺の魔眼がそれを滅ぼし続けている。

「魔王や」

ディードリッヒが俺に向かって足を踏み出す。

「どうやら、道を違えたようだな」

何故立ちはだかるのか、とは今更ディードリッヒは問わなかった。聞くまでもなく俺の目的はわかっていよう。

「出立の前に、お前さんに言った」

奴が俺に賛同せぬことを俺がわかっているのと同じように、奴もまた問答を繰り返しても俺が意見を翻すことはないと知っている。ならば、取るべき行動は明白だ。

「我らアガハは正々堂々と魔王に挑み、そして敗れるであろう。これは決して違えられぬ預

言」

奴はぐっと拳を握った。預言に挑む覚悟を滲ませて。

「なればこそ、騎士の誇りにかけて、最後の一兵となろうと戦い抜く。国を守るこの剣をもちて、今こそ未来を切り開いて見せようぞっ！」

「俺も言ったはずだ」

気勢溢れる剣帝を、迎え撃つが如く、リヴァインギルマを構えた。

「俺の行く手を阻むならば、容赦はせぬ。我が魔王軍は正々堂々アガハの剣帝を迎え撃ち、その全力をもって、立ちはだかる兵を粉砕するだろう」

支柱の間では、アガハの剣帝と未来神が俺と対峙し、覇王城の門前では竜騎士団とレイが睨み合っている。彼らも、俺たちも、負けられぬのは互いに同じ。長引けば、天蓋に地底は押し潰される。一気に、決着をつけるしかあるまい。

互いの機先を制しようと、ナフタとディードリッヒは、その神眼を俺に向ける。僅かながらの勝機が見えているのか、俺を前にしても、ナフタは自壊してしまうことはなかった。

ガ、ガガガガ、ドドドドドッ、ガガガガガガッと空からは、けたたましい地響きが轟く。

ナフタとディードリッヒはまだ動かない。俺もまた奴らを見据え、泰然と構えている。

最初に行動を開始したのは、天柱支剣に映っている門前の竜騎士団たちだった。

「全隊突撃っ！」

「「「うおおおおおおおおおおおおおぉぉぉぉぉぉぉっっっ！！！」」」

ネイトの号令で、シルヴィアとネイト、リカルド、ゴルドーを残したアガハの騎士たちが、全員レイに向かって突撃していく。覇王城の門は開いている。それを閉じる時間はレイにはなく、彼は一人で竜騎士団を止めなければならない。ならば、あえてレイを倒す必要はない。

二十数名の騎士たちが、レイの動きを一瞬でも止めれば、その隙にシルヴィアとネイト、リカルドが覇王城の門をくぐる。中に入ってしまえば、ナフタの予言通り、その場でシルヴィアとネイトは天柱支剣となり、リカルドは王竜にその身を捧げるだろう。

至高世界に覆われたこの場において、一人しかいないレイに、それを止める術はない。ナフタの疑似神眼を有する彼らは、そう予知したのだ。

雪崩の如く、アガハの騎士たちが、そのカンダクイゾルテの剣を向けて、立ちはだかる勇者に飛びかかった。三本の剣がレイに突き刺さり、鮮血が散った。

敵を取り押さえた――そんな未来を見たか、ネイト以下四名は、まっすぐ門をくぐり抜けようと足を踏み出し、直後、ぴたりと立ち止まった。

「「ぐあぁっ……」」

「なっ……があっ……!!」

レイに飛びかかった二十数名が、全員その聖剣によって薙ぎ倒された。その内、三名はその場に倒れ、すぐには立ち上がることができない様子だ。

「……緩やかなのに、速い……」

シルヴィアがたった今、レイが繰り出した剣に目を見張る。

「……馬鹿な……お前の切り札は、一人では使えないはず……!?」

彼女は思わず、後ろを振り返った。三〇本を超えるカンダクイゾルテの槍を無防備に受け、竜騎士団の突撃を食らったミサは、真体から仮初めの姿に戻り、その場に倒れたままだ。

回復魔法も効(き)かず、再び真体に戻ることもできぬだろう。深手を負ってしまったため、それが至高世界によって、限りなく彼女が不利な状況に限局されたのだ。

直視することも憚(はばか)られる無残な姿である。シルヴィアは憂いを帯びた表情を滲(にじ)ませ、しかし次の瞬間それを振り切るように頭を振った。

「……続けっ！　私が行くっ‼」

シルヴィアが、竜騎士団を率いて、レイに向かって駆け出した。《竜闘纏鱗(ガッデズ)》が八枚の竜翼となり、羽ばたき、彼女の体が加速する。

「竜技——」

波状攻撃とばかりに、間隔を空け、斬りかかる騎士たち。その中を、神風が吹(ふ)き荒(すさ)ぶが如(ごと)く、シルヴィアは駆け抜けた。

「《竜翼神風斬(デメスドエネス)》ッッ!!!」

嵐の刃が、幾重にも分かれ、レイの体を飲み込もうとする。疑似神眼にて未来を見据えるシルヴィアの剣が、彼の胴を薙(な)ぎ、肩を突き刺し、胸を斬り裂いた。

だが、どれも致命傷には及ばない。レイが寸前のところで、疑似神眼が予知する盲点に入り、それをかわしたのだ。そして、次なる刃が彼の心臓に放たれたその刹那、彼は旋風が如(ごと)き連撃と打ち合いながらも、同時に波状攻撃を仕掛ける騎士たちを斬り伏せ、押し返した。

「……いいのか？」

激しく剣を交えながら、シルヴィアが問う。

「本当にいいのかっ！　この至高世界で、あのまま放っておけばミサは死ぬぞっ！」

レイは答えず、ただ彼女に優しい視線を向けた。

「……私は……」

本音を漏らすように、彼女は呟(つぶや)く。

「……私は羨ましかったんだ。お前たちが、眩(まぶ)しかった……」

口にする毎(ごと)に剣は速くなり、彼女の想(おも)いが昂(たか)ぶっていく。

「ああ、憎たらしいぐらいに憧れだったっ！　私には決して届かない……だからっ！」

シルヴィアの剣がレイの太ももを裂く。唇を噛(か)み、彼女は懇願するように言う。

「……だから、助けに行ってやれ……それが、恋人というものだろう……」

なおも止まらず、シルヴィアの嵐の刃と、レイの優しい刃が激しく幾度も斬り結ぶ。

「私たちが争って、私たちが戦って、なんになるっていうんだっ⁉　私はお前たちの愛を斬り裂きにここに来たわけじゃないっ！　守りにきたんだっ！」

シルヴィアの剣がレイの胴を薙(な)ぎ、鮮血が散った。怯(ひる)まず、レイは一歩踏み込んだ。

「……はぁっ……！」

《竜翼神風斬(デメスドエネス)》の終わり際、霊神人剣がシルヴィアの左肩を突く。

回避する術もなく、彼女は歯を食いしばった。ガギィンッと、その一撃を受け止めたのはネイトの剣である。しかし、レイの膂力(りょりょく)に押し返され、彼も後退を余儀なくされた。

「……むぅ……」

続く霊神人剣の追撃をシルヴィアは寸前で飛び退(の)いてかわし、レイに疑似神眼を向けた。

また三人、そこにアガハの騎士が倒れていた。

「止められなかったんだ。僕は、止められなかった」

全身から血を流しながらも、優しく霊神人剣を構え、なおもレイは竜騎士団に立ち塞がる。

「二千年前、僕は僕の仲間の暴走を止められなかった」

彼の背後に光が集う。強い魔力の瞬(またた)きが、彼の想(おも)いに呼応するが如(ごと)く、魔法陣を描いていた。

「あのとき、僕には力がなかった。想(おも)いを貫くだけの力が。正しい行いを正しいと見せつけるだけの力が、僕には足りなかった」

彼は秩序に反している。至高世界に完全に限局されず、その枠から半歩踏み出す。

「だから、彼女は僕に時間をくれたんだ。償うための時間を。命を懸けて」

数秒間、ミサが竜騎士団を食いとめたことで、レイは間に合い、彼らの前に立ちはだかった。

「助けてほしいなんて、いつだってミサは言わないよ。僕に戦えと、一緒に戦うと言っている。それが、僕たちの愛だ」

レイの背後に現れたのは、巨大な門を覆うほどの大輪の秋桜(コスモス)だ。

倒れ、今にも命が尽きかけそうなミサ。だが、手は離れていても、心は強くつながっている。これまでもよりも、ずっと強く。愛の深淵(しんえん)に沈み、尊き境地に至る。

《愛世界(ラヴル・アスク)》の真の力が、そこに確かに花開いていた。

「やがて、君も、君たちも。恋をして、愛を胸に抱くだろう。他人に嫉妬され、見ているだけで胸焼けする、そんな平和が君たちにも訪れる」

「なにを世迷(よま)い言(ごと)を……」

「きっと、訪れるよ」

ゆるりと霊神人剣を前へ向け、彼は言った。

「死なせはしない。君たちの誇り高き剣をすべて受け止め、僕はその明日を守ってみせる」

§34．【不殺の剣】

激戦が繰り広げられていた。死を覚悟し、滅びをも受け入れ、騎士たちがカンダクイゾルテの剣を手に、立ちはだかる勇者へと突撃していく。天蓋が落ちるまで、もう幾許（いくばく）もない。

「恐れるなっ！　立ちはだかるは魔王の配下。この至高世界にて我らの剣さえもはね除（の）ける、一騎当千の怪物なれど、未来を見据えるアガハの騎士に敗北はないっ！」

団長ネイトが声を上げ、部下たちを強く鼓舞する。

「我らが偉大なる剣帝も、あの覇王城の中で戦っておられるっ！　この強き勇者を打倒し、我らが矜持（きょうじ）、我らの誇りを王へ示せっ!!」

騎士たちは再び波状攻撃を仕掛けていく。《愛世界（ラヴル・アスク）》の力でいかに速く動こうとも、彼らの疑似神眼には、未来が見えている。闘争に限局した至高世界、とナフタは言った。つまりは闘争に限り、未来がよりよく見えるのだろう。疑似神眼といえども、竜騎士団全隊が、互いの死角を補えば、ナフタが持つ神眼にひけを取るまい。

ネイトやシルヴィアを同時に相手しながら、竜騎士団全隊と互角に斬り結ぶレイは、しかし、避けようのない隙を突かれ、肩口を、首筋を、右腕を、左足を斬り裂かれた。

彼の根源が消滅する。カンダクイゾルテの剣に幾度となく斬り裂かれ、限局され、彼にはもうその根源が、最後の一つしか残っていない。

「竜技――」

シルヴィアが追撃とばかりに、《竜闘纏鱗》を自らの剣に纏わせる。迎え撃つが如く、レイは騎士たちの攻撃を避け、根源が放つ魔力を無とした。

「霊神人剣、秘奥が壱――」

「《竜翼神風斬》ッッ!!!」

「《天牙刃断》!!」

レイの刃とシルヴィアの刃が一瞬の内に幾度も衝突する。未来を見据えた神風の刃は、必中にして必殺であったか。数度の激突を経て、レイの心臓に切っ先が触れたとき、シルヴィアは勝利を確信したかのように、その瞳を悲しみに染めた。だが、霊神人剣は竜騎士団全隊が見た未来の死角から、その刃を繰り出し、シルヴィアの手にしたカンダクイゾルテの剣を弾き飛ばした。エヴァンスマナが、宿命を断ち切ったのだ。

「終わりだ、レイ・グランズドリィ」

冷静に《天牙刃断》の隙を見据え、ネイトが飛び込んだ。たとえ疑似神眼が見せた未来から外れた結果になろうとも、今更彼らが怯むことはない。再び《天牙刃断》にて、迎え撃とうとしたレイの体を、左右から刃が貫いた。

「ぐっ……!」

副官ゴルドーと、シルヴィアの父リカルドである。予知が外れるのを想定し、決死の覚悟で突っ込んできたのだ。

「……う・おおおおおおおおおおおおおおぉぉぉおっっ！！！」

ゴルドーが更に踏み込み、レイが手にしたエヴァンスマナに自らの体を突き刺し、その剣を封じた。

「団長ぉぉおっ!!　とどめをぉっ!!」

すでに目前まで迫っていたネイトが、切っ先に《竜闘纏鱗》を集中する。そのまま竜技を突き出せば、ゴルドーがレイの盾になる。だが、回り込んでいる時間を与えたなら、《愛世界》を発動しているレイは、難なくその一撃を躱すだろう。ゴルドーもネイトも覚悟を決めていた。

「竜技――」

ネイトの切っ先が、ゴルドーごとレイに向けられる。

「――《霊峰竜圧壊剣》！」

すべてを圧壊する霊峰竜の突進が如き刺突。それがゴルドーの背中を貫く数瞬前、レイはエヴァンスマナから手を放し、彼の体を払い飛ばした。カンダクイゾルテの剣はかろうじてゴルドーをすり抜け、無防備になったレイの心臓に突き刺さる。

ドゴオォォォォォオオッ！！！　魔力と魔力が衝突する激しい音が鳴り響き、彼の背後にあった、秋桜の花が半分散った。

砂塵が舞い、覇王城の門が崩れる。残る根源は一つだった。だが、立っている。限局世界の街すら破壊する《霊峰竜圧壊剣》に貫かれてなお、全身から流血しながらも、レイは未だ彼らの前に立ちはだかっていた。

「………なぜ……倒れんっ………！」

ネイトがレイの腹から剣を抜き、大上段に振りかぶる。振り下ろしたその剣を、レイは素手で受け止めた。手の平が裂かれ、血が溢(あふ)れ出(だ)す。

「……僕が倒れれば、君たちは死ぬ……」

ネイトの剣をぐっと握り締め、それをレイは押さえ込む。

「……倒れるわけには、いかない……！」

彼の想(おも)いに呼応するが如(ごと)く、秋桜(コスモス)の花が、強く輝く。《愛世界(ラヴル・アスク)》が、その愛の秩序が、肉体を超越し、彼を無理矢理に立たせている。傷が癒えるわけでも、潰れた根源が回復するわけでもない。魔法が切れれば、彼は今にも崩れ落ちるだろう。それでもなお。

「この心が折れない限り、僕は決して倒れはしない」

魔法陣を描き、彼は左手で一意剣シグシェスタを抜いた。《愛世界(ラヴル・アスク)》が剣身に集い、それをネイトに振り下ろす。

「はぁっ！」

剣を放し、ネイトは飛(と)び退(の)く。向かってきた騎士たちに、レイは奪ったカンダクイゾルテの剣を投擲(とうてき)する。一人がそれに足を貫かれ、崩れ落ちた。

ネイトが手をかざせば、至高世界に漂う水晶の破片が、再び剣を構築する。シルヴィアもまたカンダクイゾルテの剣を再構築し、その手に握っていた。

「認めねばならんな」

ネイトが言う。倒れていたアガハの騎士たちが、剣を支えにして、よろよろと立ち上がった。

「聖剣を手放してまで、奴はゴルドーを守った。我らが命を捨てる気で挑んでいるというのに、あの男は、我らを生かす気で戦っている。理想に目が眩み、甘さを捨てきれぬのだと思っていたが、なんと誇り高き剣か」

シルヴィアは剣を構え、僅かにうなずく。

「彼は一人ではありません」

「そうだったな」

ネイトはまっすぐ前に出て、再びレイと対峙する。

「見事なりっ！　アゼシオンの勇者、レイ・グランズドリィ。そして、その恋人ミサ・レグリアよ。貴様ら二人の想いは本物だ。我らを救い、預言を覆そうというその信念に一点の曇りもないっ！」

堂々とネイトはレイを褒め称えた。

「最後の戦場で、このような誇り高き勇者たちと剣を交えられること、我らアガハ竜騎士団、望外の誉れぞっ！」

鋭い視線を放ちながら、レイは言った。

「最後には、させないよ」

ネイトは僅かに笑う。

「貴様たちは強い。もしも命の奪い合いであったなら、我らの負けであっただろう。だからこそ、負けられん。レイ・グランズドリィ」

気勢を上げ、ネイトは根源から魔力を振り絞る。膨大な《竜闘纏鱗》が彼の体を包み込む。

「貴様ら二人の愛を、それ以上の誇りでもって斬り伏せ、その門をくぐってみせよう!!」

竜騎士団を奮い立たせるように、ネイトは大きく声を上げた。

「全隊構えっ!!　この一撃に全力を込めるべしっ！　この信念をもって、あの尊き想いを上回ることこそ、我らに無償の情けをかけてくれた戦友たちへのせめてもの返礼である！　命尽きるまで、決して止まらぬアガハの進撃を見せてやれっ!!」

ネイトを先頭にし、シルヴィアを中央に据えた陣形。彼らは一斉に地面を蹴った。

「突撃ぃっ!!!!」

竜騎士団から気勢が上がり、溢れ出した魔力が、部隊を包み込む。ネイトの《竜闘纏鱗》が更に膨れあがり、部隊のすべてを包み込む霊峰の如き巨大な竜が現れる。

「行・く・ぞおおぉぉぉおおおおおおおおおおおおおっ！！！」

シルヴィアの声とともに、彼女の《竜闘纏鱗》が霊峰の竜に、八枚の竜翼を生やした。それが大きく羽ばたけば、竜騎士団の突撃が、目にも止まらぬ勢いで加速した。ミサの《四界牆壁》を突破したときと同じ、恐らくこれが、一糸乱れぬほどの統率からなる彼らの切り札。

全隊を一個の竜と化し、戦場を進撃する軍勢竜技――

「「――《神風霊峰竜突猛進》ッッ！！！」」

雄叫びとともに疾走する竜騎士団は、巨大な一つの竜であり、巨大な一本の剣であった。

全隊の魔力をその一突きに振り絞った進撃は、いなすことも、受け止めることも、叶わぬだろう。避けるのが正しいが、それはできぬ。神風が吹くが如く、迫りくる騎士たちに対して、レイは時間の流れが食い違う自らの世界にて、ゆるりと一意剣を構えた。

彼らは命尽きるまで、決して止まることはないであろう。それでもなお、命は奪わぬとレイはその剣に想いを込めた。

「行かせはしない――」

根源から放たれる魔力を無にし、レイは一意剣をつかむ。だが、それではまだ足りない。

彼は無にした一つの根源で秘奥の準備を行いながら、《愛世界》の光をシグシェスタに集めた。根源の魔力を無にする秘奥と、魔力を使う魔法は同時に放つことはできない。

だが、今の彼の愛魔法は、想いのみで成立している。

「――《愛世界反爆炎花光砲》」

相手の攻撃が強ければ強いほどに、威力を増すカウンター魔法。それを彼は一意剣に纏わせる。シグシェスタが、臙脂の輝きを放つ。

「「「うおおおおおおおおおおおおおおおおおおおおおおおおおおおおおおおおおっっっ！！！」」」

「一意剣、秘奥が壱――」

背後に輝く秋桜の花が散る――押し迫る竜騎士団、一振りの剣と化した《神風霊峰竜突猛進》の切っ先が、レイの左胸を刺し、鮮血が溢れたその瞬間だった。

「――《想断一閃》」

秋桜の花びらが無数に舞う。それは竜騎士団を飲み込んでいき、彼らの神眼を一瞬眩ませる。一閃。一意剣から繰り出されたその光は、三〇余名の騎士たちが作り出した《神風霊峰竜突猛進（メント）》を斬り裂いた。

「…………………あ……………………な………………」

止まらぬはずの竜騎士団の足が、止まる。

「ま、だ……だ……」

がくん、と力が抜けたかのようにネイトは膝を折った。

「……な……ぜ……？　まだ、私は……まだ……行かなければっ……!!」

シルヴィアは剣を支えに立ち上がろうとするも、体がまるで言うことを利（き）かない様子だ。

他の騎士たちも同様に、その場に倒れ込んでいる。

「……なぜっ?!　まだ動けるっ!!　斬られたわけではないんだっ……!!　動けぇっ!!」

「《想断一閃》は、敵を斬らずに斬る不殺の剣」

一意剣を納めながら、レイは言った。

「斬られた相手は、痛みもなく、傷もなく、それだけのダメージを受ける。君たちは《愛世界反爆炎花光砲（ラブル・トライアゼッタ）》に斬り裂かれ、本来なら根源が消滅している。《想断一閃》の効果が消えるまで、立つことはできないよ」

《想断一閃》だけでは、到底、竜騎士団の進撃に対抗できなかっただろう。彼らを消滅させる《愛世界反爆炎花光砲（ラブル・トライアゼッタ）》を《想断一閃》に纏（まと）わせることで、レイは竜騎士団を殺さずに制した。

命を取らずして、命を奪ったのだ。その魔法と秘奥（ひおう）の合一は、シンにもできぬ。

二千年前、暴走する仲間を斬ることのできなかった彼が、後悔し、そして乗り越えるため、ついに辿（たど）り着（つ）いた境地だろう。

「……く……そ……」

シルヴィアが、その場に崩れ落ちる。仰向けになったまま、彼女は落ちてくる天蓋を見つめ、歯を食いしばる。涙の雫とともに、彼女の無念が、こぼれ落ちた。

「大丈夫だよ」

レイの言葉に、僅かにシルヴィアは彼の方を向く。

「あれは落ちない。絶対に。僕たちが――」

激しく波打ち迫りくるその空を見つめながら、レイは言った。

「――暴虐の魔王が、落とさせはしない」

§35．【至高世界の死闘】

レイと竜騎士団が激突した直後――その決着を待たず、剣帝ディードリッヒは地面を蹴った。

「ぬあぁっ!!」

鈍色の燐光が振り上げたディードリッヒの拳に集う。《竜ノ逆燐》を纏わせたその正拳が、凄まじい風圧を巻き起こしながら、俺の体に振り下ろされる。黒きオーロラを左手に纏い、それを真正面から受け止めた。魔力と魔力、拳と掌の衝突で、周囲の床に亀裂が入り、鈍い音を鳴らして割れる。

「ふむ。《四界牆壁》さえ食らう、か」

ディードリッヒの《竜ノ逆燐(ノジアズ)》が、《四界牆壁(ベノ・イエヴン)》を食らい、その魔法障壁を薄めていく。《四界牆壁(ベノ・イエヴン)》を行使し続けることで、俺はその護(まも)りを保った。

「俺の魔力をすべて食い尽くせると思うな」

右手を《根源死殺(ベブズド)》に染め、まっすぐディードリッヒに突き出す。《竜ノ逆燐(ノジアズ)》を纏(まと)わせた奴(やつ)の左手がそれをつかもうとするが、俺の腕はぐんと加速した。その神眼(め)には、未来が見えているだろうが、速度の差はどうにもならぬ。ディードリッヒの腹に黒き指先が突き刺さった。

「ナフタは限局します」

右手に強い抵抗を覚えた。奴(やつ)の腹に突き刺さったのは、指の第一関節まで。すり抜けたはずのディードリッヒの左手が、俺の右手をつかんでいた。ナフタにより、未来が限局されたのだ。

「つかまえたぞ、魔王よっ!!」

ディードリッヒの背後に、魔力の粒子が激しく立ち上り、剣を彷彿(ほうふつ)させる鋭い両翼を持った竜を象(かたど)る。《竜闘纏鱗(ガッデズ)》の魔法。それが《竜ノ逆燐(ノジアズ)》を放ち、剣が如(ごと)き両翼で俺を包み込んだ。

「ぬおおおおおおおおおおおおぉぉぉぉぉおおっっ!!!」

後先考えぬほどの全力でディードリッヒは俺の右手首を締めつけ、そして押し返す。腹から俺の指先が抜けると、同時に奴(やつ)は右手を思いきり突き出してきた。足を踏ん張れば、ドゴンッと床にめり込み、その場にどでかい穴ができる。

《竜闘纏鱗(ガッデズ)》と《竜ノ逆燐(ノジアズ)》の併用により、《根源死殺(ベブズド)》、《四界牆壁(ベノ・イエヴン)》、反魔法や魔眼の力さえも食らわれ、その力が減衰する。

「ナフタは宣告します。あなたを断首(だんしゅ)の刑に処す」

未来に先回りするように、いつのまにか俺の背後に現れたナフタが、カンダクイゾルテの剣を、横一文字に閃かせた。それは俺の首を裂き、同時にボロボロと黒く腐食した。溢れ出した魔王の血により、カンダクイゾルテの剣が完全に腐り落ちる寸前、彼女は言った。

「ナフタは限局します」

その剣は完全には腐らず、俺の首を水平に薙ぎ、そして斬り落とした。一定以上の攻撃でなければ、魔王の血を使えば世界に傷を与えてしまう。それが積み重なれば、世界の治癒力を上回り、遅々として崩壊せしめるだろう。

だが、あまりにも弱すぎる攻撃では、そもそもこの体と根源を損傷させることさえ難しい。ディードリッヒとナフタは、未来を見るその神眼と、未来を限局させるその権能を使い、俺が魔王の血を流せぬぎりぎりの強さで首を刎ねたのだ。

「──見事なものだ」

首だけとなり、宙に舞った俺は、しかし泰然と言う。

「強さでは俺には届かぬ。それを知り、弱さでもってこの首を取ろうとはな。だが──」

《飛行》の魔法で首を宙に浮かばせ、《破滅の魔眼》でナフタを睨む。

「これで二対二だぞ」

俺の体が、組み合っていたディードリッヒをぐっと押し返す。奴がそれに抵抗しようと、魔力を振り絞って両腕に力を込めた瞬間、その土手っ腹に《根源死殺》の蹴りを突き刺した。

「……ぬぅぅ……！」

苦痛に表情を歪め、首がなくなっても動く俺にディードリッヒは視線を険しくする。未来で見ていてもなお、馬鹿げた光景と言わんばかりだ。

「まったく、お前さんときたら……でたらめな体を持っているものだ……」

「八つ裂きの刑に処す」

未来へ加速するが如く、ナフタは俺の体へ移動し、カンダクイゾルテの剣を勢いよく振るう。

「お前の相手は頭部だ」

未来神を睨みつけ、視線で魔法陣を描く。彼女を覆う檻の《四界牆壁》が神の秩序を減衰し、そこに黒き稲妻が走った。

「《魔黒雷帝》」

俺の魔眼から発射された黒雷がナフタを貫く。

「ぬ・お・おおおおおおぉぉぉぉぉぉぉっ!!」

渾身の力でディードリッヒは俺の足をつかみ上げ、僅かにぐらついた体を、そのまま宙へ放り投げる。勢いのまま奴は俺の首めがけ、突進した。魔眼から発した《魔黒雷帝》を、鈍色の燐光に食らわせ、《竜闘纏鱗》の右拳を思いきり俺の顔面に叩きつける。

「甘い」

伸びた俺の髪が、ディードリッヒの拳にまとわりつき、それをいなす。

「《根源死殺》」

黒い髪が更に漆黒の《根源死殺》に染まる。無数の魔王の髪が生き物のように蠢き、先端を針のように鋭くし、ディードリッヒの全身を串刺しにした。

「……ぐあぁっ……!!」

「首だからといって、殴り合えぬと思ったか」

ディードリッヒが怯んだ一瞬の隙に、投げ飛ばされた俺の体が《飛行》で方向転換し、全能者の剣リヴァインギルマを手に、真上から落ちてきた。

「《波身蓋然顕現》」

可能性の刃がディードリッヒを両断しようと振り下ろされる。彼の頭から僅かに血が飛び散るも、しかし、その体は健在。

「……こいつは……たまらんぜぇっ……‼」

ディードリッヒが突き出した全力の拳を受け止め、俺の体が勢いに押されては数メートル後退した。

「ふむ。さすがに《波身蓋然顕現》は相性が悪い」

宙に浮いた俺の首をつかみ、ぐっと体に押しつける。伸びた髪がはらりと落ち、元の長さに戻る。至高世界で回復魔法の効果は乏しく、完全にはつながらぬが、まあ、問題ないだろう。

ディードリッヒを守るように、ナフタが立ちはだかった。彼女は《四界牆壁》の檻をカンダクイゾルテの剣で斬り裂いて脱出した後、《波身蓋然顕現》を限局したのだ。リヴァインギルマの刃は、未来を司る神の前では、剣を抜く可能性を完全に消されてしまい、満足に振るえぬ。

「お前さんにも、わかっているだろうよ。ナフタが神眼を開けていても、無事な理由が」

ディードリッヒは言葉を放ち、拳を構える。

「万に一つの俺たちの勝機に、近づいているということに他なるまいて」

「さて、俺を相手に、本当に万に一つがあると思うか？」

奴(やつ)は大きく息を吐き、呼吸を整えながら、体内で魔力を練り上げる。

「お前さんに本気を出された日には、それもなかろうがな。限局世界と違い、至高世界はこの世界と地続きだ。《極獄界滅灰燼魔砲(エギル・グローネ・アングドロア)》も《涅槃七歩征服(ギリエリアム・ナヴィエム)》も、お前さんは使うまいよ」

使えば、天蓋の崩壊、落下を待つまでもなく、この世界は終わりだ。この首を刎(は)ねたのと同じように、俺に本気を出させずに戦おうというわけだ。

「悪いが、ナフタと俺は、全力を出させてもらおうぞ」

ぐっと拳を握り締め、奴(やつ)は選定の盟珠に魔力を込める。

「《憑依召喚(アゼプト)》・《選定神(ナフタ)》」

ナフタがカンダクイゾルテの剣を立て、胸の辺りに持ってきて敬礼する。その神体が目映(まばゆ)く光り輝いたかと思うと、次の瞬間、剣を残してナフタが水晶のように砕け散った。無数の破片がディードリッヒの周囲にキラキラと輝き、途端に彼の魔力が跳ね上がる。

「見ていていいのか、魔王や」

《憑依召喚(アゼプト)》を行使しながら、ディードリッヒが言う。

「こいつは試合ではなく、戦だ。俺はお前さんの力を封じて戦っている。ならば、お前さんも、俺が全力を出す前に倒すのがよかろうて」

確かに、《憑依召喚(アゼプト)》を完了させぬようにすれば、与(くみ)し易(やす)いだろう。

「構わぬ。存分に見せてみよ」

ディードリッヒは、豪胆に笑う。俺は気まぐれを起こしたのでもなければ、手を抜いているわけでもない。それは一つの目的のために。そして奴は、俺の目的を見通している。

すべての未来を、勝利のために使っているのだ。

「そいつは重畳っ!!」

奴の背後に浮かぶ、剣翼を有する竜――その《竜闘纏鱗》が黄金に染められた。浮かんでいたカンダクイゾルテの剣が分厚く巨大になっていき、竜を彷彿させる大剣へと姿を変えた。

ディードリッヒは手を伸ばし、その柄を握る。

「万に一つの未来は、これで千に一つとなった」

カンダクイゾルテの大剣を振りかぶるように構え、ディードリッヒは豪放に声を発する。

「預言者ディードリッヒ・クレイツェン・アガハが告げる。魔王アノス・ヴォルディゴードは、一分一一秒後に、この未来世大剣に斬り裂かれ、敗れるであろう」

覚悟を滲ませ、ディードリッヒが預言を発す。その言葉さえ、万に一つの未来に近づく布石であろう。

「ならば教えてやろう、ディードリッヒ」

全能者の剣リヴァインギルマを構え、俺は言った。

「万に一つだろうと、千に一つだろうと同じだ。お前の神眼に見えたただ一つの勝利こそ、お前が探し求めてきたナフタの盲点なのだからな」

§36. 【たった一つの勝利の未来】

体に纏(まと)う《竜闘纏鱗(ガッデズ)》が黄金に煌(きら)めき、猛然とディードリッヒは歩を踏み出した。未来を飛び越え、俺の目の前に現れた剣帝が、未来世大剣カンダクイゾルテを大上段に振り下ろす。

「ぬ・お・おおおおぉぉっ……!!」

鞘(さや)に納まったリヴァインギルマに対して、《波身蓋然顕現(ヴェネジアラ)》を使い、可能性の刃で迎え撃つ。

『ナフタは限局します』

《竜闘纏鱗(ガッデズ)》から未来神の声が響き、リヴァインギルマを抜く可能性が消滅する。ナフタは未来を限局するとはいえ、俺の行動をも完全に支配できるわけではない。なぜなら、俺が足を踏み出すと決め、実際に歩いてしまえば、それは最早(もはや)未来ではなく、現在、過去となる。そこには未来神たる彼女の権能は及ばない。

しかし、《波身蓋然顕現(ヴェネジアラ)》で放つリヴァインギルマは、常に可能性の存在でしかない。そして、この剣を鞘(さや)に納めたままでなければ、その力により、俺の体が過去、未来、現在に至るまで滅んでしまう以上、実際に抜くわけにはいかぬ。可能性だけの存在ならば、いかに強力であろうと未来神の権能が勝るだろう。俺が剣を抜かないという未来に限局し続ければいい。

猛然と振り下ろされた未来世大剣を《四界牆壁(ベノ・イエヴン)》を纏(まと)わせたリヴァインギルマの鞘(さや)で受ける。

「そいつは、上手(うま)くなかろうてっ!」

ガギィイッと激しく音を立てたカンダクイゾルテとリヴァインギルマが、しかし、次の瞬間にすり抜け、俺の胴を刃が薙ぐ。血が勢いよく溢れ、根源が斬り裂かれる激しい痛みを覚えた。

未来世大剣が、俺の防御をすり抜ける未来に限局させ、そして魔王の血が発動しないぎりぎりの強さで、斬り裂いたのだ。

滅紫に染まった魔眼で奴を睨み、再びリヴァインギルマの可能性の刃を繰り出した。

『ナフタは限局します』

「背理神の武器は、未来神を相手には役に立つまいっ!!」

未来世大剣を大きく振りかぶり、ディードリッヒは豪快に俺の足元を狙った。避けようが受けようが未来を限局され、斬られるだろう。俺はあえて避けず、右足を上げた。

「ぬおおおおおおおぉぉぉっ！！！」

ディードリッヒの渾身の一撃は俺の左足を裂く。それが、足を切断するより速く、思いきり右足で大剣を踏み付けた。

「……ちぃっ……」

斬っている最中ならば、剣が俺をすり抜けることはない。必ずそこに存在すると未来が限局されているからだ。

「預言者が預言を口にするのは意味がある。リヴァインギルマが無意味と思わせたいのは、この俺を前にしては、未来神といえどもすべてを限局しきれぬからだ」

ディードリッヒが渾身の力を込めて未来世大剣を持ち上げようとするも、力と力の勝負ならば、未来を限局する余地は少ない。ドゴォッと踏み付けた大剣は床に押し込まれる。

リヴァインギルマを抜く可能性を限局し続けなければならない奴は、その分他の未来に干渉する選択肢を奪われている。

「俺の未来を奪ったつもりでその実、お前たちは自らの未来を封じられている」

掌(てのひら)を向け、魔法陣を描く。それが一〇〇の砲塔と化し、ディードリッヒへ向けられた。

「《獄炎殲滅砲(ジオ・グレイズ)》」

漆黒の太陽が一〇〇発、アガハの剣帝へと撃ち出された。《竜闘纏鱗(ガッデズ)》が盾となり、《竜ノ逆燐(ノジアズ)》がその砲撃を食(く)らう。

「何事にも、限度というものがある」

ヴィアフレアの相手をした際、壁と床に《魔黒雷帝(ジラスド)》で描いた魔法陣を起動する。

「《殲黒雷滅牙(ジ・ノアヴス)》」

漆黒の雷牙(らいが)が、ディードリッヒの《竜闘纏鱗(ガッデズ)》に食らいつく。燐光(りんこう)が瞬(またた)き、《竜ノ逆燐(ノジアズ)》が、雷の牙に食らいつく。互いに食らい合う二つの魔法。燐光(りんこう)は雷の牙を吸収するが、しかし、食らっても食らっても無尽蔵に溢(あふ)れ出(だ)し、《殲黒雷滅牙(ジ・ノアヴス)》はディードリッヒにまとわりつく。

俺は魔眼で深淵(しんえん)を覗(のぞ)き、僅かに空いた《竜ノ逆燐(ノジアズ)》の穴に、《根源死殺(ベブズド)》の指先を通した。

「……ぬ、ぐぅっ……!!」

ディードリッヒの胸を貫くも、根源はつかめぬ。未来を限局しているのだろう。

「つまり、これは未来を削る戦いだ。未来を限局しきれなくなったとき、お前に敗北が訪れる」

無数の炎が宙を走り、それが魔法陣を描く。

「《獄炎鎖縛魔法陣(ゾーラ・エ・ディプト)》」

漆黒の炎が鎖となりて、ディードリッヒの体を縛り上げる。

「竜技――」

奴（やつ）の背後に浮かぶ黄金の竜、その剣が如（ごと）き両翼が合わせられ、さながら一つの大剣と化す。

《竜闘纒鱗（ガツデズ）》は、未来世大剣に重ねられた。

「――《剣翼竜撃斬（ダブロメント）》ッッ!!」

魔力の粒子を撒（ま）き散（ち）らしながら、ディードリッヒが床に埋まった未来世大剣を全力で振り上げる。足を離しそれを回避すれば、剣圧による衝撃波で、《獄炎鎖縛魔法陣（ゾーラ・エ・ディプト）》が千切れ飛んだ。

支柱の間の壁、吹き抜けの天井から床まで真っ二つに切断され、ガラガラと音を立てながら、城が崩壊していく。

「ふむ。さすがにそれをもらえば、魔王の血でも防ぎきれぬな」

剣を振り上げたその隙をつき、リヴァインギルマにて可能性の刃を放つ。それらが限局された瞬間、そのままリヴァインギルマの鞘（さや）で、ディードリッヒを突き刺した。

「……ぐぅぅっ……!!」

懐（ふところ）に潜り込んだ俺に、構わずディードリッヒは未来世大剣を斬りつける。《四界牆壁（ベノ・イエヴン）》の右手でそれを受け止めるが、限局され、根源に痛みが走った。ぎりぎりと未来世大剣の刃が右腕の骨にまで食い込み、根源を削っていく。

「では、そのままもう一度防いでみよ」

ディードリッヒの周囲を覆うが如（ごと）く、次々と魔法陣が中空に展開されていく。その砲塔は合計で六六六門。一斉に《獄炎殲滅砲（ジオ・グレイズ）》が発射される。更に漆黒の太陽から溢（あふ）れ出（だ）した、燃え盛る炎が極炎鎖となりて、ディードリッヒの体を縛りつけた。

「《根源死殺》」

リヴァインギルマの鞘が漆黒に染まり、ディードリッヒの根源を貫く。

「……がはっ…………」

口から血を吐き出し、奴は苦痛に表情を染めた。僅かに手応えがある。限局されてなお、その根源を《根源死殺》が削ったのだ。

「底が見えたぞ、ディードリッヒ」

次々と《獄炎殲滅砲》が着弾し、激しい爆発が何度も起こる。《竜闘纏鱗》でそれに耐え、鈍色の燐光にて魔力を食らいながらも、未来を限局させ、ディードリッヒは炎の鎖を力尽くでふりほどいた。

「千に一つが、これで百に一つだっ!! 魔王やっ!! 預言の時まで残り一〇秒ぞっ!」

奴は攻撃の手を休めず、俺の腹に蹴りを放つ。リヴァインギルマの鞘でそれを受け止めれば、体を飛ばされ、僅かに奴と俺の距離が離れる。未来世大剣を振るうには絶好の間合いだ。

降り注ぐ《獄炎殲滅砲》はディードリッヒをすり抜けるように、地面で爆発を繰り返す。

「ぬ・あ・あぁぁぁあっ!!」

勢いよく振り下ろされた剣を最小限の動きで避ければ、床が破壊される。同時に踏み込み、俺は刃を踏み付ける。《根源死殺》の鞘で、再びディードリッヒの胸を突き刺した。

「……ぐがぁっ……!!」

「終わりだ」

左手でリヴァインギルマを持ったまま、右手を《根源死殺》に染め、《殲黒雷滅牙》を纏わせた。

「……おう、さぁ……っ！　預言通り、ちょうど一分一一秒ぞっ！」

俺が右手の指先を突き出したのと同時、奴の《竜闘纏鱗》が大剣に集う。それに連動するように、周囲から放たれる《獄炎殲滅砲》が、ディードリッヒの体に直撃し始めた。

体にねじ込んだ《根源死殺》の鞘が、奴の根源を確かに突き刺していた。

「《剣翼竜撃――」

振り上げられた剣翼の一撃。俺の攻撃にぴたりと合わせ、相打ち覚悟で放ったのは、魔王の血さえも斬り裂くであろう、剣翼の竜の羽ばたきだ。

奴が預言してから、ちょうど一分一一秒。防御を捨て、奴はこのタイミング、その一振りに未来神の力をすべて注ぎ込む。狙いすましたかのような限局の一撃が、衝撃波を生み出し、刃の先にあるなにもかもを容易く斬り裂いた。しかし――寸前で、俺はそれをかわした。

「――双破断》ッ！！！」

一分一二秒。振り上げられた剣が、跳ね返るかのように、ピタリと止まった。刹那、限局されたその未来世大剣は、俺が動くよりも先に、遥かに速く未来に到達し、地面まで振り下ろされていた。

ディードリッヒの切り札、《剣翼竜撃双破断》が直撃し、俺の体に、その剣閃の跡が浮かぶ。

「……一分一一秒でやられると預言すれば、俺はその瞬間に最大限の警戒をする。お前の狙いは、その一秒後に俺の油断を引き出すことだ」

「おうとも。強がったところで、この神眼(め)にはお前さんの疲弊が見えているぞっ！」

とどめとばかりに、ディードリッヒは未来世大剣を横薙(な)ぎに一閃(いっせん)する。

左手でそれを軽く受け止めた。

「強がる？　なんのことだ？」

ぐしゃりと指で刃を砕く。

「預言者が口にする預言には意味がある。未来が見えぬからといって、これを予測できぬと思ったか」

先の一撃で根源は斬り裂かれ、俺は滅びへ近づいた。あえて斬らせたのだ。滅びに近づいた根源が、それを克服しようと輝きを増す。俺の魔力が、ぐんと跳ね上がり、《根源死殺(ベブズド)》に重ねがけした《殲黒雷滅牙(ジ・ノアヴス)》の右手を、ディードリッヒの土手っ腹にぶち込んだ。

「……ぐああああああぁぁぁぁぁぁあっっっ……！！！」

根源が抉(えぐ)られ、黒き雷の牙に食らわれていく苦痛に、さすがのディードリッヒも、声を漏らした。限局しきれぬほどの一撃。奴が膝から崩れ落ちようとしたその瞬間、俺の背後から飛来したカンダクイゾルテの槍(やり)が、この胸を貫いた。

「……っ……‼」

血が俺の胸に滲(にじ)む。息も絶え絶えになりながら、ディードリッヒが言った。

「……これが、本当の狙いだ、魔王や……」

剣から手を放し、震える拳をディードリッヒはぎこちなく振り上げ、そこに残った魔力をかき集める。

「……滅びに近づけば、それを克服せんと力を増す根源ではあるが、その瞬間、あまりに魔力が強すぎて、お前さんは存在するだけでこの世界を崩壊させてしまう……」

滅びが迫り、ぐちゃぐちゃに歪(ゆが)んだ俺の根源を、突き刺さったカンダクイゾルテの槍(やり)が、更に乱すように限局していく。

「滅びを止めるための制御は、至難を極める。それさえ容易(たやす)くやってのけてこその魔王ではあるが、未来神の権能を尽くして限局されればどうかっ!?」

《獄炎殲滅砲(ジオ・グレイズ)》をすべて耐えきり、《獄炎鎖縛魔法陣(ゾーラ・エ・ディプト)》に縛られ、《根源死殺(ベブズド)》と《殲黒雷滅牙(ジ・ノアヴス)》を受けながらも、今この瞬間、奴(やつ)はそのすべてを限局せずに、ただ俺の根源を乱すことだけに未来神の秩序を使った。

「お前さんはこの世界を傷つけぬよう、その漏れ出す滅びの力を自らに向けるであろう」

奴(やつ)は、滅びの根源のカラクリを知っている。俺が常にこれを押さえ続けていることを。

暴走する俺の根源からは、夥(おびただ)しい量の黒き粒子が溢(あふ)れ出(で)る。魔法行使さえもしていない純粋な魔力の塊。だが、それは世界を闇に閉ざさんがばかりに、暗黒の輝きを放っている。

闇の粒子が立ち上り、部屋全体を覆いつくしては、それは天に昇っていく。ディードリッヒの預言に従うように、俺はその力を無理矢理押さえ込み、自らの内部に留(とど)めるよう努めた。

「…………く…………」

荒れ狂う俺の根源が、俺自身を崩壊へ導いていく。

「お前さんが、世界を傷つけてでも俺に勝ちたいと思ったならば、勝機はゼロだったがな。こいつが、俺とナフタがこの神眼(め)で見た、ただ一つの勝利の未来だ」

奴は拳に《竜ノ逆燐》を纏わせた。それは、根源を食らう魔法。滅びへ近づく俺の根源を更にかき乱す一撃だ。

「――しばらく寝ててくれや、魔王。世界を救った後は、お前さんの出番だ」

鈍色の燐光が激しく瞬き、ディードリッヒの《竜ノ逆燐》が振り上げられる。根源の暴走を止めなければならぬ俺に、満足な反撃はできぬ。ディードリッヒの拳よりも、カンダクイゾルテの槍よりも、俺自身が自ら内側に放っている滅びの魔力が遙かに強い。

魔王を倒せるのは魔王だけ。と、奴は俺に俺を攻撃させる手段を考えた。そして、ここまで来れば、自らの勝利は揺るぎない。その未来を剣帝は確かに見たのだろう。

万分の一の勝利をすでに手中に収めた。その確信を裏づけるように、ディードリッヒの拳は大振りだ。

俺はすっと手を伸ばし、奴に鞘ごと突き刺さっているリヴァインギルマの柄を手にした。

「《波身蓋然顕現》」

魔法行使と同時、それは限局され、未来は、俺が剣を鞘に納めたままの可能性一色に染まった。この瞬間を待っていたのだ。刹那の時間が流れている。俺はリヴァインギルマの剣を、鞘から抜き放つ。白銀の剣身が瞬くも、全能者の剣の力によって、俺が消滅することはない。

そうして、その刃で、ディードリッヒの神眼を斬り裂いた。

「……っ……ぬ、ぁ…………………！！」

鮮血が飛び散り、ディードリッヒが光を失う。彼の体には未来神が憑依している。ナフタの神眼が、未来を見失ったのだ。

俺に刺さったカンダクイゾルテの槍が、黒く腐食し、ボロボロと崩れ落ちた。未来が見えなくなれば、未来を限局することもできぬ。

「……あ……」

僅かに、奴の声が漏れた。

「…………ああ……そう、か…………」

よろよろとたたらを踏みながら、ディードリッヒが低い声で言う。

「……剣を鞘に納めた可能性のみが未来にあるなら、それに《波身蓋然顕現》を使えば、剣を抜きながらも、抜いていないのと同じというわけ、か……」

《波身蓋然顕現》で剣が鞘に納まっているのなら、たとえ剣を抜こうとも、抜いた者の根源が消滅するというリヴァインギルマの力は発動しない。

「……だ……が……な、ぜだ……？」

不可解といったように、ディードリッヒは疑問を投げかける。

「なぜ、ナフタの神眼に、この未来が見えなかった……？」

見えてさえいれば、そのタイミングで、剣を抜かないという未来の限局をやめればいいだけだった。そうすれば、《波身蓋然顕現》は効果を失い、俺は消滅していただろう。

「……ナフタの盲点は、彼女のいない未来ではないのか……？」

「よく魔眼を凝らし、ナフタの深淵を覗くことだ。ナフタが見ることのできない現在は、それより以前の時間にいるナフタにも、未来として映らぬ」

つい先程、彼女が言っていたことだ。

「辿り着いたこの未来には、ナフタの秩序の一部、その神眼がない。つまり、過去のナフタには見えぬ盲点だった」

ひどく簡単な理屈だ。神眼を潰せば、未来は見えぬ。過去からも。しかし、未来が見える神眼を持ってしまったがゆえに、ナフタも、そしてディードリッヒも、その事実に思い至らなかったのだ。

「……そうか………」

ぐらり、とディードリッヒは仰向けに倒れた。彼の体から水晶の破片が無数に溢れ出て、それはナフタの姿に戻った。ディードリッヒの目は肉眼となり光を取り戻し、ナフタは傷つけられたその神眼を閉ざしている。

「……どれだけ最善の道を選ぼうと、最初から、勝ち目は一つもなかったというわけだ……」

ゴ、ゴ、ゴゴゴ、と天は不気味な音を立てる。見上げれば、空の高さはもう半分以下になっている。

そうして次の瞬間、爆発するような地響きを轟かせ、天蓋の落下がぐんと加速した――

§37. 【天地の柱】

「……もう……時間は、あるまいて……」

重傷を負った体でディードリッヒが言う。ナフタが傍らで彼の体を支えていた。

「……なにをするつもりか知らんが、この命を持っていけ。俺が天柱支剣となれば、まだ幾分か時間を稼げる……」

「断る。敗者ならば敗者らしく言うことを聞け」

レイの魔眼に視線を向ければ、そこには竜騎士団たちが伏している。

「お前の配下も全員、生きて戻らせる。たかだか天が落ちるだけのことで、命が散るのを見るのは忍びない」

「……お前さんの勝ちだが、時間をかけすぎた……あの天蓋は落ちる宿命に他なるまいてっ！　支えられるのは、秩序の柱のみ。いかに魔王とて、この短い時間でそれを創ることはできまい」

「確かに」

折れた天柱支剣ヴェレヴィムの深淵を覗く。

「これは、ミリティアの秩序のようだからな」

創造神の秩序がこの地底の柱、天柱支剣ヴェレヴィムが生まれる理を成り立たせている。選定審判により滅びへ向かう地底世界。恐らくミリティアの力だけでは支えきれず、生贄に子竜を必要とした。それだけ天蓋を支えるのは困難であり、地底の滅びは宿命づけられている。

「壊すのは得意分野だが、俺に創造神ほどの創造魔法は使えぬ」

ゴ、ゴ、ゴゴゴ、と天は不気味な音を立てる。見上げれば、空はもう間近まで迫っていた。

「アルカナ」

彼女が振り向く。ヴィアフレアの周囲には雪の結界が積もり、彼女を中に閉じ込めていた。

「ヴィアフレアの体内にいた覇竜はすべて雪に変えた」

覇王はアルカナと俺を睨みつける。

「無駄よ。わたしを封じたって、なんにもならないわっ。この国の子供たちとボルディノスが、絶対に助けにくるのだからっ……！」

「夢は寝てから見るがよい」

そうヴィアフレアを一蹴し、こちらへ移動してきたアルカナに言う。

「お前は代行者として、創造神の秩序を有する。天柱支剣ヴェレヴィムを創れるか？」

「ミリティアが創ったのは秩序だけ。創造神でもヴェレヴィム自体を創り出すことはできない。わたしの力はそのミリティアよりも弱い」

「ならば、同じぐらいの創造魔法の使い手と力を合わせればどうだ？」

一瞬、アルカナは考える。

「疑似的な天柱支剣なら、創れるかもしれない」

「アイシャを呼んでいる。まもなくここへ来るはずだ」

空に唱炎の光が輝いて見えた。セリスとの戦闘中なのだろう。奴が来てはまた厄介なことになりかねない。手を打つならば、今だ。

『アノス』

ミーシャの《思念通信》が頭に響く。

『もうすぐ支柱の間。冥王と詛王が、わたしたちの前に立ちはだかっている』

ミーシャの視界に視線を移す。場所は、覇王城の上。支柱の間の吹き抜けに続く屋根である。

シン、アイシャ、エレオノール、ゼシアの前に、冥王イージェスと詛王カイヒラムがいた。

二人は行く手を阻むかのように、彼女たちを睨んでいる。

「なんで邪魔するのよっ。あなたたちも魔族でしょっ。あれが落ちたら、ディルヘイドだってどうなるかわからないわっ！」

サーシャの声が響く。それに取り合うことなく、二人は無言で魔槍と魔弓を構えた。

「……聞く気はないみたいね……」

『力尽くで通る？』

アイシャの前にすっとシンが出た。彼は小声で告げる。

「無駄な魔力を使わぬように。私が隙を作ります。その間に行きなさい」

エレオノール、アイシャ、ゼシアがうなずく。シンは魔法陣を描き、略奪剣ギリオノジェスと断絶剣デルトロズを抜いた。そうして、城の屋根の上を、まっすぐ歩いていく。

視線を鋭くした四邪王族の二人に、彼は言った。

「変わった構えですね。二人とも。隙だらけに見えますが？」

「ならば、試してみるがよい、魔王の右腕。これが正しい構えよ」

イージェスが言葉を放つと、紅血魔槍ディヒッドアテムの穂先が消え、シンの眼前に現れる。

同時に、魔弓ネテロアウヴスの矢が放たれていた。矢と槍がシンを貫いた――かに見えた直後、残像を残し、彼の体はイージェスとカイヒラムの目前に現れた。

「単調な攻撃です」

振り下ろされた略奪剣をカイヒラムは魔弓で防ぎ、断絶剣を持った手をイージェスは踏み込んで受け止めた。

「行くわよっ」『飛んで』

シンが二人を押さえている間に、アイシャたちは《飛行》で飛び上がり、彼らの横を通り抜ける。三人は天井の吹き抜けを一気に降下していく。俺の肉眼に、その姿が映った。

「アノスッ！」『きた』

「ぎりぎり間に合ったぞっ！」

サーシャとミーシャが言い、エレオノールとゼシアがVサインをしている。

「……がんばり……ました……」

彼女たちは、折れたヴェレヴィムのそばに着地した。

「どうすればいいのっ？」

サーシャが訊いてくる。

「《背理の魔眼》は、神の秩序さえ造り替えたと言われている」

以前にアルカナが言っていたことだ。

「《創造の月》を三日月から半月に造り替えたのと同じだ。この折れた天柱支剣を、アイシャの《創滅の魔眼》とアルカナの《背理の魔眼》で可能な限り元に戻す」

「……できるだろうか？」

アルカナが疑問を浮かべると、サーシャが言った。

「やるしかないわっ！　もう落ちてくるものっ！」

アイシャが天を見上げれば、それはすぐそこまで迫っている。

「エレオノールは、疑似根源を生み出し、天柱支剣の材料とする。子竜には及ばぬだろうが、代替にはなるだろう」

「わかったぞっ！」

「ゼシアは《勇者部隊》に参加し、エレオノールに魔力を融通せよ」

「……わかり……ました……！」

俺は《魔王軍》の魔法陣を描き、配下たちを創造魔法に恩恵を受けられる築城主に設定、全員に魔力を供給した。

「いっくぞぉっ！」

エレオノールが魔法陣を描くと、彼女の周囲に魔法文字が漂い、そこから聖水が溢れ出して、球状になった。彼女は《聖域》によって魔力を増幅させ、《根源母胎》の魔法を、天柱支剣ヴエレヴィムに放つ。疑似根源が淡い光を発し、折れた天柱支剣にまとわりつく。

「アイシャ、あなたに呼吸を合わせる」

アルカナがアイシャを見る。二人はこくりとうなずいた。

「いくわよ――」『――《創滅の魔眼》』

アイシャの瞳に魔法陣が浮かび、それが天柱支剣ヴェレヴィムと疑似根源を光に変えた。その魔眼が瞬くと、両者が混ぜ合わされていく。

「秩序は滅びて、創造に転ず。我は天に弓引くまつろわぬ神」

アルカナの瞳に《背理の魔眼》が浮かぶ。それは、アイシャの魔法を後押しするように光を膨張させる。少しずつ、少しずつ、その輝きは、竜の意匠を施した巨大な大剣を象っていく。

僅かだが、天蓋の落下が減速したように思えた。

「ふむ。本物には劣るが、当面のつっかえ棒にはなるだろう」

擬似的な天柱支剣がその場に構築されていき、まもなく完成といった頃、ミシィッと不吉な音がした。その剣身に、一部亀裂が入ったのだ。

「アイシャ」

アルカナが心配そうに声をかけた。《創滅の魔眼》の制御がうまくいっていないのだ。

「……大丈夫だわ……」『ごめんなさい……』

魔力は俺が供給しているため、十分に足りている。制御できぬのは、昨晩ミーシャが俺を癒したからだ。

ミーシャの根源には、俺の疲労を肩代わりした影響が残っている。このまま《創滅の魔眼》を使えば、制御しきれず自壊するかもしれぬ。

「あはっ！　あはははは、あはははははははっ!!　助けを待つまでもなかったわ！」

ここぞとばかりに、ヴィアフレアが笑い声を上げた。

「ねえ、無理でしょ。だって、これはボルディノスの計画なんですもの。あなたたちは絶対に敵わない。わたしの愛する彼は誰よりも強くて、聡明なの。あの天蓋は、ここに必ず落ちるわ」

「天蓋が落ちたら、君たちだって死んじゃうんだぞっ！」

エレオノールが言うも、ヴィアフレアはふっと微笑する。

「死なないわ。わたしは死なないし、わたしの家族たちは死なないの。だって、ボルディノスが助けてくれるんだもの。あれに滅ぼされるのは、わたしの家族以外よっ！」

アイシャが苦痛に表情を染めながら、その魔眼をまっすぐ、天柱支剣へ向ける。

「……滅びるわけ、ないでしょうが……」『わたしたちは負けない』

サーシャとミーシャが言う。

「あんなちっぽけな蓋一つ、支えられないと思ったのっ⁉」『故郷を守りたいから』

「あら、そう？　強がるのね。だったら――」

紫の炎が支柱の間に走った。それは俺たちと、創っている途中の天柱支剣ヴェレヴィムを覆うように、魔法陣を描く。神の力を封じる《覇炎封喰》の魔法だ。

次いで、空から次々と飛び込んできたのは槍を手にした禁兵たちである。

「おいでっ！　おいでっ、わたしの愛しい子供たちっ！　やってしまいなさいっ！　そいつらを殺し、あの天蓋を落として、神々を殺すのよっ‼」

「愚かな女だ」

《魔黒雷帝》を放ち、禁兵たちを撃ち抜く。同時に、その黒雷にて、魔法陣を描いた。落下する禁兵たちの体から、にゅるにゅると溢れ出した覇竜に《殲黒雷滅牙》を食らいつかせた。

「あはっ！　あなたの配下は弱っているけれど、戦いながらヴェレヴィムを創れるのかしら？　わたしの子供たちは、まだ沢山いるのよ！」

次々とまた禁兵たちが支柱の間へ飛び込んでくるが、同じように《魔黒雷帝》と《殲黒雷滅牙》で迎撃してやる。しかし一瞬、構築される《覇炎封喰》に、アルカナの力は削がれ、なにより、創ろうとしているヴェレヴィムの秩序が乱される。

ガガガガガッと天蓋から地響きが轟くと、天柱支剣に大きく亀裂が走った。

「ほら、もうおしまいだわっ！」

「だ、から――」

アイシャが歯を食いしばり、その魔眼に全魔力を振り絞った。

「いくぞぉっ、アイシャちゃんっ」

エレオノールがありったけの疑似根源を、亀裂の入った剣身に飛ばした。

「……そんな程度のことで、わたしたちの国が滅ぼせるわけないでしょうがっ……!!」

『絶対、守る』

天柱支剣が光に包まれる。《創滅の魔眼》と《背理の魔眼》の力で、亀裂の入った剣身はみるみる再生していく。ぱっと一際大きく光が弾け、それは支柱の間を真白に染め上げる。

徐々に、徐々に、その光は弱まっていき、やがて消えた。目の前にあるのは竜の意匠が施された巨大な大剣の姿。そこに秩序の支柱、ヴェレヴィムが再生されていた。

ガタンッと大きな音が響いた。見上げれば、天蓋の落下が止まっていた。そうして、空がゆっくり持ち上がっていく。

アイシャは満足げな表情を浮かべ、エレオノールとゼシアがにっこりと笑った。

そのとき、バキンッと剣が折れる音が聞こえた。

「あはっ……！」

ヴィアフレアの声が耳につく。完成したばかりの天柱支剣は、天蓋の勢いと重みに耐えきれず、脆くも折れた。その半分がぐらりとずれると、床に落ちて大きな音を響かせた。

「アイシャちゃんっ……!?」

エレオノールが叫ぶ。がっくりと膝をついたアイシャは光に包まれると同時に、ミーシャとサーシャに分かれた。力を使い果たしたかのように、床に手をつき、荒い呼吸を繰り返す。

特にミーシャの疲弊が著しい。

「あははははっ！　やっぱり、だめだわ。あれだけ落下した天蓋は、もう絶対に止められないっ。本物の天柱支剣でも止められないのに、偽物じゃあねっ!!」

ゴ、ゴゴ、ドゴゴゴゴゴゴ、ガガ、ガガガガァァァンッとこれまでで一番大きく天が轟いた。弾みをつけたかのように、天蓋が勢いよく落ちてくる。それは、このガデイシオラの一番高い覇王城の天井に差し掛かり、押し潰す。終わりのときが目の前に迫っていた。

「さようなら、神様。さようなら、馬鹿な信徒たち。みんな、みんな、潰れてしまえばいいわっ!!　わたしたち以外はっ！」

時間がひどくゆっくりと流れていた。その支柱の間にて、ゴルロアナは祈りを捧げ、ディードリッヒは悔しそうに俯き、拳を強く握った。

ヴィアフレアは歓喜に満ちた表情で目を閉じ、自らの勝利に浸っている。

その場を、静寂が包み込んでいた。そう、ひどく静かだったのだ。落ちた天蓋が地底を崩壊させる音さえも、響いてはいなかった。

ゆっくりとヴィアフレアは目を開ける――

「…………………え…………？」

彼女は、なにが起きたのかわからないといった風に呆然としていた。だが、事態を把握すると、たちまちに驚愕をあらわにした。

「…………そん……な……こ…………と…………が…………」

ゴルロアナが、目の前の光景に祈ることすら忘れていた。

ディードリッヒさえも、ただ唸るような声を発することしかできない。

天蓋は、まだ落ちていない。先程よりも、高い位置でぴたりと止まっている。支えているのは天にかかる黒い魔力の柱。それは覇王城へと続いており、その一番下に、俺がいた。

頭上に手を伸ばし、膨大な魔力を放出し続けることによって天蓋を持ち上げているのだ。

「なにを驚いている？　つっかえ棒が折れたのだから、手を使うしかあるまい」

驚愕を示し、未だ言葉さえ発することのできない彼らに、当たり前の事実を告げてやる。

「地底を滅ぼす天蓋だからといって、俺に支えられぬと思ったか」

§38.【そして、想いは集い始める】

ぐんっと右腕で更に押せば、ドゴォォッと音を立てて、天蓋が更に上昇した。空の高さは、通常時の約半分だ。

「……そ、そんなことできるんなら、初めからやりなさいよっ……！」

サーシャが言う。彼女は呆れたような目で、俺と天を支える柱を見た。

「力尽くで持ち上げただけだ。天柱支剣と違い、天蓋に優しくはないのでな」

天蓋を持ち上げた震動は、地上にも伝わっていることだろう。なるべく被害を少なくしたかったのだが、やむを得まい。

「……いくら暴虐の魔王とはいえ、永久に持ち上げ続けるといったわけにもいくまいて……」

ディードリッヒが言う。ナフタに支えられながら、彼はボロボロの体をなんとか起こす。

「今のうちに柱を用意せねばなるまい。お前さん方の創造した擬似的な天柱支剣に代わる柱を」

「先程のあれはものの試しだ。創造魔法の力で天柱支剣が創れることがわかった」

「あれ以上の手があるというのか、魔王や？」

ディードリッヒの表情には覚悟が溢れている。

「なければ、自分が柱になると言いたげだな」

ディードリッヒは答えず、まっすぐ俺を見つめた。

「無論、手はある。この地底に山ほどな」

ディードリッヒは訝しげな表情を浮かべる。俺は告げた。

「この地底に生きるすべての民が、支えるのだ。あの空を、一人一人の手で、その想いでな」

立ち上る黒き柱に、巨大な魔法陣を描く。するとそこから漆黒の光が溢れ出し、地底中に広がっていく。《思念通信》の出力を全開にしたのだ。ここでの会話を地底中に伝えるために。

「つまり、地底の民全員で心を合わせ、愛魔法を使う。それこそが、災厄の日を回避し、預言を覆す方法。ナフタの盲点に辿り着く希望の道だ」

息を吐き、考え込むディードリッヒに俺は言う。

「アガハで見せたな。ミサとレイは、限局世界において、仮想的な預言者の預言を覆した。愛魔法によってだ。その規模を単に拡大すればいい。お前はあのときナフタにはすべての未来が見えていると否定したが、その神眼に盲点があることは先程証明した」

ナフタが存在していてなお、その神眼には映らぬ未来が今だ。

「ディードリッヒ。未来を知っているお前の心を、なおも震わしたのはなんだ？」

「……歌、か」

「ああ。魔王聖歌隊の歌、溢れんばかりの愛が、お前の心と未来を揺らした。神は秩序であり、愛と優しさをよく知らぬ。だからこそ、未来神の神眼はそれをはっきりとは映さなかった」

福音神にも魔王聖歌隊の《狂愛域》が有効だった。

「神族にとって愛と優しさは弱点と言える。ならば、この世に定められたあらゆる秩序は愛と優しさによってこそ覆せる」

天を見つめ、俺は言った。

「あの天蓋とて同じだ。秩序に従い、滅びをもたらさんと落ちてくるあの空を、この地底を愛するお前たちの想いで持ち上げてみせよ」

「……地底の民の力を、合わせる………」

ディードリッヒは、ゴルロアナとヴィアフレアに視線を向けた。

争い続けてきた彼らだ。力を合わせたことなど、なかっただろう。

「できぬと思うのならば、その身を犠牲にし、天柱支剣になるがよい。お前が心から信じられぬのなら、最早止めぬ。迷いがあれば、どの道支えられはせぬ」

立ちつくすアガハの剣帝に、俺は言う。

お膳立てはした。だが、最後は地底の民自ら、未来を選ばねばならぬ。

「確実な未来、最善の方法を選ぶのが正しいと思うのならば、その騎士の誇りに殉じることだ。だが――」

それでも、俺は預言と戦い続けてきたこの男が、最後に選ぶのがなんなのか、わかっているような気がする。未来など見えなくとも、確かなことがある。

「もしも、預言に振り回され、希望を閉ざされ続けてきたお前の目に、今なお、その光が見えるのならば、あの空に手を伸ばせ」

ディードリッヒは、一瞬ナフタに視線をやる。彼女の手をぎゅっと握り、再び彼は俺の方を向いた。覚悟を決めた、そんな顔つきで。

「問おう、アガハの剣帝よ。諦めぬと誓うか？」

「おうともっ！　預言を覆し、伝えたい言葉があるのだっ！」

決意を込めて、アガハの剣帝はその想いを地底に轟かせた。

「ならば、希望をくれてやる。想いを一つにし、この地底への愛をもって、あの天蓋を支えたいと願え。それらすべてをこの身で束ね、魔王アノス・ヴォルディゴードが、この世界の新たな柱に変えてやろう」

ディードリッヒがナフタとつないだ手にぐっと力を入れると、彼女はその意志に応えるように握り返した。二人は空を支えようと、俺と同じように手を伸ばす。その体に、《聖愛域》の光が溢れ出した。愛魔法は本来二人で使うものだが、それを地底の民全員で行う。容易いはずだ。世界を愛すればいい。

「聞こえるか？　アガハの民。そして、地底の民よ」

ディードリッヒが、言葉を発す。それは俺の《思念通信(リークス)》を経由して、地底中に響いていた。

「我が名はアガハの剣帝にして、未来神に選定されし預言者ディードリッヒ・クレイツェン・アガハ。見ての通り、地底は今、未曾有の危機にある。あの波打つ天蓋はこのまま落ち、地底は滅ぶであろう。それがアガハの預言により、伝えられてきた災厄の日なのだ」

低い声で、ディードリッヒは民に訴えかける。

「だが、希望はある。地上の英雄、魔王アノスが我らの想(おも)いを力へ変えてくれる。アガハ、ジオルダル、ガデイシオラ、そしてそれらに属するこの地底の国々。我らは、ともにいがみあってきた。争い、血を流し、傷つけあってきた。今更、許せとは言うまいて」

アガハの民へ、地底の民へ、ディードリッヒは心からの言葉を送る。

「それでも、今だけは、伏して頼もう。どうか力を貸してくれ。敵を助けるためではなく、友を、恋人を、家族を、愛する者を守るために。その手を空に、ともに、この地底を支えよう!!」

ありったけの想(おも)い込め、ディードリッヒは言った。

「そして願わくば、これが、終戦の始まりとならんことをっ!!」

響き渡る声に呼応するように、《聖愛域(テオ・アスク)》の光が地底中に溢(あふ)れかえった。真っ先に輝いたのは、ガデイシオラの覇王城、その正門前である。

「ディードリッヒ王に、栄光あれ！」

ネイトが言った。

「我らの誇りを！」

シルヴィアが言った。

「我らの想いを」

「この地底を支える手とならん」

ゴルドーが、リカルドが言った。彼らは地面に倒れながらも、満足に動かぬ手を上げて、その想いを輝かせる。

「レイさん、あたしも……」

満身創痍のミサを支えながら、レイはうなずく。

「きっと、持ち上げられる」

二人は手を重ね、天蓋を支えるように高く伸ばす。《聖愛域》の光は天に昇り、そうして、今、地底を持ち上げている、黒き魔力の柱へと導かれていく。

そこから、遠く離れた、ガデイシオラの荒野には、五〇〇〇人の竜人たちがいた。ジオルダル教団である。エールドメードの合図がなくなったからか、それとも天蓋が落ちてきてそれどころではなくなったか、彼らは、唱炎を放つための音韻魔法陣を構築していない。落ちようとしている天蓋と、それを支える黒き柱の奇跡に、ただ祈りを捧げている。

「おお、神よ……《全能なる煌輝》エクエスよ……どうか我らを、敬虔なるあなた様のしもべをお救いくださいますよう……」

「ジオルダルの民よ」

《思念通信》から俺の声が響くと、司教ミラノが顔を上げた。

「祈るな。どれだけ祈ろうと、神はお前たちを救いはしない。天蓋は落ちるだろう。神の力によってだ。滅びこそが秩序だと、奴らは言う。滅びこそが運命だと、神々は宣う。ならば、潔く滅びるか？　神の意志に従って、信仰に殉じるか？」

跪き、祈り続ける教団の信徒たちへ、俺は言う。

「地底を守りたくはないか？　同志を守りたくはないか？　愛する者を守りたくはないのか？」

その想いは、きっと一つのはずだ。

「お前たちが救うのだ。祈りをやめ、あの空を支えよ。天に手を伸ばせ。その想いを、その愛を、お前たちの心からの祈りを、俺が奇跡に変えてやる」

意を決したように、一人の司教が立ち上がった。

「……ミラノ司教……？」

「立って、天蓋を支えなさい」

ミラノは天に手を伸ばす。その瞬間、彼の体は《聖愛域》の光に包まれた。

「お、おお……」

「これは…………？」

「あの御方は、あの天の向こうから、教えにやってきたのかもしれません。我々がこれまで信じていた神が間違っていたことを。《全能なる煌輝》エクエスの化身となって」

「しかし、これまでの教えが間違っていたなどと……」

困惑する信徒たちに、毅然とミラノは声を発した。

「世界が終わろうというのに、未だなにもお応えにならない《全能なる煌輝》を信じたい人はそうなさるといいでしょう」

司教ミラノは、覇王城の中心から立ち上る黒き柱を、まっすぐ見つめた。

「まつろわぬ神を崇拝するガデイシオラの城の中心で、アガハの剣帝さえも従え、彼は天を支えているのですよ。目の前で奇跡が起きようとしているのに、まだ偶像にすがりたい人はそうなさるといいでしょうっ！」

ミラノの体から更に光が溢れる。

「彼に違いありません。私たちはこれまで、彼を待っていたのです。これまでの信仰はすべて、彼に会うためにあった試練だったのですっ！　ならば、教えが間違っていたことさえも教えの内に他なりません。さあ、立ち上がりなさい。我らの信仰の道は、今日この日に続いておりましたっ!!　教典にはない、この気づきこそが最後の教えであり、祈りなのですっ！」

その言葉に応えるように、立ち上がったのは八歌賢人たちである。彼らが天に向かって手を上げると、また一人、また一人と信徒たちが立ち上がっていく。そうして、膨大な《聖愛域》の塊は、俺のいる覇王城へと向かっていく。

そして、城から僅かに離れた場所。首都ガラデナグアの広場では、ガデイシオラの民たちが、呆然と空を見つめていた。

「ディアスさんっ！」

ようやく見つけたといったように駆けよってきたのは、エレンたち魔王聖歌隊である。

「あ、ああ……どうした……？」

「さっきの、聞こえましたよね？　避難した人も呼び戻して、天蓋を地底の民全員で支えなきゃっ。協力してくれますか？」

「……だけど……さっきの声は、アガハの剣帝だ……。アガハの言うことは、神の言うことだから……俺たちには……」

「このままじゃ潰れちゃうのに、そんなこと言ってる場合じゃないよっ！」

ディアスは俯き、それから言った。

「……それは、わかるけど、でも、ここはガデイシオラなんだ。俺がなにか言ったところで」

「じゃ、歌いましょうっ！」

引き下がろうとはせず、エレンは言った。

「震雨を消したときみたいに歌って、あの天蓋を支えるんだって。それなら、さっきやったことでしょっ？　拳の代わりに、空を支える振り付けに変えてっ！」

俯くディアスを、エレンたちは真剣な眼差しで見つめている。

「不思議だ……」

ディアスは僅かに表情を綻ばせた。

「君たちに歌おうって言われたら、なんだかできる気がするよ」

ぱっとエレンたちは表情を明るくした。

「すぐ歌の準備をしますっ！」

「途中からどんどん来てもいいから、ディアスさんはとにかく沢山の人に伝えてっ！」

「絶対、持ち上げようっ！」

「そうじゃなきゃ、間接潰されだよっ！」

「それは、あんまり悪くないかもだけどねっ！」

「なに言ってるのっ、アノス様に失敗の二文字はないよっ。建てた柱が途中で折れるなんて、そんなのありえると思うのっ⁉」

ファンユニオンの少女たちは顔を見合わせ、これから地底崩壊に挑むに相応しく、鬼気迫る表情を浮かべた。

「「「絶対にありえないっっ‼」」」

魔王聖歌隊は広場に陣取り、魔法陣を展開する。《音楽演奏》の魔法が、《魔王軍》の魔法線を通して、覇王城の支柱の間へ届けられる。そこから、地底中に音楽が広がった――

§39. 【空を持ち上げる歌】

魔王賛美歌第六番『隣人』の前奏が、地底の空に響き渡る。

「あの練習が、ここで役に立つとは思わなかったわ」

支柱の間にて、サーシャは天蓋を支えるように手を頭上に掲げる。

「みんなで歌って持ち上げる」

ミーシャは疲労困憊といった様子で、それでも瞳に強い意志を込め、手を空にやった。

「うんうん、今日は喉が嗄れるまで歌うぞっ！」

「……ゼシアも……本気を出すときがきました……！」

エレオノールとゼシアが空に手を上げる。

「ナフタは歌唱します。このなにも見えぬ神眼に、きっと希望が見えると信じて」

「見えるだろうよ。なにせ、こいつは、アガハ、ジオルダル、ガデイシオラ、すべての民が歌った歌だ」

ディードリッヒとナフタが、更に力強く天蓋に手を伸ばした。そうして、最高潮まで高まった『隣人』の前奏が終わりに近づく。一瞬、音楽が途切れ、静寂が世界を覆う。

今、地底の行く末を左右する、歌が始まる――

「あー、神様♪　こ・ん・な、世界があるなんて、知・ら・な・かったよ～～～っ♪♪」

「「「ク・イック、ク・イック、ク・イックウッウー♪」」」

まさに、地底を揺るがすほどの大合唱。その歌声が、愛魔法へと変換され、地底中からこの支柱の間に向け、目映い光が集い始めた。

「「「開けないでっ♪」」」『『『せっ‼‼』』』

想いを一つに、空へと束ね、地底の民たちの手が、かけ声とともに大きく突き上げられる。

その愛と想いに呼応するが如く、天蓋がドガゴォオンッと上昇した。

「「「開けないでっ♪」」」『『『せっ‼‼』』』

ドガゴォオンッ、と再び天蓋が持ち上げられ、空が元の位置を目指して遠ざかる。

その歌で、その愛で、一人一人が自らの世界を支えている――

「「「開けないでっ、それは禁断の門っ♪」」」『『『せっ、せっ、せっーっ！！！』』』
覇王城の正門前では、レイとミサ、そしてアガハの騎士たちが懸命に歌い上げ、天蓋を持ち上げる。せっ、と呼吸を合わせる度にドガゴォォン、ドガゴォォン、と空が響く。
「「「教えて、神様っ♪」」」『『『せっ！』』』
ガデイシオラの荒野では、信徒五〇〇〇人の歌と振り付けを指揮するが如く、八歌賢人がなだらかな丘の上に立っていた。
唱炎を放つ音韻魔法陣を構築できるほど歌に精通したジオルダル教団。
「「「これはナニ♪　それはナニ♪」」」『『『せっ、せっ！』』』
他の追随を許さない見事な歌唱力と、両の手で天を持ち上げようという八歌賢人の優しくも激しい振り付け。その想いが、ぐんぐんと、ぐんぐんと――
「「「まずはノックから♪」」」
ドガゴォォン、ドガゴォォン、と――
「「「優しく叩いて、なーんてダメダメッ♪」」」『『『ぜあぜあぜあぜあ！』』』
空をどこまでも――
『『『ク・イック、ク・イック、ク・イックウゥゥウー♪』』』
――しっかりと支えては、激しく突き上げる。そうして彼らが、《思念通信》で伝えた想いは、遠く離れたジオルダルの空まで響き渡る。あの日、来聖捧歌にて、ジオルヘイゼで『隣人』を聴いていた人々は今自らの街に戻っている。
彼らも手を上げ、空を支えるように歌声を国中に響かせていた。

奇跡を信じ――

「「ぼ・くは隣人♪　た・だの隣人♪」」

それは、誇り高き騎士たちを擁するアガハの国でも同じだった。

「「一人ぼっちで♪　平和だった――は・ず・なのにー♪」」

ディードリッヒが竜の歌姫と呼んだ魔王聖歌隊。それだけではなく、彼らの王は今、預言を覆すべく、この歌に熱き想いを込めている。

「「いつの・まーにか、伸びてる、それはナニナニ♪」」

「「それは魔の手でっ♪」」『『せっ！！！』』

ならば、命剣一願。騎士の誇りにかけて、喉が嗄れるまで歌い尽くすのみ。無論、客人として剣帝宮殿にいた魔王学院の生徒一同も――

「「君はナニナニっ♪」」「「彼は魔王でっ♪」」『『せっ！！！』』

魔王の声が響いた瞬間から、なにかに取り憑かれたかのように一心不乱となり、手を突き上げ、がむしゃらに歌っている。

アガハでも――

ジオルダルでも――

ガデイシオラでも――

「「教っえて、あっげるぅっ♪　教典になーいことぜんぶ、ぜんぶぅっっっ♪」」

『『ぜあぜあぜあ！　ぜあぜあぜあぜあ！』』

教えを違えた竜人たちが、今『隣人』という同じ歌を歌い、想いを一つに重ねていく。

「「「ク・イック、ク・イック、ク・イックウッウー♪」」」

地底を守れ、と。あの天を支えよう、と。

「「「あー、神様♪　こ・ん・な、世界があるなんて、知・ら・な・かったよ〜〜っ♪♪♪」」」

地底の三大国が、同じ目的のために力を合わせる。それはさながら『隣人』の歌詞の如く。

こんな世界があるなんて、知らなかったと言わんばかりに。彼らは一人一人、その手を大きく掲げていた――

更に膨大に、そして次々と、地底の民たちの想いは魔力に変換され、地底の空を支えながらも、覇王城にいる俺のもとへ寄せられる。この全身から放たれた黒き魔力の柱を覆うよう、届いた想いは真っ白な魔力の光と化して立ち上っている。

それは黒白の柱となりて、落下する天蓋を元の高さまで持ち上げた。

だが――

「ねえっ、アノス、これどうするのっ？　ここまで持ち上げたけど、ずっと歌い続けてるわけにもいかないでしょ？」

そうサーシャが問う。

「焦るな。手は考えてある――が、まだ想いが足りぬな」

「まだって、これ以上どうすれば……？」

「ジオルダルの信徒？」

ミーシャの言葉に、俺はうなずく。

「あの空を自分の手で支えようとはせず、未だ祈り続けている者が多くいる」

俺は支柱の間の隅に跪く教皇ゴルロアナを見た。

「その男のようにな」

教皇が声を上げれば、アガハ同様ジオルダルの残りの信徒たちも天を支えようとするだろう。

「ゴルロアナ」

俺がそう呼びかけたときだった。

「――美しいね。人々の結束というのは。まさか、あれほどいがみ合っていた地底の三大国が、ここまで心を一つにするとは夢にも思わなかったよ」

視界の隅でヴィアフレアが嬉しそうに笑う。声とともに、ゆっくりと空から降りてきたのは、セリスだ。

思っていたよりも早い。熾死王がそう簡単にやられるとは思えぬが。

「彼なら死んだよ。蘇生はできないだろうね」

「つくのならもっとマシな嘘をつくことだ。大方、《覇炎封喰》で熾死王の魔力をここから感知できぬようにしているといったところか」

特に動じず、セリスは答えた。

「よくわかったね。彼は幻名騎士団と禁兵が相手をしているよ。天蓋を支えるのに忙しくて、唱炎の援護がなくなったからね」

適当に言っただけだったのだろう。奴は何食わぬ顔をしている。

「それにしても、素晴らしいね」

セリスが支柱の間に着地すると、天蓋を支える俺たちを見て笑みを浮かべた。

「この地底に襲いかかった未曾有の危機が、敵対していた者たちの心を一つにしたんだ。追い詰められれば追い詰められるほど、人々はわだかまりを捨て、結束を深めるのかもしれない。終わりが近づくほどに、心はより綺麗に輝く」

ゆっくりとセリスはその二本の指先を、祈り続ける教皇ゴルロアナへ向けた。

「だとしたら、もっと美しい世界を見たければどうすればいい？」

紫電が奴の指先に走る。球体魔法陣はすでにその傍らに構築されている。

「もっともっと壊してみればいいんだ。そうすれば、誰もが望む世界に近づく」

容赦なく、《紫電雷光》が撃ち出された。その瞬間、ゴルロアナは覚悟を決めたような表情を浮かべる。激しい紫電が教皇のもとへまっすぐ迫り、そして弾けた。

「……ぬ、ぐぅぅっ……！」

僅かに教皇は顔を上げる。その敬虔な瞳に、小さな驚きが混ざった。立ちはだかったのは、ディードリッヒである。《竜ノ逆燐》で紫電を食らいながら、ゴルロアナを庇っている。

「君の体はもう限界だよ、ディードリッヒ。アノスに相当やられたみたいだね。そんなボロボロの根源で《紫電雷光》を食らえば、どうなるかわかるかい？」

「……さあて、そんなことは知るまいて……」

途端に、紫電が膨れあがり、《竜ノ逆燐》を貫通して、ディードリッヒの体を穿つ。

「……ぐぉぉ、おおおおっっっ……！！」

《紫電雷光》に焼かれ、ディードリッヒは前のめりに倒れた。

「頼みの魔王は動くわけにはいかない。今彼が動けば、あの天蓋が落ちてきて、僕たちはみんな押し潰されてしまうからね。彼は助かるだろう。僕も死にはしない。ひょっとしたら、配下たちを何人かは守れるかもしれない」

胡散臭い笑顔で俺たちを見ながら、セリスは言った。

「だけど、地底の人々はみんな死ぬ。そんな悲しい結末は見たくない」

再びセリスはゴルロアナとディードリッヒの方へ視線を向けた。

「ふむ。遊んでいる場合か？　俺を殺す気ならば、今が千載一遇のチャンスだぞ」

「わかっていないね。どんなに聞き分けが悪くても、君は僕の息子だ。子供の悪戯ぐらいで本気になって怒る親はいないだろう？　僕だってそうだよ」

さらりとセリスは言ってのける。どこまで本気か怪しいものだ。

「それに、君を過小評価はしないよ。天蓋を持ち上げたままでも、そこから動けなくても、君は戦えるかもしれない」

万雷剣を手にし、セリスは歩き出す。

「だけど、その力は、なにかを守ることには向いていないよ」

ゆっくりとセリスはゴルロアナたちの方へと向かう。

「天蓋を支えながら、彼らを救うことはできない」

「そう思うか？」

セリスの目の前にひらり、と雪月花が舞い降りる。それは、アルカナの姿に変わった。

彼女が神雪剣ロコロノトをその手に創り出すと、セリスはふっと笑った。

「やあ、背理神」

彼は万雷剣を手から放す。それが紫電に包まれたと思った途端、雷鳴が響き、アルカナの足元に落雷した。彼女の目の前に、万雷剣が突き刺さっていた。

アルカナは疑問の目をセリスへ向けた。

「これで、すべては君の思惑通りだろう？　最後に君は、僕と、そして魔王を裏切る。そのために、これまでずっと周囲を欺き続けてきた」

表情を変えないアルカナに、続けてセリスは言う。

「八神選定者は全員地底にいる。今、天蓋を落とせば、魔王と僕以外は生き残らない。僕は愚者の称号を与えられた八神選定者の一人。殺せば、選定審判の勝者が決まる」

彼は人の良さそうな笑みを浮かべた。

「君の本当の目的を果たすといい、アルカナ」

§40.【裏切り続けた彼女は、最後】

足元に突き刺さった万雷剣を一瞥し、アルカナは再びセリスを見つめた。

「思い出したはずだよ。君は、君の選定の神――創造神ミリティアを殺した。その魔剣でね」

アルカナは、息を呑む。感情の乏しい彼女の瞳に、一瞬強い想いが滲んだ気がした。

「懐かしいね。君は変わっていない。初めて会ったあの頃の綺麗な怒りを持ったままだ」

まるで思い出話をするかのように、セリスは語る。

「彼らにも教えてあげるといい。君がなんのために、ここまでやってきたのか。君が背理神ゲヌドゥヌブと呼ばれた理由を。今ならもう彼らは君の邪魔はできない。心を偽る必要はないよ」

セリスは笑みを浮かべる。アルカナは、奴を警戒するように神雪剣を構えていた。

「そうだね。言いづらいなら、僕から話そうか」

軽い調子で彼は言う。天蓋が落ちてくることも、世界の崩壊も、まるでセリスには眼中にないように思えた。

アルカナは鋭い視線を放ちながらも、静かに口を開いた。

「わたしは竜人として、アガハに生まれた」

静謐な声が、支柱の間に響く。

「地底でも殆どいない、竜核だった。竜は産み落とす子竜の核となるべき、根源を求める。竜に狙われ続けるわたしがいれば、大量の竜に襲われ、街はまともな治安を保てない。当時の剣帝は、わたしを忌むべき子としてアガハから追放しようとした」

天が震える音が聞こえる中、妙にアルカナの声が耳を打つ。

「彼は言った。親をなくしたわたしを養う者がいれば、アガハから追放はしないと。わたしはまだ子供だった。誰かに助けてほしくて、誰かが助けてくれると信じて、街中のドアを叩いて回った。寒くて、心細くて、お腹が空いて。泣きながら、わたしは歩いた。だけど、ドアは開かなかった」

アルカナは奥歯を噛む。

「誰一人、開けてはくれなかった。アガハの預言にて、忌むべき子とされたわたしに、救いはなかった」

涙はなく、彼女のその目に怒りが滲んだ。

「わたしはアガハを追放された。竜に追われながらも、荒野を彷徨った。食べるものも少なく、助けはこない。飢えて死ぬかと思った。凍えて死ぬかと思った。竜に食べられて死ぬかと思った。だけど、もしも死ぬことができたなら、そんなに幸せなことはなかっただろう」

アルカナが見せた夢と、状況は殆ど同じ。大きく異なるのは二つ。場所はディルヘイドではない。そして、彼女のそばには俺がいなかった。

「わたしは、ぎりぎり生き延びられるだけの魔力と、アガハの預言に生かされていた。剣帝は追放したわたしが死ぬことに罪悪感を覚え、死の可能性が最も低い未来を選んだ。わたしを迫害して、わたしを追放して、それでも、彼にはわたしを生の苦しみから解放する勇気がなかった。自らがその罪を背負うのを恐れ、わたしに苦しみを強いたのだ」

ときに死は、救済となる。それさえも与えられず、少女は一人ぼっちで飢えながら、行くあてもなく荒野を彷徨い続けたのだ。

「しばらくして、わたしのもとにアガハからの使者が来た。王竜の生贄になれ、と。そうすれば、わたしは名誉ある竜騎士になれる。竜に狙われることなく、アガハで暮らすことができる」

これまでアルカナが見せたこともない、暗い想いがこぼれ落ちた。

「初代剣帝は、未来を見るのを恐れていたのだろう。いつか自らの死が見えてしまうから。彼は当初、ごく近くの未来しか見なかった。そのため、わたしがすぐに竜核だと気がつかず、ただ竜が狙ってくるだけの存在と思っていた」

初代剣帝は、子竜の核になる竜核があることを知らなかった、か。あるいはそのとき未来を見て初めて、竜核の意味が知れ渡ったのかもしれぬ。

「彼は自分の命で追放したわたしを、ようやく救う方法を見つけたと思ったのだろう。街で暮らすことができ、最高の名誉が与えられる。二つ返事で引き受けると考えた」

「けれど、君の返事はノーだった。なぜだい？」

剣帝の行為を嘲笑(あざわら)うように、セリスは言った。

「……今更……なにが名誉だというのだろう……」

アルカナの言葉に、怒りがこぼれる。

「あのとき、誰もドアを開けなかった。誰一人として。そんな冷酷な人々が与える名誉が、いったいなんだというのだろう。そんなもの、わたしは、踏みにじってやりたかったのだ」

アルカナの《背理の魔眼》に、憎悪(ぞうお)がありありと溢(あふ)れる。彼女のものとは思えないほどに、その心は純粋な怒りに染まっていた。

「初めて出会ったときも、君はそういう目をしていたね」

くすっと笑い、セリスは俺たちに語るように言った。

「僕はたまたまジオルダルの教団に雇われていてね。彼女をさらった。ジオルダルの教皇はアルカナと取引をしたよ。選定審判の際、ジオルダルに味方をするなら歓迎すると言ってね」

アガハの味方であるフリをしながら、ジオルダルに利するように動け、ということか。

「君はそれに応じた。《契約(ゼクト)》を交わし、あれほど嫌がっていた王竜の生贄(いけにえ)になり、子竜と化した後、ジオルダルに味方する盟約を交わした。なぜかな？」

一瞬躊躇(ちゅうちょ)しながらも、彼女は答えた。

「……わたしは、居場所が欲しかった。普通に暮らしたかった。荒野を彷徨(さまよ)うのも、森を彷徨(さまよ)うのも、竜に追われ続けて、一人ぼっちで生きていくのは、もう嫌だった。ようやく助けの手がわたしにも伸びたのだと……そんな勘違いをした……」

唇を噛(か)み、それからアルカナは言った。

「ジオルダルの信徒は、アガハの民だったわたしを、王竜の生贄(いけにえ)に選ばれたわたしを、受け入れなかった。異教の信徒として、差別され、迫害された。彼らは言った。異端者を異端者として扱うことこそが、異端者にとっても救いなのだと。わたしは、わたしの意志でアガハの教えを守ったことはない。だけど、そんなこと、ジオルダルの信徒にとっては関係なかった」

「そう。だから、教皇は提案したよ」

にっこりと微笑(ほほえ)み、セリスは言った。

「審判の篝火(かがりび)に身を投じれば、神聖なる者として、ジオルダルの信徒は受け入れるだろう、と。アルカナはその通りにした。耐え難いほどの苦痛に耐えたんだ。さあ、これでようやく彼女は、ジオルダルの民として、普通に暮らせるはずだ」

アルカナは憎悪(ぞうお)をぶつけるようにセリスを睨(にら)み、呪いを吐き出すように言った。

「すべてが、嘘(うそ)だった。なにをしても、わたしの過去は消えない、と彼らは言った。教皇は民の心ばかりは、どうしようもないと言った。わたしは、騙(だま)されていたのだろう。審判の篝火(かがりび)

で力を得た根源を王竜に捧げる。生まれた子竜をもって選定審判を勝ち抜くのが、教皇の目的だった。《契約》を交わしたわたしは逆らうこともできず、ただ居場所が欲しいと願っていた」

「僕も《契約》を交わしていてね。仕方なく、アルカナを王竜の口へ投げ込んだよ。アガハの騎士を演じながら」

そうして、アルカナは子竜として生まれ変わった、か。

「わたしは憎んだのだろう。憎まずにはいられなかったのだろう。呪いのように怒りと憎しみが、頭から離れず、なにもかもが許せなかった。アガハが、ジオルダルが。だけど、当時はその二つの国が地底のすべて。恨む以外に、逃げ場所はなかった」

「地底のすべてが彼女の敵だったんだ。だから、復讐しかなかったんだよ。悲しい話だね」

まるで心を痛めた素振りもなく、彼は言った。

「わたしは創造神ミリティアに選ばれ、選定審判を勝ち抜いた。ミリティアは、救いようのないわたしだからこそ、選定者に選んだと言った。わたしには、その意味がわからず、ただ盟約だけが、わたしと彼女をつなぐものだった」

「悪いことばかりじゃなかったよ。やがて、そんなアルカナがいたたまれないと思ったアガハのボルディノスという男が、これまでの罪滅ぼしにと手助けを申し出たんだ」

セリスが、万雷剣を指す。

「神をも滅ぼせるその魔剣を彼女に貸してあげた。創造神ミリティアは、密かに選定審判を終焉に導こうとしていたからね。それは地底のためであり、竜人たちのためでもあった。だけど、アルカナにとっては、許せない裏切りだった」

「ボルディノスはわたしに言った」

アルカナが、過去の怒りを思い出すように声を発した。

「その憎しみを忘れたいなら、神の代行者になるしかない、と。神は心をもたない。感情を忘れ、穏やかに、ただ人々を救い続ける者になれる。それが、わたしに残された最後の救い。心を捨て、誰も憎まない存在になる。ミリティアはそれを奪おうとしていた」

「わかると思うけれどね。悲しいかな、ボルディノスは彼女を騙していたんだよ」

ボルディノスが彼女を騙していた。その物言いには、少々違和感がある。なぜ自分が、と言わないのか。

「わたしはミリティアを殺した。そのまま待っているだけで、神の代行者になれる。けれど、どうしても許せなかったのだろう。選定審判の勝利こそが救いで、けれども選定審判がなければ、わたしが、ここまで憎悪に飲まれることはなかったのだから」

淡々と彼女は言った。

「整合神をわたしは半分殺した。せめて奪ってやろうと思ったのだ。その秩序を。アガハとジオルダルが執着した選定審判をわたしのものにすること。神になる前のわたしが、最後に犯した、ささやかな復讐のつもりだった」

俯き、暗い目でアルカナは床を見つめた。わかっている。今のアルカナを見れば。彼女が望んだ神には、なれなかったことは。

「わたしは、神の代行者となった。心ない神の身代わり。喜びも、悲しみも、楽しみも、消えた。だけど、許せなかった」

その《背理の魔眼》から怨嗟がどっと溢れ出す。

「憎しみだけは、わたしの怒りだけは、消えてくれなかった。わたしには憎悪だけが残った。苦しみだけが残った。誰も憎まないでいられるようにと願ったはずなのに、わたしは気がつけば、ただ憎むだけの神の代行者になっていた」

それが、ボルディノスがアルカナについた嘘だった、か。

「わたしは、わたしを止められなかった。止めるための心は消え、憎しみだけがわたしを突き動かしていた。代行者となり、勝利を持ち帰ったわたしは、まずジオルダルを裏切り、次にアガハを裏切って、ガデイシオラを作った。そうして、彼らと神々に戦いを挑む。けれど、愚かなわたしは、まだボルディノスがわたしを欺いたことに気がついていなかった」

「まさか憎しみが消えないなんて思わなかった、とボルディノスは言っていたからね」

セリスが軽い調子で言った。

「ボルディノスが敵だとようやく気がついたわたしは、ガデイシオラを裏切った。結局、すべてを敵に回し、最後はボルディノスに討たれた」

アルカナは憎悪と呪いを吐き出すように言う。

「わたしは、すべてを裏切った背理神。その通りだろう。だけど、先に裏切ったのは神を信仰するこの地底の民だ。神の名のもとにわたしを欺き、わたしを迫害した」

理不尽が、彼女を襲い続けた。そうして、どこまでもその憎悪が膨れあがった。

「転生した後、しばらくして、アルカナは僕を訪ねてきた。手を結びたいと言ってね。とてもいい目をしていたよ。運命に逆らおうという綺麗な目を。僕を裏切ってやりたくて仕方がなかったんだろうね」

セリスは、どこか嬉しそうだった。

「お互いの情報を話し合い、僕たちは別れた。アルカナは《創造の月》で自らの記憶と憎悪を封じ、望む目標に辿り着くように行動に様々な制限を加えた。憎悪が消せるならと思うかもしれないけど、それは一時的なことで、なにより表面的なことだ。彼女の行動の根幹は常に、その憎悪に支えられてきた」

彼は言った。

「その真っ暗な感情に従い、アルカナは今ここに立っている」

それを歓迎するように、セリスは両手を広げる。

「彼女の願いが、本当に人々の救いだと思うかい？」

この場にいるすべての者に、そして俺に向けて彼は問うた。

「裏切られ、虐げられ、いいように扱われ、アルカナはその役目を押しつけられた。本当は、憎んだ神の代行者になど、なりたくはなかったんだよ。彼女が求めたのは、二つ」

指を二本立て、セリスは言う。

「一つ。自分を裏切ったジオルダル、アガハ、ガデイシオラに復讐すること」

指を一本折り、彼は続ける。

「一つ。神のお仕着せを脱ぎ捨て、代行者をやめることだ」

また指を折り、セリスは腕を下げた。

「選定者が選定審判を勝ち抜き、最後の一人となったとき、整合神エルロラリエロムの秩序により、選定の神の秩序は選定者のものとなる。それにより神の力を得た代行者が、失われている秩序を補うという仕組みでね」

それまで神を食らってきた選定神の力が、すべて代行者のものとなる、か。

「つまり、アノス。君が選定審判を勝ち抜けば、アルカナの持つ秩序はすべて君のものとなる。彼女は代行者の役目を終え、元の竜人に戻れるんだ」

あの天蓋が落ちてくれれば、ジオルダルとアガハ、ガデイシオラも綺麗に一掃できるだろうしな。アルカナの復讐はそれで終わる。

「選定審判を終わらせる、そう君はアルカナと誓ったようだけど、なんのことはないよ。君は最初から騙されていたんだ、アノス」

セリスが人の良さそうな顔で俺に言う。

「その証拠に彼女は記憶が戻ったのに、リヴァインギルマを理滅剣に戻さないままだ。あの天蓋が永久不滅の神体ならば、地底にいるすべてを確実に滅ぼすことができるからだよ」

彼はアルカナの方を向く。

「救いを願ったアルカナが、アヒデを殺したのはなぜだい？　憎んでいたからだよ。その憎しみを押さえきれなかったんだ。彼はそっくりだった。彼女を裏切ったジオルダルの民の末裔に」

アルカナとセリスは睨み合う。彼女は問うた。

「……あなたの目的はなに？」

「抜かないのかい？」

一瞬の沈黙、アルカナは言う。

「今度は裏切らせない。本当にわたしの目的を果たしてくれると言うのなら、反魔法を使わず、ここに歩いてくるといい。同時にすべてを終わらせたい」

「確かにその方が余計な邪魔は入らなそうだ」

アルカナは、背後で祈り続けるゴルロアナを一瞥(いちべつ)した。

「わたしを裏切り、迫害した教皇の子孫を、その教えを、わたしが守る理由はどこにもないのだろう。彼が死ねば、支える手は足りず、あの天蓋は確実に落ちる」

「それじゃ、君の言う通りにしようか」

セリスはゆっくりと歩いていき、突き刺さった万雷剣を挟み、アルカナと対峙(たいじ)した。

「あなたがゴルロアナを殺すのをわたしは止めない。けれども、その隙に、わたしはあなたを殺す」

「それで構わないよ」

セリスは万雷剣ガウドゲィモンを抜いた。その剣身に紫電が迸(ほとばし)る。膨大な魔力を集中し、ガウドゲィモンの切っ先がゴルロアナへと向けられる。

「待ちなさいよっ……！　そんなこと、させるわけないでしょうがっ……」

サーシャが《破滅の魔眼》でセリスを睨(にら)みつけると同時に、ゼシア、エレオノール、ミーシャが動いた。瞬間、《紫電雷光(ガヴエスト)》が撃ち出され、彼女たちに落雷する。

反魔法を全力で展開してサーシャたちは堪えるも、万雷剣ガウドゲィモンの剣閃(けんせん)が彼女たちの胸に浮かんだ。直後、紫電の爆発が彼女たちを弾(はじ)き飛(と)ばす。

「……きゃ、あああぁぁぁ…………!!」

「もう魔力はあまり残っていないだろう？　無理はしないことだよ」

言いながら、セリスはその魔剣をゴルロアナへ向けていた。

「ああ、世界はこんなにも儚い。人々の信頼と同じく、脆く崩れ去ってしまうなんて」

勢いよく突き出されたガウドゲィモン。紫電が駆け抜け、赤い血が、散った。

「……へえ…………？」

アルカナが万雷剣ガウドゲィモンに手の平を貫かせ、その紫電を受け止めていた。そして、彼女が手にした神雪剣ロコロノトは、セリスの腹を貫いている。

確実に彼を捕まえるために、懐に呼び込んだのだろう。

「ぜんぶ、あなたの言った通り。なに一つ嘘はない」

雪月花で万雷剣を凍らせながら、アルカナは《背理の魔眼》にて、セリスの体を睨みつける。

「……わたしは、憎い。彼らを許せる日はきっと、来ないのだろう……代行者になって、幸福だと思ったことは、一度もない……わたしは、救いたくなんか、なかった……」

彼女がアヒデの選定神だった頃、俺に尋ねた。

どうして人は、そんなにも神になりたい？――と。

「代行者になんかなりたくなかった。わたしがもらえなかった救いが、どうして他の人に与えられるのか。わたしを救ってくれなかった人を、その子孫を、どうして救わなければならないのか。どうしてこんなにも憎みながら、彼らのために秩序を維持し続けなければならないのか」

──この身が神であることが、幸福だと思ったことは、一度もない、と。

「どうして？　どうして？　どうして？　答えをくれるはずの神様の代わりが、わたしだった」

記憶がなくとも、確かにその感情を持つ彼女の、きっとあれは本心だったのだろう。

「みんな裏切った。みんな。ジオルダルも、アガハも、ガデイシオラも。だから、わたしは、わたしを裏切ったすべてを、裏切ってやる。あなたも。あなたの思い通りにはさせない」

迸った紫電を、アルカナは魔剣に貫かれた手でぐっとつかみ、自らの腕ごと凍結させていく。

「だけど」

憎悪に染まった彼女の瞳に、涙がはらりとこぼれ落ちる。

「魔王は、信じている。今も。わたしが裏切りを口にしたその瞬間さえ、わたしを」

セリスが指先をアルカナに向ける。紫電が走った瞬間、《背理の魔眼》にて球体魔法陣を雪月花に変えた。彼の足が凍りついていく。

「お兄ちゃんは、わたしを裏切らなかった」

§41.【チェックメイト】

アルカナの《背理の魔眼》が、セリスを射抜く。足元から上半身に向かい、彼の体は凍てついていった。強い反魔法を纏うセリスを直接雪に変えることはできないため、その反魔法を氷に変化させているのだ。

「憎悪に染まった君を救ったのは、魔王の信頼ということかな」

ミシミシと鈍い音を立てながら、セリスは凍りついた右手を無理矢理動かし、万雷剣をアルカナの手から引き抜く。

「美しいね」

神雪剣を構え、セリスの反撃に備えたアルカナの予想とは裏腹に、彼はその刃をくるりと回転させ、自らの胸を貫いた。緋電紅雷。雷の血が溢れ出し、凍てついた氷を、そしてアルカナを弾き飛ばした。

後退した彼女は、《背理の魔眼》で雷を雪月花に変えて防ぐ。

祈り続けるゴルロアナと、そこに膝をつくディードリッヒの前に、彼女は立っていた。

「逃げて」

アルカナが言うと、教皇は答えた。

「どこへ逃げるというのでしょう？　天蓋の落下は地底の終わり。私はあれが落ちぬよう、我が国のため、祈りを休むわけには参りません」

目を開き、ゴルロアナは静かに唱える。音韻魔法陣が発動し、その衝撃がディードリッヒとアルカナを弾き飛ばした。向かってくるセリスから、二人を退けるように。

「私は教皇。最後まで、ジオルダルの教えに殉じましょう。しかし、アガハの剣帝よ、あなたがこの祈りのために果てることはない」

祈りながらも、その残った魔力をゴルロアナはセリスに向けた。

「へえ」

興味深そうに笑い、セリスは球体魔法陣を目の前に構築する。

「アルカナ」

小さな唱炎が、ゴルロアナの前に立ち上る。それでは到底、太刀打ちできぬ。そんなことは百も承知だろう。

「あなたは、偽りと裏切りの神、背理神ゲヌドゥヌブでした。今は、もう違う。過去に囚われた私たちは、あなたが常に、これからも変わらず、まつろわぬ神だと思い込んでいました」

セリスが教皇に二本の指先を向ける。

「私は罪を知っていた。あなたを背理神にしてしまった祖先の罪を。それは決して変わらぬことと、彼らの死をもって懺悔は済み、許されぬのはあなたがまつろわぬ神ゆえと」

神に懺悔するように、教皇は頭を垂れた。

「しかし、あなたは、あなたを最後まで信じ抜いた一人の男の信仰をもって、まつろわぬ神から脱した」

信じられないことだというように、ゴルロアナの表情が後悔に染まる。

「――ああ、神よ。あなたをまつろわぬ神にしていたのは、我らに信仰がなかったゆえとは。愚かな、神を信じられなかった愚かな信徒の贖罪を、どうかお受け取りください」

燃え盛る唱炎がセリスに襲いかかる。けれども、その身に纏う反魔法がいとも容易く炎をかき消した。

「《紫電雷光》」

紫電が走った。その寸前でアルカナは《背理の魔眼》で球体魔法陣を雪に変える。セリスは万雷剣の刃を紫電と化して伸ばし、横一文字に斬り払った。アルカナの神雪剣が紫電の刃を受け止める。紫電と雪月花が激しく衝突した。

「……竜の子よ。罪を償うというのなら、死なないでほしい。神になど祈らず、その手を隣人と取り合ってほしい。わたしは変わった。あなたも――」

アルカナの口から、血がこぼれる。万雷剣ガウドゲィモンが彼女の腹部に突き刺さっていた。

しかし、怯まず、アルカナは雪月花で自分諸共その剣身を凍りつかせていく。

『アノス様――』

死闘の最中、届いた《思念通信》はエレンからだ。

《狂愛域》を。少しの間、あたしたちが天蓋を支えます』

愛魔法ならば、有効だろうが。

『生半可な想いでは背負えぬぞ』

『新しい歌を届けたいんです。地底の人たちに』

すると、《思念通信》の向こう側がざわついた。

『あ、新しい歌って、今思いついたやつっ？　四番の方がいいんじゃない？』

『大丈夫だよ。即興はいつものことだし』

『そうそうっ、エレンの今の気持ちで歌わせてあげようっ！』

『信じてるから、お願い、ジェシカ』

一瞬の空白。覚悟を決めた声が響く。

『……わかったよ……もう、しょうがないんだから……』

ぶっつけ本番とはな。なかなかどうして、それでこそ魔王の配下だ。

『やってみせよ。お前たちならば、できるだろう』

『『『はいっ！　アノス様っ！』』』

今使っている愛魔法に加え、魔王聖歌隊の愛を魔力の柱へと変える《狂愛域(ガルド・アスク)》を発動する。

ギギギギギ、ドゴォォンッと紫電が爆発した。アルカナが作り出した氷が吹き飛ばされる。

彼女がたたらを踏み、ガウドゲィモンを抜かれないように素手でその剣身をつかんだ瞬間、セリスは再び球体魔法陣を描き、そこに手を突っ込んだ。

紫の稲妻が室内を染め上げ、バチバチと周囲に雷光を撒き散らす。

「あと少し、そう、地底の民たちが、もうほんの少し想いを合わせれば、あの天蓋は完全に支えられるかもしれない」

ぐっとセリスが拳を握ると、その手の平の中で魔法陣が圧縮されていく。彼の左手には凝縮された紫電が集った。

「だけど――」

圧倒的な破壊の力。その魔法が、奴の左手に宿っている。

「――故郷を愛する想いが減ってしまう可能性は、考慮しているかい？」

彼はその手を天に掲げた。紫電により描かれた魔法陣は一〇。それらから更に紫電が走り、魔法陣と魔法陣がつながって、一つの巨大な魔法陣が構築される。

「《灰燼紫滅雷火電界(ラヴィア・ギーグ・ガヴエリィズド)》」

　連なった紫電の魔法陣が、支柱の間の外壁を吹き飛ばし、まっすぐ空へ飛んでいった。それは、遥か彼方の天蓋に張りつくと、荒ぶる膨大な紫電を走らせる。空が紫に染まり、地上の昼よりも更に明るい光が地底を照らし出す。雷鳴が轟いた。世界の終わりを彷彿させるようなその不気味な音とともに、彼方の天蓋が滅びの雷によって焼かれていく。

　永久不滅の神体ゆえ原形を保ってはいるものの、天の蓋を支える秩序の柱という柱が、灰燼と化していき、岩や石の一つ一つが独立して落ち始める。

「天の蓋は支えられても、無数の雨を受け止めるには手が足りない」

　天蓋がズレ、そこに無数の氷柱が生えているように見える。夥しい数の震雨が今にも地上へ落ちようとしているのだ。それも、広大な範囲に。

「あの下は、アガハの国だよ。震雨は降り注ぎ、何千何万という民が滅びる。さあ、試してみよう。滅びてなお、故郷への愛を持ち続け、あの天蓋を支え続けることができるかな？」

「――貴様ぁっ……‼」

　魔力の尽きかけた体で飛びかかったディードリッヒは、しかし、セリスの裏拳を顔面に食らい、派手に吹き飛ばされた。

「わかっていないね。今更、僕を止めてももう遅い」

　彼は自ら空けた壁の穴から、アガハの空へ視線をやった。

「先の一手で、チェックメイトだよ」

　まるでチェスに勝ったような軽い調子でセリスは言う。ディードリッヒへ指先を向けようとして、彼は僅かに首を傾けた。

小さく、音が奏でられていたのだ。いつのまにか終わっていた『隣人』に代わり、優しい音色が、俺の《思念通信》を経由して地底を包み込む。

声が、聞こえた。優しい声が。

——この世界でお前と二人きりになったら、
——殺し合う前にひとつ聞かせてほしい。
——お前が死んだときの埋葬の仕方を。
——お前の神の御許へ必ず送ろう。
——俺が死んだら、この骨を空に帰し、
——どうか俺の神のもとへ送ってほしい。

——誓いを交わした俺たちは同時に神の刃を交わした。

——本当はもう知っていたんだ。
——争う理由がたった今消えたことを。
——振り下ろす剣は止まらないのか。
——俺の神はお前を助けない。
——この祈りはお前が信じた神へ。

──どうかこの信心深い男を救ってくれ。

誰かの心が、確かに揺れた。突き動かされ、激しい衝動に駆られたように、一人の竜人が、そこに立ち上がっていた。

「……民よ……」

躊躇いと迷いが、その顔に浮かぶ。けれども歌に背中を押されるように、畏れを振り切り、その者は確かに叫んだのだ。

「ジオルダルの民よっ……‼」

叫んだのは、教皇ゴルロアナ。ジオルダルのため、国のために常に祈り続けてきた手が解かれていき、それはまっすぐ頭上に伸びた。天蓋を、支えたのだ。

「私は教皇ゴルロアナ・デロ・ジオルダル。祈りをやめ、手を天に、その想いで天蓋を支えなさい！」

教皇の体に愛魔法の光が集う。

「今、アガハに震雨が降り注ぎます。《全能なる煌輝》エクエスは言われました。汝の隣人に慈悲深くあれ。この祈りはしばし、災厄に見舞われたアガハのために。彼らの神が彼らを救うように、彼らが信じるその教えに従い、願って差し上げましょう。我らが神の名にかけて、汝らの大いなる慈悲を」

けたたましい地響きを鳴らしながら、無数の震雨がアガハに勢いよく降り注ぐ。それは永久不滅の岩の雨。なにもかもを貫通し、根源すらも滅ぼすであろう。天蓋を支え続けるアガハの民に、それは容赦なく襲いかかる。

街を蹂躙し尽くすほどの震雨が、城を破壊し、時計台を貫き、物見櫓をぶち壊す。民家や商店、そして、アガハの人々へその雨が降り注ぐ——僅か数瞬前であった。

純白の光が、岩の一粒一粒を包み込んでいた。《聖愛域》の光だ。ゴルロアナの言葉で、一斉に想いを一つにしたジオルダルの民たちが、降り注いだ震雨を残らず受け止め、そして持ち上げていく。みるみる震雨は空に帰っていき、そして天蓋と一つになった。

「ああ、とても感動的だね。だけど、君たちは間に合わなかった」

セリスがアルカナの腹部に万雷剣を押し込む。どくどくと血が溢れ、彼女の手を紫電が焼いた。瞬間、彼はガウドゲィモンをその腹から抜き、アルカナへ向ける。消耗した彼女には、もう避ける力も残っていない。

「チェックメイトだと言ったはずだよ」

ガウドゲィモンが、アルカナの《背理の魔眼》を斬り裂いた。

「どれだけ想いと魔力を集めても、天を支える秩序ではない。アノス、君の狙いは、《背理の魔眼》で最後にこれらを天柱支剣に変えることだ。それが可能かどうか試すために、最初に偽物の天柱支剣を創ったんだからね」

こちらを振り向き、彼は言った。

「天蓋が落ちるまでに、その魔眼の傷を癒せるかな？　滅ぼすことしかできない、君の力で」

「ならば、癒さぬまでだ」

言葉と同時に、アルカナの姿が霧と化して消えた。妖精ティティの力である。本物の彼女は、神隠しの精霊隠狼（いんろう）ジェンヌルが異空間に隠している。

「残念でしたね、セリス」

漂う霧とともに奴（やつ）の背後にシンが現れる。

「……な……冥王と詛王が足止めしているはず――」

略奪剣と断絶剣をシンは容赦なく振り下ろす。

「――なんて言うと思ったかい？」

球体魔法陣に紫電が溢（あふ）れ、セリスの左腕に集う。それは紫電の戦斧（せんぷ）と化した。《迅雷剛斧（ガルヴエドウール）》にて断絶剣を迎え撃ち、万雷剣ガウドゲィモンで、略奪剣と斬り結んだ。

「あの二人がシン・レグリアを通すのは想定内だよ。故郷を守りたいだろうからね」

断絶剣が焼け焦げ、《迅雷剛斧（ガルヴエドウール）》が切断される。セリスは再び、球体魔法陣から紫電を溢（あふ）れさせた。

「カカカッ、ならばこれも想定内かね、セリス・ヴォルディゴード」

無数の神剣ロードユイエが空から降ってきて、セリスの体に突き刺さる。同時に落ちてきたのはエールドメードだ。

「勿論（もちろん）、来る頃だろうと思っていたよ」

《紫電雷光（ガヴエスト）》が放たれ、エールドメードが迎撃される。その刹那、神剣ロードユイエを手にしたシンが、セリスの左腕を貫いていた。緋電紅雷が剣を伝い、シンに絡（から）みつく。

「二人がかりなら、勝てると思ったかい？」

「一人で十分だがな。あいにく遊んでやれる時間もない」

《狂愛域》——すなわち魔王聖歌隊の歌が天蓋を支えている。自由になった俺は、セリスに接近していた。

正面からはシンが、空からエールドメードが、そして背後から俺が迫る。セリスは球体の魔法陣に左手を突っ込み、ぐっと握り締めた。瞬間、奴の左手が切断され、宙を舞った。

「断絶剣、秘奥が弐――《斬》」

焼け焦げた断絶剣の刃が、更にボロボロと崩れる。振り上げられた万雷剣を、エールドメードが神剣にて打ち払い、可能性のリヴァインギルマが、その両足を薙いだ。

ぐらりと体が傾き、奴は前のめりに地面に倒れる。背中から、リヴァインギルマを奴の根源めがけて突き刺した。バチバチと紅の雷が溢れ出し、全能者の剣すらも飲み込もうとする。

「リヴァインギルマの一撃で滅びぬとは大したものだ」

「滅びは、僕からはほど遠いよ。憧れといってもいいかもしれないね」

嗜虐的な笑みが、俺の顔に浮かぶ。

「くれてやろう」

起き上がろうとしたセリスの頭を、俺は右足で思いきり踏み付けた。

「取り押さえよ」

シンがセリスの足を略奪剣で斬り裂き、エールドメードが両腕をロードユイエで縫い止めた。

「二千年前の魔族は、どうにも滅びぬ者が多いからな。処刑魔法を開発する必要があった。無論、捕らえるまでが骨だが――」

足でセリスの頭を踏み付けたまま、魔法陣を描く。

「《斬首刎滅極刑執行(ギギヌヴエヌエヌズ)》」

奴(やつ)の首を黒い拘束具が覆う。現れたのは、漆黒の断頭台だ。

「一言だけ許す。命乞いならば、言葉を選べ」

「君の記憶を奪ったのはミリティアだよ」

ギロチンの刃が、ギラリと冷たい輝きを発する。指先を、上から下へ落とす。

「転生した彼女は、どうなったと――」

「執行」

ガダンッとギロチンの刃が落ち、セリスの首が刎(は)ねられた。

§42.【それでも、いつまでも】

血飛沫(ちしぶき)とともに飛んだセリスの首は、二度床を跳ねて転がる。《斬首刎滅極刑執行(ギギヌヴエヌエヌズ)》の断頭台が黒き粒子となって立ち上り、すぅっとその場から消えた。

「……ふふ……あははっ……そんなことをしてもだめだわ」

ヴィアフレアが言った。アルカナが消耗したことで彼女を覆う雪は半分溶けかけ、その結界も弱まっている。

「ボルディノスは首を刎(は)ねたって死なないもの。あなただって、そうだったでしょ？」

得意気に言う覇王に、俺は冷たい視線を向けた。

「《斬首刎滅極刑執行》に首を刎ねられた者は助からぬ。ギロチンの刃は、斬首刑という儀式に則ることで破滅の種を根源の深奥へと植えつける」

「なに言ってるの。そんな魔法ぐらいでボルディノスが死ぬわけないわ。ご覧なさい」

ヴィアフレアは、信頼しきった表情でセリスの遺体を見つめた。だが、その首も、体も一向に動き出す気配はない。どれだけ魔眼で深淵を覗こうとも、その根源は死を迎えている。

「……ボルディノス……？」

彼女は呼びかける。返事はない。

「……嘘……でしょ……ねえ、ボルディノスっ？」

再度、ヴィアフレアは言った。無論、返ってきたのは、静寂だ。

「……だって、わたし……ずっと……待っていたのに……。あなたが、帰ってくるのを……」

セリスのもとへ行こうとするも、彼女は結界に阻まれ、進むことができない。

「ここでずっと……ねえっ、ボルディノスッ！　返事をしてっ！　死んだフリをしているんでしょう？　すぐに立ち上がって、やっつけてくれるんでしょうっ⁉」

ポロポロと涙をこぼし、彼女は言った。

「……ねえ……お願い……ボルディノスッ！　応えて――」

悲痛な表情でヴィアフレアは叫んだ。

「応えてえええええぇぇぇぇぇぇぇぇぇぇぇぇぇぇぇぇぇぇぇっ……‼」

あらん限りの声で叫んだ言葉は、空の彼方に吸い込まれていく。返事はない。一言も。それこそが、セリスの滅びを意味していた。

「いやあああああああああああああああああああぁぁぁぁあっっっ‼‼」

絶叫とともに、ヴィアフレアの全身から魔力が放出される。命を振り絞り、彼女は雪月花の結界に両腕を叩きつける。バチバチと激しい魔力の衝突に、その腕がボロボロに傷ついていく。構わず全身を叩きつけるようにして結界を破り、彼女は駆けた。セリスの首まで辿り着くと、跪き、震える手をそっと伸ばす。涙の雫がこぼれ落ち、彼女はその首を胸に抱いた。

「……許さない……」

涙を流しながら、憎悪に染まった目でヴィアフレアが俺を睨みつける。

「……可愛い、わたしの子供たち。天蓋なんて、支えなくていいわ……。そこで歌を歌っている魔族がいるでしょうっ！　彼女たちを、殺しなさいっ！　今すぐっ！」

彼女は魔法陣を描き、命令を発する。ガラデナグアの街中で歌っているガデイシオラの民、その身中に潜む覇竜へ向けて。

「滅びてしまえばいい……こんな世界……！　ボルディノスのいない世界なんてっ……‼」

愛に狂ったように、彼女は叫ぶ。

「ねえ、みんなっ！　お父さんの仇を、ボルディノスの仇を討つの。ボルディノスを殺したこいつらを、まとめて一緒に踏み潰してやるのよっ‼」

ぎゅっとヴィアフレアはセリスの首を抱きしめる。

「ほら、やりなさいっ！　早く早く、早くっ‼」

そう絶叫した後、彼女は信じられないといった顔をした。

「……どうして……？」

呆然とした呟きが漏れる。覇竜からの応答がないのだろう。

「残念だがな、ヴィアフレア」

ゆるりと彼女のもとへ歩いていく。覇王はセリスを守るように、その胸に抱いて身構えた。

「俺の免疫が覇竜全体に行き届いた。民を優先していたが、禁兵の覇竜も最早俺の支配下だ」

「……嘘……嘘よ……だって、免疫が移る前に……」

「お前が覇竜を手にかけた頃には、俺の免疫は他の覇竜に転移していた」

指先を向ければ、黒い糸がヴィアフレアの首に巻きつく。それは禍々しい首輪へと変化した。

「なによ、こ――」

「《羈束首輪夢現》」

夢に囚われ、ヴィアフレアが棒立ちになる。それでも、セリスの首だけは放さなかった。

「冥王の言った通り、哀れな女だ。お前の処遇は、地底の王たちに任せるとしよう」

ヴィアフレアから背を向け、俺は折れた天柱支剣のそばまで戻っていく。ミーシャたちとともに、ディードリッヒ、ナフタ、ゴルロアナがそこにいた。アルカナも、ゆっくりと俺のもとへ歩いてくる。

「地底の民、地底の王全員で足並みを揃えてとは、いかぬ。大層な口を叩いたが、遠いものだ、理想というのは」

俺が言うと、ディードリッヒが豪快に笑った。

「魔王や。そいつは、少しばかり理想が高すぎやしまいか？」

傍らでゴルロアナが静かに言った。

「いつか辿り着けるかもしれませんね。あなたがお示しになった、この道を進んで行けば」

俺たちは視線を交わし、それからうなずいた。

「では、最後の仕上げといくか」

あの空を支えるべく、俺は頭上に手を伸ばす。アルカナ、ゴルロアナ、ディードリッヒがそれに続いた。

耳をすませば、再び魔王聖歌隊の歌声が、遠く響いてくる。

――憎んだお前の神が罪人となったら、

――俺の神の名にかけ、誓わせてほしい。

――その処刑台に剣の裁きを下すと。

――俺が許せぬお前の神の教典を。

――この命を懸け必ず守り通し、

――祈り続けるお前のもとへ届けよう。


――別の道を行く仇敵よ、違えたのは一つ神の名だけ。

アガハ、ジオルダル、そしてガデイシオラから、地底の民たちの想いの結晶が、支柱の間に集っていく。地底を愛するその想いを、俺は一身に浴びてここに束ねた。世界を包む愛魔法を、この右手から解き放つ。

「《想司総愛》」

俺が放つ漆黒の愛と地底中から集まってきた純白の愛が、ここに黒白の柱を立て、落ちてくる空をしっかりと支えた。今ならば、天蓋を永久不滅の神体から元の姿に戻しても、すぐに崩壊することはあるまい。

「アルカナ」

リヴァインギルマを彼女に渡す。アルカナは両手で捧げるように神剣を持ち、僅かに膝を折った。雪月花が、彼女の周囲に光を放つ。

「月は昇りて、剣は落ち、次なる審判のときを待つ」

全能者の剣リヴァインギルマが光り輝く。白銀の光が周囲を照らし出し、それは理滅剣ヴェヌズドノアと《創造の月》アーティエルトノアに分かれた。天蓋に上弦の月が瞬く。

「この《想司総愛》の柱を、天柱支剣ヴェレヴィムへと変えよ」

アルカナはうなずき、《背理の魔眼》にて、それを睨む。黒白の光が、徐々に剣の形へと変わっていく。

「…………う……」

苦しげな声とともにアルカナの眼球から、血が溢れ出した。ティティとジェンヌルの力を借りてなお、セリスの一撃を避けきれてはいなかったのだろう。がくん、と彼女は膝を折った。

「……大丈……夫…………」

跪きながらも、彼女はその《背理の魔眼》を黒白の柱へと向けようと、顔を上げる。

手が差し出されていた。それは二つ。ゴルロアナとディードリッヒのものだ。

「痕跡の書で、アーティエルトノアをかつての姿にいたしましょう。《創造の月》が本来の輝きを取り戻せば、あなたの負担も減るはずです」

ゴルロアナは魔法陣から、純白の書物を取り出す。

「痕跡神はもういないので、確実ではありませんが」

「なあに、カンダクイゾルテで限局しようぞ。こちらもナフタが神眼を使えぬのが、少々心許なくはあるがな」

まっすぐ二人はアルカナに視線を向ける。心苦しそうに言ったのは、ゴルロアナだ。

「……懺悔も、許しを請うこともいたしません。ジオルダルは確かにあなたに背き続けてきました……」

「……償いきれるものでは決してないが、かつてのアガハの振る舞い。王として、贖罪をしよう……」

アルカナは血が溢れるその魔眼で、二人を睨んだ。

かつて自分を裏切り、奈落の底へ堕とした、ジオルダルとアガハの子孫を。

「わたしは……」

一瞬、彼女は俺を見た。その気持ちはよくわかっている。

「今も、許せない。アガハも、ジオルダルも。あなたたちの教えも。だけど」

そう言って彼女は二人の手を、優しく取った。

「わたしが癒そう。《背理の魔眼》なら、ナフタの神眼の力も幾分か戻せるだろう」

——本当はもう知っていたんだ。

——俺は憎んだだけ、それ以上はいらない。

——振り下ろす剣は止まらないのか。

——俺の神はお前を助けない。

——この祈りはお前が信じた神へ。


——憎たらしいその教えが、それでも、いつまでも続きますように。


アルカナはその魔眼をナフタに向ける。傷ついた神眼が作り替えられ、僅かに癒(いや)される。

「ディードリッヒ。カンダクイゾルテはあなたに任せます」

「おうとも」

ナフタは、その傷ついた神眼で未来を見据え、ディードリッヒが、ゴルロアナの持つ痕跡の書に、カンダクイゾルテの剣を掲げた。未来が限局されていく。

「痕跡の書、第一楽章《遺物再臨(ゼグネル)》」

開かれた痕跡の書とゴルロアナの発した聖歌。それらが、カンダクイゾルテによって限局され、アルカナから光が溢(あふ)れる。空を見上げれば、上弦だった《創造の月》が、満月となり、黒(こく)白(びゃく)の柱を白銀に照らしていた。彼女は、《背理の魔眼》を向けた。優しく空を持ち上げていた《想司総愛(ラー・センシア)》の柱が、更に穏やかに、秩序だって、それを支え始める。

僅かに続いていた空の地響きが、ぴたりと止まった。《想司総愛(ラー・センシア)》の柱が、《創造の月》と

《背理の魔眼》に作り替えられ、黒白の天柱支剣ヴェレヴィムへ変わっていく。

今、このときをもって、地底に、新たな柱が作られたのだ。

争い続けた三大国、アガハ、ジオルダル、ガデイシオラ。誇りを胸に生きたディードリッヒと、祈りにすべてを捧げてきたゴルロアナ、それからすべてを憎み続けてきたアルカナ。

そんな地底の国々の想いをないまぜにし、互いに手を取り合った――

彼らの絆の象徴が。歌が聞こえていた。

新たな世界の始まりを告げる歌が。

――憎んだお前の神が罪人となったら、

――俺の神の名にかけ、誓わせてほしい。

――その処刑台に剣の裁きを下すと。

――俺が許せぬお前の神の教典を。

――この命を懸け必ず守り通し、

――祈り続けるお前のもとへ届けよう。

――別の道を行く仇敵よ、違えたのは一つ神の名だけ。

――本当はもう知っていたんだ。

――俺は憎んだだけ、それ以上はいらない。

——振り下ろす剣は止まらないのか。

——俺の神はお前を助けない。

——この祈りはお前が信じた神へ。


——憎たらしいその教えが、それでも、いつまでも続きますように。

§43. 【平和な宗教戦争】

一ヶ月後——

デルゾゲード魔王城、玉座の間。

「アノス様、王竜の国アガハより、ディードリッヒ様と竜騎士団をお連れしました！」

そう告げたのはミッドヘイズを治める魔皇エリオである。本日は剣帝との約束通り、アガハの騎士たちをディルヘイドへ招き、酒宴を開くこととなっていた。

天蓋が地底へ落下しそうになったことで、地上でも激しい地震が起きていた。アルカナが大地を不滅の神体としていたことで、揺れは酷かったものの、地割れなどによる被害は最小限に食いとめられた。この一ヶ月は被害状況の確認とその復興、被害者の救済。なによりも、地底の国々との新たな国交を始める準備に追われていた。

これからは地底の民が、地上へ上がってくることも増えるだろう。彼らを受け入れる体制を構築する必要がある。俺が多忙を極める中、地底へ赴き、ディードリッヒをディルヘイドまで案内することを買って出たのがエリオだ。

ディードリッヒは地底の三大国の王。今回の主賓の一人だ。礼を尽くす必要があるとエリオは魔皇でありながら、案内役を務めてくれたのである。

「大義であった、エリオ。お前には、いつも助けられている」

「……は！　もったいなきお言葉……！」

頭を下げ、エリオは踵を返す。彼の視線の方向に、ディードリッヒとナフタがいた。二人はエリオと入れ代わりで、こちらへ歩いてくる。

「魔王や。こいつは、盛大な宴ではないか。剣帝宮殿のみならず、我が民さえも招いてくれるとは豪気なものだ。礼を言わせてもらおう」

俺は玉座から立ち上がると、二人のもとへ歩いていく。

「それには及ばぬ。地底の民にも、地上を見ておいてほしかったものでな」

誰しも知らぬものを恐れる。その恐怖がいつしか火種となり、争いに発展するのだ。いかに王が賢明に振る舞おうとも、民の感情は国を動かす。ならば、まず俺たちは知り合うことから始めねばならぬ。そのために、ディードリッヒのみならず、アガハの民も招いた。

「皆、先に宴の間へ案内させた。歌と酒を用意してある」

「そいつは重畳」

俺はナフタの方を向いた。彼女は、その神眼を閉じている。

「傷の具合はどうだ？」

「ナフタは回答します。未来は僅かに見えるようになってきました。しかし、盟約を交わした預言者に、神眼の秩序を与えることは今もできません」

完治していないということか。

リヴァインギルマの刃で、斬り裂いたからな。《背理の魔眼》で応急処置をしたとはいえ、その後すぐに未来を見たのも、傷が癒えぬ要因か？

「なんとかなるまいか」

ディードリッヒが懇願するような視線を向けた。

「アルカナ」

俺が呼ぶと、雪月花がひらりと舞い降り、それが少女の姿になった。

「未来神の神眼を治せるか」

「やってみよう」

アルカナはナフタの前に立ち、手の平から雪月花を舞わせる。それが彼女のまぶたに落ちると、ゆっくりとその神眼が開かれた。アルカナは《背理の魔眼》を光らせる。

「背きし魔眼は、秩序を癒す。我は天に弓引くまつろわぬ神」

《背理の魔眼》から魔力が溢れ、その光がナフタの神眼を覆う。一〇秒間ほど見つめた後、アルカナは視線を切った。

「どうだろうか？」

ナフタはその神眼をディードリッヒへ向けた後、静かに首を左右に振った。

「見たところ、神眼に傷はないようだがな。癒せるかもしれぬ。ミーシャとサーシャにも手伝ってもらうか。《創滅の魔眼》の力も加えれば、癒せるかもしれぬ」

「……いいえ……ナフタは了知したかもしれません」

「神眼が治らぬ理由をか？」

うなずき、ナフタは言った。

「ナフタは推測します。この神眼に光が戻らないことが、未来神であるこの身が得た奇跡であり、救いであると」

アルカナが考えるように俯く。

「どういうことだろう？」

「未来神の神眼が未来を見失うのは、それが変化し続けているということ。閉ざされた未来は消え去り、この身は希望の未来を担う秩序でいられるのかもしれません」

ふむ。可能性がないわけでもない。

「ただ見えなくなっただけということも考えられるが？」

「この神眼が今映しているのは、不可能の暗闇ではない、とナフタは推測します」

まっすぐナフタは俺を見据えた。未来を見失った瞳は、けれども以前よりも力強い。

「なるほど。その身に起きた変化に、心当たりがあるか」

僅かに微笑み、ナフタは言った。

「きっと」

いい顔で笑うものだ。まあ、当人が苦労していないのならば、よいだろう。

「では、今日のところは宴を楽しんでいくとよい。未来の見えぬその神眼ならば、存分に満喫できるであろう」

俺は歩き出す。ディードリッヒが並び、ナフタ、アルカナがその後に続いた。

「宴の間へ案内しよう。もう一人の主賓もすでに楽しんでいる」

「というと、ゴルロアナの奴か？」

その言葉に少々トゲを感じた。

「どうかしたか？」

「どうしたもこうしたもあるまいて」

ため息混じりに、ディードリッヒが言う。

「アガハとジオルダルにて話し合いの場を持ったはいいが、奴さんはなんだかんだとふっかけて来やがるものでな。現在、アガハが支配している狩り場を半分寄越せだと」

地底では竜を召喚できるが、盟珠にも魔力にも限りがある。荒野で繁殖している竜を狩る方がなにかと効率が良い。

「その見返りに、音韻魔法陣を教えるときた。早い話が、聖歌を布教して、ジオルダルの信徒を増やそうという目算だ。道理などあったものではなかろうて」

「その無茶な要求が通るとは思っていまい」

「だからこそ、頭を抱えねばなるまいて。二国間の盟約に、交渉においては預言を禁ずるという条件まで出してきた。更にアガハがジオルダルから奪った盟珠を返せだと。預言を禁じておきながら、自分はかつて痕跡神の力で調べた千年以上前の話を持ち出すのだからな」

ディードリッヒは嘆くように息を吐く。

ナフタの神眼を治したかったのも無理はあるまい。

「まったく、斬り合うことがないと知った途端に、こんなにもふてぶてしくなるのだからな」

「くははっ」

思わず、俺は笑う。

「楽しそうだな、ディードリッヒ」

一瞬虚をつかれた顔をした後、剣帝は豪快に笑った。

「おうよ。平和とは頭が痛いものに他なるまいて」

それでも、剣で斬り合うよりはマシだと言わんばかりだ。

しばらく進み、宴の間の前に到着した。ジオルダルやアガハ、ガデイシオラの民を招いた。今日はデルゾゲードの至るところで宴が催されているが、ここがその中心となる宴会場だ。

「ゴルロアナとの交渉を有利に進める方法を教えてやろうか？」

「そんなものがあるのならば、是非ともご教授願いたいものだな」

ふっと俺は笑い、言った。

「酒だ」

両開きの扉を開ける。

「開けないでっ♪」「「うっうー」」

「開けないでっ♪」「「うっうー」」

「開けないでっ、それは禁断の門っ♪」

中央の舞台では、魔王聖歌隊が魔王賛美歌第六番『隣人』を歌い、踊っている。

「おお、エレンちゃんよ。あなたの歌声がこの身を癒すでしょう」

最前列でかぶりつきながらも、彼女たちを盛り上げている者がいた。二本の酒瓶に灯るは、厳粛なる唱炎。

「あ、れは……？」

ディードリッヒが、呆然と言葉をこぼす。

常に国のために祈り続けるはずのその手はどこへやら、唱炎を灯した二本の酒瓶をぐるんぐるんと頭上で回転させている者の名こそ、ジオルダルの教皇ゴルロアナ・デロ・ジオルダルだ。

「おお、そのとき、エレンちゃんは、言われた。ジオルダルの復興頑張ってくださいね、と。すなわち、我が生涯にて最良の日が訪れる。信者の書、第一楽章、《信徒感激》」

「……あれは……誰だ…………？」

思わずディードリッヒが眉をひそめながら、その者を見た。だが、どれだけ目を擦ってみても、教皇ゴルロアナその人である。

「国のために祈り続けた教皇は、酒の味を知らなかった。抑圧を続けたがゆえの反動といったところか」

「……シルヴィア級か……こいつは驚いた……」

ゴルロアナが、魔王聖歌隊の信者となったのには理由があった。俺たちが地底に建てた新しい天柱支剣ヴェレヴィムは、今のところ安定して天蓋を支え続けている。想いの力、地底への愛にて空を支えるその剣だが、いつの日か、地底の民たちはかつての災厄の日を忘れてしまうかもしれぬ。ゆえに、語り継がなければならない。あの空を一人一人が支えているのだ、と。その象徴として、地底の三大国に受け入れられた魔王聖歌隊の歌を使ったのだ。この一ヶ月、魔王聖歌隊は各国を回り、その歌とともに忘れてはならぬ教えを伝えてきたのだ。

無論、それがアガハのものやジオルダルのものだと謳えば、互いに角が立つ。そのため、地底の争いを終わらせた魔王の伝承とした。それを遥か未来まで伝えられる地盤を作ることができれば、安定した平和が築けるだろう。その副産物として、魔王聖歌隊は今、地底で根強い人気を誇り、多くの隠れ信者を生んでいる、ということである。

「アガハお得意の酒席を設ければ、交渉もまとまるのではないか？」

ディードリッヒは苦笑する。

「そいつは違いない。しかし、その前に一つ話をつけねばならぬことができた」

「ほう」

ディードリッヒは曲の終わりを見計らい、ゴルロアナのもとへ歩いていった。

「ああ、エレンちゃん。あなたを一目見たときから、この胸の高鳴りは信仰とともに溢れて止まらず、それは知らず知らず大きく響くようになっていったのです。今宵、あなたの生まれたこの聖地に来られたことを、感謝いたします」

「はー、ゴルロアナよ。祈る手を休めてまで、魔王聖歌隊の娘にご執心とはな。相当な熱のあげようではあるまいか？」

ディードリッヒがそう声をかけると、ばっとゴルロアナは振り向いた。

「これはアガハの剣帝。なにをおっしゃるかと思えば、私が祈る手を休めたと？　相も変わらず愚かなことを申すものです」

教皇は唱炎のついた酒瓶をマラカスのようにリズミカルに振った。

「この聖地においては、これこそが祈りなのです」

ディードリッヒは白い目で、リズミカルに酒瓶を振るゴルロアナを見た。

「まー、それは構わぬがな。お前さんに一つだけ言っておきたいことがある」

ディードリッヒは途中で手にした酒瓶を一気に呷ると、堂々と声を上げた。

「確かに、魔王聖歌隊においては、エレンちゃんがリーダーだろうよ。だが、エレンちゃんの無茶ぶりに、しょうがないなぁ、という顔で応じるジェシカちゃんの献身、それこそが我がアガハの王道であり、騎士の心意気。つまりは、ジェシカちゃんこそ理想の乙女」

堂々とアガハの剣帝は言った。

「こいつは、譲れんぜ！」

「なにをおっしゃるかと思えば、野蛮なアガハらしい考え方ですね」

ゴルロアナはふっと鼻で笑う。

「確かにジェシカちゃんの母性溢れる御姿は、聖母の如き素晴らしさでしょう。しかし、それも、天真爛漫、自由奔放であるエレンちゃんがいてこそ輝きを放つもの。なによりも、普段はそんな可愛らしいエレンちゃんがときとして見せる慈愛の心、その隔たりこそが、救いであり、我らジオルダルの信徒の胸を打つのです。すなわち、エレンちゃんこそ、至高の乙女」

「つまり、こういうことで構うまいな？　ジオルダルは、エレンちゃん推しだと？」

「そう思っていただいて、結構ですが」

両者は火花を散らして、睨み合う。そのときだった。

「いえ、それはどうですかな？」

やってきたのジオルダルの司教ミラノである。その後ろには教団の神父たちが何人もいた。

「私もディードリッヒ王同様、ジェシカちゃんこそが正統派に感じますがなぁ」

「……な……」

ゴルロアナはまるで戒律を破った信徒を見たかのような表情を浮かべた。

「……なんですって……？　あなたたちが、ジェシカちゃんを……？」

教皇の問いに、神父は小さくうなずいた。

「なんということ。アガハと同じ考えに至るとは……」

「いえ。そうとは限りませんよ」

「どなたですっ？」

やってきたのは竜騎士ネイトとその部下リカルド、そしてアガハの騎士一〇名だった。

「私たちはエレンちゃん推しです。リーダーとして、力が足りないながらも懸命に他を引っぱるあの心の強さ。あれこそ、騎士の誉れ」

ネイトが堂々と言う。

「ネイト団長の言う通り。一度は捨てたこの命ですが、残りの生涯は彼女の歌に捧げてもいいかもしれません」

リカルドが騎士の誓いを立てる。生涯独身宣言であった。

「……ぬ、ぬぅぅ………」

今度はディードリッヒが、誇りに泥を塗った騎士たちを見たかのような表情を浮かべる。

「……ネイト、リカルド。ジェシカちゃん推しではなかったのか……」

「ディードリッヒ王。忠臣として、アガハはエレンちゃん推しでいくべきと具申いたします」

ディードリッヒの配下らしい毅然とした言葉であった。王が間違っていると思えば、処罰覚悟で進言してこその配下。さすがはディードリッヒの選んだ騎士たちである。

「ミラノ司教、あなたも考え直した方がいいでしょう。ジオルダルは、エレンちゃん推しです」

「いいえ、考え直すのはお二方かと」

新たな声に、一同が振り向く。現れたのはジオルダルの信徒たち。八歌賢人と何十人もの民たちだった。

「我々八歌賢人以下六四名は、マイアちゃん推しです。一見して素朴な、まるでどこにでもいる村娘のように地味な子が、大きな舞台で懸命にがんばっている。その姿こそが、神」

一大勢力の登場に、司教ミラノと教皇ゴルロアナが怯む。それでも、教皇は言った。

「あなた方のお気持ちもわかります。ジェシカちゃんも、マイアちゃんも、ともに可愛らしく素晴らしい。しかし、私は教皇。教皇として申し上げますが、ジオルダル教はエレンちゃん推し、これこそが神の教えなのです。逆らうというのなら、破門ということもあるかもしれませんよ？」

酔っぱらうあまり強権を発動するゴルロアナ。しかし、負けじと八歌賢人たちも酔っていた。

「ならば、結構。これより我らは袂を分かち、ジオルダル教マイア派を名乗らせてもらうっ！」

毅然と言った八歌賢人の一人に続き、司教ミラノが声を上げる。

「それでは、我々はジオルダル教ジェシカ派といきましょうかなぁ」

「……なんと愚かな。ジオルダル教エレン派こそが教皇の名のもとに本道。そのような分派を作ったところで、信徒がついてくるわけがないでしょう」

ゴルロアナの言葉に、毅然と八歌賢人が反論する。

「そうおっしゃるなら、捨ておいても問題ないのでは？」

司教ミラノがそれに続く。

「ええ、それが本当ならば、神の教えにはなんの不都合もないでしょう」

その二大勢力を、ゴルロアナが睨みつける。

「誰がなんと言おうと、ジオルダル教エレン派が主流。分派など作らせはしません」

この酒宴での出来事をきっかけに、後のジオルダル教が本当にエレン派、ジェシカ派、マイア派に分かれることになった――かは、定かではない。

§44．【誇り高き騎士の恋】

宴の間では、魔王聖歌隊の中で誰が良いか、という論争が延々と繰り広げられていた。

「……まったく。父上にもネイト団長にも、困ったものだ。災厄の日が過ぎたとはいえ、あろうことか聖歌隊なんぞにうつつを抜かすとは。恥を知れ、恥をっ」

熱く語る男たちに、白い視線を向けながら、竜騎士団副団長シルヴィアは酒を飲み、くだを巻いている。彼女もかなり酔っぱらっているが、今日はまだ幾分か理性が残っていた。

「やはり、男など、くだらないっ……！」

「君はどういう人が好みなんだい？」

シルヴィアの隣で酒を飲みながら、レイがさらりと尋ねた。

「こっ……こっこここここ……」

「……こけこっこー……ですっ……！」

ゼシアが嬉しそうにシルヴィアに寄ってきた。

「誰がにわとりだっ⁉」

しゅん、とゼシアが肩を落とす。

「にわとりは……いませんか……」

「あ……ああ、いや、そんなことは……ほ、ほら、にわとりさんだぞぉ。こーっここここここ」

「にわとり騎士……いましたかっ……！」

「……にわとり騎士……」

ゼシアは期待に満ちた目を爛々と輝かせる。仕方ないとばかりにシルヴィアは言った。

「……そ、そうだ。私はにわとり騎士っ！　見せてやろう。にわとり剣法、こけこっこートサカの舞いっ！　恋をしている男どもを斬り裂いてやるっ！」

　シルヴィアが手刀でレイに攻撃を仕掛ける。

「こーこっこここここっ‼」

　すると、ゼシアが表情を輝かせ、同じように手刀をレイの足元に繰り出した。

「こーこっこここここっ‼」

　レイは苦笑しながらも甘んじてその攻撃を受けている。

「にわとり騎士ゼシアは……冒険の旅に出ます……！」

　次なる標的を見つけたのか、ゼシアは嬉しそうに去っていった。

「それで？」

「……なにがだっ？　もうにわとり剣法などやらんぞっ。恥ずかしくて仕方ないっ！」

「君の好みの話だよ」

「こっ、ここここここっ……‼」

「にわとり剣法かな？」

「違うわっ！　好みだとっ⁉　そ、そんな破廉恥なことが言えるかっ……！」

　赤い顔を朱に染めて、シルヴィアは酒杯の酒を呷った。

「別に普通ですよー、好みぐらい。いいじゃありませんか。聞かせてくださいよー」

　ミサが楽しげな様子でシルヴィアに詰め寄っていく。

「いや、しかしだな……私は騎士として……騎士の誇りが……」

「関係ないじゃないですか。もうアガハの竜騎士に、天柱支剣となる使命はないんですし。シルヴィアさんも本当は憧れだって言ってましたよねっ？」

「そ、それは……まあ……」

ふふっと微笑み、ミサがシルヴィアに近づく。

「じゃ、あたしにだけ教えてください。誰にも言いませんから」

「……ほ、本当だな？　本当に誰にも言わないな」

「はい。約束です」

「……私の好みは、だな……」

躊躇いがちに視線を逸らし、自らを勇気づけるようにシルヴィアは酒瓶を手にする。そうして、一気に呷った。ごくごくと喉を鳴らし、すべて飲み干すと、彼女は言う。

「やはり、恋愛などにのぼせ上がるような男ではなく、恋などまるで眼中にないような、誇り高く、強い男がいいな。理想的だ」

ミサにだけと言っておきながら、酔いのためか、その声は大きく響いている。

「シルヴィアさんらしいですねー。でも、あれじゃありません？　恋なんか眼中にない人を好きになっちゃったら、なかなか大変そうですけど……」

「そうなのか？　まあ、そんな者が、いるわけもないからな。父上やネイト団長でさえ、重責がなくなればあの始末だ。私の理想の王子様など、所詮は妄想だろう」

アンニュイな微笑みを彼女は浮かべ、また酒を呷った。

「あのっ、アノス様っ」

ドレスを着た魔族の女が、俺に話しかけてきた。今宵の宴は、地底と地上の交流を兼ねているため、ディルヘイドからも多くの者たちを招いている。

「本日はお招きくださり、ありがとうございます。覚えていらっしゃいますか？　魔皇ボロスの妹、リーザと申します」

魔皇ボロスは、辺境のヘルゼッドを治める者だ。確かに覚えがあるな。

「珍しい病を患っていた娘か」

「はいっ」

そう口にすると、リーザは花が咲いたように笑った。魔王再臨の式典の後、ディルヘイドの民と多く謁見をしたが、その内の一人が魔皇ボロスだ。妹のリーザはこの時代の医療魔法では治せぬ奇病を患っていた。それを治してやったのだ。

「おかげですっかりよくなりました。今日はその、命を救っていただいたお礼ができたら、と」

リーザが俺の近くに体を寄せる。

「あのときから、その……すごく素敵な方だと……」

「そうか」

「今日はその、『星屑の泉』という宿に泊まっております」

ミッドヘイズが来賓などに対応するための高級宿だ。一般の者は泊まることができない。

「……これが、その部屋の鍵です……」

リーザは俺の手を取り、その鍵を手渡した。見れば、彼女は顔を真っ赤にしている。

「わ、わたしなんかがこんなことを申し上げるのは……その、ご迷惑かと思ったのですが……

でも、今宵限りのことだから……」

「皆まで言うな。来賓に恥をかかせる俺ではないぞ」

口にすれば、彼女は笑った。そうして、俯き、恥ずかしげに言った。

「……ま、待っています……」

リーザは走り去っていった。

「エリオ」

すぐに俺はミッドヘイズを治める魔皇エリオに声をかける。

「魔皇ボロスの妹リーザを知っているな」

「は」

「鍵を返された。部屋に不満があるようだ。確かに、見てくれは立派だが『星屑の泉』は少々反魔法が弱い。不安で眠れぬ者もいよう。デルゾゲードの一室に変更し、警備をつけてやれ」

「承知しました」

エリオに鍵を渡すと、彼は去っていく。

すると、三人組が、こちらに意味ありげな視線を向けてきた。レイとミサ、シルヴィアだ。

「……惚れた……」

「ええっ⁉」

シルヴィアの言葉に、びっくりしたようにミサが振り向いた。

「……恋愛などまるで眼中にもない、あの毅然とした態度……私の理想だ……まさかこんなところに……こんなにも急に始まるものなのか……」

「え、えーとですね……酔ってますか？」

がしっとシルヴィアはミサの両肩をつかむ。

「教えてくれっ！」

「な……なにを、ですかー？」

「どうすればいいっ。どうすれば、その……こ、恋が、できるんだ…………？」

助けを求めるようにミサがレイの方を振り向く。

「アノスは見ての通りだからね。はっきり言うしかないんじゃないかな」

「わかった。行ってくる」

「えっ⁉　い、今ですかっ？　もうちょっと段階を踏んだ方がいいと思うんですけど……」

「今より早い時はないっ！　恋など知らない私が小細工を弄してどうするっ？　先手必勝、全力でぶつかるのみだっ！」

「……そんな戦闘みたいなこと言われても、ですね……」

苦笑いを浮かべるミサの横をすり抜け、シルヴィアは堂々と俺のもとへ歩いてくる。

「アノス王」

彼女はまっすぐ俺を見ると、怯んだように僅かに視線を下へやる。

「……その……」

震える拳を握り締め、ぐっと決意を固めたように、シルヴィアは顔を上げた。

「私はあなたに恋をした。恋人になってくれ！」

「くははっ、面白いことを言う」

「もしも本気だというならば、シラフで挑むことだ。酒に飲まれた言葉を受け取っては、お前の恋に申し訳がたたぬ」

俺が踵を返すと、シルヴィアは「はぅぅっ……!!」と声を上げ、足元がふらついたかのようにその場に崩れ落ちる。

「だ、大丈夫ですか……?」

レイとミサが心配そうに、彼女に駆けよる。

「う……うぅ……」

「えーと、ですね。お、お酒が入っていたから、アノス様も真に受けなかったんだと思うんですよ。だから、そんなに気落ちしなくても……」

「……か、格好いい……」

「はい?」

「歯牙にもかけずに一蹴された。なんて冷たいんだ。あの態度。そっけなくて、心が痛くて、ああ、だけど……なんて尊いんだ。これが……これが恋なのか⁉」

レイとミサが顔を見合わせる。

「……え、えーと……どうなんでしょうね……?」

「……か、格好いい……」

シルヴィアと似た呟きが近くで聞こえた。振り向けば、そこにいたのは母さんだった。なぜか俺を見て、感極まっているようだ。

「なんて格好いいの、アノスちゃんっ！　もうー、なに、その断り文句なにーっ。少し見ない間にそんなに男らしくなっちゃって、もう、このこのっ」

母さんが俺に絡むように身を寄せては、肘でガツガツとつついてくる。確か、母さんは酒は飲まないと言っていた。つまり、完全にシラフだ。

「本当にもう、アノスちゃんってば、しばらく会わなかったら、こんなに大きくなっちゃって。いつのまにか、すっかり、七ヶ月の顔ね」

どんな顔なのだ？

「あ、そうだ。そういえば二人に聞こうと思ってたんだけどね」

母さんは後ろにいたアルカナの両肩を抱いて連れてきた。どこへ行ったかと思えば、母さんと一緒だったのか。

「離婚裁判って、どうなった？」

深刻な表情で、母さんは言った。そういえば、まだ訂正していなかったな。

「母さん。選定審判は離婚裁判じゃないんだ」

「え……だって……アルカナちゃんを拾ってきたんだよね？　悪い男の人から助けたくて」

すると、アルカナは言った。

「人の子よ。それは正しいが、勘違いをさせてしまった。わたしに伴侶はいない。離婚裁判もしていない。安心してほしい」

「そうなの？」

ふむ。珍しく説得できそうだな。アルカナと視線を合わせると、彼女もほっとした様子だ。

「すべては解決した。お兄ちゃんはわたしを助けてくれただけだ」

「……お兄ちゃん………？」

母さんの反応を見て、アルカナは失敗した、といった表情を浮かべた。

「今のは間違い。気にしないでほしい」

「構わぬ。母さんにも言っておこう」

困惑したように俺を見つめる母さんに、はっきりと告げる。

「アルカナは、俺の妹だ。だが、母さんと父さんの子供にしてほしいというわけでは――」

「えええぇぇぇぇぇぇぇぇぇ、アノスちゃんって、アノスちゃんって、お兄ちゃんになりたかったのぉぉぉぉぉっ!!」

「そういうわけではないのだが――」

「わかる！　わかるわっ、アノスちゃんっ！　僕、妹なんかいらないもんっ、よねっ！　お母さん、すごくわかる。お母さんもね、ずっと妹が欲しかったの。寂しかったのっ！」

なにやら、母さんの琴線に触れたようだ。

「でも、でもでも、アルカナちゃんにも、家族がいるでしょ？」

「もういない。みんな死んだ。わたしは一人」

すると、母さんは悲しそうな表情でアルカナを見た。ずいぶん昔の話だ。アルカナはいつも通りの顔をしていた。そんな彼女に母さんは優しく微笑(ほほえ)みかけ、ぎゅっと抱きしめた。

「アルカナちゃんは、アノスちゃんのことが好き？」

「……お兄ちゃんのことは、好きなのだろう……」

「じゃ、うちの子になる？」

戸惑ったように、アルカナは訊く。

「……いいのだろうか……？」

「すぐに家族になるっていうのは、うまくいかないかもしれないけどね。手続きとか、気持ちとか、色々だと思うから。でも、まずはみんなで一緒に暮らしてみようよ」

「……それは、迷惑というのだろう」

母さんがゆっくりと首を振る。

「大丈夫よ、もう一緒に住んでるんだし。アノスちゃんが妹だって言うんだもの、きっとうまくいくわ。それにね、お母さんも娘が欲しかったのよ」

「そう？」

「うん。だから、まずはお互いお試しで、やってみるっていうのは、どうかなぁ？」

しばし考え、アルカナは言った。

「……やってみたい……」

「うん。あ、でも、お母さんだけで決めちゃだめよね……」

と、母さんが辺りに視線を巡らせようとすると、

「なに言ってるんだ、イザベラ。勿論、俺も大賛成さ。大・大・大、大賛成さ」

現れたのは父さんだ。話を聞いていたようで、すでに俺の胸に飛び込んで来いといった風に両手を広げ、気取ったポーズを決めている。恐らくは、包容力をアピールしたいのだろう。

「アノス、父さんな。実は、父さん。娘も欲しかったんだ。娘ができたら、やりたいことが沢

山あったんだよ！　こんな可愛い娘ができるなんて、大歓迎――」

「アルカナちゃん気をつけた方がいいぞっ。アノス君のお父さん、犯罪者の目をしてるぞっ」

ふらーっとほろ酔い気分のエレオノールがやってきて、ふらーと去っていく。

「……犯罪者の目……よく見ますっ……！　こーこっこっこっこーっ」

にわとり騎士ゼシアが父さんの体を手刀で何度も叩き、そしてエレオノールを追いかけていった。後に残ったのは、なんとも言えぬ気まずさだけだ。

「いや、違う。違うんだ、アルカナちゃんっ」

父さんが必死に弁解を始めた。

「冷静に、冷静になろう。違うんだぞ。やりたかったのは、そんないかがわしいことじゃなく、たとえば可愛い服を着せたりとか、一緒におままごとをしたりとか、いや、違う違う、そういうんじゃないんだっ！」

父さんはなにやら話せば話すほど自らドツボにハマッていく。

「ああ、そうそうっ、そうだそうだそうだった！」

父さんが名案を思いついたといった調子で言い、猫撫で声を出した。

「アルカナちゃん、あっちにすっごく美味しいケーキがあったんだよ。一緒に食べよう。なあ、お父さんって呼んでくれてもいいんだぞ。なーんて、気が早いか。ああ、でも、どうせならパパが、いいかもな。パパな、憧れだったんだ。ははっ」

そう言いながら、アルカナをぐいぐいと押して連れ去っていく。さながら食べ物で子供を誘う誘拐犯の如しだ。

「じゃ、アノスちゃん。ちょっとアルカナちゃんと遊んでくるわね。仲よくするから、心配しないで」

母さんは笑顔で父さんとアルカナを追いかけていった。

「あー、アノス、ようやく見つけたわ」

ふらふらと歩きながら、サーシャが俺の体になぜか顔をぶつけた。

「うー……なにするのよ……？」

「なにもしていないが」

とことことミーシャがこちらへ歩いてきて、サーシャの手を取った。

「サーシャは酔ってる」

「これぐらい酔った内に入らないわ。わたしだって、アガハの酒宴で学んだんだから」

ミーシャがぱちぱちと二回瞬(まばた)きをして、小首をかしげた。

「アガハでは確か、酔い潰れていただけに思ったが？」

こくこくとミーシャがうなずく。すると、サーシャが彼女のほっぺたを両手でつまんだ。

「聞き分けない子は変な顔にするわよ？」

「……へんはかおにはれた……」

ミーシャは変な顔にされたと言いたいらしい。

「まあ、許してやれ、サーシャ。ミーシャもお前を心配しているだけだ」

「うー、なによ、アノス。アノスはミーシャの味方なの？　依怙贔屓(えこひいき)なの？」

「なにを言っている。依怙贔屓(えこひいき)などするわけが――」

「えいっ」

と、サーシャが俺のほっぺたを両手でつまみ、悪戯っぽく笑う。

「ふふっ、アノスも変な顔にしたわ」

おもむろにサーシャに両手を伸ばし、そのほっぺたに指を触れる。

「……え……？」

「この遊びなら、二千年前にも流行った。どちらが相手をより変な顔にするかという勝負だったが、俺は負けたことがなかったぞ」

不敵に笑い、サーシャのほっぺたをつまんだ。

「覚悟はできているだろうな？　お前を顔だけでディルヘイド一の道化師にしてやろう」

「やっ、やーっ。やだやだっ……道化師じゃないんだもんっ……」

「くははっ。ミーシャも甘んじてお前に変な顔にされたのだ。今度はお前の番だ」

サーシャはぶるぶると首を振るが、俺の指に押さえられていて満足に顔は動かせない。彼女は駄々をこねるように、両足を振って、バタバタと鳴らした。

「ミーシャ、助けてっ……ミーシャッ……アノスに変な顔見られちゃうわっ……」

「なにを当たり前のことを言っている。ミーシャ、リクエストはあるか？」

ミーシャはぱちぱちと瞬きをする。

「リクエスト？」

「悪鬼、首長、スライムと、俺のバリエーションは豊富だ」

若干考えた後、ミーシャは言った。

「可愛くしてあげて」

「……ふむ。可愛くか。いいのか？」

「ん」

らしいことを言う。じっとサーシャを見つめると、彼女は半分涙目になり、「うー」とこちらに脅えた視線を送ってくる。

「……か、可愛くはできないって言う気……？」

「なに、容易いことだ」

そう口にし、俺はサーシャの頬から両手を放してやる。

「これでリクエスト通りだろう」

一瞬きょとんとした後、サーシャはぱっと顔を明るくした。

「もっと見ていいわ」

嬉しそうに、サーシャは笑顔を俺に向けてくる。そうして、酔っぱらいらしく唐突に言った。

「ねえ、アノス。ネクロンの秘術見せてあげるわ」

サーシャがミーシャを手招きすると、彼女はとことことそばまで歩いていく。二人は両手を合わせて、上半身を折る。ミーシャは彼女に引きずられるようにして、同じく上半身を折った。

「《融合組体操》」

サーシャは満面の笑みで、ミーシャは無表情で俺を見た。

「サーシャは酔ってる」

そのようだな。

「少し酔いを醒まさせるか」

「まだ飲むわ。アノスも一緒に飲みましょ」

「では、外でこれでも飲むか」

《創造建築》の魔法で、酒瓶を創り、サーシャに手渡した。

「魔王酒だわっ！」

嬉しそうにサーシャが魔王酒――すなわち水を抱く。俺が歩き出すと、若干ふらふらになりながらもサーシャがついてくる。ミーシャは彼女が倒れぬように手を引いていた。

「魔王酒って、酔っぱらってても美味しいわよね。飲みやすくて、いくらでも飲めるわ。どうしてかしら？」

「さて、どうしてだろうな？」

言いながら、俺たちは宴の間を後にした。

§エピローグ　【～神姻の盟約～】

ミーシャとサーシャを伴い、やってきたのはデルゾゲードの中庭だ。薄暗く、辺りを月明かりが照らすばかりである。

サーシャは早速とばかりに魔王酒を注ごうとするが、手元が震えている。代わりにミーシャが酒瓶を受け取り、酒杯に注いだ。その水を、サーシャはこくこくと美味しそうに飲む。

今宵は夜風が心地よく、しばらくすれば、彼女の酔いも幾分か醒めるだろう。

「……あれ？　ディードリッヒとナフタだわ。なにをしているのかしら？」

生け垣から身を乗り出すようにして、サーシャが言う。その視線の方向には、ディードリッヒとナフタがいた。二人は無言で空を見上げている。

「魔王酒をあげてくるわっ」

サーシャが歩き出そうとすると、ミーシャが手を握って引き止めた。

「……どうしたの？」

「後がいい」

「そう？　うーん、じゃ、そうするわ」

サーシャはまた大人しく一人で魔王酒をこくこくと飲み始めた。

「ナフタは、不思議に思います」

静謐な声で、未来神は語りかけた。

「ディードリッヒ。あなたと二人で、地上からあの空を見上げる未来はないはずでした」

「この未来へ連れてきたのが、俺ではないというのが、なんとも悔しいところではあるが、まあ、贅沢は言うまいて」

剣帝の顔には、自然と穏やかな笑みがこぼれた。

「アガハの預言は覆り、ともに生きているのだからな」

一拍おいて、ナフタは言う。

「預言を覆したのは、魔王でしょう。しかし、ディードリッヒが希望を見続けたからこそ、彼も手を差し伸べてくれたのだとナフタは思います」

照れくさそうに剣帝は笑った。

「そう言ってもらえると少しは救われるというものよな」

「ディードリッヒに尋ねます」

彼の方を振り返り、ナフタは言った。

「あなたはなぜ希望を見ることができましたか？」

「……まあ、そうだなぁ」

なんともばつの悪そうな顔で、ディードリッヒは頭に手をやった。歯切れ悪く、彼は呟く。

「その話は、またの機会にしまいか？」

「なぜですか？」

「格好がつかぬものでな。あれだけ啖呵を切っておきながら、魔王におんぶに抱っこでは、今更なにを言うわけにもいくまいて」

ナフタは俯き、何事かを考える。そうして、また口を開いた。

「ですが、きっと、それがナフタの求めた希望であり、救いだったのです」

柔らかく微笑むナフタに、ディードリッヒは視線を奪われたように息を呑む。

「思いも寄らない未来に、ナフタも、ディードリッヒも辿り着きました。ナフタの予言は外れ、あなたも預言を覆せなかった。けれども、見えなかった未来に今、二人はいます。それが、とても、嬉しいとナフタは考えました」

ディードリッヒは苦笑する。

「俺の失敗こそが、求めた希望であると？」

「ナフタに失敗はありませんでした。あるのは、どの道を選んだかというだけのこと。ですから、ディードリッヒ、あなたはナフタに最大のものを与えてくれたのです」

「そいつは、なんとも締まらぬ話ではあるな」

ディードリッヒは月を見上げた。その目で見るはずのなかった優しい光に照らされ、彼の顔が綻んでいく。ゆっくりと喜びを噛みしめるように。

「まあ、しかしだ。俺の行動の果てに、この数奇なる偶然に届いたのならば、あがきにあがいた甲斐があったというものなのだろうな」

ナフタは静かにうなずいた。

静寂がその場を包み込む。無言のまま、二人は互いに視線を向けていた。

「ずっと、見ていたのだ」

ディードリッヒが言った。

「初めてお前さんが神眼を開いたとき、俺はそれに心奪われた。お前さんから神眼をもらい、数多の未来を視界に入れながら、俺はずっとナフタの姿を見ていたのだ。未来に希望を求めて彷徨い、戦い続けた、孤独な神の姿を」

ディードリッヒはその目で、ナフタの神眼をじっと覗き込む。静謐なナフタの表情を前にし、ディードリッヒは照れくさそうに破顔した。

「つまりはな。なにを見たところで、とうに俺の目はナフタにやられていたということなのだ。神眼があろうと、数多の未来が見えようと、死と絶望しかそこになかったとしても」

堂々とディードリッヒは言った。

「俺の目は変わらず盲目だった。ゆえに見えなかったのだ。絶望も、不可能も」

その言葉を胸に抱くように、ナフタは微笑む。

「俺はお前に惚れておったのだ。恋に眩んだこの目では、絶望などは見えはしまいて」

「ディードリッヒ」

ナフタは厳粛に、そして静謐な声を発する。

「あなたの言葉でナフタは確信を得ました」

「……確信？」

ディードリッヒは首を捻る。

「この神眼が未来を映さなくなったのは、あなたと同じく盲目になってしまったからなのでしょう」

にっこりと笑い、ナフタは言った。

「ナフタは恋をしました。ディードリッヒ、あなたに。ゆえにこの神眼は曇っている」

驚いたようにディードリッヒが目を丸くする。

「……しかし、ナフタは、謝らなければなりません」

「なにをだ……？」

僅かな不安を覗かせ、彼は問うた。

「未来を見るこの神眼は、アガハにとって必要不可欠なもの。剣帝であるディードリッヒにも。恋をしたこの神眼では、国を治める王のお役には立てません」

「……ああ……なんだ、そんなことか……」

ディードリッヒが言う。ナフタは問いかけるように、その神眼を彼に向けた。

「軽微なことでしょうか？」

「……おうとも。そんなことよりも、こいつは夢ではあるまいな？」

豪快な笑みを浮かべ、ディードリッヒはナフタのそばに寄った。

「ナフタは質問します。それは、夢のような出来事という意味ですか？」

「当たり前であろう」

そう口にすると、ディードリッヒは勢いよくナフタを抱き抱えた。

「この未来を願っていた。この未来を、ずっと夢に見ていたのだ」

自らを抱き抱える力強い腕に手をやって、ナフタは嬉しそうに微笑みを向けた。

「なにを謝ることがあろうか。ナフタ、お前さんが自分で言ったはずだ。その神眼が未来を見失うのは、未来が変化していくということ。かつての災厄の日のように、暗闇の未来は消え、常に希望がそこにあるのだろう」

恋をしたナフタは、愛と優しさを手に入れた。未来神たる彼女が、その感情を覚えたことで、未来という名の秩序に変化が訪れる。彼はそう考えたのだろう。

「お前さんの神眼に、未来が見えなくなったのではない。未来に希望が溢れるようになったのだ。未来は閉ざされず、変わり続けるからこそ、その神眼でも捉えきれぬだけであろう」

「……ディードリッヒも、それがよい未来につながると思いますか？」

「お前の愛情が、未来に溢れるのだ。悪いものであるはずがなかろうて」

安心したように、ナフタがうなずく。

「ナフタ」

ディードリッヒは言う。彼らしく豪快に、そしてなによりも愛情を込めて。

「これからも俺のそばにいてくれるか。アガハの王妃として」

彼女はこくりとうなずき、そして言った。

「……ナフタは、誓約を求めます」

「お前が願うならば、なんであろうと誓おう」

ディードリッヒに抱き抱えられたまま、ナフタはその手を彼のまぶたに伸ばした。

「あなたと同じものを見て、あなたと同じ道を歩みたい。ナフタの神眼と、あなたの肉眼を分かち合いたいのです。あなたにもほんの少しの未来が見えるようになり、ナフタは過去を見ることができるようになります」

未来神であるがゆえに、過去を忘れてしまうナフタだが、ディードリッヒの肉眼を手に入れれば、ずっと記憶を保っていられるようになるのだろう。

「そいつはいいな」

ナフタは彼の首に手を巻きつける。

ディードリッヒは抱き抱えた彼女を更に引き寄せ、二人の顔が静かに近づく。

「ナフタにはディードリッヒの未来が、ディードリッヒにはナフタの未来が。ともにこの希望を分かち合うと、汝、宣誓しますか？」

「誓おう。この未来を、ナフタとともに生涯歩み続けることを」

「神と人、違えられぬ誓いが結ばれました。未来神の名において、ここに神姻の盟約を処す」

ナフタの右の神眼が蒼い光を放つと、それに呼応するようにディードリッヒの右目が竜のような紅い光に変わる。僅かに顔の位置をずらし、二人は右目と右目を重ね合った。

ゆっくりとディードリッヒとナフタは顔を離す。ディードリッヒの右目には蒼く光るナフタの神眼が、ナフタの右目には紅く光るディードリッヒの肉眼があった。

二人は互いの右目を交換したのだ。その神眼で未来を見て、ディードリッヒは言った。

「確かに以前よりは、まるで未来が見えぬが……その代わり希望が見える」

「ナフタにも、見えています。きっと、希望の未来が」

すると、剣帝はナフタの神眼を覗き込んだ。

「では同じものが見えているか、一つ、確かめねばなるまい」

ナフタは一瞬きょとんとして、それからこくりとうなずく。

二人の顔は再び近づいていき、視線が近くで交じり合う。そのまま、静かに唇が重ねられた。

夜空に浮かぶ星々が、彼女たちを祝福するかのように、キラキラと瞬いていたのだった。

「よかったわ」

と、その様子を遠目で見ていた酔っぱらいの少女が言った。

「ディードリッヒとナフタは結ばれました。めでたし、めでたし。ね、ミーシャ」

ミーシャはこくりとうなずく。

「めでたし、めでたし」

「あ、そうだわ」

気がついたように言って、サーシャは俺のもとへふらふらと歩いてくる。

「アノスもわたしとあれしよっか？」

「あれとは？」

「神姻の盟約に処すわ。えいっ」

と、サーシャが俺の目に右手を伸ばしてくる。

「なにを酔っぱらっている」

目に力を入れて、その指を弾き返した。

「痛……うー、アノスの意地悪、突き指したわ……」

「いきなり目に指を突っ込めば、そうなるのは当然だ」

ミーシャが、サーシャの人差し指を「よしよし」と撫でている。

「でも、よく考えたら、もうしたわよね」

ぴっとサーシャが俺の魔眼を指す。

「わたしの魔眼だわ」

またおかしなことを言い出した。

「逆だ。お前は俺の子孫だろうに」

「うー……ミーシャ、アノスがいじめるわ。わたしの魔眼をあげたのに。最初から持ってたみたいに言うのよ」

サーシャがミーシャにすり寄る。彼女の頭を撫でながら、ミーシャが言う。

「優しくしてあげて」

仕方のない。

「わかった、サーシャ。お前の魔眼はありがたく使わせてもらっているぞ」

「ディードリッヒとナフタを見てて思ったんだけど」

聞いておらぬ。

「昔、アノスもわたしにキスしてきたわっ」

それも逆だが、まあ、取り合うだけ徒労だろう。

「懐かしい話だ」

「二千年前よね」

生まれておらぬ。

いや……しかし、だ。アイシャが背理神でなかったとはいえ、サーシャたちが二千年前に俺と会っていた可能性が消えたわけではない。だとすれば、あるいは――

「ねえ、アノス。今ね、わたし、唐突に気がついたんだけど、もしかしてなんだけどね……」

「なんだ？」

「気持ち悪くなってきたわ」

ただの酔っぱらいだ。

「解毒するか？」

「やだわっ。酔うことなんてないんだもの」

どの口が言うのだ。

「横になれる場所へ連れていってやろう。歩けるか？」

「大丈夫よ」

サーシャは勢いよく歩き出し、自分の足につまずいて、ぱたんと倒れた。

「うー……地面が逆らった……」

「仕方のない」

《飛行》でサーシャの体を浮かせ、膝裏と背中の辺りに手を回して、抱き抱える。

「これでいいだろう」

歩き出すと、その横にミーシャがついてくる。

「ねえねえ、アノス」

「どうした？」

「なんだったかしら？」

知らぬ。

「ねえ、ミーシャ？　ほら、あれ、前にアノスに訊こうと思ったことなんだけど？」

ミーシャは無表情でぱちぱちと瞬きをする。それから、しばらく考えた。しかし、思い当たる節がないようだ。

「……わたしに言った？」

「言ってないわ」

知るわけがなかった。

「でも、ミーシャならわかると思ったのに」

無茶を言う。

「なんだったかしら？　思い出せる？」

「……思い出せない……」

「思い出して」

「……がんばる……」

そんな二人のやりとりを見ながら、俺はデルゾゲードの中へ入り、通路をゆるりと進んでいく。城内では至るところから、宴を楽しむ者たちの声が上がっていた。

アガハも、ジオルダルも、ガデイシオラも。そして、ディルヘイドも。民たちは、今この同じときを分かち合い、ともに笑い合っている。

なかなかどうして、ひどく慌ただしい日々だったが、この声を聞けるのならば骨を折った甲斐があったというものだ。

「あ、そうだわ。ねえ、アノス」

ふと思い出したようにサーシャは言った。

「なんだ？」

「世界は平和になったかしら？」

僅かに、俺は笑みをこぼした。

「二千年前よりはな」

了

あとがき

七巻はアガハの預言編ということで、未来を見ることのできる神とそのパートナーである預言者、そして彼に仕える騎士たちの物語です。

未来視の力というのは非常に便利な反面、本人にはデメリットも多いように思います。

未来を見たところで避けようがない不幸というのがあるでしょうし、いつか訪れるその出来事を待ちながら生きていくのは、その間にある楽しいことがぜんぶ台無しになってしまうんじゃないか、という気がするのです。

一方で未来が見えれば、大抵のことは可能になるんじゃないかと思いますが、どんなに良いことでも、そうなるとわかりきっているものをいつまでも楽しんでいられるのかな、という疑問があります。

スポーツやゲームなど、勝負に勝つというのは基本的に楽しいことだと思いますが、絶対に勝つとわかりきっている勝負に勝って、心から面白いと思えるでしょうか。スポーツで世界一になるのは、それが極めて困難だからこそ価値のあることで、未来が見えている勝負というのは、たとえば幼稚園児を相手に野球やバスケットボールをするようなものなのだと思います。

未来視というのはすべてを予定調和にするものであり、どこでなにが起きるのか、誰がなにを喋るのかもわかってしまい、まるで一度クリアしたゲームをもう一度プレイするかのように、世界が作り物めいたものに感じられてくるのではないか、という気がしてなりません。

未来が見えればもっと上手くやれるのにと思うことは多々ありますが、すべてが見えているのなら、上手くやれて当たり前になってしまい、成功自体の価値が消失します。残るのは、希望の一切存在しない不幸だけだとすれば、これほど大変なこともありません。

すべての未来が見えてしまったとき、人はいったいなにを求めるのか。本作に登場する預言者ディードリッヒは、そんなことを考えながら書いたキャラクターです。未来が見えている彼の生き様と、そしてその結末を精一杯描きました。

さて本巻も、しずまよしのり先生に素晴らしいイラストを描いていただきました。お楽しみいただけたなら、望外の喜びです。ミーシャの膝枕シーンは反響も大きかったので、こうして口絵になりまして感無量です。

また担当編集の吉岡様にも大変お世話になりました。お忙しい中、ありがとうございます。

最後になりますが、本作をお読みくださいました読者の皆様に心よりお礼を申し上げます。

次巻はアノスにまつわる大きな謎の一つが解ける重要な話となります。楽しんでいただけますよう、頑張って仕上げて参りますので、何卒よろしくお願い申し上げます。

二〇二〇年五月一一日　秋

●秋著作リスト

「魔王学院の不適合者
～史上最強の魔王の始祖、転生して子孫たちの学校へ通う～」（電撃文庫）
「魔王学院の不適合者2
～史上最強の魔王の始祖、転生して子孫たちの学校へ通う～」（同）
「魔王学院の不適合者3
～史上最強の魔王の始祖、転生して子孫たちの学校へ通う～」（同）
「魔王学院の不適合者4〈上〉
～史上最強の魔王の始祖、転生して子孫たちの学校へ通う～」（同）
「魔王学院の不適合者4〈下〉
～史上最強の魔王の始祖、転生して子孫たちの学校へ通う～」（同）
「魔王学院の不適合者5
～史上最強の魔王の始祖、転生して子孫たちの学校へ通う～」（同）
「魔王学院の不適合者6
～史上最強の魔王の始祖、転生して子孫たちの学校へ通う～」（同）
「魔王学院の不適合者7
～史上最強の魔王の始祖、転生して子孫たちの学校へ通う～」（同）

本書に対するご意見、ご感想をお寄せください。

ファンレターあて先
〒 102-8177　東京都千代田区富士見 2-13-3
電撃文庫編集部
「秋先生」係
「しずまよしのり先生」係

本書はインターネット上に掲載されていたものに加筆、修正しています。

電撃文庫

魔王学院の不適合者7
～史上最強の魔王の始祖、転生して子孫たちの学校へ通う～

秋

2020年7月10日　初版発行
2022年12月10日　7版発行

発行者　山下直久
発行　株式会社KADOKAWA
〒102-8177　東京都千代田区富士見2-13-3
0570-002-301（ナビダイヤル）
装丁者　荻窪裕司（META＋MANIERA）
印刷　株式会社KADOKAWA
製本　株式会社KADOKAWA

●お問い合わせ
https://www.kadokawa.co.jp/（「お問い合わせ」へお進みください）
※内容によっては、お答えできない場合があります。
※サポートは日本国内のみとさせていただきます。
※Japanese text only

※定価はカバーに表示してあります。

ISBN978-4-04-913273-1　C0193　Printed in Japan

電撃文庫　https://dengekibunko.jp/

電撃文庫創刊に際して

文庫は、我が国にとどまらず、世界の書籍の流れのなかで〝小さな巨人〟としての地位を築いてきた。古今東西の名著を、廉価で手に入りやすい形で提供してきたからこそ、人は文庫を自分の師として、また青春の想い出として、語りついできたのである。

その源を、文化的にはドイツのレクラム文庫に求めるにせよ、規模の上でイギリスのペンギンブックスに求めるにせよ、いま文庫は知識人の層の多様化に従って、ますますその意義を大きくしていると言ってよい。

文庫出版の意味するものは、激動の現代のみならず将来にわたって、大きくなることはあっても、小さくなることはないだろう。

「電撃文庫」は、そのように多様化した対象に応え、歴史に耐えうる作品を収録するのはもちろん、新しい世紀を迎えるにあたって、既成の枠をこえる新鮮で強烈なアイ・オープナーたりたい。

その特異さ故に、この存在は、かつて文庫がはじめて出版世界に登場したときと、同じ戸惑いを読書人に与えるかもしれない。

しかし、〈Changing Times,Changing Publishing〉時代は変わって、出版も変わる。時を重ねるなかで、精神の糧として、心の一隅を占めるものとして、次なる文化の担い手の若者たちに確かな評価を得られると信じて、ここに「電撃文庫」を出版する。

1993年6月10日
角川歴彦

電撃文庫DIGEST　7月の新刊

発売日2020年7月10日

創約 とある魔術の禁書目録（インデックス）② 【著】鎌池和馬　【イラスト】はいむらきよたか	気づけば上条は病院にいた。そこで待ち受けていたのは、上条とアンナの『あの出来事』への糾弾——ではなく、インデックス妹達美琴食蜂らによる看護ラッシュで!?
魔王学院の不適合者7 ～史上最強の魔王の始祖、転生して子孫たちの学校へ通う～ 【著】秋　【イラスト】しずまよしのり	全能者の剣によって破壊することの叶わぬ存在となった地底世界の天蓋。それを元に戻す手段を得るため、アノスは《預言者》を訪ねて地底の大国·アガハへと向かう。
七つの魔剣が支配するVI 【著】宇野朴人　【イラスト】ミユキルリア	エンリコの失踪は学校内に衝撃をもたらした。教師陣も犯人捜しに動き始め、学校長自らの尋問に生徒たちは恐怖する。不穏な情勢下で統括選挙の時期が近付く中、オリバーたちの前には、奇妙な転校生ユーリィが現れ——。
乃木坂明日夏の秘密⑥ 【著】五十嵐雄策　【イラスト】しゃあ	AMW研究会の記念制作として始まったVTuber作り。すると「ママ」の座を巡って、明日夏と冬姫のバトルが大勃発!　善人の助けを求め取り合いになった結果、三人一緒に乃木坂邸で合宿することになって——?
新作 **ちっちゃくてかわいい先輩が大好きなので一日三回照れさせたい** 【著】五十嵐雄策　【イラスト】はねこと	放送部の花梨先輩は小柄な美少女で、何かと俺に先輩風を吹かせてくる。かわいい。声やしぐさを褒めるとすぐ照れる。かわいすぎてやばい。そんな照れさせられて悔しがる先輩と俺の、赤面120%照れかわラブコメ。
新フォーチュン・クエストII⑪ ここはまだ旅の途中<下> 【著】深沢美潮　【イラスト】迎 夏生	パステルの体の中に、『ダークイビル』が入りこんでしまった!?　パーティ最大のピンチを、6人と1匹はどう切り抜けるのか…!?　30年続くファンタジー小説の金字塔、ついに完結巻です!
はじらいサキュバスがドヤ顔かわいい。④ ……だいすき。 【著】旭 蓑雄　【イラスト】なたーしゃ	ひょんなことがきっかけで、悪魔たちの暮らす島に招待されることになった夜美とヤス。島はいま『欺瞞祭』の真っ最中。あらゆる嘘が許されるこの祭りに乗じて、普段は素直になれない二人も気持ちをぶつけ距離を縮めていく……。
地獄に祈れ。天に堕ちろ。2 東凶聖餐 【著】九岡 望　【イラスト】東西	優しき死神ミソギと、不良神父アッシュが帰ってきた!　現世と冥界が交わる街·東凶で凸凹コンビが挑むのは、"本物の死神"と名乗る女·木蓮と、街で暴れ回る殺戮兵器の謎で——?　アクションエンタメ第2弾!
叛逆せよ! 英雄、転じて邪神騎士3 【著】杉原智則　【イラスト】ヨシモト 【キャラクター原案】魔太郎	かつて邪神を倒した英雄ギュネイは邪神王国のあまりの荒廃ぶりを見かねてつい手助けを重ねてしまう。教団の野望を打ち砕いたあとも問題は山積み。しかも、今度は不死騎士団残党が王都に押し寄せてきて!?
新作 **星継ぐ塔と機械の姉妹** 【著】佐藤ケイ　【イラスト】bun150	目覚めた場所は遠い未来の星だった。滅びゆく星を救うため、そして恋人の待つ地球に帰るため、彼はロボット姉妹と旅に出る。旅の果てに彼が見た真実とは?　そしてロボット達の秘密とは?　笑いと感動のSFコメディ!
新作 **女子高生同士がまた恋に落ちるかもしれない話。** 【著】杜奏みなや　【イラスト】小奈きなこ	寮で同室になった佑月は、満月みたいな瞳で物語の主人公のような特別な女の子。何事も普通なわたしは、近づくだけでドキドキが止まらない。でも、小学生の時に一緒に星を見た、憧れの女の子にどこか似ていて——。
新作 **可愛いかがわしいお前だけが僕のことをわかってくれる（のだろうか）** 【著】鹿路けりま　【イラスト】にゅむ	同窓会で東大生だとウソをついた浪人生の僕。もしウソがばれたら……よし、死のう!　死んで異世界転生だ!　そんな人生絶望中の僕の前に銀髪ロリ悪魔が現れ、『尊死』するまで死なせてくれない!?　ってどんなラブコメだよ!?

SWORD ART ONLINE
ソードアート・オンライン
川原 礫
イラスト／abec
「これは、ゲームであっても遊びではない」
《黒の剣士》キリトの活躍を描く
究極のヒロイック・サーガ！
電撃文庫

七つの魔剣が支配する

宇野朴人

illustration ミユキルリア

運命の魔剣を巡る、
学園ファンタジー開幕！

春——。名門キンバリー魔法学校に、今年も新入生がやってくる。黒いローブを身に纏い、腰に白杖と杖剣を一振りずつ。胸には誇りと使命を秘めて。魔法使いの卵たちを迎えるのは、満開の桜と魔法生物のパレード。喧噪の中、周囲の新入生たちと交誼を結ぶオリバーは、一人に少女に目を留める。腰に日本刀を提げたサムライ少女、ナナオ。二人の、魔剣を巡る物語が、今始まる——。

電撃文庫

幼なじみが絶対に負けないラブコメ
OSANANAJIMI GA ZETTAI NI MAKENAI LOVE COMEDY
［著］二丸修一
SHUICHI NIMARU
［絵］しぐれうい
『幼なじみ』VS『初恋の少女』
先の読めない
最先端ラブコメ開幕!!
STORY
高校２年生の丸末晴は、幼なじみの少女・志田黒羽からの好意を知りながらも、初恋の相手である可知白草に一途な恋心を抱いていた。だがそんな矢先、白草に彼氏がいることが発覚！
末晴は深い絶望の末、黒羽と手を組んで、男の純情を踏みにじった白草に"最高の復讐"をすることを決意する!!
電撃文庫

可愛いかがわしいお前だけが僕のことをわかってくれる（のだろうか）
鹿路けりま
イラスト◆にゅむ
同窓会で東大生だと
ウソをついた浪人生の僕。
もしウソがばれたら……よし、
死のう！　死んで異世界転生だ！
そんな人生絶望中の僕の前に
銀髪ロリ悪魔が現れ、『尊死』するまで
死なせてくれない!?
ってどんなラブコメだよ!?
電撃文庫

おもしろいこと、あなたから。
電撃大賞